安昌河 —— 著

四川人民出版社

图书在版编目（CIP）数据

血与骨 / 安昌河著. —成都：四川人民出版社，2024.4
ISBN 978-7-220-13409-8

Ⅰ.①血… Ⅱ.①安… Ⅲ.①长篇小说-中国-当代 Ⅳ.①I247.5

中国国家版本馆 CIP 数据核字（2023）第 149747 号

XUE YU GU
血与骨
安昌河 著

责任编辑	王 雪
封面设计	蒋宏工作室
责任印制	祝 健

出版发行	四川人民出版社（成都市三色路 238 号）
网 址	http://www.scpph.com
E-mail	scrmcbs@sina.com
新浪微博	@四川人民出版社
微信公众号	四川人民出版社
发行部业务电话	（028）86361653 86361656
防盗版举报电话	（028）86361653
照 排	四川胜翔数码印务设计有限公司
印 刷	成都东江印务有限公司
成品尺寸	140mm×210mm
印 张	15.75
字 数	350 千
版 次	2024 年 4 月第 1 版
印 次	2024 年 4 月第 1 次印刷
书 号	ISBN 978-7-220-13409-8
定 价	78.00 元

■版权所有·侵权必究

本书若出现印装质量问题，请与我社发行部联系调换
电话：（028）86259453

——以本书，献给ZD

目录

第一章　纪念日　/001

第二章　七星痣　/034

第三章　老米粉　/059

第四章　革命之路　/083

第五章　吹灯行动　/111

第六章　蜂洞　/132

第七章　和二日记　/166

第八章　家事　/185

第九章　觉醒　/219

第十章　前夜　/262

第十一章　春暴　/311

第十二章　导演　/352

第十三章　种痣师　/390

第十四章　人民台　/405

第十五章　血与骨　/434

第十六章　苦刑记　/475

第十七章　结束　/498

第一章　纪念日

1

今年是新中国成立七十周年,"土镇春荒暴动"九十一周年。土镇方面早在三年前就和我密切联系,要在清明节这天举行隆重的纪念活动。

我的祖父安辰极是土镇春荒暴动的主要领导人。有关此次暴动,一九八四年出版的《土镇志》和《爱城党史》都有详细记载——

一九二八年正月,中共四川省委决定撤销"绵爱北中心县委",成立中共爱城工农革命军指挥部,赵棠任总指挥;一九二八年三月十日"爱城工农革命军指挥部"更名为"土镇工农革命军指挥部",总指挥由安辰极担任,根据省委安排决定举行土镇春荒暴动。三月十七日,指挥部公布了暴动计划,先铲除睢水关袁天王等反动势力,再一举拿下安镇、花荄、土镇,成立苏维埃革命政权。

三月十九日,睢水春社踩桥,安辰极亲率土镇工农革命军交通队、特务队和第二支队,在睢水发起暴动,并一举消灭袁天王西南三镇五乡团防局，打退睢水河对岸柯鼎臣部范绍元团。由于一支队队长胡乙的叛变，以及柯鼎臣和蒋礼的疯狂围剿，吕浩、许云、陈朝晖、包玉和等在激战中先后牺牲。安辰极和梁英率领队伍突围。梁英在突围中牺牲，安辰极被捕。赵棠等三十七名被捕的革命军战士以及八名革命群众，被蒋礼等反动派残酷地杀害在土镇安公堤。

安辰极在遭受了无数酷刑折磨后，于七月一日被杀害。

土镇春荒暴动虽以失败告终，但沉重打击了国民党在爱河流域的反动统治，并强烈地动摇了其反动的社会基础。安辰极烈士从三月二十八日被捕到七月一日被杀害，其间经历了三十多场严刑拷打。当时一本名叫《苦刑记》的书籍流传甚广，详细记载了安辰极所遭受的各种酷刑。但安辰极从未屈服，始终保持着革命斗志，并在狱中整理完成了《爱河地区血吸虫病调查》一书。安辰极的大无畏革命精神极大地鼓舞了爱河流域的人民，他也成了爱河流域人民不屈不挠革命斗争的象征和精神。

在一九三五年成功领导了茶川革命暴动并创建千佛山革命根据地且在此后率部参加长征，在一九五五年中国人民解放军首次授衔中被授予少将的肖良进将军，更是直接受了安辰极的影响。每当谈到他在"戊辰年土镇内乱公审大会"上听到安辰极关于革命的演讲时就激动不已，他一生都将安辰极视为自己的革命精神之父。

翻开《土镇志》和《爱城党史》，类似安辰极这样的革命先烈为数不少。大革命时期牺牲在北伐战争中的安镇籍共产党员王建吾，"四·一二"政变中被国民党捕杀的烈士许汉农、赵永志和钱明卫,还有在爱城暴动中牺牲的总指挥张武广、爱河纵队大队长刘赞,牺牲在抗日战场被左权将军赞扬为"军中之花"的刘志林、解放大西南牺牲的杨胜师长、刘琨亚副军长,"三〇二"师叛变被杀害的军代表孙路平、陈文高……每一位革命先烈,他们的战斗和成长故事,都是那么的可歌可泣,令人感动。所以说在爱河流域这片被无数革命先烈鲜血染红的大地上,真是英雄辈出。其中,自然也包括抗美援朝战场上牺牲的黄继光式战斗英雄陈开茂、蔡朝新,步枪打飞机的王卫国……

他们的名字在爱河流域的历史上闪耀着夺目光彩,他们的故事被写进教科书和乡土读本,成为众口传承的激励了一代又一代人的传奇。但是,谁也没有像安辰极这样被家喻户晓和妇孺皆知。

2

一九八四年,爱河下游的花荽,一个年轻的文学爱好者决定改姓"安"。这不是只为了起个笔名,而是真正的改名换姓。在给公安局户籍科出具的申请材料中,他说,他后悔没有生在安辰极的那个年代,否则他一定追随安辰极,同行革命路,一起抛头颅洒热血。正是因为这种无限的景仰和崇拜,他决定改姓"安",并取安辰极孙辈的"昌"字为自己的辈字,为了纪念安辰极在爱河流域的巨大牺牲,他的名,就起为"河"字。

这个刚刚获得新名字的文学青年安昌河,迫不及待地敲开了梧桐园十五号的大门。他在我们家住了半年,走的时候带走了我母亲的护理员小茵。

一九八六年春天,一部名叫《大河东流》的长篇小说出版,作者就是安昌河。发行量虽然并不大,但足以在爱河流域引起大反响。一年后,根据这部小说改编的电影《大河英魂》、舞剧《古桥枪声》、话剧《早春》相继问世。

热闹两三年后,一切又都归于平静,然而此时安辰极这个名字和这个名字所属的故事,已经广为人知。

十多年前,人们就像大梦初醒一般,突然意识到红色文化在这个物欲喧嚣、世事苍白的世界里是多么重要。于是一个三百多人的庞大剧组入驻了土镇,里头那些当红明星一改星光闪耀的样子,全都灰头土脸,朴实无华。他们拍摄的是一部名叫《信仰的青春》的电视连续剧,讲述爱河流域一大批年轻人在一个叫安辰极的同龄人的带领下,要以鲜血和生命改天换地的革命故事。朴素的表演,接地气的台词,在生与死之间的痛苦抉择,对于信仰和理想的坚持与坚守,以及相信未来的义无反顾……尤其是年轻的肉体和生命,以及那刚刚在心灵上扎根的信仰之花,在面对各种摧残折磨时所表现出的坚韧和脆弱的复杂性,让大家产生了极强的思想共鸣。这部戏大火。安辰极成了全国人尽皆知的英雄,就像这次土镇市委宣传部部长钟小兰跟我讲的那样,世人可能不知道土镇在哪里,但一定知道安辰极是谁。安辰极对于土镇的重要性远非三言两语可以讲清楚,他的意义随着他的出生和牺牲早就摆在那里了。他们的任务就是在接下来的岁月里,和我们一起继续讲好他的故事,传承和弘扬好他的精神与遗志!

所以，无论如何，作为安辰极的后裔，都有理由也有责任前往土镇，以极其饱满的热情和负责任的态度，参加这一系列的纪念活动。

3

土镇在爱河流域——也就是我们通常所说的"大河两岸"是除安镇之外历史文化最为悠久的古镇。秦汉时期，这里曾设置过郡县。而真正让它名声大噪并进入辉煌时期的是唐宋时期就开始的土陶和土瓷制品。中国有著名的四大瓷都，八大名瓷，但土陶和土瓷却鲜见介绍。身如镜薄如纸的瓷器，那是上层人士和上流社会的用器，而土陶和土瓷，却是平常百姓人家所需。

土镇的得名，就是因为土陶和土瓷。生产土陶和土瓷的主要原料是产于土镇深层底下的橙黄色黏土，按照配料渗碳、夹沙、细泥、矿土等材质不同，再根据釉料和烧制的温差选择，主要产品有红陶、黑陶、青瓷、面瓷。土镇的土陶土瓷制品，式样虽然粗笨，却坚固耐用，不管是陶壶还是瓷罐，就算是跌落到青石板上，也只会听见一声清亮的刚响，而不是那令人心悸的破碎。平常百姓家的用器，要的就是皮实耐用，经久不坏。而由土镇出产的陶壶瓦罐，盛茶装水，夏日里三四天也不会馊坏，用陶罐炖出的肉也特别香糯，而那独特的香味儿，绝不是用其他器物——哪怕是铜锅银盆炖煮可以获得的。所以，就算再富裕摩登的家庭和酒店，在炖菜烧菜的器物选择上，也会首推土镇烧制的陶壶瓦罐。

所以，自唐宋至民国末年，土镇虽屡遭兵燹，哪怕是明朝末年被烧毁得片瓦不存，也只是用了一个甲子不到，就又恢复了当初的繁荣。

土镇最辉煌的时期当属清嘉庆年代，根据大河两岸一个文人的记述，土镇那时共有窑口一千多门，白日里烟云遮天蔽日，夜里灯火通明仿佛永昼。爱河里舟楫林立，岸上车马往来，人声鼎沸。那时候的土镇，有街道巷弄千百条，街头往来的不是满载陶瓷的骡马大车，就是满载柴禾炭块的牛马大车，街道两旁除了酒馆、旅店，就是茶楼、妓院、赌馆，以及后来的大烟馆……

清咸丰十年，远在秦村的安姓人家安崇奎也决定进军土镇陶业。他是受够了刺激，深思熟虑之后做出的这个决定。那时的秦村，历经百年的明争暗斗，土地山林落入了三大家族之手，秦家、安家、何家，三足鼎立，势均力敌。秦村已失去了可能的拓展空间，大家的目光也都望到了秦村之外。秦姓人家在五道河盘下数千亩水田，在温泉关盘下数千亩旱地。何姓人家依托祖传的药铺和世代行医的优势，做起了药材营生，在土镇和安镇都盘下了铺面。只有安家，还守着秦村的千亩土地，靠着租佃盘剥，勉强维持着日渐浅薄的风光时日。

在一个曾经在官门当师爷的远亲的策划下，安崇奎精心设置了一个局，引诱土镇蒋家窑口当家人着了套，在长达三年的诉讼后，蒋家窑口终于改姓安，但也给安姓人家埋下了祸根。本来以为可以大展宏图的安崇奎，却在此后的经营中处处碰壁，损失惨重。到同治六年，安崇奎已经赔进去了三个窑口，秦村的土地也变卖得剩下千亩不到。为什么别人家的窑口出来的器物都好好的？进窑一千，出窑九百九，而他们的呢，进窑一千，出窑不到两百，贱卖都没人稀罕。

安崇奎到死，都没搞明白原因。

直到安庭福接手。安庭福接手后的第三天，就将家中最好的一百亩水田卖给了秦家人家，拿了银子在土镇有名的大馆子包下了最大的包间，开出了山珍海味的菜单子，说在第二天中午要宴请几位贵宾。

第二日中午，安庭福早早地就恭候在大馆子门口，都等到了半下午，客人还没有到。老板问安庭福怎么办。安庭福说晚上重做一席。到了晚上，客人还是不见踪影，一连三天。

第四天中午，安庭福还是老样子，站在馆子门口等待，他双手垂立，神情恭敬，显得谦卑而坚定，不信客人不来。这事儿早传遍了土镇，大家都来看热闹，议论，来客将会是谁，如何这般大面子？

过来一个小窑童，扯扯安庭福的衣袖子，一句话也没说，转身就走。安庭福慌忙紧随，穿街过巷，来到土镇下场口的爱河河堤上。河堤下面是爱河有名的三里湾滩，河堤上面是采挖橙黄黏土的泥田。土镇用于土陶和土瓷烧制的主要原料——黏土，全部出自这里。十几辆牛车往返于河堤上，河堤上青石板铺就的大道，车辙深深，吱呀声此起彼伏，收工和上工的采泥人散漫地来往着，相互打着招呼。泥田里，还在赶工的采泥人正在泥坑里挖掘，将黏土装进竹篮，使用长长的吊杆提出泥坑，拎进泥田。踩泥工赤裸下身，抬起粗大的脚底板子将黏土踩和，踩和好的黏土用泥弓旋成泥锭，高举过头，摔打成泥垛，经过晾晒堆窖，再取下来，用鸡公车推到大道上,装载牛车,运往镇子里的窑口,由师傅们制坯成器……

在泥田边的一个草棚子门口,那个小窑童站定脚步。安庭福打量这个地方。这一片全是茅草棚,稍微高点的门口挂着幌子,上写着"茶""酒"字样,也有画个酒壶和茶碗的,也有干脆什么也没有的,就一面幌子。什么都没挂的棚子,只要有人经过,必然有个女人的脑壳伸出来,面露笑意,眼寡寡地把你张望。这些女人,俗称卖簸簸肉的。卖簸簸肉的,在大河两岸,是对那些野妓暗娼价格低廉交易方便的形容,一盘猪头肉的价格,哪里见到,哪里吃饱。而相对于土镇泥田,她们还有个别称叫桩子,安庭福一直没搞清楚,这称呼究竟是个什么意思。

还有一些更为低矮的棚子,那里都是采泥工临时之所。他们刚到,还没打开生活,暂时栖居这里,等手头挣到了钱,再像模像样地住进镇子里。

安庭福此刻落脚的棚子门口,挂着一个杏黄的幌子,正中一个红红的"酒"字,正迎风舞动。进了棚子,正中摆着一张方桌,左右两方坐着两人,上下虚位以待。安庭福一见这二位,慌忙打了深躬作揖请安。因为这二位正是他在大馆子门口恭候多日的贵客,窑爷田垚和黑脚帮帮头李铁脚板。

窑爷田垚是个四十多岁的枯瘦老汉,一身粗布短打扮,挂满了黄泥浆,他刚去泥田各处查看了一下,帮忙看定了几个采泥点。黑脚帮帮头李铁脚板倒是年轻得多,黝黑矮壮。他在土镇是个奇人,因为一年四季不穿鞋子,无论是石子路还是霜雪泥地,始终健步如飞,来去如风。

他们也站起身来对安庭福还礼。安庭福讲了他在大馆子门口恭候多日的事,两个人笑了,说,你请的时候也不想想,我们可是去那个场合的人?安庭福说,没有你二位,就没有土镇的今天,还有哪里是你们不能去的?田垚说,话不是这么讲的,有些地方不可以去,有些事情也不可以做,你再三请我们,不就是想搞明白这个道理么?李铁脚板说,他如果不是想搞明白这个道理,又何至于没见面就送那么大的见面礼呢?说着,邀请安庭福入席。

听说你卖祖田筹集的这些银子?田垚摸出银票,李铁脚板也摸出银票,合在一起,推在安庭福跟前,说,你有这个心思,我们心领了。去,把祖田赎回来吧,别让后人说你是败家子儿。安庭福急了,说,难道二位大爷也认为我安家只能在庄稼地里混饭,在窑口讨不得一碗吃食?

田垚和李铁脚板对视一眼,说,你把话都讲这份上了,我们就帮你一把吧,至于老天爷赏不赏你这碗饭吃,那还真得看你以后的修行。

安庭福赶紧道谢。

田垚和李铁脚板各自斟满三杯酒,放在安庭福跟前,说,你把这酒喝了,就算我二人的朋友。安庭福端起杯子就喝,一连六杯,气都没喘一口,又自斟了三杯,高举过头,说,得二位大爷赏识,给这么大的颜面,我安庭福先干为敬!又一口气吃了三杯酒。

一番亲热言语,又一通烧酒下肚,三人俨然成了知己。安庭福见那银票摆在桌面,拿起来要二位爷一定收下。田垚和李铁脚板说,都已成为好友,这东西就更不能收了。安庭福急了，说这可是他的一番心意，无论如何也要请二位爷笑纳。田垚和李铁脚板说，你的心意我们心领，不过这银钱既已出手，再拿回去，就违了当初的心愿。你可想晓得我们这行当里关于银钱的讲法？道上行里的交往，讲的是规矩，重的是仁义。人敬我一尺，我敬人一丈，恩仇必报……这些规训虽然历经千秋万代，不多一言，不少一句，有如千里万里为人捎带金银，不差毫厘，不短分文。为什么？诚信无价，仁义千金！银钱乃货殖凭证，只为方便买卖。所以，要在这道上行里行走，最要紧的就是轻银钱啊！

田垚说，乃父安崇奎在置办窑厂这事儿上，可是将安姓人家积攒千百年的好名声败了个干净，所以这么些年来才会被挤到道下行外。当年怎么吃下的，现在而今眼目下就得怎么拉出来！你安庭福必得用这笔钱，试着在这世面上为自己赎回一点好名声，如果做不好，只怕窑口还是出不了好器物。

安庭福赶紧敬酒，请求指点。

田垚和李铁脚板说，蒋家自从丢了窑口，家境日渐衰败，如若不是道上行内兄弟帮衬，只怕早家破人亡死绝了。而这些年来，蒋家一直视安家为仇敌，一再发誓要报仇雪恨，安庭福正好用这笔钱与蒋家和解，这是其一。其二，安庭福还得拿一笔钱来，在土镇火神庙和关公庙连办中秋重阳两节的大戏。其三，安庭福需要拿一笔钱出来，入窑塘公口，入行脚帮会。

安庭福没有丝毫犹豫，满口答应。

田垚和李铁脚板对视一笑，对这个结果甚为满意。他们看着空着的上席，说，现在这里该有人来坐了。

上座者,是有名的包巡检。包巡检是爱城大衙门的人,据说是包龙图后裔,本来有机会别处高就,但他们家就喜欢土镇,说离开土镇,就家神不安,生疮长疗子。所以,自第一任巡检入驻土镇,如今已历曾祖重孙四代。

包巡检拿出早已拟好的和解文书,说,蒋家对二位大爷的安排绝无半点异议,请调停的二位爷在空白处留个印戳,算是见证。

4

第二天,安家的窑口来了几个窑工,说是窑爷派来的。出窑这天,安庭福见满窑器物,竟无几件残次,不禁落下了热泪,对窑工感激不尽。窑工笑说,这可是窑爷吩咐了的,如有半成残次,我等可是要挨勾板子的。

正此时,李铁脚板带着几个行脚者来向安庭福祝贺,说黑水和松州两地有客商正需要这样一批好东西,只是价格不高,不过他们可以在行脚费上少取,问安庭福大爷可愿意由他们相帮⋯⋯

随着洋火轮在爱河轰鸣游弋,随着搪瓷器皿的流行,土镇土瓷土陶开始一落千丈。到光绪二十年,土镇的窑口锐减到不足百家,其中三分之一都是安家的。因为只有安家窑口,器物精美,销售渠道通畅,资金雄厚,还勉强可以维系。

到光绪二十九年,尽管安庭福苦苦支撑,能开火的窑口只剩下了五口,而此时他重病在身,行将就木。弥留之际,安庭福给他的儿子安玉惠提了两个要求:窑火不熄,香火不断。

在安葬了老父亲后，安玉惠接连办了三件大事。将五口窑关停四口，只留下最大的那口，起名为天工窑。接连娶了两房妾。将土镇下场口那些废弃的泥田全都买到了名下。

曾经犹如闹市的泥田，如今一片荒芜。买下这千亩面积的泥田，安玉惠并未花掉多少银子。他的钱主要用在雇请人工上。他请那些曾经的采泥工和窑工将山林里的树木移栽到河堤，形成了一条长一里宽十丈的林带。这在当时简直是一场不可思议的壮举，震惊了大河两岸。除了移树，还有搬土。安玉惠出钱，谁回填好泥土，就将土地租给谁，前三年免租，后五年只收三成。

采泥工和窑工们世代靠制陶烧窑吃饭，陶业衰败，好多人家只得背井离乡另谋生路，眼见安玉惠帮忙寻出这么个好生路，干得再不济，也可以勉强养家糊口，谁不欣喜呢？谁不卖力呢？谁不称道安玉惠为再生父母呢？

三年后，安玉惠在土镇下场口就拥有了两千多亩的田地和三千多亩山林地。那一里多长的护河林带，人称安公堤。而那口天工窑也一直炉火雄旺。最让安玉惠欣喜的是他终于有了个儿子，安家香火得续。

时值光绪三十二年，公元一九〇六年，农历二月初二，龙抬头。

安玉惠给这个儿子起名安辰极，字北斗。这可显得有些不合风俗，哪里有娃儿出生就起大名的，还有字。都是先乳名再小名，启蒙才有书名大名，成人才会有字……

安玉惠要的就是这个儿子的与众不同。

洗三一过，大河两岸一帮文人骚客雅集于安公堤，庆贺安玉惠喜得贵子，都称赞名字讲究，并引经据典，如嵇康《琴赋》有诗云，"披重壤以诞载兮，参辰极而高骧"，寓意小公子将会是人中龙凤，只要一声号令，从者万千，必将兴就一番霸业。而宋人石介《感事》一诗有云，"帝宅君土中，紫垣当辰极"，更是预言小公子将来有九鼎至高位……

安玉惠说他给这个娃儿起名安辰极，不过是因为他是辰字辈，辰极是北斗之意，而北斗有七星，是指望他将来多子多福。如今大家这一通讲，这名字他是万万不敢再用在儿子身上了，恐招祸。他向在座作揖求乞，让帮忙想一个普通的名字，寓意吉祥就行了。大家都说，就这名字最好最妙。时局动荡，天下混乱，就差一个人振臂高呼，改天换日，救黎民于水火……

话讲到这里，必然是要拐上几个弯儿。大家义愤填膺地讲起当下的时局，各种乱象，各种预兆。最后话锋一转，又落在了安玉惠和他的儿子身上，毕竟这日的酒水花销皆为玉惠公所出。他们说如果真有帝王星现，如果真有光复大汉河山之人，辰极定是那天选之子！

二十二年后，安辰极所领导的土镇春荒暴动失败，他的同志就被屠杀于此——安公堤。而他也在数月的严刑拷打后，被电刑于土镇十字口。他生前遗愿，希望把他埋进"万人坑"，和他死难的战友们在一起。这怎么可能呢？他被葬在泥田的一个山岗上，距离埋葬他战友的那个"万人坑"一公里。

一九四九年冬天，土镇解放。一九五六年，安辰极墓被重新修缮，他战友的骨殖移灵土镇春荒暴动革命烈士陵园。一九五九年，土镇在陵园左右开挖了两处人工湖泊，修建了些亭台，铺就了些小径，栽种了些花木，这就成了土镇人民公园。随后又修建了广场，竖立了一座纪念碑，上有一九三五年长征北上途经大河两岸并领导了著名的千佛山阻击战和土门战役的徐向前元帅亲笔题写的"土镇春荒暴动革命烈士纪念碑"……

5

在《土镇志》和《爱城党史》里，有关我的父亲安重根，同样有着浓墨重彩的记录。

安重根，一九二九年五月出生于土镇秦村，是土镇春荒暴动领导人安辰极烈士的遗腹子。因为从小接受父亲革命事迹的教育，安重根十六岁就读爱城师专时就加入了地下党组织，并担任爱城武工队总队长，为爱城和平解放和接管做出了突出贡献。

一九五〇年，已经是爱城火力发电厂党委书记的安重根毅然离开领导岗位，加入志愿军，跨过鸭绿江，奔赴战火硝烟的前线。

一九五〇年十二月中旬，我志愿军发动春季攻势，将敌人赶出三八线，但我军也付出了巨大的牺牲。时任团政委的安重根在率队追击逃离战场的李文强和赵熙来时，和美国侦察分队遭遇，生擒上尉史蒂文森·希维尔。

一九五一年，安重根受重伤回国治疗，受到毛泽东主席和周恩来总理的亲切接见，在听说了他的故事后，毛主席称赞他是"孤胆英雄"……

我父亲伤好后，重新回到了爱城火力发电厂，被任命为火力发电厂厂长兼党委书记。一个月后，担任了爱城分管工业的副市长。此时的他一身荣耀，光彩逼人，政治前途十分远大，而且正值新婚。他和新婚妻子早在他奔赴前线前就明确了关系。对方还送了他亲手缝制的鞋垫和织的毛衣，当他带着万般思念在北京见到前来护理他的她时，却并未从她的脸上看到什么欣喜，她汹涌的泪水下有着难以掩盖的惊恐。她向我父亲表达了对于他的担忧和崇敬，但我父亲却没有办法从中体会到往日的缠绵情谊。

新婚之夜，我父亲的新婚妻子在他的拥抱中簌簌发抖，如受冻的小鸟。

我父亲识趣地说要去工厂里，当下生产用电紧张，要去解决效能问题。他三天三夜没有回家，这被当时的报纸大肆宣传，说我父亲新婚后不忘工作，舍小家顾大家。其实我父亲是为了给他的新婚妻子一点时间，调整好心态，做好接受自己的准备。

别说我父亲的新婚妻子难以接受他，我父亲都难以接受自己。他从不愿照镜子，在我的印象中，他理发的时候，面前是不会有镜子存在的，理发师说好了，他起身就走。

他才二十多岁，口才极好，善于演讲和鼓动，是位战斗经验极其丰富的老革命，政治前途远大，群众基础良好。但是他失去了双耳，鼻头子模糊，十根指头仅存六根，脚趾头全没了，而且还是一个严重的跛子。

三天后，当我父亲回到家中，看见他的新婚妻子正捧着往日照片泪流满面。

他们在一起生活了一年。这年春天，我父亲回土镇参加烈士陵园筹建工作，回来意外地撞见了他的妻子和勤务人员。我父亲一语不发地离开了家，去了火电厂。他的司机气愤不已，结果失手打死了那个勤务人员。紧接着那个女人又上了吊。这件事情在爱城闹得沸沸扬扬，因为那两方家族势力都很不小，他们纠结了上百人，封堵了火电厂，对我父亲进行追打，还张贴大字报，诬蔑我父亲故意陷害。尽管组织上和公安局做了详细的调查，认定我父亲安重根不负责任。但是他们根本就不买账，呼喊着"血债血偿""安重根是陈世美"的口号，一定要置他于死地，而且纠结了更多的人对火电厂，对安重根，对公安局和爱城市政府进行围攻。

如果不是我父亲的老首长杨云龙敏锐地觉察到"这里头一定有鬼"，要求暗中调查谁在主导这场"讨说法"，我父亲安重根的命运，恐怕又将是另一个样子。

事后我父亲强烈要求离开地方，回到军队工作。从此他再也没有离开过军营。他在后勤管理的岗位上一直工作到退休，到他生病住院……他始终不肯走出绿色营墙，他对外面的生活与其说充满了厌恶和不解，还不如说是恐惧。

不过在每年特定的一些日子里，他还是必须走出门去的，去出席一些他不可能缺席的社会活动。比如爱城烈士陵园的公祭活动、土镇春荒暴动纪念、安辰极诞辰、安辰极铜像揭幕、《信仰的青春》开机仪式、"辰极希望小学"剪彩、"辰极图书馆"落成……他是烈士之后，身体里流淌着烈士的鲜血，非但无可推脱，而且必须以满怀的深情来参加这一切活动。他总会提前做好安排，然后以礼佛般的庄重肃穆，半夜就起来沐浴更衣,换上簇新的军装,戴上所有勋章,正襟危坐在客厅正中,神情庄重,目光坚毅,仿佛一个做好了所有战前准备的勇士,冲锋号一响就奋不顾身地冲锋陷阵。

我曾陪父亲出席过几回活动,他总是活动中绝对的主角,因为他特殊的烈士后裔身份,因为他那满胸襟的勋章,以及主办方在介绍他时那抑扬顿挫、深情讲述的传奇经历。而他,总是颤巍巍地起身,双脚慢慢并拢,腰板渐渐笔直,最后,他仰起那没有双耳鼻头塌陷的头颅,用残缺的手掌,行一个标准的军礼,立即赢得满堂雷鸣般的掌声,然后掌声平息,但啜泣声不断。

除了参加这些活动,我父亲还有一个理由是应该时常走出军营的,那就是他的母亲,我的祖母,烈士安辰极的遗孀田水女士,还生活在秦村呢!从爱城到秦村,也就大半天车程,但我父亲却一直将此视为这一生中最艰难、最坎坷、最漫长的路途。

每年腊月和清明,我父亲会在拜祭了安辰极后,顺道回一趟秦村祭拜先祖,匆匆地和他的母亲见上一面,奉上他的孝敬礼物,连一个像样的交谈都没有,就仓促离开。整个过程就像是"仅此一遭"的敷衍,两个小时都用不上。

我的这位祖母也如同我父亲不愿离开军营一样,她似乎也对秦村之外的世界充满了恐惧和厌恶。如果没有必要,她都不肯走出安家大院那高高的龙门口,而且那道高高的龙门口,常年都是紧闭着的。

6

  我父亲在外住的时间最长的一次,是二〇一三年秋天陪伴他的母亲最后的那点时光。五天后,办完丧事,回到梧桐园十五号,他的情况极其糟糕,就像只发条断了的破旧的木偶,面无表情,那僵硬的样子,把淳洁吓得大气都不敢出。

  也就从这以后,我父亲推辞了所有的外出活动,包括每年铁打不动地到烈士陵园的腊祭和清明的扫墓,以及安辰极的诞辰和忌日祭拜。担心对他的照顾不周,我们专门请了一位健谈乐观的阿姨,全天候陪护。只要一有时间,我都会赶到他的身边,亲自照顾他的起居日常。父亲始终是那副从秦村回来时的被重创重伤的样子,他的头发几乎都掉光了,满脸黑褐色老人斑,怎么能不叫人感到悲凉呢?所谓英雄落寞,大概就是这般惨淡凄凉吧。

  他的起居日常还保持着始终如一的规律。每日晨起,无论寒暑,总会出门去,站在门口的草地里,面对东方,看着操演场上空那飘扬的国旗和军旗,努力让自己身子笔直,在嘹亮的军号声中行军礼。礼毕,他回到房中,听着新闻联播,手拿放大镜翻阅当日的《人民日报》《解放军报》。他还有个铁打不变的习惯,就是每天都会俯身书案,用那颤抖的笔,写那永远也写不完的名字,一遍又一遍,周而复始。

  这一回的"土镇春荒暴动"纪念活动,钟小兰希望能够请到我父亲。这是土镇撤县建市后的第一场大型活动。

  我父亲正在写字,他写得很慢,手更加哆嗦,仿佛他握的不是一支毛笔，而是一条滑溜溜的鱼。我在一旁看着他，见他神情专注地写下——

苏永昌、刘枣林、李先堂……

在他身边那一排矮桌长凳上，堆满了他写的那些名字。我曾查阅过三五八团的资料。三五八团隶属于二十七军七十九师，是七十九师的劲旅，官兵一千余人。我父亲写完一遍他们的名字需要一个多礼拜，周而复始。

他搁下笔，看着我。

我说今年是新中国成立七十周年，是土镇春荒暴动九十一周年，也是安辰极烈士诞辰一百一十三周年，牺牲九十一周年……

父亲看着我，一如往常，面无表情。

土镇方面三年前就开始联系我了……

我不去。

都认为缺你不可啊。

我父亲捡起桌子上的毛巾，抹抹脸，揩揩手，你怎么能讲这样的话呢？这个世界没有什么是不可缺少的！

我还想再讲点什么，父亲挥挥手。

就这样，参加土镇一系列活动的重任就落到了我的头上，我突然觉得压力很大，任务很重，因为我知道，每一次纪念活动都会有不和谐的声音，而且愈来愈响亮。但我的父亲安重根无异于重音鼓，泰山石，而此次纪念活动似乎并不单纯，土镇方面要借这次活动达到他们另外一些目的……我还敏锐地感觉到，有那么一只隐形的手，正将笼罩在上面的纱布慢慢抽离。

淳洁正在收拾行李，她说，随遇而安吧，不该问的不去问，不该管的不去管，把自己当成活动需要的一件摆设最合适不过。她抬头看着我说，不然呢？

赞歌过来说，他已经将行李什么的都收拾好了。

7

一直以来，安辰极墓和土镇春荒暴动烈士陵墓的距离问题，都困扰着爱城和土镇的领导和公园管理者。在之前，八百余米的距离并不是什么问题，祭拜了安辰极，再前行一段路，接着祭拜土镇春荒暴动烈士们，或者把顺序反过来也行，似乎并没有什么不妥。随着时间推移，尤其是纪念碑的竖立和烈士陵墓的修缮，就出现两个待选方案了。

其中一个，是以烈士陵墓为核心，将安辰极墓动迁过来。但是也有人提出，安辰极是土镇春荒暴动核心领导者，应该以他为中心。他是领导者没错，但他只是领导者之一，还有一位赵棠呢，他的骨骸是和他的战友们在一起的，难以区分。提出这一说法的是赵棠的儿子赵响。赵响说，革命者的鲜血都是一样的红，他们为共同理想共赴死难，凭什么让我们这些后人去为他们闹特殊呢？如果安辰极烈士的后裔有那个觉悟，就该遵循遗愿，将安辰极的骨骸移往烈士陵墓，和他的战友们安放一处。这似乎没什么问题，我父亲安重根也觉得可以，但却遭到了我祖母田水的竭力反对。

因为我祖母的一贯反对，于是就有了第二种方案，保持原貌，往容易理解的方面去讲，叫保持历史原貌，统称土镇春荒暴动烈士陵园。

只是，怎样将安辰极和他战友的陵墓做到形式上的统一呢？两处距离八百多米，其中有山包，有小溪，有田地庄稼，如果一定要归拢一处，那么这个陵园也太大了一些。而且即便是作为公园也太大了，于是就有了一条道路的修建。

这条道路的起点和终点就是两处墓园。有关这条路的命名也产生了不少分歧，尽管这条路对往返提供了便利，但是没办法解决公园和陵墓管理者的一些麻烦，就像他们戏谑的那样，安辰极在园子外头，他的战友们在园子里头；安辰极在这头，他的战友们在那头。在公园和陵园建设中，通往安辰极墓的道路，需要从烈士陵墓也是公园的后门经过。公园收费那一阵子，这个后门时常被锁着。直到公园全面公益开放后，这道后门才被打开，但由于公园里公共财产总是遭到破坏，每到下午五点又会被锁上，第二天早上九点才会打开，一直持续到现在。

前来参加纪念活动的烈士后裔，并非只有我们一家，有以赵响为代表的赵棠家，有许汉农、钱明卫、王建吾、刘赞、杨胜和刘琨亚等先烈的后裔。和往年一样，肖良进的女儿肖安谢绝了邀请。钟小兰悄悄告诉我说，肖安刚刚切除了乳房，情况很不好，癌症正往脑袋里去。

根据我事先的要求，我们一家三口中午抵达土镇后，暂不入住酒店，而是直接到安辰极墓园。这是赞歌第一次参加这样的活动，我觉得应该像我父亲引领我一样，将他带到安辰极的坟头前，通白一番，告诉安辰极他后代子孙的相关情况，并祈求他的保佑，同时也在这样的场合下将安辰极的丰功伟绩传告安赞歌，让他传承好先人风范，继承好家族优良传统，这是一种朴实的薪火相传的中华传统……

让我颇为感动的是，赞歌非常认真地完成了三叩九拜，他那颗明显早秃的头颅在青石板上磕得嗵嗵直响，起身时，赞歌眼中闪烁着泪花。

在安辰极墓园里的时间有些长，陪同人员委婉地告诉我说，欢迎晚宴将准时于六点半举行，而我们尚未去酒店入住，可能时间安排上有些打挤，所以她建议烈士陵园还是随大部队正式活动再去。但我不想改变计划，因为这个行程是我父亲安重根多年前就定下的，拜祭完他的父亲安辰极后，必然是踏上这条小道，前往安辰极战友的陵墓，再行三叩九拜大礼，这是规矩，也是传统。

相比我上一次前来，这条小路被拓宽了，行道两旁新栽种了绿植，青松翠柏，一如往常般高大葱茏。

公园后大门也改造了，建起了一处广场，围绕广场的是一片绿地，绿地里有不少大树古木。这些古木大树，因为新近移来，而时下春寒料峭，所以枝头还没来得及长出新芽，光秃秃的，还看不出它们是死是活。

一九五八年，安公堤上树木被砍伐，投进高炉，作为大炼钢铁的燃料，而公园内外的一些大树也没逃脱燃烧革命激情的命运。根据我父亲安重根回忆，整个这一片全是光秃秃的，到处都是小土包似的坟丘，每个坟丘下面，都掩埋着一两具在三年困难时期中饿死或病死的土镇人。

8

欢迎晚宴很隆重，根据安排，我和赵响作为烈士后人代表，分别致了感谢辞。赵响年岁比我父亲还要大两岁，但是精气神和以往一样好。在晚宴前，当听说这回来的不是安辰极的儿子，而是他的孙子时，他主动要求调换座签，希望跟我坐在一起。

听他提到我的名字，作为后辈，我不能不起身来到他的跟前，向这位性情耿直脾气暴躁的伯父请安问好。

赵响毕业于北大，后来留学美国，学的是物理。一九五七年，几经周折才回到国内，先是从事教学，后来进入国防科研单位，而他的工作单位就在土镇上游的安镇，著名的高速风洞研究所。

他的小女儿要坐在他身边充当他的扩音器，他说不用，他指着自己的助听器用粗大的嗓门跟我讲，新换的，美国人的玩意儿。好用啊，不管是军工还是民品，我们距离这个老对手还差些年头啊！

在致辞的时候，赵响特别提到我的父亲，说很遗憾安重根同志今天没有到场，听说他的健康出了问题，我很担心他，希望他保重，并祝他健康，希望他的孩子能带去我们的问候和祝福。在停顿片刻后，他说，英雄远去，但是英雄的故事还在，英雄的精神长存！

老人的讲话声音洪亮，底气充沛，口齿清晰。讲得特别动情，听得大家不禁眼含泪光。

赵响讲完，就该我致辞了。他在台上等我，张开怀抱，和我紧紧相拥。除了握手，他还亲吻了我的额头。在雷鸣般的掌声中，我听他说，现在你做主了，好多事情就好办了。

这话乍一听似乎有些没头没脑，其实这话里头包含着赵响和安重根纠缠了几十年的矛盾。对于发生在九十一年前的那场革命暴动，赵响和安重根各自都掌握了一套资料，都自诩为知情者，研究者。当然也各有说辞。赵响认为，是安辰极的冒险主义葬送了这场本可以大获全胜的革命暴动。而安重根认为，是赵棠的山头主义埋下了失败的隐患。他们站在各自的立场，态度鲜明，并且据此进行了大量的研究，所有结果都证明真理在自己手上。

曾经有一段时间，赵响几乎每个月都会往梧桐园十五号跑一趟，有时候是顺道，有时候是专程。我父亲听说赵响又来了，简直就像偏头痛又犯了似的痛苦不堪。不过，大家都是革命烈士之后，父辈是并肩战斗、同生共死的亲密战友，把人家拒之门外是怎么也说不过去、做不出来的。

一见我父亲，赵响高举双手，做出一副投降的样子，说老弟老弟，咱们今天不说事儿，只谈感情，只谈感情！然后从他身后的随从手上拿过好烟好酒，你瞧，我给你带什么好东西来了！

但是话不过两句，他们的话题又都扯到了冒险主义和山头主义上去了。不过赵响不愿意在这件事情上头跟我父亲纠缠，在他看来急需解决的问题，首先就是安辰极必须回到他的战友中去。

让安辰极回到他的战友中去，是赵响提出的一个颇有诗意的说法。在这个问题上，赵响是很有一番讲法的。他曾经在一篇署名文章中说，安辰极和反动派斗争了九十多天，历经大大小小刑讯几十场，像圣徒一样为革命信仰义无反顾，为什么？就是为了践行他和他的战友们当初立下的誓言，如若成功，开天辟地！如若失败，就要像火炬一样照亮人民的希望，号召人民前赴后继。根据他生前的遗愿，他是要和他的战友们埋骨在一起的。只是他的父亲违背了他的遗愿，这是阶级斗争造成的，是历史局限造成的，我们不可能去谴责谁，但是随着革命胜利，新中国建立，我们又有什么理由不去遵从先烈的遗志呢？为什么不让安辰极回到他的战友中去呢？如果安辰极的战友们在天有灵，也肯定在热切盼望他的回来。让安辰极烈士的遗骨和他的战友们安葬一处，这既是革命团结的象征，也是我们当代人对如何继承和发扬父辈精神的具体表现。

我的父亲在看完这篇文章后十分生气，他说，安辰极和赵棠等人确实是战友，这毫无疑问，为了共同的革命目标，他们走到了一起。但是在具体的革命行为中，却因为个别人在思想认识上的偏差，革命斗争经验上的不足，甚至是为了满足个人私欲，搞一些小动作，为革命暴动埋下了失败的祸根。他还说，对先烈精神的继承和发扬，不是形式主义上的迁坟移墓，而应该是客观公正地还原历史真相，该总结经验就一定要总结经验，该批判的就应该毫不留情地批判，不能因为他们都牺牲了，就把一些本该弄明白的事含混不清，甚至是避而不谈。对革命英雄精神最充分最完整的继承，就是要运用唯物辩证主义的观点进行批判性的继承和发扬，只有这样，我们这些革命先烈的后人才可能永远走在时代进步的前列。

都是高级干部，我父亲安重根和赵响的争论没有公开化，也没有扩大化，甚至还都做到了表面的心平气和。

我父亲曾经非常明确地跟赵响讲，究竟是冒险主义还是山头主义，这个事情我们可以继续争论下去，永远争论下去，只要你能保持开诚布公和尊重事实的态度，我乐意奉陪。但是在安辰极烈士陵墓动迁这个问题上，你就不要再费心思了。这件事情不能谈，这是我的态度，也是我母亲的态度。这种态度以前没有变，现在没变，将来也不会变！

赵响说，好，那咱们就来谈谈那条路吧。

那条路就是安辰极墓和烈士陵园之间的那条道路，起先之间是没有道路的，间隔着几个山丘、小河沟和一片田野。在各级组织的清明祭扫活动时，人们胸佩小白花，打着红旗，开始了二者之间的往来。队伍行进在田野里，穿山丘，越溪流，桃红柳绿，草长莺飞，革命歌声伴随着清脆鸟鸣，不忘先烈，继承遗志的革命誓言和口号响彻云霄，那真是一个浪漫的激情年代啊！没几年，在安辰极墓和烈士陵园之间，就有了一条清晰的小路。

三线建设的时候，建设者们对地方革命历史文化也很重视。一九六五年，基地出车辆和水泥钢材，地方出人力，对安辰极墓和烈士陵园之间的那条道路进行了扩建。除了永久性的桥梁和水泥路之外，他们还在几处颇有点儿风景韵味的地方修建了亭台楼阁，而且每年春天都会组织基地官兵，对道路周边的几个山包进行植树造林活动。安辰极墓和土镇烈士陵园从此也就成了大河两岸国防科工单位、各大中小学校、各机关单位和社会的革命教育基地。不管是清明祭扫还是平常的纪念活动，或者攻坚克难的誓师动员，他们都会浩浩荡荡地开拔到这里，用先烈的故事和精神激励大家，坚定革命信念，无畏艰难险阻，勇往直前，为党和国家，为人民和民族创造更加辉煌灿烂的业绩。

　　但是那条路该叫个什么名字呢？道路修建好的时候，在和地方沟通后，基地领导给这条道路起名叫军民共建友谊路，简称友谊路。

　　赵响觉得这条路的名字值得商榷，怎么能叫友谊路呢？这是一位烈士通往烈士群的小路，是一个烈士和一群烈士之间的纽带，而这一位烈士和这一群烈士都是因为同一个革命目标牺牲的，是不是可以把这条路叫作革命路或者烈士路？或者战友小道也行啊。

　　因为一番不合时宜的话，赵响受到处分，调离基地。临走前，他对安辰极烈士墓和土镇春荒暴动烈士陵园进行了祭拜。在我父亲安重根面前，赵响讲了他当时极其复杂的心情。他说他的眼泪里全是悔恨，他是怀着满腔诗意和革命激情来到大河两岸的，准备在这片土地上大展宏图，实现先烈遗愿，却不想铩羽而归，而且还将受到审判。自己的科研之路，政治前途，都将因此葬送。更叫他痛苦的是面前的安辰极烈士，有名有姓地存在这里，骨骸就在坟丘之下，似乎大喊一声他就会回应，似乎伸出手去就可以感受到他的炙热。那么他的父亲赵棠呢？他的名字和一群人的名字混合在一起，成为一个近乎概念的名词——"赵棠烈士"，而他的骨殖呢？混合在一堆骨殖之中,是竖立的?横着的?还是像一堆火柴棍儿似的杂乱无序地塞在角落里呢?

安重根说,老兄啊,你的这番话暴露了你很多问题啊。赵响当即打断他的话,说,你不要引申,也不要分析,我刚才跟你讲的那些话,都已经向你毫无保留地暴露了我的底线。

我父亲安重根点点头,我明白。

三年之后,当赵响再次踏上这条小路,它的名字已经不叫"友谊路"而叫"辰极路"了。辰极路这个名字是一位中央首长命名的。而这个名字并没有使用多久,随着这位首长折戟沉沙,为了表明某种态度和立场,我父亲安重根联系土镇方面,要求更换路名。在这个事情上,赵响是我父亲重要的帮腔者。

可是更换什么名字呢,赵响说土镇已经有不少以安辰极命名的地方了,辰极广场,辰极大道,北斗小学,北斗村……为什么不能把这条路叫赵棠路呢?

9

在宴会上,我并没有和赵响有过什么像样的交谈,因为不停地有人前来敬酒和问安请好。赵响表现得非常谦恭,他不顾劝阻,对于每一位前来者,无论长幼,都要起身表示尊重。所以,这一个晚上他不停地起身、坐下,可是累得够呛。

这间隙他大声地跟我讲,希望宴会结束后可以和我进行一次交谈,我表示同意。他的女儿稍后又跟我讲,说她父亲专门让她来跟我说,这次交谈仅限于我们二人之间。但是他都没能坚持到晚宴后的文艺表演,就被两个保健医生匆匆护送出去了,他的女儿跟我说是心脏的问题,不过不太严重。

在这场晚宴上不缺熟人,其中不少是远道而来的导演、艺术家和演员。他们以土镇革命武装暴动和我的祖父安辰极为原型,创作了很多让人难以忘记的经典之作和艺术形象,他们都主动前来向我敬酒敬茶,关切地询问我父亲安重根的情况,希望我能转达他们的问候。

当然还有一批大河两岸的社会名流、著名画家和诗人,他们的关切和致敬要比那些远道而来的艺术家们真诚和炙热得多。其中有个叫雷声的诗人,蓄着一把大扫帚般的长须,他想请我帮他安排一下时间,他准备和我父亲同吃同住一段时间,他想感受他,想为他写一首千行长诗,讲述一个被父亲之光遮蔽的英雄。

我意外地看见了安昌河。在最近这些年头,据我所知,安昌河一直被谢绝在这样的活动之外。但是现在他却和宣传部长钟小兰坐在一旁,两人凑得很近,商谈着什么,表情都很焦虑。

10

我们刚回到房中,钟小兰就敲门进来了,她是代表土镇方面来看望我们的,亲切地问我们住得咋样,还需要什么……

我说,这一回邀请了安昌河么?

这话有点突然,她愣了一下,笑笑说,他正在完成一部《中国英雄》的书稿,参加这样的活动,可能对他有帮助。你知道这部书稿么?她问我,里头有你父亲安重根的篇章。

我笑着说，怎么可能不知道呢，德国贝塔斯曼集团资助的，专门讲述朝鲜战争的。

是啊，是啊，安昌河特别给我讲了安重根生擒美军上尉的故事，说那个上尉一直很感谢安重根，特别给他做了把椅子……

我说，是的，上尉是个木匠。

他的孙子正在前来爱城的路上，还有李文强和赵熙来的后代。李文强和赵熙来，这两个名字你们知道吗？钟小兰见我似乎并不清楚，笑笑说，他们曾经是你父亲安重根在朝鲜战场上的战友，一个是你父亲的警卫，一个是你父亲手下的营长，前往了台湾。

我怎么可能不知道呢？我是很清楚的。我装作不清楚，是因为他们是我父亲的隐痛。但我此刻却感到惊讶，因为我竟然对他们前来爱城的事一无所知。

钟小兰从包里摸出一份文件递给我，这才是她敲门的真正目的。《土镇烈士陵园迁建方案意见征求稿》，特地送过来请你看看。钟小兰以很庄重肃穆的神情看着我，说，恳请你在这件事情上头予以大力支持。毕竟，这涉及土镇未来的重大发展机遇，如果我们坐失良机，将是土镇的千古罪人啊！

11

早在二十多年前，土镇就曾规划过以烈士陵园为基点，在那一片土地上建立工业园区。规划中，烈士陵园将作为重要的文保单位予以保护。不过，位于规划区核心位置的安辰极烈士墓将被平掉，骸骨迁葬到烈士陵园。有关方面的领导在跟我父亲安重根征求意见的时候意味深长地说，在经济发展的大车面前，一切都要让行，发展才是硬道理啊！当时这话在我们听来，感觉安辰极的墓马上就要被掘开了似的。但我父亲安重根不以为意。

后来土镇工业园区和农业园区都陆续建设起来了，不过它们都被规划在了爱河对岸。

十多年前，又一个规划摆了出来，叫"星辰游乐园"，是土镇根据一家叫香港星辰游艺公司所提出的投资意向自己搞的。和我父亲安重根一样，在见到这份规划时，我也不以为意。因为规划实在太大了，八平方公里，多少钞票才可能铺满啊。有人认为这家公司的幕后老板来头大得很，每次前来乘坐的都是私人飞机。

让人确信他们在这片土地上将有大动作而且充满期待的是他们在二〇〇八年大地震后，提出将出资将土镇公园附近的土镇职业技术学校和土镇第三人民医院易地重建。职业技术学校迁建到了土镇上游，建筑面积是原来的十倍，设施设备极其先进，学校的名字自然也更名为"星辰职业技术学院"；三医院的牌子上头同样多了"星辰"二字，其规模之大，设施设备之先进，远超爱城人民医院。

曾经有个玩笑，说星辰公司一位负责人讲，他们之所以捐建这两个单位，其实也是为未来在土镇开展星辰项目做准备的。职业技术学院将为星辰项目的运营提供人才培养，而落脚此地的那些项目的研发，将依靠第三医院里的那些病人，提供正常人不可能获取的灵感。

随着职业技术学院和第三人民医院为社会广泛关注，大家都以为星辰公司在这片土地上的项目很快就会破土动工，但却迟迟不见动静。土镇方面都已经开始做陵园迁建和拆迁动员了，却突然被告知"不用着急"，因为他们还有一些技术上的问题没有拿出最好的解决方法。土镇方面问，不急是多久？三年还是五年？星辰公司没有给出任何回答。

不管是接待上级领导还是应酬我们这些贵宾，土镇方面的领导言必谈到星辰公司。他们谈起来的时候就像谈及土镇光辉灿烂的未来，双目有神，口若悬河，仿佛这星辰公司只要一动手，土镇诸如劳动就业、群众致富、经济高速发展等问题都可以迎刃而解。但若要问到这个星辰项目都有些什么，具体内容是什么时，他们比问者还要糊涂。

星辰公司的神秘在于他们不向土镇、更不向外界透露丝毫有关他们公司将落脚此地的项目内容。强大的万维网搜索引擎也查不到只言片语。星辰公司的神秘还在于偶尔派往土镇进行官方接洽的工作人员，每个都是那么年轻，着装统一，标准身高，以及绝对完美的五官妆容和言辞语调……我虽然从未和他们有过接触，但看过几张照片，他们那种神态举止，的确会给人一种"新新人类"的感觉。

12

星辰公司在烈士陵园迁建这个问题上提出了他们的设想。他们否决了土镇方面提出的几个选址，而是看中了驷马渡边上的那片土地，他们将在那片土地上建设一个比土镇人民公园还要环境优美，设施一流的场所，供土镇人民休闲游玩，让烈士在此安息，并接受人民的瞻仰和敬礼。

一个月前，星辰公司的人降临土镇，提交了他们的最终方案。星辰游乐园的项目将以安辰极烈士墓动迁作为时间点，宣布正式启动。而此刻土镇相关领导正在分头向我及赵响等烈士后人通报情况。而后，他们将会合在会议室，为本次纪念活动添加新的内容，如烈士陵园迁建仪式、烈士陵园新址奠基仪式，等等。

淳洁看着我，欲言又止。

我知道她要说什么。

她叹口气，用得着这么急吗？

这个夜晚我根本无法入睡，淳洁起来给我量了血压，拿了些药丸让我服下，因为明天一大早就要开始一系列的仪式，淳洁问我需不需要安眠药。我说不需要，我还要再思考一些问题。

你觉得……那些传言都是真的？意识到这不过是句多余的话，淳洁用一声叹息掩盖内心的慌乱。我拿过她的手，捏在手心里。她看着我。夜很安静。这么些年来，生活表现得就像头表面安静的怪兽，虽然我们时刻都在担心它会在什么时候突然露出森森獠牙，但却没想到是在这样的情形下。

第二章　七星痣

1

　　安辰极七岁的时候,异相开始显现,发现者是黑脚帮老帮头李铁脚板。当然,如果不是李马,安辰极的异相可能还要延后一些时间才能被发现。

2

　　此时的李铁脚板已八十高龄,早已穿上了鞋子,非但不再赤脚走路,而且出行还是一大奇景,不少人等候在他必经的路上,就为了看他。
　　他坐在藤椅里,藤椅下头两根长长的抬杠,老斑竹做的,刷了桐油,油光水滑。每根杠子前后两个人。有时杠子在肩头,有时掖在胳肢窝,有时干脆就拎在手里。他们叫抬辇子,这是土镇人专门给他们起的名儿。随着抬辇子前行的脚步,抬辇就那么闪闪悠悠。李铁脚板坐在里头,眯缝双眼,悠哉乐哉。这大河两岸,不管是滑竿还是轿子,几时见过四人抬脚的？除了州县官爷，怕也只有李铁脚板了，他是有这个本钱的，他是大河两岸所有抬脚行脚的爷，这是派头，也是稳当。

大概七十岁的时候，除非重大事务，李铁脚板就不再出土镇，而且从那时起，就穿上了鞋子。他对穿鞋子有讲究，冬天喜欢一种叫抱鸡婆的棉鞋，不系鞋带，没有扣襻。鞋子肥大，因为里头塞满了暄腾腾的梓州雪花棉，模样看起来像肥硕的抱鸡婆。夏天的时候，李铁脚板对龙须草做的草鞋颇为钟情，但是感觉有些硬性，不软和，不过他找到了解决的办法，那就是使劲地捶它，搓它，捶去它的燥性，搓去它的粗粝，只留下如丝的柔软。经太阳暴晒出来的龙须草色泽金黄，李铁脚板就喜欢这个，照他的话说，带了两脚的黄金。

再到后来，就算穿上最好的鞋子，他也很少下地走路了，每天早晚他会坐在抬辇里，从益和楼，经关公庙、火神庙，去驷马桥和老王渡看看。在关公庙，他会停下来进香。他已经年迈，而且腿脚不方便，迈过那高高的庙门槛很成问题，遇到有人好心想要搭手，他必然会冲着人家瞪眼，看老子给你娃剁了！从关公庙出来，李铁脚板坐在抬辇上继续前行。在驷马桥和老王渡，都有黑脚帮的货仓。货仓里头堆放着从各处抵达土镇并将从此分流前往爱城、北县、安镇和大山深处羌藏地带的货物，如大米洋面、布料铁器、酒水茶叶等，也有从这些地方出来暂且在此停留，需要重新包装的烟土、皮子、药材甚至是木料和杠炭。

李铁脚板并不下抬辇，而是端坐上头。管事的带来管账的，将流水簿子递给李铁脚板。遇到不清楚的，就由管事的负责说一二三。随后他会进货仓巡视一番，叮嘱一遍防火防潮，诸事小心。

巡视了货仓，李铁脚板多半就要往回走了。有时他会从二王庙前经过，由凉水街特地从十字口绕一圈，回益和楼。不过大都是顺着河堤往下走，一路来到半边街。

3

半边街。上半截三分之一的铺面是妓楼，最有名的莫过于十三楼。还有三分之一的铺面是茶馆酒肆。另三分之一是旅馆。其实，要专门以主营来区分它们还真是不可能，因为茶馆里头也有不少操持皮肉生意的明娼暗妓。酒馆也可以支起几根板凳就睡一晚。而妓楼里头，吃喝玩乐十天半月要啥有啥……在这所有的场子里头，有两样是通行而且不短缺客人的，那就是烧烟和耍钱。

半边街的下半截街则只有酒馆、茶铺和旅店，因为这里是黑脚帮地界。

黑脚帮的历史久远到跟张献忠扯上了关系。张献忠兵败凤凰山，临终之际，将名下的八个干儿子叫到一起，让他们将自己用于建国建军的金银藏于某处，然后好生守护，等到将来有天命之人出现，将金银献给他，再倾尽全力辅佐。

这金银有多少呢？有的说是十八缸金，有的说是十八棺金。

据说刚开始的时候，大家都还齐心协力，忠心耿耿。等到下一代就开始生二心了。先是在伙子里打打杀杀，相继有三个被灭族灭门。存活下来的五个，一是行脚者，二是说书人，三是郎中，四是石匠，五是木匠。他们重新立下规矩，这守护宝藏的使命只传弟子不传亲人，学艺先学人，跟师几十年，难道还瞧不出有人品没人品？挑一个最信得过的弟子将手艺连同守护财宝的使命传给他，还有什么不放心的？最不放心的就是血亲，统观天下古今，动辄叫你出血的绝非外人。

到后来，行脚者的势力最大，成立了脚行，也就是黑脚帮。行脚者细分则有水路和旱路两大类。水路也就是跑船和放排的。旱路就多了，马帮、挑夫、轿夫……不管是人还是货物，想从东方到西方，甲地到乙地，也不管距离只是上街子到下街子或者千里之外，找他们准错不了。

黑脚帮规矩很大，门槛却最低，只要能动弹，都可以进去。力气大，你挑重担，力气弱，你可以捎口信。但黑脚帮有"三不沾"的规矩，一不沾烟，二不沾赌，三不沾匪。如果你能做到这三点，领路人就可以先在半边街管你一顿饱饭，然后带着你，绕一个大弯儿转到前街，从正大门进到益和楼，去进香，去讲规矩。

益和楼面上当然是门迎天下客的茶馆，但首先是黑脚帮的堂口。

进到茶堂，先请你喝杯茶，稳稳神。然后穿过二进院子的客堂，进入到三进后面那最大的厅堂跟前，一道高高的门槛连同两个执事的将你挡在外头。里头的厅堂空空荡荡的，除了正中供奉着关圣人像和神龛下头的一个草礅，再没别的东西。你想翻过门槛，到神龛前，向脚行祖师关圣人磕三个头,因为你听人说过,这样你就算是黑脚帮的人了。

你的双脚就要迈进高高的门槛,领路人会先一把扯住,跟你讲,想好哟,咱们这脚行靠的是跑腿吃饭,苦得很哦!你说没问题。但领路人并不这么认为,说你还是再考虑一下。你看着领路人,不明白还要考虑啥。领路人说,有钱人一张嘴,没钱人跑断腿,说的就是我们这个行当啊。你说,莫法,我命孬。领路人说,自己的路自己走,认好的门自己进。你终于可以进门槛了,一步一磕头,爬行到祖师爷关圣人跟前烧香敬礼……

礼毕起身,管事的过来,递给你一把钱,这是咱们的老当家送你的,叫你去买几双好点的草鞋和绑腿。他专门让我们转告他的话,他说,莫想那么多规矩的事情,规矩是定给那些不守规矩的人的。轻轻松松上路,要把爹娘给你的这副身板好生用起来,挣钱,娶老婆,生娃养崽,教他们有出息,莫要长大了再走你走过的那些老路!

4

李铁脚板走在半边街,黑脚帮的那些兄弟见了他竟然有如路人,谁也不会多看他一眼,更不会放下手上的活儿来跟他打招呼,更别说致敬献礼,因为那样是要挨他的骂的。

——你在搞啥子?不把手里的活儿逮稳点儿!

其实手里有啥活儿呢?可能是端着个茶盏,可能是在跟别人闲扯,也可能是正在和卖簸簸肉的搞价钱。黑脚帮的人活路在货场里,在船上,在路上,不在半边街。半边街是远行归来的行脚者们犒劳自己的地方,是行脚者们忙碌一天下来落脚歇气的地方,是即将远去的行脚者们整顿待发的地方。

他们在这里喝喝茶,耍耍纸叶子牌,抿点小酒,交换一下刚刚历经的危途和奇遇故事,对新入行的兄弟伙儿进行忠告和指点,商量一会儿怎么去益和楼禀告货物失踪和收殓惨死路上伙子兄弟的事。想要放放水的兄弟,还可以招徕两个卖簸簸肉的勾连勾连感情。

不管你在干什么,哪怕是在打瞌睡,李铁脚板都认为那是极其重要的事,只要事情上手,那就要一门心思地把事情做好,稳稳当当地端在手上。喝小酒的把小酒喝好,讲危途经历和奇遇故事的别遗漏了那些拿性命换回来的细节。讲簸簸肉价钱的,那就更得长眼生心,莫要花了钱还落一身病害。

李铁脚板时常爱说,你拿在手上的事,哪一样都比我这个蔫巴死老汉儿重要。你如果真的尊重黑脚帮,敬重我,那就尽一切努力将端在手上的事儿做好,因为落在地上了,你能自己把它捡起来还好,你要捡不起来那就成了我的麻烦。

相比别的行帮,不管是漆帮还是烟帮,哪怕是那最不招人待见的丐帮,哪一个规矩不大?只要漆刀拿上手,一年三节两寿哪个少得了?当个小讨口见了老叫花子不奉赠点好处,就要挨打狗棒。唯独这黑脚帮,入行连礼信钱都不用掏一分,堂口规矩也不讲究,磕两个头算事。更不像那些嗨咕噜子嗨袍哥的,言子海底,一个新兄弟入伙,光是堂口的规矩仪式就得搞一两个时辰。

咱们黑脚帮为啥这样啊?懂事的人说,因为没时间嘛,咱们不是那种站着拿钱的人。你想要吃顿饱饭啊,你就得双脚不沾地,你还想吃点儿肉,你就得跑快点!所以能歇下来就是福气!老帮头到半边街来,其实就是要看看大家都歇息着么,就是希望大家都能好好享受着歇下来的福气啊,可不能因为他的到来影响了大家这端在手上的福气呀!

听的人不免感动,说真没想到老爷子这心思真是比亲妈还柔软啊。

这是因为天底下唯独老帮头最知晓咱们脚夫子的苦啊!

李铁脚板腿脚老了,但那双眼睛却是比以前更不晓得要锐利到哪儿去了。这从半边街一阵经过,他就看出了不少问题。等走过半边街,一转过弯儿,就开始吩咐了,跟上头赵和尚说一声,叫他卖烟膏的那两个兄弟不要越界,来咱们下头的茶铺子耍,口袋里头就揣干胡豆,别揣大烟丸子。再跟下头几家子兄弟伙们讲一讲,新来的那两个卖簸簸肉的初来乍到,莫要去欺负人家,价钱给公道。另外,跟她们讲,开春了,活路出来了,差不多挣点儿就行了。

李铁脚板把黑脚帮的子弟看得紧,当然也把土镇看得紧。正是因为他看得紧,把得稳,抓得牢,这大河两岸,别的大镇小乡到处都是袍哥堂口,唯独这土镇是个例外。土镇这艘大船,李铁脚板是唯一的舵把子!

这一路,李铁脚板早累了,半仰在椅子里,望天打瞌睡。

前头拐弯过来一行人,瞧那行头打扮,应该是包巡检,左边抬辇子轻轻一拍抬杠,说,前头左拐弯。右边抬辇子赶紧瞟一眼,说,来了包巡检。后头两个抬辇子也看清楚了,一个说,一行五个人。一个说,双枪走在前……

李铁脚板听明白了,轻轻一拍椅子扶手,四个抬辇子就晓得了，老帮头这是要见人。于是都放慢了脚步，而且前头两个抬辇子一摆首，后头两个抬辇子一摇尾，抬辇半斜着向前行。包巡检一眼瞧见了李铁脚板的抬辇，瞧架势，他是要跟自己说话，于是马上做好打招呼的准备，站定身子，微微颔首，打躬作揖，恭敬地请了安，再一步上前，手托着抬杠，老帮头上头吩咐就是，不消落地，不消落地！

出于对包巡检的尊重，李铁脚板执意要下地，向包巡检回礼，再一番问候，家头老人可好？娃儿可好？最近忙些啥？包巡检忙应着好，说近来有些忙，稍微一空，就过来给老帮头请安。一番客气话讲得差不多了，就将李铁脚板扶回到椅子里，拱手作别，各往东西。

李铁脚板刚将身子缩回到椅子里，仰下，还没找到舒坦，就见抬辇子轻轻一拍抬杆，前左的说，前头两个人。前右的说，父子牵手行。后左说，老子安玉惠。后右说，儿子安辰极……

李铁脚板噌地从椅子上挣起身子来，冲抬辇子骂道，不就说我干娃嘛，绕这么大弯子干啥。抬辇子笑了，还不是为了惹老帮头你高兴吗？

5

这一年，安辰极刚年满七岁，安玉惠带着他返回秦村乡下过的生日。原本是待上两三天就回土镇的，不想秦村冬旱，开春这许久还不见雨。秦、何两家当家人聚在一起准备在村里请几场大戏，再请端公跳跳大神，做做祈雨仪式。这是祖上不知始于何年的惯例，遇到旱年或者荒年，总会请戏拜神，不管是秦姓人家还是何姓人家、安姓人家，只要有一家觉得有这必要，但凡提出来，必然会得到另两家的响应，然后大家在一起喝上几杯酒，一顿饭的工夫就将所有的事儿都定了下来了。几时？戏班子请哪家？端公找谁？多大的银钱花销？然后现场点将抓兵，扎场子的，搭台子的，请戏班的，请端公的……随着差派事毕，戏班进村，锣鼓敲响，整个村子里早热闹得像过年了。

这一通搞下来，送走戏班和端公，看了账房送来的流水簿子，猛然记起今夕何夕，居然已过去半个多月了。

见了李铁脚板，安玉惠忙扯了安辰极过来，向李铁脚板问安请好。李铁脚板的抬辇落了地，让安辰极到跟前来，将他牵到怀里，抱上膝盖，拍拍抬辇扶手，抬辇慢慢升起来，平平顺顺地前行着。

安辰极四下张望了一阵，看着下头他的父亲和随行的人，说，我好高呀！

李铁脚板问，喜欢吗？

安辰极说，喜欢。

李铁脚板问，你喜欢啥呀？

安辰极说，比他们都高。

李铁脚板指着前头抬辇子，你高，是因为他们抬着你呢！

抬辇子在益和楼旁边的巷口停下来，两个拎了抬杠和椅子回益和楼向管事执事回令，另两个搀扶着李铁脚板穿过长长的小巷，进入李铁脚板的府邸。

一般人都以为李铁脚板就住在益和楼里，益和楼就是他的家，其实也没错。益和楼是在李铁脚板手上修起来的，里头有多少间客房没人讲得清，但烧饭的厨倌师加上厨娘，怕有差不多十个。南来北往的生意人，只要途经土镇，只要是做这大河两岸的生意，首选的也是住在这里。

既是生意，就有往来，所谓无腿走千家，说的就是银钱，银钱就是生意。它怎么从南到北，从东往西？靠的就是黑脚帮的行脚。因为生意人都往这里头住，所以这里也就成了个买卖场。谁缺啥，谁有啥，谁想啥，谁要啥，互通有无，手上没有也没关系，有人手上掌握着供需消息，那就是捎客。不管你是要卖烟，卖人，真黄金还是假白银，也不管你是要枪要炮还是要人性命，只要进了这益和楼，卖不掉的保管卖得掉，买不到的管保可以买到，只要舍得出价格。

黑脚帮从来不过问更不会掺和生意，不管你是牛顶死马，还是马踢死牛，绝不添盐加醋。益和楼只是茶馆酒楼，没有娼妓，也没有大烟，更没有赌局，只提供清茶烧酒和美味佳肴，再有就是干净温暖的床铺和送货取货的脚程。

益和楼是黑脚帮的堂口，但因兼营照料那些休憩居停的客人，所以在区域划分上还是有着门禁区分的。这一点，李铁脚板在修建它的时候就充分考虑到了。前门厅堂极阔极大，台楼大柱，摆得下百十张茶桌。所以有人形容益和楼茶园之大可以跑马。而且这里一年四季都有大戏小剧登台，遇到生意赚了钱，一高兴，几把大洋撒上戏台。这时候大半个土镇的人都会挤过来，坐客收茶水钱，站客分文不取，过上三五天连台大戏的瘾。进大厅左右有宽阔的楼梯，上了二楼，可以吃茶，饮酒，看戏。大厅后头，就是一宽大院落，左右厢房都是上下两层。二进又是一个大厅，还是上下两层，下头分为一主二副三个厅，上头分隔若干雅间，是专门给客人们使用的，喝茶、密谈、宴饮或者居住，随客人的意思。三进院里，布局和前院没有什么太大区别，只是比及前院要安静不少。三进的大厅，就是黑脚帮的香堂了，也是平时重要聚会和接待贵客的地方。

说李铁脚板住在益和楼里，是因为他总是从里头出来会客见客，说事讲理，或是在众人的招呼声中，穿过客厅茶堂，从益和楼大门出去，乘坐他的抬辇四方巡视。其实，李铁脚板的住家是毗邻益和楼的一个二进小院，为了进出方便，隔墙上开了道门。

李铁脚板没有妻儿子女，陪伴和照料他的都是几个老年和伤残的行脚者，他们都是黑脚帮的功臣。因为和李铁脚板一样无妻无家，大家就索性住在一起，彼此照料，也不孤独。

另有两个年轻女子，相貌还过得去。这是李铁脚板专门让半边街的挑选送过来的，她们和那些卖籤籤肉的不一样，急需用钱，到半边街寻个"短打算"。她们会在这里住一阵子，帮忙烧个饭菜，清洗个衣物，有时候也要乐一下。相比外头，她们更喜欢这里，一是隐秘，出了这小巷，就可以仰起脖子走路。还有一个妇人，领着个娃儿，怕有十岁的光景，见安玉惠看她，垂下头去，走到一边。倒是那娃儿，两眼活泛地看着安辰极，满心期待地指望和他一起耍。

就是你先前讲过的那个娃儿？安玉惠问。

李铁脚板点点头，北县禹里沟的。

安玉惠说，时间对不上呀。你上回跟我讲，我专门琢磨了阵,那年你一直在土镇养伤啊。

送都送来了,就先住一阵子吧,看怎么把他们安置。李铁脚板让安玉惠别在这个事情上太介意,话头一转,你回来的正是时候,看可有空暇去一趟梓州?

安玉惠说,是窑爷吗?他咋样了?

李铁脚板说,前些日子,有押货的去梓州,顺道看了窑爷。窑爷的情况很不好,一入秋就不敢出门,终日里待在床上,闻不得烟火气,一闻着就出不来气。

都是当年烟火熏了落下的病根啊。安玉惠叹着气,表示等将这土镇的事务处理一下就过去。

你跟他交道并不多吧?你接手当家的时候,他就已经在害病了。李铁脚板说。

咋不是呢?安玉惠说,我当家的第二天,就去拜见了他。那是一段叫安玉惠难以忘怀的记忆。见到他,田垚爷就让他把那些窑口该熄火的就都熄火,不要硬撑了,窑工们该遣散的也就遣散了。只是他们在这行当里头混了大半辈子,就会这手艺,没了这条路,又去哪觅活求食呢?闭窑熄火你安家也损失惨重,但终究是要好过他们啊。就大方一点,管他们一顿饱饭吧!

安玉惠当即就要田垚爷放心,只要是安家窑口的人,四十岁以上的多发半年薪金,二十岁以上的三个月,二十岁以下的一个月。只要是土镇窑工,不论老少,只要来到安姓人家门口,汤饭管饱……

他们一辈子都在烧土镇这口大窑,烧旺了我安姓人家的家业,烧出了土镇的名声和那往昔的繁荣,我们无论如何也不能在这不景气的时日让他们心凉啊！种粮食也有个丰年寡年，只要咱们齐心协力，谁说土镇的炉火不会像往昔那样熊熊旺旺地燃烧起来呢？安玉惠说。

田垚爷苦笑着直摇头，莫指望了，莫指望了。

6

土镇窑堂公口曾经是大河两岸了不起的行帮，大家秉承着互帮互助，同舟共济，荣辱与共的精神，坚守着强不惧弱不欺，本本分分制器，老老实实烧窑的帮会规矩，将土镇的炉火，从唐宋一直烧到晚清。

每当兵燹灾祸将土镇的炉火无情浇灭，又是他们这个行帮组织人来，小心地寻得火种，像心肝一样呵护着，吹燃，吹旺。土镇窑业在田垚接手那会儿，是最鼎盛的时候。窑爷踌躇满志，整饬行帮，将一批好吃懒做日嫖夜赌的集中起来规训，该饿饭的饿饭，该挨勾板子的挨勾板子，一通整顿下来，整个行帮规规矩矩，再也听不到什么某窑工鼓吃霸赊，更不会有窑工去抢去偷。在窑爷的治下，一向有些糟乱的窑工堂口，有了前所未有的好形象，好名声。那会儿，窑爷还鼓励那些德行好，技艺高的窑工师傅们在土镇安家置业。之前堂口公会只吸纳窑工泥工们参加，到了窑爷手里，他要求土镇所有的窑主都必须入名。入名就得缴费，一是公费，二是礼节费。公费的一部分，用于帮助窑工们在土镇娶妻生子，安家置业。礼节费则用于窑工们生节满月的慰问和病亡丧葬，鳏寡孤独的抚恤。他统管着所有窑工，谁不听他的呢？你要不遵从，窑口就别想生火冒烟，就别想出好器物。那时候的窑爷，在土镇，可是享有着至高无上的尊崇，被人戏称"土皇帝"。

谁承想几乎是一夜之间，窑爷苦心经营的窑业帝国就轰然坍塌了呢？

窑爷离开土镇的时候，除李铁脚板外，他谁也没告诉。如果不是需要抬脚，他可能连这位老朋友也不会讲。他要回到他出生的那片土地，在那里死去，落叶归根。

窑爷那日走的时候是五更，整个土镇都还在昏睡之中。回首往昔，土镇何尝有过昼夜之分啊。窑爷跟抬脚的说，别着急上路，四处转转吧。李铁脚板是清楚窑爷心思的，十几岁到土镇学徒，这辈子的时光和岁月，算是泼撒在这片土地上了，此去就是永诀。李铁脚板叫专门前去安姓人家的窑口看看。窑爷站在巷口，远远地看着那口天工窑，还冒着烟，炉口还映着红红火光。

夜深清寒，两个守窑的窑工衣衫单薄。将身子紧紧地靠在窑壁上"烤大火"。窑爷从身上解下酒葫芦，让人送过去。两个窑工接过酒葫芦，一看是窑爷的，追过来，见窑爷远去，想要追撵，但又要守窑，就在原地扑通跪下，磕头作揖，泣不成声。

如今再一次讲起，李铁脚板依旧感慨万端，老泪纵横，而安玉惠也听得伤感莫名，陪着哀叹。

田垚爷的昨日，又何尝不是我的今天呢？李铁脚板慨叹道。

干爹这是哪里话？咱们黑脚帮现在可是如日中天啊！

你只看见了面相，不清楚底里。李铁脚板叹口气，没两年的好日子可以过啦。不过，我心思放得宽，潮起潮落，时事变迁，得顺应潮流啊！

安玉惠想要知道李铁脚板哪里来的这番感慨。

不管原来的皇帝有多糟糕，他戳在那里，多少是个王法皇权。揭竿子起事，对抗的就是王法王道，多少还有个秋后算账的顾忌和等待招安的念想，凡事不大敢做绝了。现在呢？他们唯恐事情做不绝。没了王法王道，就没有了是非判定，没了边界规栏，这天下就成了真正的弱肉强食，谁拳头硬，谁枪杆子多，谁就是王法；谁敢凶，敢狠，谁就是王道！

李铁脚板讲得太急，被话哽了喉咙，端过茶盏，喝了两口，松松嗓子，缓缓气，这才接着说。

真正的乱局还没有来。就以这爱河上下游来讲，马上就会出几个狠角子。原来剿烟匪差点被砍掉脑壳的陈红苕，不是已经回安镇去了么？他可是在北县深山里头种了上千亩的烟，以前贩烟还请我们黑脚帮出力，现在他的烟帮自有行脚一两百人，还都佩着枪火快马。这样的阵仗，又哪里是我们黑脚帮可以比的？而且陈红苕的野心绝不只是种烟卖烟这么点儿，早晚有一天他会是这大河两岸的魔头。还有安镇的曾云周，买了两条船，跑土镇、爱城和绵城的水运，我这里有现成的船夫子不请，却硬要从那些二三烂五的人里头去挑，上船就喝血酒，他真是为了跑船运吗？这家伙烤大火出身的，他吃够了苦头，急着想要翻身，啥穷凶极恶的事做不出来？还有雎水关的袁天王，招兵买马，广种大烟，我黑脚帮好多兄弟都被他招请去扛锄头，熬大烟和耍枪耍炮去了。再说那个土镇出去的新军营长柯鼎臣，想要扩营充军，居然跑到我这半边街来招兵买马。我去干涉，还说我阻拦了他们"驱逐鞑虏、匡兴汉室"的大业。一些行脚者也认为我是在剐他们的升官发财路！李铁脚板苦笑着摇摇头，要不了几年，我这黑脚帮啊，就散啰！

看着李铁脚板一脸哀愁无可奈何的样子，安玉惠也不晓得该如何往下续话。李铁脚板是多么睿智多么老到的主儿啊，江湖上风风雨雨几十年，黑脚帮能做到这么大，不全仗着他的能耐么？可是，如今这样大能耐的人物，都在为前景未来忧心忡忡，他安玉惠一个靠着收佃过租的绅粮大户，难道就没有点忧患之心吗？

乡里可是一切都好？李铁脚板看着安玉惠，还都太平吧？

眼下看起来还太平，就不敢往坏里想，想起来就害怕啊！

也该你们害怕。爱城西郊的梁大户，你总听说过吧？

安玉惠讲了乡下的传说，说那灭掉梁大户满门的人是他的佃农。去年涝灾，佃户们指望梁大户免押减租，梁大户不肯，所以好多户人家交了押租，连年都没办法过。开春又遇到干旱，跟梁大户告借，梁大户迟迟不肯开仓，于是，几个佃户心头便起了凶狠……

李铁脚板叹息一声，这些话都是你们村头那些佃户租客们中传出来的吧？

安玉惠说，都在这么讲，所以大家都很紧张。就怕他们稍微一不顺遂，就聚伙闹事。我们秦、何、安三家，在今年不仅请了连台大戏，还预备着如果再旱下去就开仓放粮，访贫问苦，先得稳住他们啊，叫他们安心，只要有我们一口饭吃，就饿不着他们。尽管如此，大家都还是觉得心头不稳当，戏台一撤，先是何姓人家当家的去了爱城，接着是我，秦姓人家正修建碉楼，还准备过两日来土镇找点门道买枪炮呢。

饥年荒月防民变，千百年来都是如此。遇到民变，你们这些乡绅大户是第一个倒霉的，这也错不了。李铁脚板两眼空空地看着安玉惠，只是你要防范的不是乡民啊。

安玉惠心头一咯噔，手脚都哆嗦了。

7

爱城西郊梁大户是大河两岸远近有名的绅粮，在爱城开着最大的粮油店。这么多年来，他一直做着官家的生意，大河两岸的兵营吃的差不多都是他家的粮油。安玉惠的大米和油菜籽，起码有三分之一是卖给他的。而他所有的运输，又大多是跟黑脚帮雇请，多年来的合作，几方建立了非常好的关系。

富甲一方的梁大户是爱城第一个买上汽车并且能亲自驾驶的人。梁大户表面洋气，骨子里却非常传统。他在爱城修建了公馆，就因为年迈的老母亲不肯入城，所以他每天早上开着洋汽车从西郊的老宅一路奔驰到城里，傍晚的时候再开着洋汽车，拎着洋酒，载着他时髦的姨太太回到西郊。

而这条梁大户专门出钱扩宽铺平的被称为"梁道"的马路上，也天天有人守在路边看稀罕。你瞧，这家伙不光跑得快，声气还蛮大的呢！

但是这天，看稀罕的人守了半天也不见汽车的影儿。而城里米店和公馆的人也在纳闷，难不成是老宅子那头有什么事吗？等到天黑，还不见消息。派人回老宅一瞧，却见到处都是黑灯瞎火，顿感不妙，毛着胆子进去，却见地上躺满了尸体。梁大户一门十好几口子，不是割了脖子，就是被砸碎了脑袋，梁大户死得尤其惨烈。

后来警察保安队来了，抓走了梁大户的四个雇工和三个行脚者。李铁脚板以为那三个行脚者是黑脚帮的，一打听，说是单干的，没帮没派。没过几天，警察保安队就将这七个人弄到西郊的山坡上给枪杀了。说法是那七个人临时起意，偷窃金银，不料被梁大户逮了个现行，恼羞成怒，遂起了杀心。

而那七个人的真实身份是三个乞丐，两个疯子，两个死囚。乞丐是从绵城丐帮的人手里买的，疯子是从竹城抓来，死囚是爱城监牢里的。这一切的幕后主事，是爱城警察保安队长蒋敬。

安玉惠听得倒吸凉气，瞪大了眼睛。

柯鼎臣在里头也有份儿。李铁脚板说，没有柯鼎臣，蒋敬也没那个胆量。因为腰包干瘪，蒋敬害怕在爱城坐不稳当，柯鼎臣苦于自己的队伍怎么也壮不大，一合计，干脆吞下梁大户，这一下两个家伙可就都肥了。

见安玉惠一脸的忧虑，李铁脚板宽慰道，你莫要担心，他的手还不敢伸到土镇来……

我又怎么能不担心呢？安玉惠哀叹道。

当年祖上安崇奎夺了蒋家窑口，两家由此积怨。在田垚爷和李铁脚板的主持下，出钱和蒋家达成了和解。但那只是面上。蒋家丢了窑口，差点家破人亡，这等深仇大恨，又岂是几个钱和两张情面可以消解得了的？

这时外头传来一阵撕心裂肺的啼哭声，原来禹里沟来的那个孩子和安辰极玩耍的时候，不小心将桌上的茶水杯子碰翻，倒了安辰极一身。见安辰极站在那里，浑身冒着烟，李铁脚板吓住了，以为烫得有多厉害，冲着那个娃儿就是一耳光。

大家七手八脚扒了安辰极的衣裳，发现胸口烫红了。那个女人显然比几个婆子有经验得多，拿帕子在冷水里浸了，拧得半干，往安辰极胸口那片被烫红的皮肉上一敷，安辰极的哭声就小多了。片刻之后，抽抽泣泣也停了。

安玉惠这才看清楚这个女人，模样端正，三十多岁的光景，她何至于混到来蒙骗李铁脚板的地步呢？见安玉惠注意到她，女人有些慌张。儿子闯了祸，当娘的自然要一番教训才是。她走到那个犯错的小罪人跟前，先是在身上一通拧、掐，那个娃娃两手慌乱地护着痛，嗷嗷地叫唤着。女人骂着，打短命的，夭寿的，就晓得一天闯祸，还不过来给少爷磕头赔罪。

不怪他，我俩玩儿，谁也不小心。安辰极上前将那个娃儿往起拽。没得到准许，那娃儿不敢起身。安辰极跟李铁脚板说，干爹，你让他起来吧。

李铁脚板拿脚磕了一下那娃儿，喊你起来就起来吧！

那娃儿站起来，安辰极见他满脸挂着泪水，扯了胸口的帕子给他揩拭。

看来两个耍得到一起呢。安玉惠说。

他叫马娃，比我大三岁。安辰极看着李铁脚板，干爹，马娃跟我讲了,他还没有姓,这回来,是要干爹给他个姓。

李铁脚板翻着眼皮看着那站在墙边局促不安的女人,又看看安玉惠,再将目光落到安辰极身上,拧着他的小脸蛋儿,怨嗔地叹口气,你这个娃儿呦!然后冲那娃儿招招手,那娃儿有些惧怕。李铁脚板斜眼看着那女人,那女人上前在那娃儿后背上搡了一掌,娃儿畏畏缩缩来到李铁脚板跟前。李铁脚板嫌他站得太远,有些火冒,我是吃人的呀?

安辰极伸手过去,牵了马娃的手,拉到李铁脚板面前。

你叫马娃?李铁脚板问。

马娃点点头。

李铁脚板看着女人,真要我许了他的姓?那他就是我的人啰!

大爷你就给他条活路吧。

见那女人扯了娃娃作势要下跪,李铁脚板伸手一挡,慢些,有些话我还是要讲一下的。他看着安玉惠,你记一下,算是个见证。我李铁脚板四海奔波,虽也曾娶妻纳妾,但从未有育。这些年头不断有人上门来认亲归祖,我一宗都没承认。又怎么来认可这个马娃呢?亏得我这个干儿子多嘴求情。李铁脚板扯了那娃娃的手过来,摸摸他的脸,又摩挲了几下他的头,从今天起,你就随我姓,就叫李马吧!

8

李铁脚板一边给安辰极涂獾油膏一边讲,他以前在路上可没少干这样的事。有兄弟伙被蛇蝎毒虫咬伤了,必须得以最快的时间抢救。往那伤口上冲上半泡热刺刺的骚尿,再随手扯了刺棵子对着伤口四周使劲扎,三颗针最好,比银针还要好。扎破了皮肉,就使劲往外挤压,从四周往伤口处挤压,一直挤到流淌出来的血全是鲜红的才行。如果挤不出来,还得拿嘴去吸,但这吸的人,须得嘴里没有生疮长疔,没有牙肿牙痛……

安辰极和一旁的李马却听得格外认真,生怕漏掉了一字。

那可真是分毫必争的抢时间呀,稍微怠慢,毒性通过血脉入了体,那腿马上就会肿得透亮。腿脚一肿,虽然不至于要命,但对于我们来讲,那是比要命还恼火啊,延误了送货时间,就丢了信誉!

正讲着,李铁脚板突然察觉出了异样,凑到安辰极胸口上细瞧,有些看不清,举了蜡烛过来,还是看不真切。问安玉惠,你看清楚了吗?安玉惠眯缝着眼,说,好像有黑点儿。

李铁脚板叫过来李马,你眼尖,看清楚没有?

李马当然看清楚了,说就是有黑点,这里一颗,这里一颗……

安玉惠见李铁脚板神情凝重,以为怎么了,他脸上不也有吗?很小的时候就发现了,随着年龄渐长,将来可能会越来越大的,痣嘛,你看,我这里也是。

李铁脚板让人找来老花镜,嫌蜡烛不亮,叫点来油灯,又嫌油灯不够亮,多添几根灯芯。他凑近安辰极,先从脸上细细地看,一点点,一寸寸,一直看到胸口,又叫脱了裤头,再叫脱了袜子,再叫拿起左脚……

他眨巴着眼睛,鼻头都快凑到娃娃身上了,那细细审看的样子，不由得让安玉惠心头发麻，皮肉发紧，难不成这安辰极是出了什么事情吗？

李铁脚板一连干了三杯酒。见他这般激动兴奋，安玉惠晓得，那一定是和安辰极身上的痣有关，他多半是有什么极玄妙极珍贵的发现。对李铁脚板，安玉惠一贯是敬仰和恭敬的。安姓人家能在土镇落下脚，稳住身，能在纷乱中获得现今这么大的利益和发展，哪一样不是靠了李铁脚板的帮衬？哪一样不是仰仗他明里暗里的指点和盘算？安辰极能活着，似乎也亏得李铁脚板这个保爷。

安辰极三岁害了一场病，总是莫名其妙地哭，不分早晚昼夜，惊乍乍的。按老辈子的话说，这是身边有东西惊扰。安玉惠去找了道士，化了符水，没什么效果。又去庙里捐了功德，燃了长命灯，还是哭。最后找了算命先生，说命里福寿太大，这娃有些兜不住，最好找个保爷拜寄一下。但谁能承受得住这一拜呢？当然只有李铁脚板了。

李铁脚板在大河两岸的地位和影响，尤其是他历经千难万险却总能逢凶化吉的传奇经历，以及他如此高寿和康健的形象，绝对是当干爹做保爷的最佳人选。几乎每年都有为官者、得势者和有钱人想要将儿女拜寄给他，甚至是许下千金万金的重礼，指望他的福泽能重荫他们的子孙无病无灾，长命百岁，当然，更重要的是能以此攀缘上他黑脚帮这棵大树。李铁脚板怎么也不肯，因为他想在以后过点清静日子。你想啊，收一堆干儿子，就像龙生九子那样，难免以后有的为官有的为匪，到那时，坑蒙拐骗，偷摸盗抢，打的要打，杀的要杀，闹得乌七八糟，谁找到我这当干爹的，我都得吭气。

那时候我咋办？我成天给他们分青红皂白去？论断正邪是非去？闯了灾祸的跑到我这里来，我让不让他躲？遇到要杀要剐的，我救也不救？要我耍两手清，遇事不管，可不是我的为人啊，我自己心头也过意不去，别人也会将我背脊骨戳烂啊！到那时候，你说我是不是好名声成了臭鱼腥？李铁脚板略一思忖，嘬嘬牙花子，说，我约莫着安辰极这娃儿不会，再说就他一个，我也帮衬理料得过来。

那么，今天晚上，精于命理，通晓生辰八字，世事洞明的大河两岸第一大帮头的李铁脚板，娃儿的保爷，自己也随着称呼的干爹，难不成从这娃娃身上看出了什么预兆？瞧他这神情，这抿酒的响亮的吱吱声，这按捺不住的喜眉喜眼，这预兆也一定是祥瑞大吉的。

说是瑞兆也算吧。李铁脚板掐算了安辰极的生辰八字，感叹说，有时候那些狗屁文人胡诌乱说还是能沾点屁臭的！

怎么讲？

李铁脚板伸出指头，戳向安玉惠的左眉，摁了摁那颗痣，你这是啥时候显现出来的？

安玉惠说，很小的时候，以为是蚊子屎，使劲搓洗，洗不掉，渐渐大了，成了痣。

你看辰极脸上那几粒，是蚊子屎还是什么呢？李铁脚板问。

是痣，安玉惠说，早就看了，那不是蚊子屎，是痣。还有他胸口上那颗，是痣，都是痣……只是他胸口上咋也会有呢？

那就是瑞兆啊！李铁脚板挪开桌子上的菜盘子，从盘子里捏起一撮鱼皮花生,然后一颗一颗地将鱼皮花生往桌上摆,这是辰极左额上的,这是右眉上的,这是右腮边的,这是左下颌上的,这是心口上的,这是丹田上的,这是左脚面上的,你看,这像什么?

安玉惠看着桌上摆着的七粒鱼皮花生,犹豫着,北斗七星?

那还能是什么?李铁脚板拿起筷子,指着那一粒一粒的鱼皮花生,这是左额上的那一颗,它叫天枢;这是右眉上的那一颗,它叫天璇;这是右腮边的那一颗,它叫天玑;这是下颌上的,它叫天权;这是心口上的,它叫玉衡;这是丹田上的,它叫开阳;这是左脚面上的,它叫瑶光!李铁脚板放下筷子,两手就像推开波澜一样,慢慢地往前扒开,要向安玉惠展露出宇宙的灿烂与壮阔。他双目熠熠地看着桌上那七星排列的鱼皮花生,说,这就是瑞兆,这就是吉象,九五之尊,帝王之兆。

安玉惠俯在桌子上,探头看着那几粒鱼皮花生,终于明白李铁脚板在说什么了,他哪里还坐得住,身子哆嗦起来,带着桌子也跟着一起颤动,那几粒圆润圆润光滑的鱼皮花生米在明亮烛光的映照下,随着桌子的颤动而微微晃动,油光泛泛,真是犹如闪烁的星宿。

辰极、北斗、七星痣……天意啊!李铁脚板难抑激动,颤抖着手,握稳酒壶,拿准酒杯,将桌子上两只酒杯斟满,要和安玉惠碰杯共饮,同喜同贺。

安玉惠却并不着急端杯,而是从怀中掏出丝帕来,摊在桌上,将那七粒鱼皮花生米,一粒一粒地捏起来,小心地放在丝帕上，慢慢揣裹好，贴心揣上，终于放心了似的，轻轻拍拍胸口，捧起杯子，微躬身子，高举眉前，恭顺地等待李铁脚板发话。

命里福禄寿喜，福贵齐天。身带七星之痣，这可是天地九尊法相啊！不是帝王，谁是帝王？不坐江山，谁坐江山？

两人端起酒杯，因为都很激动，手直颤抖，轻轻一碰杯，酒水洒了一桌，送到嘴边，与牙齿一磕碰，又洒一些。略一顿，猛一扬脖，翻天豪饮，然后都发出一声慨叹。想起早前那些谈话，那些对时局天下的担忧，而现在似乎一切都豁然开朗。乱世生豪杰，乱世出英雄，天下混乱，不正是需要有人出来激浊扬清，重整河山，救黎民于水火，重新恢复三纲五常，王法秩序么？

第三章　老米粉

1

淳洁有神经衰弱症，一点小动静都会痛苦不堪。她靠着安眠药才合上眼，但没多久又醒了，四处不见我，惊乍乍地叫唤。

我在阳台外。淳洁过来跟我说她刚刚做了个噩梦，但记不太清楚梦境了，好像是老爷子在发脾气。

我和淳洁认识没多久就结了婚。当时众多朋友都断言我们的婚姻不会长久。但时至今日，我发现自己从未像爱她这样去爱过别人，而且这种爱随着时日不断绵长而浓厚。虽然她某些方面的表现不及她们那样迷人，但只要在外偶有放纵，我总是迫不及待地要回到她的怀抱，就像一场徒劳的追逐后，急需洁净和安歇。

我很感激她，也感谢我的父亲安重根，是他将淳洁带到我身边。那会儿淳洁刚到医院不久，在给我父亲扎针的时候，晓得他是首长，是英雄，难免紧张，一连几下都没回血，急得冷汗都出来了，后来还是护士长替的手。等她再进来的时候，眼睛红红的，明显是刚刚挨了批评。又要给我父亲扎针了，护士长要亲自服务，但我父亲不让，说你叫那个被你吵哭的小护士来。护士长只得叫她，淳洁，淳洁……

听说是首长亲自点名，淳洁更加局促不安，哪里敢下手。我父亲本来不是个幽默的人，但那天他却有意思极了。他说，我不让别人动手，而你又不下手，怎么办？还不如坐下来我们拉拉家常。

于是，淳洁就在我父亲的病床前坐下来，规规矩矩地听我父亲问话。我父亲问了她姓名，年龄，家住哪里，家里都有什么人，可有男朋友，喜欢吃什么，喜欢玩什么。突然，他压低声音给淳洁说，你发现没有，你比她们都好看。淳洁被这话吓了一跳。我父亲言之凿凿地给她讲，你的眼睛大，特别像下空了雪的天空。

淳洁说，印象中，她只记得大雪纷飞的样子和白雪茫茫的冬野，但却从未见过下空了雪后的天空是什么样子。我父亲的这句话让她既好奇，又茫然。

我父亲接着和她讲，他有个儿子，身边姑娘成群结队，可没一个是适合结婚的，这叫他这个当父亲的很是苦恼，直到现在看见了她。淳洁以为我父亲是开玩笑的。可能是因为我父亲鼻子模糊，面部僵硬，她没看出来他的认真。

我父亲回头就跟我讲，我给你找了个结婚的人。我听了直乐。我父亲大声武气地吆喝起来，淳洁呢？淳洁呢？淳洁早吓得躲厕所里去了。我父亲说，都是讲好的，想当逃兵吗？

2

赞歌大约也一夜没睡。我想我所遇到的问题，对他来说一样沉重。他原本就是个敏感的孩子，因为身体疾病的原因，这种敏感应该更增强了。他早早地来到我们房门口，在过道里来回踱步，最后忍不住敲响了房门，说希望能和我一起去散散步。我说那就顺便再带你去品尝一下土镇的老米粉吧。

这是赞歌第一次主动要和我单独相处。这么些年来，我一直在努力向他靠近，他却总是礼貌地和我保持着若即若离的距离，没有明显的隔阂，但彼此都难以感受到对方的温度。

我一直想找个机会带着安赞歌，就像我父亲安重根带着我那样，在土镇这片土地上好好地走上一阵子。沿着先祖们的足迹，走过安公堤，走过半边街，走过天窑路……以无比崇敬的心情一路回到秦村。春天扫墓，腊月祭祀，这每年一头一尾地向先祖们表达感激和致敬的最庄重、最简单和最温情的仪式，我也希望能带着赞歌去虔诚地完成。

站在先祖们的坟墓前，我相信赞歌也会像我一样感慨满怀，将深埋地下的先祖们的骨殖和此刻在我们身体里奔涌的鲜血联系起来。为了将这一线血脉传递至今，也不知道那些从远古一路走来的先祖们经历了多少危难啊！战争、瘟疫、饥饿、疾病、干旱、洪水、地震、谎言、陷害、背叛……哪怕是一场小小的凉飕病，都可能让这场伟大而卑微的生命传递戛然而止。那么他们是凭着什么，以怎样的力量和精神让鲜红的血液像时光那样永恒流淌呢？我希望赞歌像我一样，也能够从先祖们留在岁月里的故事和流淌在我们身体里的血液，感受出他们曾经的无所畏惧，曾经的忠肝义胆和顽强拼搏，那已然成为我们血液的一部分，成为我们为之骄傲和自豪的并将随着我们血液奔涌下去的基因。

我父亲安重根是不吃米粉的，我祖母田水据说也不吃。这是因为安辰极临刑前的断头饭就是一碗老米粉。是胡记老米粉店当家人胡丙跪在地上，高举一碗老米粉，流着眼泪，一路膝行到安辰极面前，恳请他对他哥哥胡乙和他们胡家的宽恕。

安辰极是极喜爱米粉的，他对米粉的喜爱应该也有爱情的成分。梁英曾经跟他说，等到革命胜利那一天，她会在花荄开一家米粉店，米粉多多，笋子多多，牛肉多多。而且每一碗都要"红重"。"红重"，是"红油多多"的意思，也就是"辣"。

——每次受刑完毕，作为对自己的奖励，也是疗伤和补充能量，以迎接下一场酷刑，当然，更是为了表示对梁英的缅怀和思念，安辰极都会要求吃上一碗老米粉，而且一定要"红重"！

在整个爱河流域，河堤修建得最坚固也最系统化的只有土镇。不管驷马渡还是老王渡，它们的历史甚至比下游一些城镇的建城史还要古老。为了防止水患，土镇先民用巨大的麻条石修建了河堤，而最浩大的工程还是我们的先祖历时多年修建的"安公堤"，它就像长城一样守护着这个古老小镇。这些河堤具有非常高的历史和文物价值，是码头文化或者说河运文化的一部分。它的组成包括河堤上的古老大树、车马道、河堤旁的古庙古建，如二王庙、忠义碑，甚至是十三楼、半边街，它们既是码头文化、河运文化的具体表现，也是土镇这座历史文化名镇重要的外在形式和内涵……"

赞歌听得很认真，他走在我身边。我放慢脚步，尽量做出散步的悠闲状态。而他则竭力控制着身体的平衡，让自己看起来稳健。只要和我在一起，他总是这样。他大概觉得这样会让我的心里好受些，殊不知每当看见他这样，我都会感到锥心似的痛苦。

在我很小的时候，父亲就教育我要珍惜父辈的名誉，要不惜拿生命来捍卫。否则，就是愧对祖父，羞辱父亲。

赞歌的内心当然也感到骄傲和自豪，尤其是《信仰的青春》播映之后和我父亲安重根擒获美军军官的英勇事迹被四处传播之后。但是他内心的骄傲和自豪也膨胀到了无法无天的地步。在被那些社会青年瞄上之后，在被他们不断地怂恿和蛊惑之下，他理所应当地认为自己享有不可一世的权力。他是英雄后代、烈士后裔，他做多错的事都不算错，做多坏的事都可以得到理解和原谅，而且他的拳头和刀子和他的先人一样硬，一样所向披靡。

在第一次因为打群架被揪进派出所之后，他自己也感到后悔和害怕。我忽略了他还是个孩子，而且正值叛逆期。我狠狠地揍了他。就像天下所有暴戾的父亲那样不由分说地拳脚相加，怒吼痛斥，你怎么可以干出这样可恶的事？你还配当我们家的孩子吗？我们安家怎么养出你这样的浑蛋！

没想到他竟然离家出走。就在一家人急得团团转的时候，派出所打来电话说他因为抢劫已经在里头待了一个礼拜了，什么也不肯讲,还好抓住了他的同伙。

你不肯讲自己叫什么名字,是担心丢了你曾祖父和祖父的脸吧?

他嗤之以鼻。

那是为什么呢?

不为什么!他昂着脑袋,挺着脖子,一副"随便你怎么样"的无所谓。

我叹息说,看样子你连最后一点脸面也不要了啊,你是什么时候变得这么没有羞耻感的呢?

问你们呀!他一脸鄙夷地看着我。

问我们什么?我有些惊愕。

你们的羞耻感呢?你们的脸面呢?他哧哧地冷笑说着,你不觉得一切都是骗人的吗?你们真以为可以瞒天过海?那可是弥天大谎呀!

你讲什么呢?我心头一阵抽搐,看着眼前的儿子,他是那样陌生,那样邪恶,那样叫人不寒而栗和切齿痛恨。

我讲什么你不知道么?他继续冷笑。

回家后,我什么也没说,安赞歌也当作什么都没发生。淳洁很忧虑地看着我们。入夜,我在她的怀里忍不住泪流满面。他懂什么呢?他慢慢会明白的……淳洁表面平静地安慰着我,内心却如同翻江倒海,愤怒却又无助。她跟赞歌谈过,没有用。赞歌认为她和我们是"一丘之貉",还谴责她"贪图荣华富贵,昧良心欺瞒天下"。

得知我将第三次前往派出所领人,我的父亲安重根忧心忡忡地看着我,问,是哪里出了问题呢?

我没有带领安赞歌回梧桐园十五号。我问他，你是在哪里捅人家刀子的？带我去看看你光荣的战场，如何？他带我来到爱河河滩。在一块鹅卵石上，我看见有暗褐色的血迹，我捡起那块石头，问他，这是那个人的血么？他没搭理我。我掂掂那块石头，猛地向他砸去。

我当时的确是怒火攻心，丧失了理智。我一边狠狠地砸着，一边咆哮，怒骂。他们是真正的英雄，是烈士，是民族的脊梁！怎么能容忍你这个浑蛋肆意糟践和侮辱！你不配做我的儿子，你也不配做他们的子孙！

如果不是几个钓鱼人的劝阻，那天可能真的会出人命。他被我打得遍体鳞伤，鲜血长流，但却始终没有告饶，也没有哭泣，连眼泪都没有一滴。当警察赶来，他还昂扬着脑袋，一副不屈不挠，视死如归的样子。

从这一点上就可以看出他是你们的孩子呀！要落到战争年代，他完全可以扛住任何严刑拷打！警察打趣说。

看着伤痕累累的孩子，我真是爱恨交加，追悔莫名。我说我们回家吧。他说我起不来，我的左腿没有知觉。我以为过一会儿就能好起来，但是直到天黑，他也没办法站立。

我背他去了医院。一个礼拜后，医生说他左腿的肌肉出现了萎缩。我们几乎走遍了全国的大医院，情况非但没有好转，而且加剧了萎缩。

在美国第二个月，他的情况就得到了改善。为了取得更好的效果，我决定让他留下来接受长期治疗。我希望那个美国木匠能帮一把忙，但是这个主意遭到我父亲的坚决反对。后来我找到一家华人，他们很乐意帮忙照顾安赞歌。我没敢告诉父亲,这家华人是台湾籍,他们的父亲是国民党兵,曾经参加过朝鲜战争……

　　三年后,赞歌走着回来了,但他永远也不可能恢复到原来的样子。他变得沉默,热衷于阅读,总是一副彬彬有礼、温文尔雅的样子。后来他在爱城图书馆从事图书情报研究工作。对于这个工作,他表示很满意。但是我却感到难受,要知道他小时候的梦想可是穿上军装,有朝一日也能像他祖父安重根那样建功立业,当上将军。

3

　　在益和楼前面,有一处小小的广场,布置了几组雕塑。一组是黑脚帮行脚者们的生活场景。还有一组是行脚者们在安辰极带领下,手执红旗、大刀和扁担进行战斗的场面。

　　走过益和楼,约莫一百步,就是胡记老米粉店。

　　胡记老米粉店的装修很雅致,桌椅都是实木的。食客取食并不是在台面上,而是在灶台上。一老一少两个女人在灶间冒米粉,一个中年男人在那口大铁锅上擎着漏粉勺拍粉,他身后是一大排晾粉架,上头是刚刚上架的新粉。大铁锅里热气翻滚,屋子里一片水雾,弥漫着好闻的谷米清香。

　　我要了一两笋子红汤,一两羊肉清汤。我给赞歌要了一两羊肉清汤,一两肥肠和笋子混浇。

　　米粉在爱河流域是极为普通和普遍的饮食,在做法上和桂林米线、云南米线并无太大不同,都是用大米磨浆,然后制成粉条,佐以汤汁的吃食。只是爱河流域的米粉较桂林和云南米线更细一些而已。

土镇老米粉现今是有名的非物质文化遗产。他们说三国时期刘备入蜀,行至土镇,感到饥饿,就请店家给弄点好吃的,他要庆贺这一路的顺利。只是因为连年兵燹,民不聊生,店家根本拿不出什么好吃的。最后用家中仅剩的一点大米磨成浆,做了碗米粉。刘备一看怎么就一碗呢?这是饭还是菜呢?店家说,既可以当充饥的饭,也可以当佐酒的菜。刘备吃后,感觉米粉软糯爽滑,汤汁鲜美,大喜!这等美味,我怎么能独享呢?要店家给他下属每人都做一碗。店家说,家中余粮,只够做这一碗。刘备感慨万千,遂发下誓愿,一定要好好治理巴蜀,要让天下人都吃得上这美味的米粉!刘备励精图治,爱民如子,在他的努力下,蜀中日渐富庶。因为他的喜爱,远近百姓都到土镇来学习米粉制作技术,品尝土镇米粉的美味……

故事虽然有些鬼扯,但土镇米粉在制作技艺上确实颇有讲究,而且土镇出产的米粉,品质也比其他地方高出许多,因此土镇米粉不仅是土镇当地的一道美味,也是土镇的一个庞大产业。

在土镇,世代祖传的饮食名堂有很多,如王水饺、梁麻花、陈担担面、何麻糖、杨锅盔……大都是肩膀上的生意,也就是土镇人常说的"挑子营生",遇到逢会、唱戏什么的,跟着热闹撵,看着生意不错,其实也透露出了生意的小本和营生的艰难。能坐店的只有为数不多的几家,胡米粉的店面是最大的,也是最富有的。

一九二六年,执掌胡记米粉店的当家人叫胡丙。胡丙是老三,在他上头还有两个哥哥,胡甲和胡乙。最开始,胡记米粉是传给胡甲的。他刚坐上这当家人的位置没多久,在去安镇追讨一笔欠债的时候被吆了肥猪,绑匪开出了个天文数字的赎金,一万大洋。当家娘子是砸锅卖铁也要将胡甲赎回来的,但赎人是个买卖,赎金并不是绑匪说多少就是多少,得讲价。

当家娘子希望能请李铁脚板出面,因为这爱河流域就没有他搞不定的事。但事不凑巧,李铁脚板害病,连床都下不了。当家娘子又将这一希望拜托在安玉惠身上。安玉惠在这大河两岸一贯是好名声,他一定乐意这活计。却没想到遭到安玉惠的断然拒绝。安玉惠说,你若赎金不够,我可以借你,但要我出面去做这样的事,我还真不合适。

其实,安玉惠一直都是个热心肠,只要肯向他开口,不管是邻里相帮,还是花子告贫,都能得到好回应。但就近些年,他在为人处世上突然有了改变,这是因为李铁脚板的告诫。世道纷乱,礼崩乐坏,你看这爱河流域的绅粮有钱人,现在正一个个越变越坏。你想过没有,他们的名声越坏,你的名声越好,是不是有些不合适?

安玉惠心头一凛。

李铁脚板给安玉惠开了十二字以为保家行事的准则,"高筑墙,广积粮,不出头,勤烧香"。前三句还好理解,这最后一句又是怎么个意思呢?李铁脚板说,值得一炷香的,不是大神就是鬼头,意思是你要认清这大河两岸都有哪些大神鬼头,平日也不要结交他们,但是遇到人家有个生辰满月,婚丧嫁娶,差人去送个人情,谁都不讨好,谁都不亲近,但又谁都不疏远，接得上话茬。

当家娘子最后找定的居间调停人是包巡检。在长达两个多月的谈判后，包巡检将价钱讲到了两千大洋。当家娘子觉得这个价钱可以接受，哭哭啼啼，说长痛不如短痛，早点让当家人回来把店里的营生操持好，就什么都在里头了。但老三胡丙却认为这里头有鬼。之前土镇又不是没人被抬过肥猪，开口不是一万就是五千，但实际到手的连十分之一都不到。如果按十分之一，实落也就一千，为啥会多出一千来呢？包巡检刚刚下台，四处抓钱，要准备东山再起，他可是哪见得钱的？胡丙这么一说，当家娘子也觉得有道理。胡丙要求由他出面去和绑匪交涉，但当家娘子不放心，害怕胡丙没安好心，趁机捣乱让他大哥回不来……

包巡检十分恼火，这摆明了是对他的不信任嘛。既然如此，他也没什么好讲的，只要求先付酬金。五十个大洋装进了包巡检的褡裢，他才对胡丙讲了和绑匪见面的地点、时间和接头暗号。

东说西说，绑匪也急于出手，答应了一千大洋。可就在交钱放人的当口出了事，胡乙杀了出来——

4

对于胡乙这个名字，相信赞歌也应该是非常熟悉的。在所有关于安辰极和土镇春荒暴动的影视作品中，胡乙都是阴险狡诈的坏蛋。如果不是他的叛变，不是他与柯鼎臣和蒋敬相互勾结，安辰极的革命必然胜利！

胡乙耍钱，抽大烟，养妓女，结交不三不四的人，一没钱就闹分家，把个老胡家闹得鸡飞狗跳，乌烟瘴气。但自从胡甲被绑票后，他就消停了许多。虽然他时常混迹于烟馆赌场，却也结识了不少难兄难弟，因为好勇斗狠，在爱河流域也算是小有名气，都称他为胡二爷。胡二爷的大哥怎么能这么轻轻松松就被拉了肥猪呢？这不是丢脸的事么？

胡乙暗中憋了一股气。他纠结了几个把兄弟，弄了几条枪，要趁着一手交钱一手交人的时候从暗中杀出来，将绑匪一网打尽，看谁个胆敢以后再来欺辱他胡家的人。胡丙觉得不妥，万一出了乱子，害了大哥的性命怎么办？胡乙保证万无一失，他指着那一排汉子，夸赞他们个个都是狠角色。也讲了自己的打算，要借此一战，打出他胡二爷的威名，然后学爱河流域的柯鼎臣和曾云周，借机起势，拉起一支队伍来。谁承想绑匪是有预备的。胡乙的十几个兄弟被当场打死三个，他自己也身受重伤，而他大哥胡甲被当场抹了脖子。

一九二七年十月底，安辰极带着梁英回到土镇，迫不及待地就要请梁英去吃一碗老米粉。见到安辰极，胡丙非常高兴，放下手上正在拍粉的活儿，亲自上灶给安辰极和梁英做了两大碗米粉，一碗笋子牛肉粉，一碗肥肠粉，还叫女人将他珍藏在那里的好酒拿出来。

安辰极告诉梁英，大河两岸的人们之所以对米粉这么喜爱，是因为这东西既可以当饭，也可以当菜。一直以来，土镇上点岁数的人都有早上叫一碗米粉再来三两泡酒的习惯。而那些出苦力，下粗活的，比如行脚者们，对米粉更是情有独钟。因为只要接下活儿，路途短则行脚百十里，长则千里，三五月不得归家，艰难路途上，打发日子，消解苦闷，靠的不就是对"家"的想念么？"家"这个东西总会具体到某个人，某个味儿。某个人，可能是妻儿老小，某个味儿，只能是那碗米粉了。千百里归来，双脚落屋，安下身来，要上一大碗米粉，再来大半碗烧酒，边喝边吃，边讲离家这阵子发生在这片土地上的是是非非……汤汤水水下肚，味道还是那个老味道，只是物是人非，又怎么会不感慨万端呢？

听了胡家这些年的事故变化，安辰极也是一番感叹，不胜唏嘘。扒拉了半碗米粉下肚，再不肯喝剩下的那小半碗烧酒了，他迫不及待地想要见到胡乙。你找他干什么？胡丙皱紧了眉头，你应该离他远一点，他满脑子的鬼东西、怪东西，已经把我们这个家害这么惨了，小心他也害了你！

安辰极告诉梁英，通过刚刚和胡丙的一番聊天，他对胡乙满脑子的鬼东西和怪东西很感兴趣，此番他们回来，就需要这样的人。

和绑匪的一战，胡乙的难兄难弟死伤大半，他自己也差点命丧黄泉，但他并没灰心丧气，还在四处拉人，找钱买枪。安辰极觉得胡乙是可以教育，可以发展的力量。

很多研究者都将胡乙的叛变作为导致土镇春荒暴动失败的直接原因，并且将这个原因归到安辰极的领导和用人上，这也是我父亲安重根和赵响争论了几十年的问题。赵响说，在并未对胡乙进行更多的革命考验之时就将其纳为领导层是安辰极的最大失误，而他的父亲赵棠在接手土镇的工作后，理所应当地是应该对胡乙委以重任的……

这当然属于诡辩了。根据胡乙的交代，赵响的这个说法是完全错误的。相反，如果要承担责任，只能是他的父亲赵棠。

随着和胡乙的交往越深，安辰极对他的了解越多，发现他身上的问题也越多。赵棠受组织安排到土镇主持工作的时候，安辰极就胡乙的一些表现向赵棠提出警告。赵棠表面上很重视安辰极的意见，但却将胡乙直接提拔进入到核心领导层，从而也就有了掌握大量机密的可能，这也为土镇春荒暴动失败埋下了祸根。

在胡乙的"供述"中，他讲道，一九二八年三月，安辰极担任中共土镇工农革命军指挥部总指挥后专门找他谈了话，指出他革命意志不坚定，存在侥幸心理，而且提出严重警告，一旦做出危害革命的行为，小心秋后算账！但他已经下不了船了，他早和柯鼎臣勾搭上了，还和蒋敬珠胎暗结。

土镇春荒暴动被镇压后，叛变者胡乙并没有得到许诺的好处，反而是麻烦不断。柯鼎臣只给了他个安镇联防队长，但那几十条枪根本就不听他的，他在上头讲话，下头的人就翻二白眼，吐口水，掉二话。胡乙没敢在安镇待多久，就偷偷跑了，从此杳无音信。有人说是被蒋礼黑揍了，有人说他被地下党锄奸队处决了。其实他隐姓埋名逃到了贵州一个偏僻的小镇，开了一家米粉店。一早到晚，他都在米粉店子里忙碌，做米粉，熬煮臊子。相比其他的米粉店，他售卖的米粉量总是很足，汤水里油分最多。过了十多年，一切似乎都风平浪静，胡乙架不住好心人的热情，娶了个年轻貌美而且勤劳贤惠的女人，几年后，有了第一个孩子，起名叫"米大"，后来又生了一个，叫"米小"，第三个孩子，叫"米糠"……

因为在"公私合营"时积极响应，胡乙被任命为粮油公司经理。后来成立供销合作社，又直接被提拔为主任，而且还加入了中国共产党，做了党委书记。

一九五七年夏天，单位召开组织生活会，谈到党员思想教育时，胡乙说，现在的党员还不好当么？一点危险都没有，哪里像过去，稍不注意就得掉脑袋。他讲的这番话本来没什么问题，但是他的语气和表情，就像经历了多少腥风血雨似的。群众的眼睛真是雪亮的，一张大字报就让胡乙坐不住了，各种反常的举动随之被更多的群众看在雪亮的眼睛里。

胡乙在交代材料中说，每年他都会拿出一大笔钱来在寺庙供奉长明灯，每到安辰极的忌日，他还会请和尚做法师，念超度经文。他还说，这么些年，他的那颗心一刻不停地受着煎熬，越到后来，他的日子越是像地狱，他很清楚等待自己的会是什么，只要一合眼，马上就会被当年安辰极警告他的那句话惊醒。

胡乙是被押回土镇执行的枪决。随后妻儿也回到了土镇。几经审讯，胡丙始终不承认他和胡乙有过任何联络，但事实摆在那里，他简直是有口莫辩。因为，在解放后，他也将儿女们的姓氏改成了"米"——

如果没有联络，为何胡乙改姓"米"，你也让儿女改姓"米"？这千里之遥，没有联系，你们是怎么做到的？是不是架设有电台？

胡丙的回答毫无说服力，他说，我们做米粉，就喜欢个米……

像胡家这样改名换姓的，在土镇还有几家，尤其是那些个父辈曾经是革命的叛变者和出卖者的，他们觉得和反动父辈划清界限并不是一件多艰难的事。抛弃父辈的姓氏就等于抛弃了他们犯下的罪恶，然后将自己全身心地投入到新社会和新时代的建设中，努力做出大的贡献，自然会获得人民群众和新社会的认同。一茬麦子黄，一茬麦子青，清算的好处不就在于此么？

事实上，清算并没有随着胡乙他们的被枪决而结束。就像他们在临刑前的忏悔中交代的那样，他们罪有应得，罪该万死，面对死亡他们毫无怨言，反而有种莫名的欣喜。因为随着他们的死亡和被埋葬，这个世界就干净了，就是新的了。他们的子孙永远生活在公平正义的新社会里，不再有被拉肥猪，被仇杀，被盘剥，被欺压。不再有战争、饥饿的恐惧。他们会在明媚的阳光下与和风细雨中勤劳地耕作那些肥沃的土地，将饱满的米粒制作成洁白柔软而香糯的米粉，他们辛勤的汗水会迎来欢笑和赞誉，有如夏初的秧苗般茁壮成长和分穗，子子孙孙、千秋万代。

5

我问赞歌，你是什么时候觉得自己与众不同的？应该是你上小学一年级的时候吧。同学们都要挨个做自我介绍，你说我叫安赞歌，我祖父叫安重根，他没有鼻子和耳朵，他的脚趾头也没有，手指头被冻掉了，但他是英雄，孤胆英雄。毛主席还请他抽过烟，他的手夹不住香烟，毛主席点燃香烟，喂到他嘴巴里。认真想一想，你在四岁左右的时候就觉得自己非比寻常了。那时候我们陪你的祖父安重根在北戴河疗养。

我们在海边玩，我躺在椅子上看书，你和几个小朋友玩沙子。你把沙子扬到了小朋友的眼睛和耳朵里，还打哭了他们。他们的父母找到我时，我完全睡着了。他们十分生气，因为你不仅不肯向小朋友道歉，还认为他们是活该，你是有充分的理由和权力这么做的。为什么呢，因为你的祖父是安重根，你的曾祖父是安辰极，他们是英雄，他们打下了江山，他们保卫了国家。但是当你跟小朋友讲这些的时候，他们根本不在意，也没有兴趣，所以，你要给他们点教训……

这孩子怎么能这样？不认识他的祖父和曾祖父就该挨揍吗？那些家长很愤怒，是谁给了他这么蛮横的心态呢？家长都是怎么教育的？

我只能道歉，请他们原谅，说孩子不懂事。你对我的表现十分愤怒和疑惑。我试图给你讲讲道理，但你根本不想搭理我。那天晚上临睡前，我去看你，我想亲吻你，但被你拒绝了，你说，你怎么不去打仗呢？我说，没有仗打啊，世界和平，再说，我也不是军人啊。你说，你为什么不参军呢？我知道你想说什么。我说，你是想让我成为英雄和烈士吧？像你祖父和曾祖父那样？你点点头说，你在我这么大的时候，你爸爸就已经是安重根了！

在同学们的自我介绍结束后，就是对班干部的任命。小朋友们都将崇敬的目光投向赞歌，小指头也指向他，认为这个班长非他莫属。而赞歌也是这么认为的，他觉得自己有责任带领这个班级前进，因为他的缘故，他所在的这个班集体也应该是最优秀的。事实也似乎正是如此，但一切都在初中时期戛然而止并突然逆转。我知道，如果把后来发生的事情全部归责于他的青春叛逆，是毫无道理的。

回到与众不同的话题……是什么东西让我们觉得与众不同呢？答案显而易见。因为我们的父辈是先烈，是英雄。因为我们的身体里流淌着先烈和英雄的血液。我们从他们那里继承下了忠诚英勇的故事，理所当然地也继承下了骄傲和荣耀，而且还将一代一代传承下去。

那么胡乙他们的子孙呢？他们一厢情愿地丢弃了姓氏，以为就可以做到和罪恶的父辈撇清关系，从此成为新人。这怎么可能呢？如果说骄傲和荣冠可以继承，那么罪恶和耻辱为什么不能遗传呢？

一九二八年的那个春天，我们的父辈，那些年轻的革命者们，被他们的父辈，那些凶残狠毒的行刑者们，像牛羊一样宰杀，他们冲着他们的信仰之花吐着腥臭的口水，他们割掉年轻女革命者雪白的乳房……他们的牛皮靴子踩在板凳头上，血红的眼睛扫视着被严刑拷打得体无完肤摇摇欲坠的革命者们，用轻蔑而凶狠的口气嘲讽道，那么，你们现在的共产主义呢？

谁又能保证这样的场景不会再次发生呢？毕竟叛徒和行刑者的血液并没有因为他们罪有应得的处决而凝固，而是在他们子孙的身体里继续流淌，和他们当初疯狂的时候一样滚烫……

作为革命烈士和英雄的后辈，我们都做了些什么呢？

赞歌说，作为烈士和革命后辈，我觉得，我们似乎应该更加爱国一些，更加深明大义一些，工作学习更努力一些……涉及国家利益民族尊严的事，我们可能会更加努力地去维护！

我说，你是不是曾经有过这样的感觉，这个国家和民族首先是你的，然后才是他们的？我曾经是这样想的。正因为如此，曾经很长一段时间，我都担负着一种巨大的特别的责任。只是我从未想过，胡乙们的子孙后辈，在国家和社会建设里，在他们的工作和生活中，他们又应该怎么做呢？他们应该也想积极地投身到国家和社会建设里，他们也想追求更美好更光辉的工作和生活，但他们没办法做到，因为他们不能选择。

6

爱河流域有句老话，叫"天旱三年，饿不死转灶的"。不管是在食品厂和供销社做米粉，还是在副食店卖米粉，改姓为米的胡乙和胡丙的子孙们始终都是在和食物打交道，有的是机会偷偷喂饱肚皮。只是他们躲得过饥饿带来的死亡，却躲不过政治运动带来的死亡。

清匪反霸工作开展，有人举报说米天明——胡丙的长子——私藏有枪支，而且放出话来，要等时机一到，就联络他伯父胡乙一道秘密起事，先占领土镇，再攻占爱城。而恰巧此时，在距土镇不远的一个山头发现了一顶降落伞。在审讯中，米天明吃不住挨，只能打胡乱说，说枪给了屋里女人。女人吃不住整，说枪的事米天明的妹妹米小香最清楚……

一九六七年八月，米大和米小两家子七口人，和胡丙的小儿子米红旗一家五口，在"斩尽杀绝黑五类，永葆江山万代红"中被"贫下中农最高法院"判处死刑。

几十年来，所有的运动风云都没有遗漏过大河两岸，自然也不会从胡乙的子孙们头顶飘过。如果这是一场改造运动，那么他们就是被重点改造的对象。如果这是一场防患于未然的运动，那么他们就是被防堵的窟窿眼儿。哪怕这只是一场猜谜运动，那么他们也是谜面和谜底，他们既是手术刀，又是被解剖的对象……

时间到了一九七六年，中国大地上先后发生了一系列重大事件，毛泽东去世，"四人帮"落网……事情似乎正在由简单变得复杂，也似乎正由复杂变得简单。和所有的地方一样，土镇既显得沉寂，又在沉寂中透露着躁动，而且似乎一触即发，就会发出骇人的大动静。

那天上午，土镇革命委员会召开"冬季生产运动动员工作会"。从气氛上来看，会议不可谓不成功。土镇的主要领导们都很高兴，吩咐伙食团多备些酒菜，米粉臊子里的肉要大块些，油分要充足些。

主要领导先发表了祝酒词，话语简短，提炼上午会议的精神。继续革命，深入革命！继续批判，深入批判！打倒，再打倒！胜利，用胜利迎接更大的胜利！这时候，米粉用大大的洗脸盆端到了餐桌中央。肥肠、牛肉的块头都很大，笋子颗粒也充足，油汤鲜亮，米粉饱满劲道。再撒一把葱花进去，鲜美的滋味随着腾腾的热气冲天而起。

会开得晚，领导的祝酒词又扯得长，大家早饿了。呼完口号，干掉杯中酒，赶紧下筷子，先捞上一碗米粉，稀里咕嘟下肚，垫上了底，才好整酒。一时间，偌大的饭厅里没有一个人说话，全都捧着米粉碗扒拉。米粉滚烫，又都吃得急，油重火重，一个个满头大汗，真是痛快。

在伙食团厨房的配菜桌子前，一个年轻人也端着一大碗堆着大块肥肠和牛肉的油大汤宽的米粉，却不往嘴里扒拉，而是两眼空洞地看着地上发呆。地上湿漉漉的，泥浆和被踩得稀烂的菜叶混在一起，一个厨倌正拿着水管冲刷清洗，清扫过后的地面上晃动着人影。

刚刚一场油煎火爆的大战，厨倌、厨师们都很累，有人终于腾出手来，从耳朵上摘下一支纸烟来抽。有人在掩盖炉火，锅里的水滋滋响。有人探长双手，偏过脑袋，拿开甑子上的锅盖，一股白色蒸汽喷洒出来，瞬间就席卷了大半个屋子。烟雾上升，片刻就散了，屋子里也弥漫着一股浓浓的米香。这是一大甑子米饭。那人凑近了看，拿不准是不是蒸熟了，吆喝司务长。司务长是个浑身滚肉的大胖子，他双手把着甑子沿，对着米饭吹气，呼呼响，能吹出这声音就表示饭熟了。饭没熟，就吹不响。就像是为了验证自己的判断，他抓起几粒米塞进嘴里，嗯，他点点头，熟得真他妈透！

厨师长一眼瞥见那个年轻人，年轻人将手中的那一大碗米粉放下了，放在身边的桌子上，两手在身上摸索。他穿着围裙大褂，身上并没几个口袋。他摸出了一副眼镜，捋起围裙衣角擦了擦，对着光看了看，哈口气，又擦了擦，似乎还是不干净，就将眼镜放在一边，解下围裙，揉成个团丢在一边，再拿起眼镜扯了秋衣来擦。这一回，他对擦拭结果很满意，戴上，然后双手拢拢头发，回到桌子前，在那根板凳上坐下，端起那一大碗米粉，扒拉着吃了起来。

厨倌师傅吃饭，有着他们的一套规矩，尤其是单位食堂的师傅，工作就是照顾同志，服务领导。先让大家吃饱吃好，这才是后勤嘛！哪里有先喂饱自己的道理？

这个年轻人是个特殊的家伙，他姓蒋，叫蒋金声，他的父亲叫蒋林，他的祖父就是当年安辰极的审判者和行刑者蒋礼。半年前，蒋金声被司务长招进伙食团，原因很简单，米粉做得好。

司务长是从部队上下来的，会做很多拿手好菜，不管是北方的首长，还是南方的领导，他的菜都能得到赞赏。回到地方后，他却总是在小小的米粉上栽跟头。他难以理解这大河两岸的人怎么对米粉如此情有独钟，也难以理解这米粉怎么如此棘手？

不就一碗米粉么？不就讲究油大汤宽么？可他怎么也做不好。记得有回领导发话，说明天要宴请外地的学习团，点名要吃土镇特产老米粉，要司务长拿出手艺来，别丢脸。司务长晓得米粉是自己的短处，不过可以发扬攻坚克难精神嘛，部队出来的人从不怕困难艰险，敌人阵地都可以拿下，一碗米粉还能难住人吗？一连尝试了好多遍，最后似乎终于成功了。米粉端上桌子，司务长搓着双手，就等着大家美言。结果呢？那些外地的学习者们只尝了一小口，就不肯再往里头伸筷子了。这是稀饭还是米粉啊？领导很生气，你不仅给我丢了脸，还毁了土镇老米粉的声誉啊！

司务长绝望了。难道因为自己做不好米粉，就让米粉从食堂的餐桌上绝迹吗？对于土镇人来说，没有米粉的餐桌就像不长草的空地一样荒诞。其实，这也不是多大的难题，自己不会做米粉，有人会做呀！

司务长锁定了蒋金声。蒋金声二十多岁，原来在土镇中学教书，因为成分问题，被从教师队伍清理了出来，进了基建队接受监管改造。不过他并没怎么干重活，也没怎么吃苦受罪，这全仗他做得一手好米粉。

听说基建队食堂有个受监管的年轻人能做一手好米粉，司务长专门去吃了一顿。看起来清汤寡水，但不知怎么的，味道好过那些油大红重的。

这鲜味是怎么来的？

菌子。山上有种菌子，我用它们提的鲜。

你这粉吃起来软软糯糯，不混汤，不断节，是怎么做到的？

发米粉的时候用半温的水，半发的状态就放凉水里，不能搅动，静置在那里。烫粉的时候不能用高温的水，六十度左右最合适，时间掌握在三分钟……

这土镇做好米粉的人，都是姓米的，你姓蒋，你怎么也会做出这么好的米粉？你是专门给他们家学过徒么？

我妈妈姓米，蒋金声说，我从小跟妈妈学的。

你妈妈呢？

他们都死了。蒋金声说，我是孤儿，我是我舅舅养大的。

你舅舅是谁？

他叫米糠，绰号米大漏勺，也死了……

不闲扯了，你收拾收拾，跟我走吧，到土镇机关食堂。有人提醒司务长，这家伙的祖上可都是被枪毙的反革命。都已经被枪毙了还讲什么呢？司务长不以为意，我要他，不过是要他给我做一碗好米粉！

蒋金声在伙食团的表现，让司务长很满意，他不光米粉做得好，而且手脚麻利，不多言不多语，做完事情总是在角落里默默待着，惧光怕亮似的，就好像这个世界跟他没多大关系。

像今天这个样，坐在桌子前头，端着那么大一碗米粉，这么多大师傅老前辈，谁都没吃，他倒先开动起来，还真是令人意外。

你是搞什么鬼名堂？你不晓得是要等外头的革命干部先吃过了，才轮得上我们么？司务长很生气，你忘记我们是人民的后勤员了么？

蒋金声没有理会，往嘴里塞着肥肠、牛肉和米粉。突然，他就像吃撑着了，弓着身子，捂着肚皮，慢慢往外走着。刚到门槛，他就像被什么绊了一跤，一个趔趄，栽倒在地上。这时候外头人声喧哗，有人哭喊有人哀号。有个领导跌跌撞撞地冲进厨房，一把揪住司务长，他的样子真是吓人，眼睛瞪得老大，面色青灰，嘴里吐着白沫。

第四章　革命之路

1

身有七星痣，可带万千兵。安辰极很小就知道自己非同寻常。但是干爹李铁脚板认为安辰极可不只是"带万千兵"这么简单。

你将来要位极人皇你知不知道？当皇帝做人王当然是种荣耀，但那也是件苦差事，你得治理江山，你还得平定内患外忧，你要保证老百姓有饭吃有衣穿，这样他们才不会起来反你。除此，你还得让你手下的臣子安分守己，不可欺压黎民，不可扰乱朝纲……要做到这一切可不是件容易的事，得要本事！所以，你得勤勉学习，读书文章你要会做，律法的事你也必须要懂，你还得精于骑射，怎么布阵，怎么操练兵勇……

李铁脚板更进一步讲，皇帝的权力至高无上，叫皇权，王的言行举止左右世间一切，叫王法。皇权与王法是这天地间的最高准则和法典，是公平正义，是正道沧桑。你要当皇帝，要做王，你就必须胸怀天下苍生，心怀正义良善，邪恶的丑陋的要毫不留情地予以清除,公平的正义的要竭尽全力伸张,要做到这些,你从小就得亲近穷人,帮助弱小,不逞凶,敢斗恶!

安辰极知道自己身上责任如此重大,所以他一刻也没敢放松学习。他的字是同龄孩子中写得最好的,他能背诵的诗文,比他大几岁的孩子都背诵不了。他还熟读《三十六计》,清楚地知道"围魏救赵"和"移花接木"的区别究竟在哪里。他跟干爹李铁脚板找来的拳脚师傅学习拳法和刀术,他对招式的准确掌握和所展示的力度,让拳师感到惊讶……

但李铁脚板认为这还完全不够。你可以做到更好!天下这么乱,国不国,家不家……娃儿呀,兵匪要靠你去平定,百姓要靠你去拯救啊,你虽有天命,但天命不是坐享其成啊!天命也要靠你拿汗水拿血泪去挣!去拼啊!

说到这点,李铁脚板还给安辰极讲了个故事。说有个人很小的时候就被天老爷封赠为"天命之人",结果等到胡子白,牙齿缺,穷困潦倒,一命呜呼。见到阎罗王,他责问道,为啥我这天命之人落得惨死如狗的下场呢?阎罗王十分生气,说你又懒又贪又馋,整日游手好闲,正事不做,天地鬼神都准备了一大把力气要帮你,却无处下手。

安辰极明白了,有天命但不一定能成为真正的天命之人。虽有天命,但要想成为天命之人,还必须付出常人不及的努力和勤奋,也就是"苦其心志、劳其筋骨、饿其体肤"。

安辰极十四岁进入到绵城新学念书,十九岁到成都就读于省立师范学校。在师范学校,安辰极感到并没有多少同学是在认真念书,都在热火朝天地讨论"革命""主义"和"社会变革",除了不安于学业,还都对"出国"和"留洋"极其热衷。

渐渐地,安辰极也对读书不那么上心了,他想去念军官学校,或者像那些同学一样,去留学英法,或者日本国。

但是这些想法距干爹李铁脚板的规划相去甚远。

在最初的规划中,李铁脚板是有过让安辰极念军校的设想的,指望他系统地学习操典兵法,但他通过调查了解,发现军校根本就不可靠。说是军校,其实就是"炮灰营"。很多学生进入军校,连正步都没怎么学会,就被送上了战场。而战场上的那些军阀们又大都是混战,今天跟这个打,明天跟那个打,一会儿联合起来三个打两个,一会儿又纠结起来五个打三个,听起来都各有理由,其实就是"打混战"。

当搞清楚这一切后,李铁脚板毫不犹豫就将安辰极的军校之门给堵死了。

安辰极说,既然国内的军校不可靠,那么去英法美吧。英国有皇家军事学院,法国有圣西尔军事专科学校,美国有西点军校……但还是被李铁脚板驳回了。外国就不打仗了么?还尽是国与国之间的战争,领土又都是弹丸之地,强兵硬弩地杀过来,你连躲藏的地方都没有。再说你一个外国人,长相显眼,老远就瞄准你了,谁见得外人呢?就像这街头巷尾的打斗,谁不是逮外人下死手呢?

安辰极连反驳的话都找不出。

李铁脚板让安辰极静下心来,干脆就在成都广交朋友,招募人才。在他的规划里头,如同刘邦斩蛇大泽,安辰极的帝王霸业也将兴于土镇。土镇之于安辰极,是有着天时地利人和的优势。

根据李铁脚板的规划，安辰极须得向大河两岸的几个军阀头子学习。柯鼎臣先是当土匪，队伍做大了，被招安收编，慢慢混成了一方诸侯。曾云周杀死陈红苕，在江湖上赢得了名声，四处收留招买二球货和地痞流氓，再仗着他姐姐出卖土地换得的百十条枪，强打强要，将队伍拖到竹城衙门口，硬跟官老爷要了个联防军团长衔。此后他名正言顺地招兵买马，也成了一方势力。还有蒋敬，忍辱负重，苦心经营，也在爱城做大了地盘……

不是学习他们当土匪和四处钻营。作为安辰极，他没必要那么干。他要学习的是他们如何招兵买马，拥兵自重。李铁脚板说，你要按照我讲的那一套来做。"高筑墙，广积粮"，已经为你蓄积下了资本。眼下盗匪横行，贼兵四起，你先在秦村成立一支乡勇，以自保自治名义练勇。这方面，几位先贤都已经做出了榜样，如曾文正公，李文忠公，他们招募乡勇，练出了湘军和淮军，他们的经验可是拿来就用得上啊。

按照李铁脚板的规划，这支乡勇壮大到一定的时候就开拨到土镇，理由是保护安家在土镇的家业安全。这个理由，谁能说三道四？到了土镇，安辰极只消考虑枪支和粮饷的问题，有多少枪支和粮饷，他李铁脚板就可以提供多少扛枪吃粮的人——

我黑脚帮的行脚者，个个身强力壮，品行端正，上得高山，下得河滩，稍加训练，就是一顶三的好兵！李铁脚板把胸膛一拍，大手一挥，说，只要我一吭声，这大河两岸，这四海江湖，三五千个行脚者齐聚你安辰极麾下，那还不是个把月的事？

有了三五千兵，安辰极就成了这大河两岸的王，就有了王者之气，就可以举大旗，行道义。凡合安辰极主张者，尽可收归麾下，不合者，悉数征讨！王者之气，霸道二字。乱世之治，其实就是比拳头。因为安辰极从开始就打的是拯救黎民百姓，平定天下的旗号，而且又是仁义之师，正义之师，不担心无人归顺。相信要不了多久，安辰极就成了四川王。到那时候，安辰极可以将手上兵将一分为二，其一经营四川，其二出川征战。只要爱民如子，只要广施仁政，只要招贤纳良，只要远离佞臣和小人，长则二十载，短则八到十年，安辰极必然可以称王称帝，威服海内外！

2

开始的时候安辰极还听得心潮澎湃，再听竟觉得有些可笑。尤其是听到李铁脚板讲自己将位极九五之尊，什么人王人皇的时候，安辰极更是觉得荒诞。

李铁脚板见多识广，是大河两岸公认的有大智慧、大谋略和大胆识的人，他难道不知道这已经是什么年代了？他可能不知道。他隐居深宅。随着年岁渐老，乘着抬辇巡视土镇这样的事儿他早已不干。他每天走得最远的地方，大约就是从深宅穿过隐蔽的门洞，进入益和楼，到前厅里和一些老朋友打打招呼，偏着耳朵听听戏。他的眼睛也大不如之前了，老是淌眼泪，怕风，畏光……在安辰极的感觉中，他可真像只垂老的鼠。

没有贬低的意思，也不是损誉，对于李铁脚板，安辰极是极尊敬和爱戴的，早将他看成了自己的亲人。只是他确然太老了，密封如鼠窝阴沟的生活，他又怎么知道土镇之外的大世界都发生了什么呢？他又怎么可能懂得当今世界的格局和潮流呢？他讲的都是戏文里得到的见识，什么才子佳人的情致，帝王将相的梦想。他说的那些人生感悟人生经验，也不过是一个脚行老把头的经验感悟和豪迈风光。你怎敢指望按照一个脚行把头的规划去实践你的未来？安辰极，你再怎么愚蠢，又何至愚蠢至此？他就是脚行把头，一个老跑腿的，一个最底层的行脚者，他的眼光和思想，怎么可能追上汽车和飞机？他的一双赤脚，又如何能抵达法兰西和美利坚？

这个事情想通了，安辰极突然觉得眼前顿时明亮了许多，但是对于前路却更加感到迷茫。

虽然干爹李铁脚板讲的什么人皇人王荒诞不经，但他说的有些事却是实实在在摆在那里的，那就是国不国，家不家，百姓在受难，天下在遭殃……其实李铁脚板有一番话还挺震撼安辰极的，"视救国救民为己任"，虽然前提是他作为七星痣在身的天命之人。但是作为这个时代的年轻人，难道这不是自己应该去为之奋斗的么？

在省立师范学校里，也不止安辰极一个人在这么想，很多人都有这样的心思，而且在探索，在做准备。他们投军、出国，参加各种运动，许下不惜用鲜血和生命报国救民的誓言。

那些日子，安辰极结交了很多朋友，参加了很多集会。大家只要谈起民族危亡，国家破碎，必然慷慨陈词，而且总能找到导致这一切的原因,诸如帝国主义的侵略,政府腐败,军阀混战,等等;也总能找到改变这一切的对策和方法,诸如引进思想、严惩贪腐、军权归公、分郡自治……所有人都认为自己的方法和对策最优良有效,于是所有以理性和激情开场的救国的讨论和集会,最后总会演变成一场撕开脸皮的混战。

对于他们中的绝大多数,安辰极是瞧不上的。他们台面上讲得新鲜,说起国仇家恨,黎民苦难的时候,不少人还声泪俱下,痛不欲生。但是转头他们就逛窑子去了,并且对着不小心把汤汁溅到他身上的店小二甩出恶毒的耳光。安辰极知道,如果有朝一日这些家伙当权了,只怕比现在的军阀官员还要凶残狠毒,还要腐朽堕落,他们心头早就塞满了贪腐的欲望,哪里还有地方存放公平正义和民生疾苦!

在省立师范学校最后的那些日子,是安辰极最苦闷和烦躁的时光。他已经对学习毫无兴趣,同样,他也厌倦和一帮学生的高谈阔论,他更厌恶那些老师道貌岸然的夫子样。这就是培育国家未来的地方?这就是诞生民主希望的地方?安辰极站在学校阔大的操练场里,仰望天空,天空湛蓝,似乎可以看透不尽的天外。他又环顾四周,偌大校园沉寂无声。如果国家未来的人才是那些夸夸其谈,虚张声势,不学无术,吃喝嫖赌的同学;如果培养者是那些偷食大烟,纳妾娶小的迂腐虚伪的先生夫子;如果诞生民族希望的摇篮是这种权势子弟有钱人家儿女贴金嵌银的集散地,那么,国家未来,民族希望又在哪里呢?这还用细想么?堂堂的一省高等学府尚且这样,围墙之外又会是什么样子呢?你还指望在那街头巷尾,码头车站,偏僻小镇,遥远农村看到未来和希望?

自己还有必要在这个地方沉陷下去么？可是，出了这个校门，自己又能去往何方？回土镇？就像干爹李铁脚板给自己规划的那样，拉队伍，打出"王旗"，号令天下？

安辰极走出黑漆漆的校园，站在黑漆漆的大街上。黑暗中一个声音传来，要车么？接着，一阵火镰声，一阵呼呼的吹气声，不远处的树下很快就燃起一根火捻子，燃起一盏马灯。是位脚力车夫，车夫子叫着"小老爷"，问他要去哪里。

此时虽不夜深，但已人静。平时安辰极很少这个时候出门，他有着极其规律的作息，但他这天晚上太心烦了，他也想找个女人，他也想喝些烈酒，他也想堕落，他也想像他们一样平庸、俗气、腐化、虚伪……也许，这样他就不会有那么多的忧烦了。

呃，我想找个地方喝点酒。安辰极说。

好嘞！车夫子爽快地应道。

因为自小就跟行脚者们很熟，所以安辰极对行脚者总是怀着一种朴素的亲切，自然也就流露到言语上。他问，大天黑的你闷声不响地守在那，不早些回家去，还等客么？

哎呀，听小老爷这么讲，怕是夜里第一次出门吧？这个时候，正该我们上生意呀，好多学生都是这个时候出来呀。

这个时候他们出来干什么？

呵呵，车夫子笑道，办些白天不太好办的事呀，比如，喝酒啊……

车夫子的笑声和自己刚刚那愚蠢的问话，叫安辰极一张脸滚烫，当下就想跟车夫子说回转。话到嘴边，他还是忍住了，自己不就是奔着堕落腐朽去的么？

3

　　前头渐渐明亮起来，红红绿绿，明明灭灭的灯火，叫安辰极觉得自己就像一只扑向烛火的蛾子。车夫子的脚板在路上拍得啪啪直响。回头吧。安辰极说，我听说学校后面就有个地方可以吃东西，多晚都有吃，还有酒喝。车夫子放慢脚步，问，你说的是"夜不收"么？那是我们这些卖血汗出苦力的歇脚店，真的要去？安辰极从包里摸出一块大洋，塞到车夫子手里，央求道，回转吧！

　　只是衣衫鲜亮、气宇轩昂的安辰极置身在这灯光昏暗，逼窄促狭的破落的店子里头，让店家和食客都觉得不自在。食客中有几位行脚者，他们长途跋涉才进了城，又累又饿，大口地吞咽着米饭，喝着烧酒，大声地跟店家要求，为他们预备滚烫的洗脚水。还有几位年轻的苦力，凑在一起喝着转转酒……突然见这样一个人闯进来，都愕然地看着，不知他要搞什么。

　　安辰极虽然从未在这样的店吃食过，但对这样的环境并不陌生。益和楼后面的半边街，差不多全是这样的店面，里头的客人也和眼前的这些差不多。

　　见安辰极在板凳上坐下来，老板走过来，从肩头扯下抹布，将桌子一抹，还没等他开口问，安辰极先说了话，不是有豆腐么？来一碗，再来点烧酒吧。店家问，你是要吃白豆腐还是红豆腐？安辰极说，红豆腐是血旺吧？红重点儿！

　　几个行脚者到底是时常在城里跑的，各色人等也见得多，听安辰极说话很有那么点接地气,又是血旺,又是红重,茗谷烧入口也有滋有味,马上就晓得他不是个难接触的人,就跟他搭起了讪,问他哪里人,穿这么光鲜,咋会到这里吃饮食……

平常虚张声势的人见多了,眼前难得的都是几个实在人,安辰极也不摆架子,就说他是这里的学生,饿了,烦了,所以出来找吃的。而且一见他们就很熟悉,因为他的干爹就是个行脚者。

没扯上几句话,大家就熟络起来,嘻嘻哈哈,言语亲热。正这时候,门口又来了个人,瞧那一身打扮,分明就是校友。酒意已经有些上头的安辰极站起来打招呼,要请他的客。店家像是跟这人极熟悉,说既然同学相请,就莫要推辞,扫人颜面嘛。那人入座后,并不饮酒,连吃了两碗米饭,也没向安辰极道谢,匆匆而去。店家跟安辰极介绍,说那人虽然家境不好,但学习一直名列前茅,也正是因为如此,才肯赊饮食给他吃……

那天晚上,安辰极喝了不少酒,怎么回到住处的,都记不清。

第二日午后,安辰极才爬起来,头疼欲裂。刚出门,就见外头站着个人,模样似曾熟悉,只是记不清哪里见过。

谢谢你昨天晚上的招待,谢谢你帮我付了所有的赊欠。那人虽说的是感激的话,但语气却不卑不亢,仿佛这事儿更有利于他安辰极,是自己给了他这么一个难得的行善的机会。

告辞的时候,那人从怀里摸出一本书递给安辰极,然后就像昨夜一样,匆忙而去了。

这是一个手抄本，极细极密的钢笔字，书写极其工整、漂亮，叫安辰极看了很是感慨。再细看文章，用漂亮来形容不免显得轻浮了些，简直是叫安辰极震惊了。

4

文章的题目叫《放弃改良之幻想》。

开篇就讲中国地大物博，历史文化悠久，乃古老之大国，曾经开创无数文明和辉煌，然而自道光年起，鸦片战争、中法战争、甲午战争、八国联军侵华……《南京条约》《虎门条约》《天津条约》《北京条约》《辛丑条约》……偌大中国如帝国主义的后花园和屠戮场，中国政府成为帝国主义统治中国的工具，泱泱华夏沦为半殖民地半封建社会。虽经康梁变法、辛亥革命，无数仁人志士抛头颅洒热血，而中国却依旧积贫积弱，无主权、无外交，百姓深陷水深火热之中，民族复兴、国家富强的希望，仍然渺茫。

随即是"九问"。问中华民族穷弱之根源在何处，问军阀混战何日休，问国家未来在哪里，民族希望在哪里，问青年为何不思进取？

虽然在表达上有些乱，有些用词用语显然不合适，但是这文章所思考的，不正是安辰极平日苦思冥想的问题么？他所问的不正是安辰极想要了解的问题么？

让安辰极感到惊喜和震撼的，是它给出了答案——

国家之未来，在于共产主义革命；民族之希望，当寄托共产党！

安辰极并非对共产党和共产主义一无所知，在同学们的高谈阔论中，尤其是在一些书刊和杂志上，可没少看相关的文章，如一个叫李大钊的这样写道——

"Bolshevism 这个字，虽为俄人所创造；但是他的精神，可是二十世纪全世界人类人人心中共同觉悟的精神。所以 Bolshevism 的胜利，就是二十世纪世界人类人人心中共同觉悟的新精神的胜利！"

——只是安辰极一直将共产主义当成空想主义和不切实际来理解，很多时候还是当作笑话。这个世界，这个世界的人，无论怎么改造，也不可能达到那所谓的什么"各取所需、消灭贫富、完全平等的平均"的境界。

这本《放弃改良之幻想》的小册子，作者几乎是用呐喊的声音宣告：所有之有改变中国落后命运之仁人志士，必须头脑清醒，放弃改良社会改变法体之念头，因为这是幻想，是一厢情愿。不管国号之如何改变，政体又如何之组阁，里头的官僚还是那些官僚！官僚在，体制就不会变。至于军阀，全是一帮盗贼！小者盗抢民脂民膏银钱，大者窃国卖国也！不管他们怎么改旗易帜，都难改军阀的利益本质！所以，奉劝天底下尚未遭到污染，还未做过坏事的干净的勇于改革国家和民族命运的年轻人，不要听夫子们的说教，不要信那些所谓的"修身齐家治国平天下"的鬼话，更不要寄希望于政治家们的什么"改良社会""改良人民"之类的鬼扯！彻底放弃幻想吧，离开家庭和课堂，走向中国大地。像俄罗斯莽草林野中的年轻猎人一样，像伏尔加河上年轻的渔夫一样，像乌克兰大地上年轻的农夫一样，像冬宫广场上年轻的学生一样，拿起刀，扛起枪，杀死贵族老爷，砍下官僚的脑袋。地主资本家一个不剩，所有的财产全部归于国家，全部的山林、田野归于国家，所有一切，地上的和地下的全部归于国家，包括飞禽和走兽以及深渊的鱼，当然还有人，老人和小孩，年长的年轻的，都归于国家！他们属于国家，国家也属于他们，伟大的自豪的国家公民！国家公民以国家和人民的意志建立行政、司法、军队！在之基础之上，也在之基础之下，所有人的意愿都是国家意愿，所有人的行为都是国家行为，他们的笑声乃国家之笑声耳，他们播下的种子和长出的粮食乃国家之种子、国家之粮食耳，他们挥出之刀剑，乃国家之刀光与剑刃……国家是国家的，也是公民的，公民是公民的，也是国家的，无阶级无等级，无贫富无贵贱，无分别无差距，天下大同！

这当然不是奢想和空谈，这已经由无数的同志，志同道合追求共同的社会主义信仰的俄罗斯人实现了！他们组建起一个叫"共产主义党"的政党，在1917年11月7日这天，建立起这样一个国家——苏维埃社会主义联合共和国。全国人民正在共产党的领导下，齐心协力，万众一心，为实现共产主义这一人类的终极目标而共同努力！

5

安辰极急切地想要找到这位送书的校友，他跑遍了大半个校园，也不见此君之踪影。他去了"夜不收"，问了店老板，才晓得这个人是彭州人，姓赵名棠。

赵棠没有时间和安辰极多说话,他正在收拾那几件少得可怜的行李,他也可能此去不回,他的父亲就要死了。才收到的信,胀鼓病。赵棠并没显得多悲伤,更多的是无奈。安辰极说。胀鼓病么?很常见的,我们土镇也有的。赵棠说,是的,常见。希望能赶得上见最后一面。安辰极问,那么,为什么不会再回来呢?

我父亲的药罐子熬光了可以煎熬的一切。赵棠突然两眼定定地看着安辰极,我没钱回家。

安辰极愣了片刻,急忙往住处跑,又气喘吁吁地回来,递给赵棠五十个大洋。赵棠将大洋揣进自己的口袋,两眼直瞪瞪地看着安辰极说,我就不感谢你了。安辰极忙回答,不用。赵棠说,你们有钱人的钱早晚是要收归国家公有,收归于赤贫共有。安辰极笑笑,说,是啊,早晚。

那个叫《放弃改良之幻想》的小册子确出自赵棠。赵棠说学校并非思想之荒漠,还是有几个进步组织的,但是他们的思想过于保守和落后,这是他无法容忍的。我们必须要师从苏联,借鉴他们的革命之路,但这还远远不够。我们要更大胆,更激进一些,更彻底一些,因为我们问题太深重了。你想想,沉积了五千年的弊病啊,必须要天翻地覆,斩草除根!

安辰极突然生出个冲动的念头,他想和赵棠一道回乡。如果可以,他还想将那些早晚会被收归国家和赤贫的银钱,再送一些给他。但这样似乎太唐突了些,嘴痒痒的,终究还是没有开口。只是从赵棠手里拿过行李,说,让我送你去车站吧。

我还去什么车站坐什么车呢？现在我有钱了，可以叫滑竿抄近道回去。赵棠看着安辰极，如果你真想把自己平凡而短暂的人生投身于伟大的人类解放事业，那么，我建议你去上海，或者武汉！共产主义之火正在那里熊熊燃烧！

6

听说安辰极要去上海，李铁脚板的眼珠子都亮了。"十里洋场"的上海可是个藏龙卧虎的地方，你最好能认识几个搞军火的洋人，好枪好炮都是洋人制造的，从他们手里可以拿到进货价！李铁脚板侧头看着安玉惠，这军火贩运，可是过手就加价啊。一颗子弹，在上海洋人手里，可能就一个鸡蛋钱。这转手换手再过手，到了咱们这土镇，要买一颗子弹，母鸡把屁眼都要拉肿啊！

是啊，是啊。安玉惠附和道。

你也会洋文，跟洋人就好打交道多了，可要好好跟他们扯上关系，有他们出面，多少军火都可以轻轻松松运到爱河。李铁脚板感叹道，将来要真想成就一番大事，可少不得洋人的帮忙啊。

安玉惠欲言又止。瞧他的神色，安辰极知道他想要说什么。李铁脚板显然也是很清楚的，他笑笑说，你父子俩就不要都在肚子里嘀咕了，不就那事么？到了我这里，就把话讲明白吧。

安辰极红了脸，我觉得现在说那事，未免还早。

早也不早了。安玉惠索性说，你既要出外游历，不妨先将那事办了再行外出,到时候带上个婆子和跑腿的,也有人照顾你!

我出门可是去学习呀!安辰极的额头都渗出了密密的汗珠。

不耽误呀。安玉惠说,我看爱城、绵城那些大户人家的公子哥们,小少爷们,可都时兴这样啊。

安辰极皱了眉头,我咋能跟他们一样呢?

李铁脚板笑起来,你父亲的心思呀,不过是想早点抱上孙子!

安玉惠一副忧心忡忡的样子,苦皱眉头,我心头总是慌啊,就怕有个啥事儿!

安辰极明白了,父亲是怕他有个三长两短,而安家,又只他一根独苗。

辰极可是天命之人!李铁脚板说。

可他也是人啊!没有三头六臂,也不见金刚护体,一场凉惙病还不是叫他卧床大半月?安玉惠声音渐渐弱下来,因为他见李铁脚板似乎有些不高兴了。

我也是很急的,听说辰极要去上海,田水时不时就在我眼面前晃动。她的心思我还不明白?我告诉她,你莫急,天底下没有女人比得过你,你自带诚信万千,义气千秋,这一点上,安氏父子的心头有数的。有数吗?李铁脚板看着安玉惠和安辰极。父子俩对视一眼,都点点头。

你们安家能起这么大的家业凭的就是诚信忠义。辰极哇,一出夔门,外头尽是花花世界,你怎么玩耍,怎么娱乐,干爹都不管!干爹只管一桩事——要记得这里可有个人儿在等你!

依照干爹李铁脚板择的吉日和规划的行程，安辰极在丙寅年农历三月三日这天乘船从老王渡出发，经由涪江进入嘉陵江，沿长江抵达上海。安辰极嫌太绕，在爱城就上了岸，乘坐邮车，傍晚就抵达了成都，休息一夜后，坐汽车到重庆，然后换乘邮轮。

一九二六年五月一日黄昏，安辰极从吴淞码头登陆到了上海。在码头，目之所及，情形似乎和重庆朝天码头所见并无多大区别，一样的到处都是衣不蔽体的穷人，神情恓惶，手板心伸向每一个从跟前经过的人，指望得到一点施舍。而那些衣着整齐的体面人，也和朝天码头的一样面无表情，目光冷漠。而那些军警们，那些叼着烟卷撸着袖子的地痞恶棍，那些行会大爷和帮头们，不光和朝天码头的一样无二，也和这一路所见皆无二般，全一样目露凶光，全一样吃人不吐骨头的贪馋相。

安辰极的装束打扮，是依照李铁脚板心目中的"青年才俊"的形象来的。湖布长衫，西裤和皮鞋，头戴盛锡福的三帽牌硬顶礼帽，眼架德国12K金丝眼镜，手腕上是一块酒盅大的英纳格银壳大表。李铁脚板本来还要他挂一根镶金的藏着柄短剑的文明棍，一来可以显示身份不凡，二来可以防身，但安辰极坚决不拿那么一根棍子在手上。本来还有一个牛皮箱包的，但不知什么时候被窃贼拿刀片划了个稀巴烂。所以，临上岸的时候，安辰极决定弃之不要，包括里头的几件衣物。只是将藏在箱底的那本小册子拿出来，掖在裤腰上。

安辰极没有像那些初次登陆这片土地的人那样恓惶和茫然，此行他满怀激动，他隐约觉得自己会是那盗火者，世间再无永夜，无论多远的路途都有光明照亮，老人和孩子坐在火堆边，吃着香喷喷的食物，依偎着温暖的火光……一想到这些，安辰极的双眸就像被那圣火点燃了似的闪烁着光亮，他的脸上也不自觉地洋溢着胜利者的喜悦微笑，而他的脚步是那样的欢快，年轻的身子是那样的轻盈，似乎只要他愿意，一纵身子，就可以腾空飞翔，直上云端。

不管多么邪恶的力量，也无论怀揣怎样的凶残，都不太可能愚蠢到去招惹这样一个通体上下都散发着自信和无畏的昂扬的欢悦的人。在这帮凶残而邪恶的坏蛋的心目中，他们早就建立了一套欺软怕硬、恃强凌弱的法则。

安辰极没有找到那个和赵棠通信的"笔友"，不甘心，还到处打听。有人很警觉，把他扯到一边问话，哪里来？干什么的？安辰极看看这个人，直觉告诉他，这个人应该认得那位"笔友"，可以信赖，就从裤腰里抽出那个小册子，希望能以此作为敲门砖，打开和那人相见的道路。

他去夜校讲课，就再也没回来。这个人跟安辰极讲了自己的名字，周炯明。

7

安辰极最先是在华隆机器厂工作。他十分卖力，任劳任怨，和工人们打成一片，成为劳苦大众的一员。九月初，安辰极有了新的工作，在吴淞印刷厂当印刷工。在没有进厂之前，周炯明跟安辰极进行了一番严肃的谈话。吴淞印刷厂是党领导下的秘密联络点，主要印行马列主义书籍、进步作家的文艺作品和党内秘密文件，因此，每一个工人都是严格挑选的。所以这对他来说可不是一份简单的工作，而是培养和考验。安辰极十分激动，他一面辛勤地工作，一面如饥似渴地阅读那些他亲手印刷出来的书籍——《农民与革命》《宗教·哲学·社会主义》……

只要一有闲暇，安辰极就会去找周炯明。周炯明全面深入地给安辰极讲了共产主义、国际工运、国共合作，革命军组建以及当前革命斗争形势。这使得安辰极对共产主义有了深入而细致的了解，对共产主义的产生，马克思、恩格斯和列宁主义的发展，对于苏联共产主义革命运动的成功，对共产国际运动的形势，都有着非常深刻的认识。而且对于共产主义在中国的未来和发展，他也看到了清晰的道路……

安辰极开始为过去曾经念念不忘的"天命之人"的迷信和帝王思想感到羞愧。他毫不犹豫地与过去划清了界限，自觉主动地用已经掌握的共产主义思想武装自己，并将其作为人生的崇高信仰，并愿意为其付出毕生精力，哪怕是生命！

年末，周炯明告诉安辰极，经组织研究决定，安辰极将不再在吴淞印刷厂工作，而是全力负责"青年读书会"。

一九二七年四月六日，周炯明告诉安辰极，他的入党申请组织上已经通过。安辰极十分高兴，去买了酒和烧卤，要和王松、赵小成等几个"青年读书会"的同志好好庆祝一番。王松比安辰极还要激动，觉得下一回自己肯定有戏。王松入党的事情始终未得到批准，就因为他两个坏毛病，一是召妓，二是偶尔会沾大烟。大家对此提出了非常严厉的批评，他当时满口答应改正，可没过多久，他又照犯不误。

然而就在第二天,赵小成骑着他那辆邮政脚踏车慌慌张张跑来报告安辰极,读书会有两个朋友突然联系不上了。安辰极去找周炯明汇报情况,周炯明不在。出于安全考虑,安辰极决定暂时停止读书会的活动。直到五天后,才见到周炯明。周炯明说其实不用这么紧张,虽然一切看起来确实形势严峻,但都还在掌握之中。根据上级党组织指示,读书会可以继续活动,而且要扩大活动范围。他指示安辰极,尽快将读书会的积极分子名单交给他,他提交组织讨论,让大家尽快进入党组织。

安辰极发现周炯明的脖子上隐约有伤痕,左胳膊似乎也有点使不上劲,便悄悄问他怎么回事。周炯明跟安辰极说,在去开会的路上,他被跟踪了,为了躲避,他不小心掉进了一个废弃的深坑里,摔得很惨。

安辰极担心地看着他,马上就要进行更加严峻和复杂的斗争,你可要注意啊。要是你放心的话,有什么事情,你可以安排我去做!

放心,胜利在前头等着我们呢!周炯明豪迈地说,这点摔伤算什么呢?就是前头有刀山火海,我也一样无所畏惧,加油吧!安辰极同志!

安辰极去药店给周炯明买了虎骨酒,周炯明感叹说,我父母死得早,我很小就出了家门,在外这么些年,辰极,你可以说得上是最关心我的人。周炯明说得有些动情,眼睛湿润了。

安辰极也很感慨,你不是一直教育我,革命同志可不单单是志同道合的同路者,更是为了共同信仰不惜粉身碎骨的战友，是播火者，是殉道者，是烈焰，是希望，所以……我们更得彼此关心啊！

　　从一个茫然的青年到一个坚定的共产主义者，从一个满脑子愚昧落后旧思想的没落者，到一个不惜以鲜血和生命代价换取新时代诞生的纯粹的共产党员……如果不是周炯明的指引和帮助，自己又怎么可能实现这么伟大的转变？如果不是周炯明指明道路，自己肯定还在那肮脏的混乱的丑陋的阴暗的落后的绝望的自私自利害人害己的思想和道路上苦苦挣扎，如今，自己的人生从未如此的光明灿烂！还有什么比将自己的命运和民族解放，国家独立，劳苦幸福，天下大同的光辉事业紧密相连更伟大更值得奋斗终生的事业呢？

　　周炯明不让安辰极给他擦药水，他告诉安辰极，革命同志之间无私帮助的目的，只为共同进步，共同前进，去实现共同的信仰，去追求共同的胜利，去服务更广大的劳苦！同志之间的革命感情无私而纯粹，高尚而光明。所以无论你的同志对你做出怎样的帮助和关怀，哪怕是以生命为代价的牺牲，你也不能将其视为恩人，更不能将你对同志的帮助和关怀当作报恩。那是革命感情不成熟的表现，是对革命感情、同志友谊的亵渎！革命同志要紧紧团结在一起，如同亲密无间的战友，为了共同的革命信仰和奋斗目标，前赴后继！

　　周炯明在讲这些话的时候，安辰极流露出了忧虑的眼神，因为他看见周炯明后背的衣裳上有血渍洇出。

　　这点小伤算什么？还有更大的牺牲在等着我们呢！周炯明叹口气，我受伤的事，你不要告诉其他人，要严守秘密！你赶紧去和王松他们一起通知那些积极分子，会议就改在今天晚上！

8

怎么突然就提前了？王松和赵小成对学习会议提前感到意外，而且他们还觉得周炯明近日情况似乎有些反常。你觉得呢？

可能是近来形势紧张，他压力太大的缘故吧。听安辰极这么说，王松和赵小成也觉得有可能，于是大家开始分头通知起人来。不过，安辰极的心头始终沉甸甸的，像是坠着什么东西，搞得有些心烦意乱。

人员通知完毕，安辰极前去请周炯明。周炯明看看手表，距离他们约定的会议时间还有三个多小时。临出门的时候，周炯明将他一直养着的一只画眉鸟从笼子里捉出来，爱抚了一阵，松手放飞了。这个举动叫安辰极感到意外。

我是担心我回不来。周炯明说，形势远比我们预想的复杂，我们要时刻做好牺牲的准备。

相信明天，相信胜利！安辰极说。

我真有些后悔咱们当初的相识了！周炯明突然说。

安辰极大感吃惊，惊愕地看着周炯明，不相信他竟然会讲出这样的话来。

斗争的残酷，超乎想象啊！周炯明长声夭夭地慨叹道。因为天色昏暗，安辰极看不清他的眼神，但是分明可以感觉他的异样，他似乎很难受。

对于眼下的局势，安辰极是知晓一些的。四月九日，蒋介石发布《战时戒严条例》，严禁集会、罢工、游行，并成立了淞沪戒严司令部。尽管他一再对上海总工会纠察队和工人表达"善意"和"敬意",但一些反常的行为和举动还是引起了大家的警惕,都晓得可能会有阴谋的事情发生,却拿不准何时发生,怎样发生。安辰极不止一次地想,不管发生怎样的事,只要是组织安排,无论多么艰巨的任务,自己都将努力圆满地完成它,哪怕是牺牲,也要让自己的生命化为一道照耀战友和同志们前行的光亮!

你不要总想着牺牲,你可能还意识不到这两个字意味着什么。周炯明笑笑,他们已经来到筹备会议的地点,位于汉璧礼路的一个小饭馆。大家将在这里一边吃点东西,一边议事,然后就去学习会的地点。

考虑到近来形势严峻,学习会的地点改到三元宫旁边的百家兴家具厂。百家兴家具厂是王松的叔叔办的,因为生意不好,他叔叔早离开去杭州另谋生路,但仓库里头还有些货,就安排了个人守着。守厂的是王松的本乡,叫丁酒罐。安辰极和他也很熟,觉得他像极了故乡土镇一个忘记了姓名的酒鬼,一张脸总是红通通的,而且只要喝了酒,什么地方都可以躺下,酣然入梦。

王松站在小饭馆门口,撩着帘子等他们。周炯明从包里摸出一个信封递给安辰极,这里有个紧急任务,你赶紧跑一趟。

信封上写着宜昌路面粉厂老刘。

安辰极感到有些奇怪,这一路上这么长时间,怎么非得等到这个时候才安排任务呢?宜昌路距离这里可不近,不是还安排自己做学习讲话么?听说安辰极要去出任务,赵小成让他骑上自己的邮政车,再换上自己的邮政服,叮嘱他可千万小心,因为今天的情况极其不对。

安辰极骑着车子,飞快地走了。

街头到处都是军警,到处都在设立岗哨,不少人被当成可疑分子拦下盘查。过外白桥的时候,一个人试图逃走,刚从安辰极身边跑过,就被追上来的军警开了枪。一声轰响,那人一个筋斗栽倒在跟前。安辰极心头一惊,加之天黑,车轱辘一滑,连人带车摔倒在那个中枪者跟前。中枪者后脑勺上冒着烟儿,前脸被崩得一塌糊涂,像摔碎的西瓜,血腥味混着硝烟味儿直往安辰极脑门上冲,让他几欲呕吐。

一个军警冲过来,对着倒地的中枪者踢了两脚。又一个走过来,弯腰看着安辰极,问道,你没事吧?安辰极想要从地上爬起来,双手发软,使不上劲。那个军警搭了把手,将他扯起来,还帮他扶起车,小心点,你最好赶紧回家去待着!

安辰极推着车子走了一阵,等心头平和了些,这才继续骑上车往前赶。

街上军警越来越多,很多道路都被封锁了,不准任何人通行。安辰极只得绕道。绕着绕着就不知道自己这是到哪里了。好不容易逮着个路人,路人紧紧张张,问急了,反问他,你跑邮政呢,你都不知道。

就在安辰极站在一个没有被封锁的十字路口不知往何处去的时候,突然冲出一群人来,呼喊的口号表明了他们的工人身份,其中两个手里提着枪,看他们慌乱的样子,应该正遭到追击。安辰极不禁为王松他们担忧起来。这里尚且这么混乱,到处都在抓人,杀人,他们那里又可能好到哪里去?

这群人从安辰极身边匆匆跑过,冲进他右边的一条小街里,接着一阵更加密织的脚步声传来,听那铁钉响板敲击路面的声音,就知道这是一群人数众多的军警。

这群军警刚追到安辰极身边,那群人就被前头设卡的军警拦截住了……一阵枪声之后,四下一片死寂。

黑暗的街道上空,弥漫着刺鼻的硝烟味儿。

整整一个通宵,枪声不断。

直到第二天黎明时分,安辰极才赶到宜昌路,找到面粉厂。面粉厂里头并没有个老刘。不过,面粉厂旁边的江苏药水厂里头倒是有姓刘的。

写明的面粉厂老刘,怎么能送给药水厂老刘呢?安辰极越想越觉得不对劲。一位老大爷看着眼前这个浑身泥污,疲惫不堪的邮递员,说,跑我们这一片的是老陆啊,昨儿还来过的,你是不是跑错了地方?安辰极已经意识到事情肯定没有"跑错地方"这么简单。他悄悄打开信封,里头就一张纸,纸上四个字:回家去吧。

安辰极明白这是怎么回事了,但他不愿意相信,他要回去,去验证自己的判断是错的。返回的道路比来时更加险难,到处都是哨卡,到处都是盘查。殓尸房的人拖着板车,板车上就像劈柴样堆着遇难者的尸体。

自行车链条断了,修车店都关着门。安辰极虽然又饿又累,但不想丢下自行车,因为这辆宝马牌自行车一直是赵小成的宝贝,是他父亲留给他的遗物。赵小成总是将它擦拭得干干净净的,骑着它去送报纸,去工厂做宣传,去接送在纱厂上班的女朋友。

9

周炯明的被捕并不是偶然,而是早有预谋。由此也可以看出国民党对共产党的清剿是一场早有计划,精心布置的政治叛变。

安辰极不见周炯明那几天,他正在接受刑审。审判者似乎已经吃定了他,虽然下手狠毒,却并不往他的颜面上去,他们晓得他肯定很快就会交代出一切,并且像狗一样听他们使唤。

周炯明亲自去了三元宫的百家兴家具厂,站在门口欢迎到来的积极分子。二十多个积极分子,全部到会,全部被就地杀害,再浇上汽油。百家兴家具厂在熊熊大火中燃烧了整整一夜。

丁酒罐目睹了家具厂发生的一切,他不敢相信自己看到的,当时为什么偏偏要酒醒呢?他骂王松的叔叔王八蛋,几个月没给他开薪了,不然他也不会捉襟见肘到酒都没办法喝透,如果喝透了就不会看见那么可怖的杀戮场景。

堆满南洋红松、江西樟木、四川柏木、贵州杉木的家具厂,成了眼见的一片灰烬,掩盖在灰烬之下的,是一堆堆燃烧未尽的焦黑尸体和煅过火的灰白骨骸。安辰极想把这些骨骸都收殓起来,但是却无从下手。烈焰虽然熄灭,但余温尚在,空气中还弥漫着浓烈的焦灼味道,像呐喊与哭嚎穿透烈焰之后滚烫的闪烁着火星子的黑色的灰,每呼吸一口都给心脏带来一阵悸痛。

四月十四日傍晚，安辰极刚走出废墟，就被人跟踪了。跟踪他的两个人，其实安辰极下午就发现了他们。记得周炯明曾经给自己讲过，说地下工作做久了，很容易就会锻炼出预感，就像经验丰富的猎人，进山林往地上一看，就晓得这林子里都有些什么野物，抽抽鼻子，就能闻出猎物藏在哪个方向。周炯明还说他特别佩服一个代号叫佛龛的上级，精通易容术，会十几种方言，不管是什么人，他几十米外瞟一眼，就能判断出此人是干什么的，大致有过些什么经历，不管到什么地方，他老远就可以预感出前方是否安全。正因为他有这样的本事，所以他一直都是敌人的眼中钉、肉中刺，敌人想方设法要除掉他。但是他们只知道有这么个佛龛存在，高矮胖瘦，模样长相，一概不知。

其实你是不太适合做地下工作的，为什么呢？周炯明指着安辰极脸上的几颗痣，说，因为你特征太明显。凡是见过你一眼的人，必定会因为你明显的特征在心底留下印象，记忆很难将你模糊化。而要从茫茫人群中把你找出来，因为你这几颗痣，也会是件很容易的事。

记得周炯明跟自己讲这番话的时候还说过另外一番话。他说革命不能莽撞，凭安辰极的能力，是可以成长为一名优秀的革命者的。他还说革命的胜利不能寄托在别人手上，需要我们亲自去缔造。所有的政治合作都是短暂的，随着政治利益的转变和合作关系的疏密而变得很不可靠！国民党希望通过跟我们的合作，达到获得俄国支持的目的，而我们呢，也想依附于国民党尽快获得势力上的强大。对外界，我们当然不能这样讲，可是在党内，我们是要有清楚的认识的。我们是早晚得和国民党有一场较量的,一个国家怎么可能同时存在两个政治势力,一个舞台怎么可能有两个戏班子同时登台?可是我们拿什么去跟人家较量呢?凭政治口号吗?政治主张吗?不!而是要比谁拳头硬!所以咱们每个共产党员都应该具备强大的发动革命的能力和赢取胜利的战斗技能……

革命激情如此充沛,头脑如此清醒,判断如此准确的周炯明,自己的革命领路人,他怎么就叛变了呢?即便事到如今,安辰极还是不敢相信,也不肯相信,更不愿去相信。但现实就是如此残酷,二十多个革命同志呀,王松、赵小成……他们的笑容,走路的样子,谈到革命时的激动……统统都被周炯明扼杀了!

眼下轮到自己了!慌乱之中,安辰极进了一个断头巷。无处可走了。安辰极深呼吸一口气,伸手摸摸裤腰里的两把匕首。

你们都牺牲了,为什么偏偏留下我呢?我是周炯明故意松开指缝的漏网之鱼?或者我这也是一种背叛?安辰极脑子很乱,他不明白周炯明为什么要这样做,周炯明这样的做法让安辰极感到极大的侮辱,而这样的活着,更让他感到耻辱,每时每刻都是受辱和被羞耻!

安辰极听到了脚步声,听到了子弹上膛的声音。他再次深深吸一口气,准备像一道闪电穿透这黑夜,照亮自己追求的信仰!

脚步声停住了,接着有人摔倒。片刻之后,出来个人,优雅地用手绢揩着手,细声慢语跟安辰极说,恐怕咱们得赶紧离开这里。

第五章　吹灯行动

1

　　两柱灯光刺向黑夜，它们看起来那么锋利。我知道你。佛龛西装革履，蓄着两撇优雅的小胡子，就像个资历深厚的洋行管事。一上车，他就拿出套衣衫让安辰极换上。衬衫、西装、皮鞋，还有一件羊毛背心，桃心领的那种。衣衫和皮鞋都很合身，就好像专门给他量体裁制的。还有这个。他又递给安辰极一把小梳子，摁亮车里的灯，再递给他一面小圆镜。安辰极梳弄头发的时候，佛龛一直看着他，就在他要收起镜子的那一刻，佛龛伸出指头，指指自己的额头。安辰极对着镜子一看，那里有块泥污，他揩了揩，没揩掉。佛龛出手帮忙，沾了点唾沫，给他揩掉。这之后好长一阵子，安辰极都觉得那里凉丝丝的。

　　路上很多拦检。佛龛对这些不厌其烦的盘查表现出了极大的耐心和尊重，跟那些士兵和警察东拉西扯地寒暄，扔给他们香烟，他似乎跟他们都很熟悉，一副知根知底的样子。

　　听谁讲起我？周炯明么？

不是，是袁风。

袁风是谁？

周炯明的上级。敌人来的时候，他忙着烧毁材料，没走脱。

周炯明出卖他的么？

是的。

我要铲除这个叛徒，为死难的同志报仇！

当然，这是你接下来的工作。

需要我怎么做？

能讲讲你和周炯明的私人关系么？

安辰极觉得这个问题很难讲，因为他实在不好区分和周炯明的工作关系与私交情谊的界限在哪里。周炯明倒是好几次谈到他对安辰极的印象和情感，说他从未见到过如安辰极这般对共产主义怀有如此朴素、纯真情感的人，也没见过如安辰极这般诚挚、善良和简单的年轻人。他可是没少接触过有权有钱人家的少爷，哪一个不是吃喝嫖赌？哪一个不是奢华无度？哪一个不是好逸恶劳？他从不怀疑安辰极对共产主义的信仰和不惜牺牲的决心，甚至因此感到心痛和无比崇敬。

周炯明说得情真意切，他的眼中都泛起了泪光。他说，我从来没跟人提过，对组织也没讲过，我是多么害怕过独木桥，窄桥也不行。这是因为我有个弟弟，他比我更惧怕过独木桥，在所有的窄桥跟前，从来都是战战兢兢。

安辰极已经预感到，这是一个悲剧，虽然已闭幕多年，但悲痛一直折磨着周炯明。

周炯明说，你年纪小，个头也小，比我轻，你先过去。

如果我先过去，桥断了，你就过不去了。弟弟说，好，如果桥撑不住我，它也撑不住你。弟弟尽管非常害怕，但在哥哥的鼓励下，他还是走上了那根独木桥。桥没有断，是弟弟因为腿软脚滑，掉进河里，被湍急的河水冲走了。

周炯明说，他当时并没有被弟弟突然坠河吓坏，他脑子清醒极了。他甚至看清楚了弟弟是哪只脚先滑下去，溅起的水花有多高，他绝望的眼神和最后一个淹没他的浪头。

事后，我并没有感到怎样的悲伤，而是一种从未有过的轻松。周炯明说。

安辰极看着周炯明，他并不觉得惊愕和可怕，他知道这一切都应该有个合理的解释。

我弟弟生得比我漂亮，生辰八字占得好，将来注定会是光宗耀祖之人，是我那个家族的未来和希望。当我第一眼看见你的时候，就像是谁对着我的胸口猛地击了一拳，好半天才缓过劲来。这么多年来，我一直生活在无边无际的悔恨中，我一遍一遍地从那个独木桥上滑落，掉进黑暗的漩涡里，永远也不着底⋯⋯周炯明看着安辰极，你长得特别像他。

这会是他放过我的原因么？

你觉得呢？

他对待我的确有如兄长般宽厚热忱，关怀备至⋯⋯

他们的车进了一个小镇，不远处闪了几下亮光。佛龛对着亮光开车过去。车在一处宅院门口停下，过来一个人，开门上车。

他叫老余。

佛龛正式向安辰极宣布。因为安辰极的上级周炯明的叛变,组织被破坏,档案材料被毁,无人能证明安辰极的党员身份,所以无法认可和恢复安辰极的组织关系。不过安辰极可以重新提交入党申请。老余将是安辰极的新上级。经研究决定,成立铲除叛徒周炯明的锄奸小组,小组由老余负责,安辰极是小组成员之一,行动代号"吹灯"。

2

老余说,我本来是想叫"熄火"的,佛龛说含蓄点吧,叫"吹灯"如何?

老余是山西人,祖上是贩醋的。他说,除了山西人,江浙人大概是天底下第二号最喜欢吃醋的了。不过江浙人的口味和山西人相比,还是有很多差别的。老余有个本事,就是将山西醋搞成江浙人的口味。勾兑,只要一点糖,一点本地的糟酒,半个时辰我就可以勾兑出让他们喜欢得发狂的香醋来。

安辰极满脑子想的都是报仇。

你得沉住气。老余说,来,咱们学方言,你跟我学山西话,我跟你学四川话。

作为工作在党的隐秘战线的同志,掌握方言的确是很有必要,但眼下不是还有比这更迫切的事情么?

老余学得很认真,领悟能力极强,很快就能学说一口像模像样的爱河流域方言了。

你跟周炯明聊起过吃喝么?老余饶有兴趣,你跟他讲过你们大河两岸的吃食么?

有。

但安辰极不想说，他不想回忆跟周炯明在一起的那些日子，这让他很沮丧，更感到羞愧和悔恨。

讲讲嘛。老余笑嘻嘻地说，我想对他多些了解，这可能对我们吹灯很有帮助。老余想要知道所有的细节，他们是在什么环境什么情形下讲起那些吃食的，都是怎么你一言我一语的，周炯明当时的神情，筷子是否夹着菜，手上是否端着杯子？这简直叫安辰极苦不堪言。

老余告诉安辰极，市面上流行着一种叫醋精的东西，小小一块，兑上水就成醋了，从颜色气味甚至味道上一般人很难分辨。来，我教你辨别好醋的方法，可以保让你这辈子吃上正宗的好醋！但安辰极根本就不上心，而且还觉得有点可笑。不过老余教授的伪装术和情报传递等谍战技能，他就不敢小觑了，以百倍的认真去面对。老余对安辰极这个"学生"很满意，觉得他的领悟能力可比自己强多了，尤其是土法制造炸药方，安辰极小半天就掌握了，而且制造出的炸药比他造的威力大不少。

你个乃刀货可真是个天才呀！

这并没什么，在我们大河两岸，几乎所有的老猎人和烟火匠人都会，给我们家做火炮的叫罗火药，他的硝都是自己熬，一硫二硝三木炭就成黑火药了。安辰极轻描淡写地讲道，我不过根据这几样东西的纯度，做了些比例上的增减。安辰极看了老余一眼，说，你没必要这么惊讶，我是在书上看的，学化学和物理的都懂，如果再做些研究和试验，威力会更大。

我真是对你肃然起敬了！老余由衷地赞叹道，你要加强学习和自我改造，你会成为优秀的革命领导者！

这天傍晚,有人送过来两罐子东西,一罐子酒,一罐子酱。安辰极一看贴在上头的字号皮,不禁愣住了。酒是土镇曹家烧坊的苕谷火烧,酱是爱城宋家的豆瓣酱。

你跟周炯明就饮食方面有过二十余次的交谈,十多次说起你老家的食物。说得最多的,是你们土镇的老米粉,其次是曹家的苕谷火烧和爱城宋家豆瓣酱。老余轻轻拍拍那罐子,千里迢迢把这两样东西带到这里,可不容易啊。

安辰极已经明白了,激动地问,什么时间行动?

老余笑道,明天进城。

3

七月二十二日,时隔"四一二"反革命大屠杀一百天,安辰极与老余一道进了上海城,来到龙华镇龙华路淞沪警备司令部。驻军上海的北伐军副总参谋长、东路军司令白崇禧刚刚在这里成立"上海警备司令部",周炯明就任"上海警备司令部特别稽查室主任"。

听说来人是找周炯明主任的,过来两个便衣,一看那甩手甩脚的样子,就不是寻常之辈。他们客气地将老余和安辰极请进门卫室,挡在门口,也不说什么,就冷眼冷眉地看着他们,似乎时刻一到,他们自己就会立即显形,露出真身。

安辰极站在那里,笔直身姿,神态自若,根本就不把两个便衣打上眼。倒是老余,虽然一身洋布,脚蹬皮鞋,胸口挂着银链子怀表,但怎么也掩饰不住土气外溢。他赔着笑脸,点头哈腰,一脸讨好的眉眼。

安辰极有些不耐烦了,走到桌前,抓起电话,便衣要上前挡,安辰极胳膊一靠,冷眼瞅着他,低声说,走开!

总机,你找谁。

请接周炯明。

总机顿了下,对不起,我们这里没有叫周炯明的。

我叫安辰极,你告诉他。说着,安辰极挂了电话,在一边椅子上坐下。

十分钟不到,周炯明快步来到了门卫室门口。然后,安辰极和老余被领到了旁边的一幢小楼。进入小楼,竟然还有道岗哨。卫兵看着老余手中抱着的两个罐子,示意他放到一边的桌子上。

例行检查。周炯明说。

安辰极表示理解。

他们先被搜了身,然后是那两个罐子。卫兵小心地打开那个酒罐子,一股酒香扑面而来。

土镇曹家苕谷火烧。安辰极说。

嗯,好香啊!周炯明拍拍安辰极的肩膀。

想着你也不可能去土镇喝。安辰极叹息一声,这一路,不好带啊。

难为你了。周炯明再拍拍安辰极的肩膀,说,谢谢你呀。

封上酒罐子,打开酱罐子。又一股香气扑面而来,酱香,很浓郁。

爱城宋家的豆瓣酱。周炯明说,我记得你讲过,说这家的酱可比郫县豆瓣酱好吃多了,产量少,一般人都吃不上。

那个卫兵抽出匕首要往里插,安辰极伸手挡住,看着周炯明,问,你吃吗?不准备进嘴的话,他拿手进去捏捏也没问题。

周炯明跟那个卫兵摆摆手。老余熟练地盖上油布,缠上麻线,然后拎在手上。

放这里吧。安辰极说。

不,拎上。周炯明说,有时候加班,可以顺便蘸个馒头什么的,烦了也可以喝一口。我那儿白兰地、威士忌可不少,就还没这个,曹家苕谷火烧,听你讲得油滴油冒的,老早就想来一口了。

说着话,周炯明将安辰极他们领上三楼。

周炯明的办公室可不小。如他所言,一排沙发旁边就是一个酒柜,里头摆满了洋酒。沙发里头,还坐着个人,正翻读一份材料,待他抬起头来,老余的眼珠子一下子就亮了。郑荣,白崇禧的得力干将,"四一二"反革命屠杀的刽子手,也是他在四月十三日制造的宝兴路屠杀,人称"郑屠"……真是没想到,竟然遇上他!

安辰极也按捺不住激动——今天可是赚大发了。

这就是我给你讲过的,安辰极。周炯明说。

郑荣点点头,招呼安辰极,快坐。又看看老余,老余拎着两个罐子,四下瞄着,就像不知道该往哪里放似的。

放这吧。郑荣扒拉开茶几上的文件,土特产?

本来带着四罐,两罐酒,两罐酱,就害怕磕了碰了,睡觉都搂在怀里。刚上码头,就被老总鼓吃霸赊硬要走两罐,给他大洋,指望留下东西。结果他大洋也要,酒和酱也要,贪得很! 老余操着四川话,就像终于逮着机会似的,嘟嘟囔嚷，发泄着不满。

老总，你讲的什么老总？郑荣合上手中的材料，覆盖在桌上，摆出要认真听听的样子，看着安辰极。

安辰极说，应该是侦缉队吧。

侦缉队的那帮家伙，是到了该好好整治整治的时候了。周炯明说。

队伍庞大，鱼龙混杂，利益勾连，乱象丛生……郑荣叹口气，不下狠心肠，整治的结果只怕还是和之前一样啊。郑荣话头一转，看着安辰极，炯明私自把你放了，你还跑回来干什么呢？

让你回家去，是我擅自做的决定，情况紧急，我只能那样做。周炯明在沙发上坐下，看着安辰极，是啊，你又回来干什么呢？

看看你。安辰极说，还想问你一点事……

老友相聚，你们就好好聊聊吧，慢慢谈。郑荣拿起桌子上那份材料，跟周炯明说，完了你过来一趟，我们把有些事情再议议。

一见郑荣要走，老余急了，叫道，咋就走了呢？

郑荣扭头看着老余，怎么了？

都没喝一口呢，老余指着酒柜上的杯子，问周炯明，动得么？

这大上午的，喝什么酒呀？郑荣笑了。

抿一口嘛，曹家苕谷火烧，几千里路，抱幺儿子一样到这里，不容易得很，抿一口嘛，当个慰问！老余见周炯明点了头，拿了四个杯子过来，摆在茶几上，快速地开了酒坛，一股子浓烈的酒香,溢满屋子。

确实香呢。郑荣说,倒半杯吧,尝尝。

坐着喝呀。老余说,看样你也是个大官,哪里有站着喝木脑壳酒的呢?

木脑壳酒?什么木脑壳酒?郑荣看着安辰极。

在我们大河两岸,穷人没钱又想过酒瘾,就来到酒铺子,递上一两个小钱,打上半碗烧酒,倚靠在柜台上喝。这种不入座的喝法,就叫喝木脑壳酒。木脑壳,也叫傀儡。

洋人搞酒会,可全都是站着喝酒,这要叫你们爱河人看见,还不笑掉大牙?行,就依你们大河两岸的规矩,坐着喝。郑荣回到沙发上,端起杯子,跟安辰极一碰杯子,说,炯明跟我讲过你的事,你既回来了,而且也都进到这里来了,还带来这样的好酒,我想,你肯定已经有了一个非常正确的选择和决定,来,干一杯!算是我的祝贺!

谢谢你。安辰极先干了。

郑荣看着老余,老余干了杯,周炯明干了杯,他也颇为豪爽地一饮而尽。

还真是好酒啊!郑荣放下杯子,行了,酒也喝了,情也领了……

再来一杯吧。安辰极说着,就要拿起酒罐斟酒。

少爷,还是我来吧。老余示意安辰极让让,他坐到安辰极的位置上,捧起酒罐,斟满茶几上的四个酒杯,然后端起酒杯,看着对面沙发上的周炯明和郑荣,我们家辰极少爷从小就好面子,自尊心重,心头想着感谢的话,他也不大容易说得出口。周老总,你跟辰极关系好,他这性格你也是晓得的吧。所以呢，我们家老爷一定要我替他向你们表示一个感谢，让他全身而退，不然，他要有个三长两短，那重振河山，救黎民于水火的光宗耀祖的大业，谁去完成啊？

郑荣笑了，看着老余，怎么？现在你们那儿的人，还视他为天命之人么？

是啊！老余说，我们都相信他能开创一番大业！说着，老余看着安辰极说，少爷，那我就替老爷敬二位老总一杯了哦？

安辰极点点头，此刻他的内心极其痛苦，因为老余这是在和他做着最后的道别。

在老余制定的"吹灯"计划中，安辰极的安全是放在第一位的。也就是说，他不是执行的第一人，他是替代方案，如果发生老余失败的情况，由他实施补救计划。当老余有完全的信心和把握执行任务并且向安辰极发出信号后，他必须立即执行撤离命令。

安辰极自然不满意这样的计划，质问老余，第一执行人为什么不能是我？老余语重心长地给安辰极讲，你比我优秀得多，比我年轻，不管是创造力还是领导力都在我之上，就像我讲过的，你会成长为一位优秀的党的领导者和革命事业开拓者，你要牺牲了，不符合最大程度降低损失的行动原则！

老余饮了那杯酒，放下杯子，抱起了那个酱罐子。

怎么啦？你还要请我们吃一口豆瓣酱么？郑荣打趣道。

我讲个事儿，你们两位可千万别紧张。老余从罐子底下扯出一根线，这是一个炸弹，里头装的是高爆炸药，所以，二位别轻举妄动，安静坐好。

郑荣和周炯明对视一眼，他们面色骤白。

辰极同志，你先出去吧。老余说。

安辰极从郑荣面前抓起那几份材料揣进怀里，走出屋子，碰上门。他听见老余说，倒酒呀，现在不喝，待会儿可就没得喝的了。

安辰极刚走出大门，就听见身后一声巨响。他没有回头，揩掉涌出的眼泪，赶往撤离点。

4

安辰极拿到的那几份材料是蒋介石下达的进一步"清党"的命令和计划清除的国民党左派名单。

时间紧急，我们都没有时间来悲伤，安辰极同志，现在请你将"吹灯"行动做个简报吧。

汇报是简要的，但安辰极的情绪是复杂的，好几次他都因为悲痛，声音哽咽，说不出话来。佛龛和另外一个同志也都眼含热泪。汇报完毕，佛龛代表组织向安辰极宣布，经过研究决定，确认安辰极的共产党员资格，恢复组织关系。

安辰极同志，请你重温入党誓词！

佛龛从怀中掏出一面党旗，挂在墙上，在他的领誓下，安辰极做了入党宣誓——

严守秘密，服从纪律，牺牲个人，阶级斗争，努力革命，永不叛党。宣誓人：安辰极……

宣誓完毕，安辰极已是满脸泪水，两个同志的手紧紧握在一起。安辰极表示着感谢，感谢组织的信任和重视。佛龛说，像这样的入党宣誓，在过去是没有的，也没有把入党誓词作为党员发展的必要程序，这次大革命失败，总结出很多惨痛的教训。其中之一，就是党员教育和发展不够，面对国民党反动派的残酷镇压、屠杀，一些意志不够坚定的党员背叛了信仰，就像周炯明那样成为可耻的叛徒，给我们党造成了巨大的损失。现在，革命处于低潮期，革命斗争主要还是以隐蔽的方式进行，所以很有必要将入党宣誓作为党员发展的重要程序，并且在誓词中强调，要严守组织的秘密，服从组织的纪律，要将个人的安危置之度外，绝对不能背叛组织。因此，誓词中的"牺牲个人""永不叛党"，就是每一个党员为保护党的组织，使党经受得住"杀头"考验而提出来的承诺。

安辰极庄重而悲怆地表示，请组织放心，我，安辰极，会以我亲密战友老余同志为榜样，向他学习，学习他的对党忠诚，敢于牺牲的精神！

两人再次握手，并紧紧拥抱。

短暂相聚就是分别。安辰极将返回四川，回到大河两岸。

我最熟悉的地方是大河两岸，我希望能回到大河两岸去开展党的工作，建立党组织，发展党员……

佛龛表示了赞同，并给他介绍了党对当下工作的安排，认为安辰极的想法比较符合党的指导方针。此次大革命失败，虽然四川也遭受了巨大损失，但组织并未停止活动。他告诉了安辰极与四川地下党组织的联络方式和暗号，表示将尽快将他的情况向四川方面介绍。

临别的时候，佛龛将安辰极叫到一边，说有个任务要他去完成。佛龛说，他战友有个女儿在重庆，在中共四川临时省委工作，叫梁英，一九二七年二月从广东随她的叔叔梁丹梧同志前往重庆。梁丹梧到重庆后，与国民党左派四川省党部监委陈达三等人建立了良好的私交关系，也与中共重庆地委书记杨闇公配合密切。两党组织通力协作，领导了泸州和顺起义，组织工农运动，开展反帝反军阀斗争。

三月三十一日，为反对英美帝国主义军舰炮轰南京暴行，两党组织重庆抗议游行。四川军阀刘湘部师长王陵基伙同卫县团阀曹燮阳，以武警封锁要道，便衣突击会场，枪声四起，流弹横飞……当场死亡上百人，伤者千人，陈达三惨遭枪杀，漆南薰身殉乱刀之下，梁丹梧、冉钧等人被暗杀……

梁英就是在这一天失踪的。

我会尽力找到她的，只要她还活着！安辰极说。

5

根据佛龛建议，安辰极回程没有走陆路，陆路的盘查多如牛毛，而且沿途军阀、土匪趁火打劫，危险太多。哪里想到水路遇到的危险一样不少。安辰极乘坐的是往返于上海和重庆的"金星号"货轮，"金星号"有英美背景，据说青红帮的大佬杜月笙在里头有不少股本，这是安辰极选择乘坐它的主要原因。刚进入南京水域就遇到了河盗，几个护船的河警被枪杀，剩下的都乖乖将枪放下投了降。

从这些河盗的装备和他们的身姿动作，完全可以判定，这哪里是河盗，分明是训练有素的军人。安辰极也被抢了个精光，还挨了揍，直觉是伤了脾脏。整个洗劫一直持续到黎明时分。河盗离去，金色的阳光洒在河道里，遭遇劫难的人们这才有胆量咒骂和哭诉。被洗劫一空的人们开始了欲哭无泪的悲愤,被殴打伤残的人们彻夜呻唤惨叫,惨遭强奸的女人眼神绝望空洞……安辰极觉得这艘船不是回家,而是驶向地狱。

安辰极扶着冰冷的船舷,一瘸一拐慢慢地往船舱里挪步,疼痛越来越剧烈,让他感觉呼吸困难。他想找个地方躺一躺,他感到阵阵眩晕,他担心会栽进河里,更担心躺下就不再醒来。

这样丑陋的世道,这万恶横行的国家,必须要改变。而这个责任就落在共产党身上!毁灭它!彻彻底底毁灭它!然后建立一个新的社会,自由的安全的社会!

安辰极没有回船舱躺下,他回到了甲板,那里有阳光,有温暖。疼痛让他感到寒冷。他坐在那里,叮嘱自己,如果躺下他可能起不来,他必须得坐着,时刻保持警惕,不能让疼痛劫持了自己,不能昏迷过去,他得活着回到大河两岸,开展党的工作,创建党的政权。

他小口小口地呼吸着,凭借着坚强的意志将身体里那团巨大的疼痛往最深处挤压,不能让它占据太大的空间,他要将这些空间腾出来安放自己正在思考着的革命计划!

船在南京泊了岸。军警们拥上了船,都以为他们是来给受劫的人们申冤的,却没想到,他们竟然是来查捕共产党的。人群开始咒骂,但随着几声枪响,两个刚刚还跑前跑后帮忙搀扶老弱,照料伤患的年轻人倒在血泊中,愤怒激动的人们再次被扼住咽喉,陷入恐惧,一片死寂。

傍晚时分,安辰极才凭借着意志力,走下船,来到码头,他在一个台阶上坐下,有气无力地向一位行脚者招着手。

送送我!安辰极气若游丝地说。

你有钱吗？行脚者问。

安辰极摇摇头。

你伤成这个样子就算我送你去医院，人家也不肯给你下药啊。行脚者很为难，说，我也不能带你去我家啊，万一你死了咋办？

送我去脚行。安辰极说。

去脚行干什么？都是跑腿的，穷人，光腿精脚杆，也救不了你啊……

跟李铁脚板在一起的时间长了，也没少跟脚行的人在一起耍，安辰极捡了不少脚行的"行话"，随口说了两句，这叫行脚者很惊讶，没想到这个文弱得像个教书先生的年轻人，竟然会说他们行脚帮的话。安辰极见几句"行话"管了点用，想再说几句，但眼前一黑，就什么都不知道了。

那个行脚者见人晕过去了，忙叫人，来了两个同伴。他既会说我们的行话，必然跟我们脚行有关系，天下行脚是一家，再说也不能见死不救啊！于是，两个人将安辰极抬往医院，另一个则去报告脚行管事。

当安辰极醒来，脚行管事正看着他。他已经用了些药，医生检查了，说肋骨骨折，脾脏破裂，内出血很严重。

第五天，就有个黑脚帮的行脚者赶来了，叫钱广，到南京收取运输桐油的脚钱的。钱广对安辰极印象深刻，什么时候什么地方第一次看见安辰极的，当时都有哪些人，都讲过哪些话，他可都记得清清楚楚。都晓得你是天命之人！钱广眼中闪着亮光，现在你就好生养病，一切有我呢！能有这个护尊救驾的机会，可是咱上辈子修来的福气呢！钱广那兴奋而激动的样子，可真像是撞上了好运气。

这事可不能让我干爹晓得了，免得他着急。

这怕已经晚了。钱广说，消息随腿去，咱们黑脚帮里头不缺日行百里的人，只怕这个时候消息已经到爱城了呢！

你这就叫人带个话，就说我没什么事，去重庆办点事就回家。

钱广将话复述一遍，就去找行脚者，要以最快的速度，将这些话传回土镇，不叫老帮头和安辰极的父亲担心。

十多天后，安辰极终于可以下床了。他迫不及待地就又要开始行程，钱广劝，医生也劝，安辰极这才作罢。医生说，肋骨骨折并不算什么，可怕的就是内出血。他的伤情刚有好转，倘若路途上再有什么闪失，比如跌跤，或者击打，刚刚止住血的伤口极有可能破裂。又十多天后，安辰极觉得自己必须要动身了。这时候行脚者将土镇的话也带了回来。可能是想更多地知道他什么情况，李铁脚板安排带话的行脚者是土镇人，和安辰极也很熟悉。

行脚者说，你干爹和你父亲晓得你害病了，十分担忧，要你好生保重，怕你亏欠自己，还随话带了五百个大洋。行脚者也带了李铁脚板的话给钱广，要他好生照顾安辰极，事情办妥就直接回益和楼。既是熟人，安辰极问了家里的情况。行脚者说家里一切都好，他害病的消息传回家后，还促使他父亲在那件犹豫多年的事情上下了决心。所以，过了不多久，安辰极就应该会收到他父亲安玉惠续弦的消息。

安辰极写了两封信，一封给干爹李铁脚板，一封给父亲安玉惠。在给安玉惠的信中，安辰极向父亲特别表达了祝贺，说如今多了个人在他身边贴心照顾,他也就放心了。信虽然这么写,但是心头多少还是有点不自在。父亲不是个新派的人,母亲在的时候他就接连娶了两个妾,只是没在一起过多久日子,一个就害病死了,另一个因为行为不检点也被送了回去。后来不断有人来提亲,父亲都没答应,说懒得再伤心。母亲死后,父亲动了再续弦的心思,但一直犹豫不决。安辰极在接到的父亲的最后一封信中,他还提说到这个事情,说已经断了念头,家里现今有田水照顾,他也很是放心。眼下父亲突然下了决心,肯定是受了他"害病"这件事情的刺激,觉得他不稳当。

再转念一想,其实也是好事,父亲不再将延续香火的希望寄托在自己身上,对自己也是个解脱,似乎就可以更加放开手脚地干,去追求信仰,去献身革命。安辰极顿时觉得豁然,满心都是对父亲的祝福。

钱广希望安辰极再逗留两天,给他时间找一艘放心点儿的船只。这河道上还有安全的船只么?安辰极想到了被河盗洗劫的金星号,那被枪杀的船警船员,被奸污的女人。这里头有文章的。钱广向安辰极透露,金星号有英国背景,还有上海青红帮的护卫,为什么会在南京被区区河盗洗劫?那所谓的河盗,其实是北伐军江右军的一支队伍,因为"南京惨案"需要背锅,无处可去就跟随路过南京的蒋介石去了上海,帮忙完成"四一二"大屠杀后,从上海出来后就一直游荡在长江两岸。除了洗劫金星号,他们还劫了七八艘货船,赚够了,捞肥了,突然不知所终。

他们相互使坏,肉煮烂了都在他们的锅里,倒霉的永远都是百姓。但我不希望你摊上！几天后，钱广为安辰极找到了前往重庆的船，日本日清公司的货船"太兴号"。为了确保安全，安辰极化名"邶斗"，钱广也一再坚持要护送他到重庆。

太兴号事务长和二对安辰极十分友好和尊重。也不知道这艘船拿的谁的文件，执的谁的名帖，沿途虽然检查不断，但都是象征性的，有时候连船都不上来，管事的过去交涉几句，就获得了放行。联想到前阵子闹得沸沸扬扬的"德阳丸"商船在重庆流散假劣伪币事件，还只道日清公司的船舶应该步履薄冰了，却没想到如此顺风顺水，真是叫安辰极感到意外。

真是难得的顺风顺水啊，沿途的风景也渐渐地好看起来啊！和二拿出他的清酒，邀请安辰极一定要吃一杯。

这是我的首航，我以为会有多么孤单和寂寞，没想到有机会结识你这样一位朋友，真是我的幸运啊！我们谈音乐，谈书法和中国古典文学，也谈时局政治，尽管我对中国时局不甚明白，但沿途所见的惨景惨相，还是让我这个异乡人对这个古老大国的前途命运充满了忧虑。不过现在我认为这忧虑大可不必了——因为我看见了你。

和二进一步说，邶斗先生，你虽不承认自己是共产党，但就我对中国政治的了解程度和辨识能力，你应该是的。日本军政对共产主义充满了恐惧和警惕，田中义一曾经说过，为了阻止共产主义在中国大地的生长蔓延，日本国甚至不惜出力帮忙。你们共产党要在这样的狂风暴雨中执火前行，其艰其难可想而知啊。重庆"三三一"，上海"四一二"……斩草除根，宁可错杀一千，不可遗漏一人……遭此荼毒残杀，在这一路血腥的旅途中，我从你的眼中却没有看到一丝一毫的惧怕犹豫，而且目光似乎越来越明亮，由此可见你心中的火焰是在怎样地燃烧！我有什么理由不认为你们是最后的胜利者呢？"

这一番话，叫安辰极对眼前这位日本人刮目相看，他哪里是不知晓中国政事啊。他的真实身份，怕不止日清公司一个普通事务长这么简单。

6

民国十六年九月，太兴号货船在历经长达半个多月的航行后，终于抵达山城重庆，准备在江北嘴码头靠岸。江北嘴位于重庆嘉陵江与长江交汇处北岸，因泥沙淤积，江岸形成沙嘴而得名。与朝天门沙嘴码头隔嘉陵江相望，与弹子石码头隔长江对峙。

历史上，江北城曾为东汉至明清的郡、县、镇驻地。它与重庆母城隔江相望，水运交通历来十分繁忙。江北嘴码头过去一直是自然岸坡，为方便客货上下，重庆开埠后，修建了宽阔的码头梯道。

凌晨两点，接货方早就备好了几辆大车在码头上候着了，此外还有一队行脚者。另有十多号人隐匿在灯火昏暗处，他们就是接货方专门组织的保镖队，个个都是腰别短枪，手提砍刀。

太兴号终于出现在视线里。开始大家还紧张，拉起了警戒。随着搭上跳板，货物被一样样卸下船，装上大车，大家也就慢慢松了口气，开始抽烟，商量等交差过后在哪里喝酒吃火锅……

就在此时，四周的枪声突然炸响了。行脚者死了五六个，船员也死了几个。这就是震惊山城的江北嘴码头劫杀案。

安辰极是在三天后听说这件事的。他是在朝天门码头登的岸，听说了太兴号出了事，不禁担心起那个日本人和二来。也不由得对钱广，对黑脚帮多了几分敬意。

受伤的船员和行脚者都住在圣安堂医院，这是一处法国人开的医院，条件并不是很好，但能对那些劳苦大众提供一些免费的药物和救助，所以里头挤满了看病、拿药和住院的人。安辰极碰见了和二。和二陪日清公司的人来找受伤的船员和行脚者调查情况。

突然见到安辰极，和二十分高兴，但更多的是惊愕。出事后，我就怀疑你和你的那个同乡有问题。他说。

我们会有什么问题呢？安辰极反问。

因为你们提早下了船呀！

好吧，安辰极一思忖，不妨告诉了和二原因，因为"太兴号"有偷运的军火弹药，而这批东西早被重庆某人盯上了。船上一个行脚者得知钱广是黑脚帮的，就暗示他，在前头将可能有一场劫杀。于是钱广急忙要安辰极装病，在洛碛就匆忙下了船……

你来找我，肯定不是担心我的安危吧？和二问。

安辰极笑了，不完全是。

你需要我帮什么忙么？和二也笑了。

安辰极点点头，帮我找个人。

第六章　蜂洞

1

根据预先安排的议程，烈士陵园的主祭烈士家属发言，将由赵响来做。但老头一整夜都在咳嗽。到了清晨，他终于没能挨过家人的劝说，住进了医院。尽管检查说并无大碍，但出于安全考虑，医院还是建议先住里头观察观察。

我正跟钟小兰交流这个发言怎么做，听见她接到赵响家人的电话，询问安昌河在哪里，说赵响想单独跟安昌河谈谈话。这是一个令我震惊的消息。

是的，赵响想见安昌河。钟小兰眨巴着那双睫毛长得有些异样的大眼睛，目光闪亮而清纯，就像个涉世未深的小姑娘。难道她和赵响都忘记了安昌河曾经干下的蠢事？

作为大河两岸的著名作家和学者，安昌河本来应该享有人民和社会的尊崇。但是他却在二〇〇九年干下了一系列蠢事。他在网上发表了大量的所谓"调查文章"，有人质疑他这些文章的真实性和他的立场，对他进行了"反调查"。这一调查，不禁叫人大跌眼镜，因为他竟然在接受美国NED的资助。

调查披露后，安昌河就成了过街老鼠。

2

在"NED"事情没有爆发之前，淳洁一直认为我对待安昌河的态度偏激了些，她表示难以理解。

那时候我该怎么跟淳洁讲呢？

我永远也不会忘记一九八三年的春天对我来说是多么美好。阳光明亮而温暖，小鸟儿清脆地鸣叫，泥蜂嗡嗡地飞舞着在老墙上寻找栖身的孔洞，柳条随风轻拂，厨房水桶里鳞光闪亮的水蜂子……

首长说了，把这些水蜂子都做了，红烧，凉拌。勤务员跟厨师老张说。

一定是有重要的客人要来。

老张是个壳子客，嘴上时常叼根旱烟袋，说话也不从嘴里拔出来，话讲多了，口水就顺着烟袋杆子往下淌，然后在烟锅处汇集，滴沥成一条晶亮的线。梧桐园十五号院里的年轻人，最喜欢的是老张的干饼子回锅肉，其次就是他的那些笑话和壳子了。

老张对我有过提防，只要我在，他就不讲。渐渐地也就觉得没必要了，他大概认为我听不懂，理解不了。老张讲的那些笑话和壳子，是需要有一些生活经历和经验的才能会心大笑。我呢，像一粒干干净净的珠子沾不上尘世的尘土、蜜和盐。慢慢地我也似乎琢磨明白了一些事，比如老张讲的那个"横着的是嘴，竖着的不是嘴"的笑话。

这天，勤务员帮忙处理水蜂子的时候被蜇了，出了血，痛得嗷嗷叫唤，老张，你今天要不讲个有意思的，就对不起人了。

行。老张说，水蜂子今天蜇了人，泥蜂子又在老墙上打了洞，我今天就给你们讲个关于蜂子的壳子吧。

他照旧是不顾大家的期待，先将烟杆塞进嘴里，栽上一锅烟丝，划着火柴，点燃了烟锅，美美地吸上两口，这才横扫大家一眼，开腔说话。他说，有个哈瓜娃儿，娶了个婆娘，这个婆娘生得那真是一个漂亮呦。拜完堂，就该入洞房了。在洞房门口，哈瓜娃儿的父母就跟新媳妇说，早点当妈，早点掌家。新媳妇当然明白啥意思了，于是关了门，躺床上半天。哈瓜娃儿半天不动，新媳妇就说，嗨，过来耍。哈瓜娃儿说，耍啥子？新媳妇说，我这有个洞，好耍得很。哈瓜娃儿一听，脑壳摇得跟拨浪鼓一样，说我不干，我怕。新媳妇问，你怕啥呢？哈瓜娃儿说，我去茅坑屙屎，有大娃娃哄我，指着墙上的洞洞，说你把鸡鸡放里头去，安逸得很。我听话，刚放进去就被蜂子蜇了，肿了大半天……

还没讲完，勤务员就笑得跌倒在地上。

我也想笑，但笑不出来。我没听懂，我一脸茫然。我一直在琢磨，那讲的都是啥意思呢？什么蜂蜜都流出来了呢？

我正胡思乱想着，小茵跟在管理处主任身后，进了梧桐园十五号。柳条轻拂的小径上，小鸟儿在她头顶清脆地鸣叫，花台里的月季突然就绽放了。她们走到我跟前，主任给她讲，这就是我跟你提到过的安昌黎。她冲我一笑，不是微微地笑，而是笑开了花，露出了洁白的小贝壳一样的牙齿，眉眼特别舒展。

3

爱城营盘山曾经是唐宋时的郡县治所在地，明清时期是驻军的营盘。民国初年，法国人戴维在营盘山下的爱河河畔修建了第一栋别墅，此后不久，英国人莫尼西和他的朋友们在这里修建了植物园，将他们从探险中获得的珍稀名贵植物移栽这里，然后再从此地分批运往他们的祖国。

一九三二年，柯鼎臣扩军，将他的营地建设在营盘山。此后营盘山一直是爱城驻军的营地，直到解放后。

一九六〇年，绵城军区搬迁到爱城营盘山，除营地外，还有军区大院、军区医院、军区中小学校、幼儿园以及后勤保障机关等。

穿过军区大院后门，就是当年莫尼西修建的植物园了。里头古树参天，最多的也是最高大的就是梧桐树了，各种梧桐树，青桐、麻桐、泡桐……法国梧桐。所以，这里也被称为梧桐园。在梧桐园里修建有大小别墅三十多栋，叫将军楼，里头住着的都是军区的高级干部。

依我父亲的资历，他是不大可能住在这里的。一九六五年，他在和我母亲杨芳结婚后，搬进了梧桐园。我父亲知道这里头多少有些照顾的成分，很不安，本想拒绝，但是又觉得对不起我母亲，于是在选择的时候就固执地要了十五号。

十五号是将军楼里面积最小的，不管是建筑还是陈设，也都是最陈旧的，因为它是法国人戴维最早修建的。戴维大概没有想到防潮这个问题或者说没有找到解决的好办法，十五号最大的毛病就是潮湿，平常还好点儿，只要一到梅雨季节，几乎房屋里所有的东西都会长醭发霉，都会拧出一把水来。如果说它稍微有点可取之处，那么就是在三楼的阳台上可以看到宽阔的爱河，可以在夏季里享受到河风的凉爽吹拂。我母亲没有生病的时候，最喜欢的就是在上头支个遮阳伞，半躺着编织毛衣。

我母亲患的是精神病。起初病不是很重，也没太出格的行为，不过是喜欢烧点东西，往自己身上动刀子，得要个人时刻盯着她。最好的处理方式就是直接将她送入精神病医院，但组织上安排会诊觉得还没有到那一步，而我父亲也不忍心把她往那里送，认为她在家接受治疗，效果可能会好些，于是就接受了组织的安排。一个四十多岁的女勤务员进入了我们的院子，负责我母亲的日常护理。

自她一进院里，我母亲就安静了，再也没有窗帘被点燃的事情发生。她每天除了睡觉，还是睡觉，不睡的时候就歪坐在沙发或者藤椅里，双眼微闭，像是在沉思，又像是在走神，喊都喊不应。

我父亲觉得奇怪，让人暗中观察。发现是那个女勤务员在搞鬼，她不停地喂我母亲药片，而且这些药片不光有镇静剂，还有一种让全身肌肉无力的药物。这些药物对我母亲的身体和心理造成了难以预料的损伤。体检发现，我母亲肝功和消化功能严重受损。更大的损失还是心理，那些药效一过，她立即变得歇斯底里。

小茵是为我母亲而来的。我母亲即将出院，她将全力负责我母亲的护理。

因为我母亲即将回家,我父亲这天中午的心情特别好,连着喝了好几大杯茅台。

杨芳同志就要回来了,她的病情得到了有效的控制,她将在家中进行治疗休养,相信在我们大家的共同努力下,她很快就会恢复健康!管理处主任端起杯子,要大家一起举杯,预祝杨芳同志早日康复!

三杯吧。我父亲说,第一杯,咱们祝杨芳同志早日康复。这第二杯,欢迎小茵同志的到来。第三杯,我代表杨芳同志感谢大家!

小茵没少接受大家的敬酒,她喝的香槟。她表示能喝酒,十六岁那年从学校回家,跟妈妈收麦子,累了,加上苦闷,一个人喝干过一瓶爱河春,头晕,怎么忍都没忍住,吐了,后悔了大半宿。老张问她为什么后悔,她说,一块多钱一瓶呢,吐厕所了,怎么不后悔呢?

都笑。我父亲笑得格外开心。

小茵不是管理处的正式职工。主任认为管理处的正式职工没人能做我们家的工作。王司令员可是位经历过爬雪山,过草地,身经百战,功勋卓著的老英雄、老首长,他的两个护理员竟然因为他把尿撒在身上就抽他的耳光。他们是一群铁饭碗端稳了的人,只要不反党反社会,只要不杀人放火,就没有人能将饭碗从他们手中夺去。不管天旱雨涝,只要时间一到,他们就去签字盖章,领工资,领劳保,少一个子儿都会蹦得比天高。你瞧他们在外那样子,个个都像是高高在上的贵宾主子,哪有半点服务人员的公仆和勤务员的样子呢?

主任叹息声声,跟我父亲讲,不是没教育,而是怎么教育都不管用……现在全社会都奔钱去了,人心浮躁啊!所以她决定改变工作方法,从外头找人。

小茵是安镇人,父亲是村支部书记,母亲是村妇女主任,有个叔叔,才在南疆战场上牺牲。她是安镇人武部部长给主任推荐的。小茵的父母只有一个要求,如果她工作表现好,希望能够帮忙解决个工作。

我已经应下来了。主任跟我父亲说,只要她工作好,有一颗为人民服务的热心,我们管理处就把她收了!

我父亲很激动,一再向主任,向小茵表示感谢。

这天中午我喝多了汽水和橙汁,上了好几趟厕所。下午我在三楼阳台上做作业。午后的太阳有些炫目刺眼,我去找老张,想叫他帮我把遮阳伞撑上。老张摊在他的床上,鼾声响得像牛叫。小茵每一次从门口过,都会咪咪笑。

小茵在收拾她的房间。她的房间在二楼,靠近我母亲房间,那原本是我母亲的琴房,里头曾经摆着一架佩卓夫钢琴,是我的外公杨云龙将军专门从布拉格买回来的。我母亲兴致勃勃弹了一阵子,突然就没了兴趣。后来有了我,她将当钢琴家的希望寄托在我身上,我被哄着弹了两年,毫无长进。随着年龄渐长,我开始反抗,拒绝接近那庞大的怪物。我八岁那年,也就是我外公杨云龙将军去世那年,六一儿童节,我母亲将那架钢琴捐给了爱城少年宫。而这间琴房,也从那一天起,就锁上了。

现在它将成为小茵的居室。她将房屋做了一次全面的清扫,将里头的杂物都搬出来,堆进了老张住房旁的储藏室。然后她拍拍手,站在门口,看着院门外,外头空无一人。

小茵麻利地就将遮阳伞给我撑好了，还给我拎了壶开水上来。

你要少喝汽水和橙汁，那些东西喝多了，其实对身体并不好。她的脸红通通的，鼻翼上尽是密密的汗珠，额头上也是，一缕头发服帖地趴在额头上，两鬓在细风中轻柔地飘。白开水是最好的饮料。她端起杯子，喝了一口，放回到我面前，看着我，喝吧，不烫。她说着，伸出猩红的舌头，轻轻一舔嘴唇，一昂头，快步走开了。

我端起那只玻璃杯，找她刚刚下口的地方，什么痕迹都没有。我将杯子凑近鼻子，除了温热的水气，什么味儿也没有。我不甘心，将杯子拿到遮阳伞外头，举到太阳底下，对着阳光，我终于找到了她下口的地方，那里有个唇印，轻轻的，就像是被溶在了玻璃里头。

我的心跳很快，就像突然启动的马达，我的身体似乎难以经受住如此激烈的震颤，我感到有些眩晕，发虚，发软。我回到遮阳伞下坐下，手里还端着那只杯子，我将它送到我的嘴边，嘴唇碰着了杯子，我的牙齿也磕到了它。我感觉我的肉体就像被一记击打，就像被准确命中的板球，飞过叶尖上挂满露珠的草地，飞向了蓝天。我感到我灵魂的琴弦被拨动了，发出一声悠扬的声响。是的，灵魂，就在那天午后，我首次感到了我的灵魂的存在，它不是飘飞在梦幻里的，也不是生长在肠胃中的，而是像彩云一样托着我，像月光一样映照着我。

一个小时后，小茵再次回到阳台，她脱掉了外套，只穿着件圆领小毛衣。她看起来汗津津的，脸色绯红，像一朵怒放的玫瑰花。她显得很累，却也很激动，她一屁股在我对面的椅子上坐下，两只脚轻轻一摆，就将脚上的白塑料底黑平绒鞋甩在了一边，然后脚一伸，两只脚就搭在了我的椅子上。她的脚往我屁股上靠靠，我身子往边上挪挪，给她留下了足够的宽绰。

要么？她手一扬，正提着一瓶汽水。

我摇摇头。

她将瓶口递到嘴边，轻轻啜饮一口。

起风了，风将遮阳伞吹得不停摇晃，布面像鼓满的帆，伞裙飞快地飘动。

我双手把住作业本和课本，两眼怎么也忍不住要往她脚上去。她的脚上穿着双白色的涤纶袜，露着长长一截脚脖子和小腿肚。她的腿很白，有皮屑，还长着稀疏的腿毛，毛色很淡，退一步就可能看不出来。她的脚上似乎还有一股味儿，但不是臭的那种，气味很特别，像我小时候被引诱尝过一回的我外公从国外带回来的那种多孔的奶酪……

嗨。她拿脚磕磕我，收起来吧。

我将作业本和课本收进了书包。我为自己如此听话顺从感到吃惊。

等课本和作业本收进书包后，我才发觉这或许是个失误，因为我不知道自己接下来该做什么了，该如何处置这具身体了，我已分明感觉到自己心头有些慌慌的了。而这可能也正是她要的效果，她就要我什么也不做，像她这样坐着，或者陪她这样坐着。

她将汽水瓶放在桌子上，双手抱枕在脑后，仰着身子，腿脚和腰身打得笔直，胸绷得紧鼓鼓的，腰身还露出了一抹雪白的肚皮。她的肚脐眼真圆，随着她的呼吸，她的肚皮轻轻起伏，我似乎听到了嗡嗡声，感觉马上就会有只壮硕的蜂儿从里头飞出来，而且，我料定它的深处有蜜。这个古怪的想法真是疯狂，我被吓了一跳。真正让我慌张起来的是她的裤腰上竟然没扎皮带，而且裤子上的那颗最顶上最重要的纽扣也忘记扣了，露出里头的红内裤，红内裤不像是布的，我眼睛都可以感觉到它的细柔……

她的脚再次磕磕我的屁股。嗨，她说，能帮我个忙么？

她身子一紧，腰身一挺，将自己从椅子里折叠起来，看着我，帮我弄弄水。

说着她就离开了椅子，指着一边的鞋子，你给我拎上。

我再次表现出了令我吃惊的听话和顺从。我拎着鞋子跟在她身后，她身子往后一侧，踮起脚，她手一伸就扯掉了袜子，赤脚走在水磨石的地板上，发出啪啪的声音。她的那双脚真好看，像两条欢快的白条鱼儿，啪啪声音也好听，清亮、悦耳。

起先我并不清楚她说的"弄弄水"是什么意思，直到她带着我下到二楼，走进我母亲的卧室，推开浴室的门。

据说别的将军楼只有两处浴室，一处是供首长和家人专用的，配的有进口浴缸，另一处是供工作人员用的公共浴室。

梧桐园十五号当然要特别一些。除了我父亲的一楼有专用的卫生间和浴室，我母亲所住的二楼卧室里还专门改造了一个，而且和其他的热水器都不一样，不是烧气的，是德国进口的电热水器，据说这种热水器关键部件使用的是黄金和白银……

我看着那个热水器，摇摇头，我没用过。

你就从来没见你妈妈洗过澡？她看着我。

我当然见过，但我不知道该怎么回答她，我觉得这话问得有些奇怪。小茵插上电插头，"嘀"一声，热水器上有个灯亮了，红色的。她指着上面的外文，回头看着我，认认，什么意思？那是德文，我怎么可能认识。不过，这玩意儿也不可能有多玄妙。我说，上头不是还有个按钮么？你摁一下。她摁了，传来"嘀"一声响，片刻过后，红灯变成黄灯。又过了一会儿，黄灯变成了绿色，又是"嘀"一声。

我说，你可以开水了。

花洒出了水，水有白色水汽，是热水了。

会带电么？她伸出几根指头，却不敢碰那水。我说不会。她畏畏缩缩，不敢，很紧张。我伸手碰到水，水花溅了我一脸。她放心了，冲我一笑，好了！

然后，她就背过身去，开始脱衣裳。

走出卧室门口，我发现手上还拎着那双鞋子。我将鞋放在门口。我上了三楼，重新回到阳台上。风很大，将那柄遮阳伞吹得呼啦乱响，就像是要摆脱束缚，随着大风，冲天而去。

4

我妈妈并未如期回到家中。就在这天雨夜，她从她的房间窗口跳了下去。那个窗户在过道尽头，从来都是锁上的。但那天清洁工在擦完玻璃后竟忘记锁上了。

医生和护士们将她紧急送入抢救室，看样子她并无性命之虞，但双腿骨折，脊椎损伤。

急促的电话铃声惊醒了梧桐园十五号所有的人。我刚刚从一场令人羞愧的梦境中醒来，正在手忙脚乱地收拾那令人不堪的局面。

小茵推门进来，她看着我，我也目光熠熠地看着她。我揉揉眼睛，担心这还在梦中。首长叫你。她没有逗留，说完就出去了，老张在下头叫她。

我父亲跟我说，你妈妈的情况有些不好。他的声音有点颤抖，显得很哀伤。他大概以为我妈妈就要死了，而我们这是去见最后一面。尽管院长再三给我父亲讲，要他别急，不用担心，情况都在掌握中。可是怎么可能不急呢？她住的房间的窗户不是封了钢条么？三更半夜，她怎么会从过道上的窗户掉出去？

我父亲愤怒得都快爆炸了，护理员拿了降压药和心舒平给他，他不吃，他一定要知道是怎么回事。

我推算了时间。我妈妈从床上坐起来，开门出来，穿过长长的过道走向那扇因为疏忽而忘记锁上的窗户时，我正好在做梦，做那个难以启齿的梦。小茵站在莲蓬头下，莲蓬头很大，像一把巨伞，洒落的水滴就像夏天的雨。她被一团水雾包裹着，白色水雾像雨云一样浓厚，如同浸满了一个雨季的雨水般沉重，却又像白鹅的羽毛一样轻，哈口气都可以飘飞。我想看清她，可是我找不到关掉淋浴头的阀门。她雪白的身体在那团水雾中若隐若现。既然关不掉阀门，我总可以打开窗户吧。打开窗户，水雾会从窗户飘出去，会被吹进来的风刮散，那么我就可以看见她了。可是，窗户在哪里呢？

我看见了，它在房屋的尽头。我轻轻地就取下了它的锁绊。随着我的一转身，那团水雾也正慢慢消散。小茵背对着我，她漂亮的肩胛，她后背上那密密的汗毛。我站在窗前，一动不敢动，生怕惊动了她。她觉察到了我的存在。她转过身来，看着我，一点都不觉得惊讶。她可真白，像一尊瓷像。高耸的微微颤跳的乳房，红色的乳头，平坦的小腹……她浑身爬满水珠，晶莹剔透，雪白的身体如一段嫩藕。我想象着她在我整齐牙齿咀嚼下的清脆声响。我感到饥饿，一种撕扯、噬咬的冲动像沸水一样在全身汹涌。她并不害怕，而是微笑着用怂恿的眼神看着我，还冲我勾勾指头，伸开双臂，仰身躺下，展开身体，如一段切开的藕，张开了所有的孔洞。我感到一阵晕眩，就像高速降落的失重，汹涌的洪水瞬间消退，我站在风中，两腿之间一片冰凉。

  我醒来了，挣扎着开了灯。夜风拂动窗帘，我感觉我身体里有个常驻的人形刚刚从窗口逃离了出去，或者，有个谁刚刚从窗口逃进来，驻进了我的身体。因为我突然失去了对我身体的熟悉，它变得是这样陌生，怪异，隐秘，羞耻而又神奇。

  我妈妈从未在夜里走出她的房间，她的房间我听人描述过，有会客厅，会客厅有沙发、茶几，还有一张书桌和一架图书，有卧室，有专门的卫生间。在不发病的时候，我妈妈会安静地在她的房间里看书，有时候也拉拉小提琴。每天她会在固定的时间到娱乐室跟人下跳棋，到小花园里走走。她有着良好的作息规律，吃过晚饭，并不像别的病人那样待在娱乐室看电视不肯出来，她对新闻和电视剧毫不感兴趣，她会回到房间，要么看书，要么睡觉，直到第二天护理人员敲门喊她吃早饭时，她才会出来，去餐厅用早餐。

她怎么会在深夜里走出房间呢？从三楼到楼下，有着宽阔的楼道，虽然锁着，只要她愿意，只消轻轻一拍铁栅门，旁边的小屋里就住着值班人员，她需要什么帮助都可以轻松被满足……她为什么要从过道尽头的窗户钻出去呢？

她是想要自杀么？

这说不通，她没有自杀的理由！

那么是她患病了？

他们讨论越是热烈，我就越是痛苦。他们越是觉得蹊跷，诧异，不可思议，我就越是感到羞耻，越是觉得这是一种必然。我已经从他们一次又一次的描述中知道了那扇窗户的大小，形状，它竟然和我梦中的那扇窗户完全一个样子。

如果我不是那么无耻地要看清楚那团白色迷雾中的那具身体，我就不会打开那扇窗户。那么，我妈妈就不会走出房间，钻出窗口。这是可怕的关联！这是对我无耻的报应。我感到一种无比沉重的负罪感压在我的心头，压在我的脊梁骨上，我透不过气来。因为恐惧，因为羞愧，我几乎无法保持腰身的直立。

我的父亲冲我呵斥，昂首，挺胸！什么时候成了这副软骨头的样子？

再见到小茵的时候，我低下眉眼，不敢直视她，也不愿看见她。但是我的眼前总是浮现出白雾散尽，她赤身裸体向我微笑的样子。也总是想起我妈妈，她攀缘在窗台，像只白色的大鸟，然后一头栽下去。

5

　　一个礼拜后,我妈妈才从昏迷中慢慢苏醒过来,只是她即将远行,和我父亲,和小茵一起,前往北京接受治疗。

　　临行前,我被引领到我妈妈跟前,她长时间地盯着我,微笑着。我忍不住啜泣起来,泪水模糊了视线。她正在睡梦中,听到了我的啼哭声从襁褓中传来。她突然就心生了愧疚,因为她意识到对我的爱是多么吝啬,她的吝啬对我造成了不可原谅的伤害。她坐在床上,倍感哀伤。她听到我的啼哭声停了,像是被奶嘴堵住了。她正要去警告保姆,千万小心,别再将我呛成肺炎,就见我咯咯笑着,光着脚丫从她跟前跑过。我妈妈一路追逐着我,她想从我身后一把抱住我,将我揽进自己怀里,但我跑得太快了,转眼消失不见。透过那扇窗,她看见她胡髭青黑的儿子,像棵小白杨一样健壮的儿子,正和一个姑娘在草地上。那位姑娘像是要带她的儿子远去。那一刻,她的心里就像夏天的河流,满溢对儿子的不舍和担忧。她没有片刻犹豫,她要穿过那扇窗户,走到儿子跟前,抓住他的胳膊,将他扯进自己怀里……

　　到了北京,我母亲的情况非但没有好转,反而越发糟糕。因为腰椎摔伤,引起了脊髓感染,她胸部以下失去了知觉。而且,因为神经损伤,她的双腿和腰部肌肉开始严重萎缩,余下时光,她只能像个婴儿一样躺在床上。

　　第一场秋雨已经下过了,他们还没回来。我已经有过几次梦遗,我也无师自通地弄会了手淫。我一次次地回到那天晚上的梦境里，那团白色雾气日渐散去，人儿清晰无比，也不再只是小茵，还有我们班上的女同学，教我们英语的女老师。只是她们都还没来得及将我领入那神秘的隐秘之地，梦就在那关键的时刻醒了。我并不懊恼，生活从未向我展示谜面，又怎么可能让我看见经验的谜底呢？

春节前夕，他们终于回来了。我见到了我的妈妈。她紧闭双眼，枯瘦得如同骷髅，她吓住了我，我簌簌发抖，不敢向前。小茵走到我身边，握住我的一只手。她的手很温暖，肉乎乎的。她比去北京之前圆润了许多，嫩白了许多。接着她又抱住我，向我传达她的关心和安慰。她的胸口真柔软，胜过我在所有夜晚拥有过的所有棉被。

老张也来安慰我，正确面对这件事情吧，它不以人的意志为转移，要以正确的心态去接受它，不要沉浸在没有意义的悲伤中，你身上还负有更重要的使命……

真没想到老张能讲出这样的话语，我怀疑事先他一定在哪个秘书的帮助下写过稿子并数次演练过的。他的声音因为太过于严肃而有些变调。我没有办法不去想他往日讲笑话的场景，我已经深谙那些笑话的笑点在哪里了，尤其是那个"蜂洞"，蕴藏的笑的力量有多大……我又怎么能克制着不去笑呢？

我的脸上一定是先露出怪异的表情，老张一定不会想到那其实是笑在压制之下的变形表现。我的样子让他感到惊异，他肯定是误解了，以为我这是哀伤痛苦的表现。但我随即而来的大笑，狂笑，真是叫他惊愕万分，目瞪口呆。一旁的小茵完全是被吓住了，她捂住嘴，惊恐地看着我，一副随时都会跳起来尖叫着跑得远远的样子。

我指着老张,再指小茵,大笑着,泪水都笑出来了——

蜂……洞,洞……

我妈妈就像在水底沉睡着,除了偶尔的抽搐,她是那样的安静。那张病床就像子宫,而那根氧气管,就是她连接生的世界的脐带。医生断言,这样的情况不会持续太久,因为除了氧气和一点营养针剂,他们没办法为她提供延缓生命的任何东西。她在迅速枯瘦,皮肤因为缺乏营养和水分就像塑料薄膜,而她整个人正呈现出一种诡异的透明。

谁说奇迹不会出现呢?

其实在大家的声声叹息中,她正一点点以别人难以觉察的速度,慢慢上浮。

我妈妈终于浮出水面那天早晨,金色阳光透过窗户,洒在雪白的房间里,辉映出一种油画般浓厚的祥和温馨。仿佛看见天使降临,仿佛听见仙乐回响,我父亲静穆而哀伤地站在我妈妈身边,仿佛是最后的告别。

她的眼睛突然就睁开了。

老张和小茵有幸目睹了这个场面。他们正好推门进来,仿佛看到一道奇异的光亮。我父亲的心脏被这道光亮击中了,就像被汹涌而起的幸福的糖浆淹没了,就像被巨大的幸福碾过身体。他踉跄一下,差点倒在地上。

阳光移动到她的病床上,白色的床单闪着熠熠银辉,她的眼睛通透、深邃,像是隐藏了整个宇宙。她的皮肤透明,原来塌陷在肌肉里的血管重新又浮了出来,蓝色的血液无声流淌。

我也被赶紧唤起来，我站在母亲身边。她张着两只明亮的眼睛，因为瘦，因为眼中空无一物，她的双眼格外大，格外明亮。多年以后，当淳洁告诉我说，我父亲曾经跟她讲，她的眼睛特别像下空了雪的天空，我一下子就回到了这个早晨，就想起了我母亲的这双眼睛。她心里所有的东西都像天上的雪，全部落尽了，只剩下了天空，只剩下了明与亮。

是这样的，一定是这样的，她连我都没剩下。

6

我母亲死了么？换个角度来说，是的，她这是一种死亡。医生举起双手，往下压了压，似乎知道我父亲马上会因为这话激动和愤怒起来。我这么说你别生气，如果有冒犯，也请你原谅，我只是站在医生的角度，陈述我的专业意见。

病人虽然有呼吸，眼球能转动，肠胃也正恢复消化功能，实际上这只是仅存的本能性的神经反射和物质能量的代谢能力。此外，她的认知能力已经完全丧失，没有意识、知觉和思维……在医学界，这样的病人被形容为植物人。

我父亲想要表达点什么，他张张嘴，却又不知道说什么，他很无力，也无助。他听得很清楚，他的妻子杨芳，我的妈妈，有如一株植物一样活着。而照顾这株植物的工作就全落在了小茵的身上。她的作用在这时候才淋漓尽致地表现出来。

那天中午回家，阳光灿烂。在经过二楼我妈妈的卧室时，我听见了水声。我推开浴室的门，见到了我妈妈。她被安放在一张行军床上，浑身赤裸，如果不是她双腿间那一撮黑色的毛和胸前两个霉烂的葡萄干的褐色小点,她可真像一具骷髅。

我被吓得尖叫起来。

每天无论多忙,我父亲都会一早一晚到我妈妈的床前坐坐。遇到中午阳光灿烂的时候,小茵把她搬到三楼阳台上晒太阳的时候,我父亲也会去陪一阵子。他什么话也不说,他也不碰触她,有时候见衣衫垂下来,手都伸过去了,捻一下指头又缩回来,就像突然意识到会蜇伤她或者被蜇伤似的。他对待她的样子,真像是对待一盆植物。

如果不偶尔翻动一下眼珠子表明这其实还算个活物,我妈妈其实和一件精美的玻璃器物差不多。她仿佛通体透明,不着一尘。要让她保持住这个样子,小茵可谓煞费苦心。

早上一睁眼,小茵就得赶紧去给她做清理。尽管她吃得比婴儿还少,排泄物不会太多,但如果不赶紧清理掉,相对她又薄又脆的皮肤,排泄物的腐蚀性会是极其严重的,稍微不注意,皮肤就会起红疹甚至可能出现破皮的危险。清理完后,就是洗浴。洗浴的水温十分讲究,水流也要做好控制,因为稍不注意,就会破坏或者烫坏她。她的皮肤实在太薄,太脆弱了,就像纸一样。

洗浴干净后,就是按摩。按摩需要好一阵子,力道大了可能会将她的骨头像麻秆一样折了,力道不够又起不到作用。若说技术的话,这个按摩可能才是真正要点儿技术呢,她就那么一点肌肉,不把肌肉按活泛了,不把血管捋通顺了,她的情况会很快糟糕下去的!小茵很专注。她必须如此,格外小心翼翼。我母亲在她手中完全就如一株玻璃做的植物工艺品，透明，薄如蝉翼。但却乱枝丛生，经不得半点闪失，稍不留神，就可能碎成一地硌人的渣子。

这天我见老张很认真地清洗一个台秤，还拿酒精消了毒，而我父亲站在一边饶有兴致地看着。原来小茵认为我母亲的体重在增长，也就是说，我母亲在长肉。长肉，就意味着在她精心照料下，母亲的情况非但没有恶化，反而在改善，在向好的方面发展。

一个礼拜后，他们再次称量。这一次的结果让我父亲很欣喜，因为我母亲相比上个礼拜增长了足足五百克！接着我父亲又有了个惊喜的发现，我母亲的手指头在微微颤动，而且目光似乎比之前更加明亮了些，不再是那种散漫的光，而是有了焦点……

她在恢复知觉。我父亲动情地握住小茵的手，我真不知道该怎么表达我的感激之情，你是我们家的恩人，你是人民的功臣！

小茵自然也很激动，我是人民的勤务员嘛！

那天梧桐园十五号开了个会议，主持者是我父亲，他还没有从激动中平静下来，好几次掏出手绢揩眼泪。

小茵向大家通报了当前的可喜局面，她感谢我父亲对她的信任，谦逊地表示这并不是她一个人的功劳，而是梧桐园十五号上下一心共同努力的结果。她说我们要进一步发扬自力更生的精神，创造出更好的局面，赢取更大的胜利！

我早就听见了她的脚步声，她在回来的路上！

这是多么形象、生动的比喻啊！

我搂着她，感受着她身体里血液的流淌，她的心跳，她血液流淌越来越快，就像春水发了的小溪流，她心跳的声音咚咚锵锵，就像少年儿童的手鼓！

因为小茵动情地讲述，更因为这阵子大家的辛苦终于得到了这样丰厚的回报，所以，每个人都和她一样眼中闪烁着激动而欢欣的泪光。

未来任重而道远，我们需要更加努力，更加团结一致，齐心协力！小茵做着下一步的工作部署。她特别地用深深的目光看了看我，她正在恢复知觉，正在恢复意识，我也能深深地感受到她的努力。所以我们要调整好状态，配合好她，回应她的各种努力，给她以鼓励！最起码，我们应该为她的回来做好迎接的准备！小茵的目光再次落在我的身上，这里我有个请求。她说，希望安昌黎同志能协助我的工作。

我父亲马上就同意了小茵这个请求，而且对她这个请求的用意心领神会，大加赞赏，是啊，他的协助很重要！你的这个要求提得很及时，很重要！所以，昌黎啊，你必须要认真对待，好好协助，要圆满地完成小茵同志安排的工作！

我父亲在说这些话的时候，严肃地看着我，而我也必须做出认真聆听和接受安排的样子，注视着他的双眼，就好像那些话不是通过声音而是通过目光传进脑子里并已经深刻领会。作为老牌的政工干部，我父亲认为端正态度是做任何工作的前提。他接着说，不管你之前闹怎样的情绪，现在都必须平息下来，而事实上难过和悲伤都应该过去了，现在我们迎来了最好的时刻，你的妈妈杨芳同志，她正在回来的路上，你可以通过你的呼唤和更亲密的接触，引领她走在正确的道路上，促使她的步子更大一些，更快一些！

就是这个意思！小茵很高兴，鼓起了掌。

老张也很激动，马上讲了一个故事，说某人受了重伤，眼看不行了，就凭着他的孩子的声声呼唤，将他挽留在生的门槛上头，直到医生到来，顺利脱险……

7

最开始的时候，因为情绪上的抵触，更因为无法避免的尴尬，我的工作开展得很不愉快。渐渐地，随着对一些事情的接受和理解，我才发现我存在于此的深刻意义和重要性，才慢慢体会到小茵的良苦用意，真切地感受到这段时光带给我的巨大欢娱，以及对我的深远影响。

每天小茵都会给我母亲洗浴两次，一早一晚。这件事情之前她都是独立完成，现在她要我全程参与。

我难以面对我母亲那如同骷髅的裸体。

你是不是觉得很尴尬？你觉得尴尬，是因为你并不认为她是株植物，是因为她是你妈妈。就因为她是你妈妈，所以你的作用才是无可替代的。来，你来给她搓洗搓洗身体。

这真是一种古怪的感觉。

在我的记忆中，我好像从未这样触碰过我的母亲。和我母亲最密切的关联当然是我被孕育在她身体里的那段时间。自我出生后，我们就处于割裂的状态。我被她交到奶妈手里，在整个婴儿和幼年时期，我是不是经常进入她的怀抱中已不得而知。但在我童年的印象中，我从未有过在母亲怀中醒来或者睡着的片段记忆。每次看见我，我都能分明地感觉出她目光的惊诧，我的出现于她而言是一桩被强迫承认的错事。于是她会伸手摸摸我的头，指头触碰一下我的脸蛋，装模作样地问，都喜欢吃什么糖呀，喜欢什么玩具呀……我才那么小丁点儿，都能细致地感受到陌然的凉气和生疏的寒意。我曾一度拒绝将她叫妈妈，她似乎并不因此而生气。倒是我的父亲，他以为辞退了奶妈，我就会将对母爱的渴望转移到我母亲身上。

小茵要我下手轻一点儿，她怕我戳破了我母亲的皮肉。她的担心是多余的，我表现得比她还小心。

你做了件很了不起的事！小茵伸出湿漉漉的手摸摸我的脸，微笑着，眼中流露着赞许的目光，目光甜美而朦胧。搓洗只是洗浴的一部分，更重要的是按摩。你看看，小茵拍拍我母亲干枯得像锥子一样的屁股，别说褥疮，连一点红斑都没有！

我母亲躺在那里，我和小茵分坐在她身体两侧，揉她的身体，捏她的关节，最后再给她的身子抹上一层润肤霜。

小茵的鼻头上渗着细密的汗珠，脸红润润的。我托着我母亲的上半截身子，小茵托着她的屁股和腿，我们步调一致，合力将她送回她的行军床上，给她穿上衣服，掩上棉被。

我们都累得气喘吁吁。

不是件轻松活吧。小茵揩了一把额头上的汗珠，吹吹拂在眼前的头发，笑着看着我，你说咱们像不像一对辛苦的父母？

她的话让我心头咯噔一响。

我们合力将我母亲抬上三楼的小阳台，小茵让我给我母亲按摩的时候不要太敷衍,要感受她的变化。我感受到了,感受到了她心脏跳动的声音,血液经过她脉管的涌动。

我觉得你在抚摸按摩她的时候,她的心跳声和脉搏起跳的次数,要比我给她做的时候快许多!见我不相信,小茵去拿了听诊器和血压仪来,两相比较,数据摆在那里,这是事实,这是神奇的事实!

这天晚上我父亲很高兴,也很激动,他先是单独跟小茵谈了话,然后又跟我单独谈。因为喝了些酒,他有点语无伦次,就那么几句车轱辘话,什么我母亲做出了巨大牺牲,什么我是我母亲最后的希望,最后的良药……说着说着,他竟然扑在我怀里啜泣起来。他那么大个,我真有些撑不住他,他抽噎着,身体蠕动,口中喃喃地说着些什么,我没有听明白。我被吓住了。

我父亲离开我的怀抱,因为鼻涕和泪水,他那张脸显得更加糊涂不堪,见了真是叫人难受。他扯出手绢儿,抹着脸,揩着眼泪,擤着鼻涕。当他用那双沾满眼泪和鼻涕的手来抚摸我的面颊时,我本能地想要避开,但还是迎了上去。

早点把她迎接回来!我父亲说着,将我拥抱在怀里,并且亲吻了我的头发。

这天晚上,我难以入眠,我想了很多。我想到梧桐园十五号不是一个简单意义上的将军楼,它是一个家,这个家有着完整的结构,父亲,母亲,儿子,缺一不可,否则就不完整了,就不稳固了。我想到老张曾经说的,这世间有一种神秘的力量,它决定了世间所有的生长都是向上的,向阳的,决定了燕雀能从千万里之外准确地回到祖居的那个屋檐下,决定了凡有亲人不幸，总能提前遭遇噩梦等不祥的征兆……决定了母子连心，决定了千里姻缘一线牵。我想到了我过去有多么混蛋，多么任性，多么无知。想到了我的母亲从未死去，她也并非植物人，她只是睡着了——就是在这样的悲哀的境地里，她的心头也埋放着一张只有她儿子能奏响的琴。我忍不住泪水长流。我决定明天除了抚摸她，还要呼唤她，她一定会给我更积极的回应。那么，如果我亲吻她呢？她会像童话里讲的那样，像位美丽的公主那样醒过来么？

我母亲再次向我们展示了神奇，她用加速的心跳和增加的脉搏数量，回应着我的呼唤和抚摸。我亲吻了她，但她并没有像我预想的那样睁开双眼醒过来，我知道这得需要一段时间，任何事物的发展，都需要一个过程。这是小茵说的，病来如山倒，病去如抽丝。她满脸欢喜地看着我，双手捧着我的脸说，这已经是奇迹啦！

小茵开始了一个大胆的尝试，除了合适的水温，她还决定增高水温和减低水温，也就是用烫水和冰水作为冰火两极，来对我妈妈进行更进一步的刺激。

她能扛得住的！小茵说，从她对你的回应来看，她也有点迫不及待，想要尽快回来了！

小茵的方法真是行得通，我们都感受到了我母亲在冰火两极的刺激下肌肉的颤动，而更好的表现当然还是她的心跳和血压脉搏，越来越接近正常值了！

看着安静地躺在那里宛如熟睡中的我的妈妈，小茵揩了自己额头上的汗水，又拧了毛巾替我揩。随后，她把毛巾搭在肩膀上，俯身在我母亲跟前，忍不住伸出指头，碰了碰我妈妈那没有被棉被掩住的干瘪的褐色乳头，直起腰来，感叹一声，她多像个婴儿呀！而我们呢，就像是一对辛苦的父母啊！她撇头直勾勾地看着我，你不觉得我们是在抚育她么？不对，我觉得我们是在孕育她！

在短暂的休息后，小茵和我开始给我母亲准备吃食和药物，先要经过仔细的称量，然后混合，搅拌成流质，通过鼻饲管，用大号针筒推送进她的胃里。

在饲喂完我的母亲后，我们又对我母亲做了一番有助于消化的按摩。接下来就该进入我母亲和我们的休息时间了，小茵建议让我搂着我妈妈入睡。要么你在她怀里像婴儿，要么她在你怀里像婴儿。

我觉得这样并不合适。

在你妈妈的身体里，有一架琴……

我吃惊地看着小茵，因为这个说法，最开始是出现在我脑海里的。她并未觉察我的惊讶，继续说，还一边比画。这架琴只有你弹奏得响，你爸爸不行，我们谁都不行，我们连琴弦在哪里都不知道，只有你！

尽管为这种比喻感动，我还是拒绝了她的建议。我会在我母亲身边坐很久，深夜里我也不愿意离开。我长时间地凝视着我母亲，轻轻地抚摸她的脸颊，抓起她的一根胳膊轻轻揉捏，握住她纤细得像毛衣针但柔软得像细面条的手指，凑在灯光下数指肚上的簸箕和斗。

小茵和衣躺在大床上，四肢大大地张开，就像狂热地要去拥抱什么。她嘴唇微张，呼吸声很重。她每天都是这样，她的确很劳累，如果不是亲眼得见，很难想象她在我母亲身上倾注了那么多的精力。我看着她，心想，如果她合上嘴，睡着的样子肯定要好看得多。

我父亲从外面回来了，他来到我母亲身边，然后把我们唤醒，他将有一阵子不在家。据我所知，因为我父亲各方面的原因，组织上一般是不会安排他外出会议和工作的。我有个希望，就是等我回来的时候，可以看到更加让人激动的局面！这天晚上，我父亲在母亲身边坐了许久，我陪着他，我们一人握着我母亲的一只手。

过了几天，我才从老张那里知道我父亲是去了南疆前线。

我们要加个油，到时候你爸爸回来，希望你妈妈能坐在轮椅上，手捧鲜花在门口迎接他！小茵信心满满地说。

三个月后，我父亲回来了。我母亲当然不可能坐在轮椅上手捧鲜花，事实上她和过去并没有什么大的改变，但一些数据还是十分喜人的，首先就是她的体重，比我父亲离开的时候增长了两公斤。

我父亲却并没有表现得多高兴。他要单独跟我谈谈，却迟迟不说话，这让我忐忑不安。许久，他斜了我一眼，你不用再待在家里了，学校去吧。

我有些吃惊，不知道怎么了。我没有质问，只说好的。

我出了门，去了我母亲的房间。她孤零零地躺在行军床上，小茵不在房间里。她去哪里了？我以为她在卫生间，唤她，没有应声，我又下楼去找，碰着老张，问他，他叹气一声，你回房睡觉吧。

我没有回我的房间，我又回到我母亲房间，待在她身边。我已经有些日子没有回我的房间了，一直住在这个房间里，白天和晚上。

小茵说这张床足够大，甚至可以再躺下两三个人。我越来越喜欢她了。她的美丽、漂亮自不消说，她还是那么能干，做什么事儿都有计划，有章法，多复杂的事在她手上都不会混乱。我感觉到这世间的一切都尽在她的掌握和安排中，而我呢，只要好好听她的安排布置，就可以得到我想要的一切。而这一切，都是她慷慨的赠予，也是我应得的，还都是最好的，最完美的，最激动人心的，至死也不会忘记的！

我见到了她的裸体。她在晶莹的水流之下，在朝阳的金色光辉中。她向我展现过两次。她微笑着，尽善尽美地向我展现着，就像花开一样，不是昙花一现的仓促，而是从容地盛放。她允许我近距离地看她，我看到了饱满乳房上隐约的蓝色脉管，看到了汗毛在微风中的轻拂，我还感觉到了她通身散发的可以让大海都干涸的灼热气息……

你不能碰！她事先警告过我。

但我想不听话，我忍不住想要冒犯，她很警觉，马上就感觉到我的企图，退后！她大声吼叫道，瞪大了双眼，说了不能碰的，你会被烫坏的！

我本来想说不会的，但我没有把握，我对自己很清楚，我掌握不到结果。于是，我听话地后退一步，规规矩矩地将双手抱在怀里，或者贴在裤缝上，安静地看着她，以匪夷所思的毅力忍受着烈火灼心，忍受着被欲望扼喉的窒息。

你不能着急。她一边穿衣服一边跟我说，见我没动静，她侧眼看着我，明白吗？

我点点头。

你明白什么了呢？她笑着，扣上最后一粒纽扣，走到我跟前，摸摸我的脸，你瞧，你现在脸都不会红了，也不会烫了，你越来越熟了，只是还没熟透，熟透就知道那是责任，是爱了，懂吗？

8

星期天了，我没能获准回家。直到一个月后。

我妈妈又增重了一公斤，才做了一番检查，各项指标都很好。

小茵在给我做这些介绍的时候，始终面无表情。终于见面，她并没表现出什么喜悦来，甚至都没看我两眼。我感到她的心头正在结冰。

我们一起给我妈妈做了按摩。我妈妈的变化在这一个月里挺大的，肌肉很有弹性，心跳也很有力，当我俯在她的耳朵边呼唤她时，我看见她的眼珠子竟然转动了，像是在寻找声音的来源，而当我和她双眼对视时，我看到她的目光就像和煦的阳光一样映照着我。随着我的一声声呼唤，我看见我妈妈的眼中泛起了亮光，溢满了泪水……

小茵惊呆了。

我父亲也闻声过来了。

你看，她刚刚哭了。小茵给他讲。

第二天一大早，军营起床号都没吹响，我就被叫起来了。我父亲要去绵城办事，他要顺道将我送到学校。

我跟我父亲说，母亲的情况正在加速好转，她正在回来的路上,我想留下来,我呼唤她,亲吻她,她能感受到我对她的爱和想念,她会加快步子,尽快回到我们身边的。

不用。我父亲说,她已经在那里了。

几天后,老张突然来学校找我。他说有个重要的事情需要我诚实配合,问我能否做到。我说当然。但他却迟迟不开口说这是个什么重要事情,只和我讲起了骄傲和荣耀,讲我祖父和我父亲是怎样注重政治声誉,怎样保持革命家庭的光荣之风。你如果不讲实话,你祖父和你父亲拿性命换来的骄傲和荣耀,将可能被你毁于一旦。老张终于说到了那个重要问题,你是否和小茵发生了关系?

那是绝无可能的事!老张仍然半信半疑。这让我忍无可忍。我问他,是不是我承认了你们就觉得我诚实了?

一个月后,我回到梧桐园十五号,我以为会有什么事情发生,比如我父亲会很郑重地跟我谈话,对我进行一番严厉的教育或警告,结果什么事儿也没有,和我上个月回来的情形差不多。

差不多的还有我母亲,她还老样子。她的体重有没有增长不太清楚,因为没有称量。

怎么样了?她在那儿,你自己看呀。小茵跟我说完就出去了。小茵始终对我不正眼相看,我说话问话,她要么当作没听见,要么没好气地回答。这让我很憋屈。我认为她最能理解我的苦衷和难受,我那么想她,那么担心她,我在学校里片刻都不开心。当我将写的纸条偷偷塞给她的时候,她连看都不看就揉成团儿丢进痰盂了。

你这是干什么?有什么话是说不出口,非得写到纸上的么？

我简直有些恼羞成怒了，夺门而去。在下楼的时候，我和一个人撞了个满怀。这个人就是安昌河，他已经来梧桐园十五号一个多星期了。他很得我父亲喜欢。他慌乱地捡起被我撞掉的笔记本和录音机，着急地开了录音机看是不是摔坏了。这是他刚刚给人借的，他要录下我父亲的所有讲述，要将我祖父安辰极的故事写成小说，他每天早上五点半起来，半夜都不肯入睡，继续整理录音资料。我父亲就喜欢他这种不辞辛劳、认真负责的劲头，专门安排老张每天晚上给他和同样不辞辛劳、认真负责的小茵准备夜宵。

我约莫着，安昌河和小茵，两个辛劳的人，是在这不属于他们的地方，在这样的深夜里认识并且熟络起来的。

一个月后，就快要放暑假了，我十分高兴，也难免激动，因为我将回梧桐园十五号了，见到我的母亲和小茵了。暑假了，我父亲还能找到什么理由让我离开呢？我将和我的母亲，和小茵，早晚得见，长相厮守了。

当我将就要放长假的消息告诉小茵时，她只用鼻音回了声，都没看我一眼，脸上也没有任何表情。

该给我母亲做按摩了，我们配合十分默契。我呼唤和亲吻了母亲，她又流了眼泪，而且我分明地感觉到，她的肢体也在动了。更让我高兴的是，小茵也主动跟我说起了话，问了我在学校的情况。我也照实回答，说有些乱，打架的多，谈恋爱的也多，伙食尤其不好，让人十分想念老张。

放假了，你有什么打算？小茵问。

她终于对我恢复了兴趣，真是件值得高兴的事情啊。我脑门一热,一个别有用心的念头蹿了上来,我说,有个笑话挺有意思的,你想不想听?

小茵没有表态,她起身去清洗那些给我母亲使用的单单片片和器物用具去了,清洗完毕,还得放进电蒸锅里进行消毒,等做完这一切,她才可能上床休息。

我跟在她身后,她做事,我讲笑话。

我说,从前,有个有钱人家养了个傻儿子,娶了个漂亮媳妇。有钱人跟那媳妇说,希望你们早生贵子,只要生了孩子,传宗接代,我就将这钱米仓库的钥匙交给你管,这个家交给你当。这事儿多容易啊!新媳妇心想,但她马上就高兴不起来了,因为那傻儿子根本不懂那个事儿。咋办呢?新媳妇只能教他,可是怎么教呢?新媳妇说,来嘛,把你屙尿的那个东西,放到这个洞洞里,好要得很。傻儿子直摇头,说我不敢,里头有蜂子,上回有人喊我往洞洞里屙尿,刚伸进去,就被蜂子蜇了。新媳妇说,上回那是墙上的洞洞,是人家故意整你冤枉的,我这个洞洞是肉长的,里头没有蜂子,不信,你来摸摸。

讲到这里,我已经忍不住要笑起来了。但我还强忍住,继续讲——

那个傻儿子半信半疑,刚把手伸进去,吓得哇哇大叫,转身就开跑,还说没蜂子,蜂蜜都流出来了!

我大笑起来。

小茵却没有笑,只是看着我,皱着眉头,就好像我讲的不是个笑话,而是件悲伤的事。

我说,怎么啦?不好笑吗?

你觉得呢？小茵还是皱着眉头，你搞清楚是哪里好笑了吗？

蜂蜜。我说。

为什么会有蜂蜜呢？你见过吗？小茵问。

笑容僵在我的脸上。

小茵突然做出了个惊人的举动，她解开皮带，抓过我的手，把它塞进她的裤裆里……

我的脑门就像被蜂子蜇了，嗡一声轰鸣，一阵晕眩。

现在知道什么是蜂蜜了吧？小茵举着我那只手，将我领到门口，将我搡出门去，随即关上房门。

9

小茵一直在讲，她肚皮大，可能是因为吃多了，长胖了，胖了，肚皮自然就大了。她很好奇，我父亲是怎么知道她已经几个月没来月经的？我父亲很尴尬，但也很严肃。他很感谢小茵工作的努力负责，杨芳在她的料理护理下正日渐恢复，也感谢小茵对我的帮助和照顾，他说他看得出来我对小茵的情感依赖。但我毕竟还是个孩子，心智都还没有发育完全。鉴于我还太小，而这一切又都发生得如此突然，所以，为了弥补过失，减小影响，必须采取一些措施。

小茵茫然地看着我父亲。

第二天，老张通知小茵，将由他陪同她去医院。小茵起先并不明白这是什么意思，还问去医院干什么，是去给杨芳拿药吗？但随即她就从老张的神情里知道这是什么意思了，她一下子脸色煞白。到了医院，小茵不知道是因为害怕还是愤怒，浑身直哆嗦，像只待宰的羔羊，畏缩不前。

老张叹息说，早知今日，何必当初呢？

小茵揩去眼泪，视死如归般进了手术室。没过多久，她出来了，医生也跟着出来了，非常愤怒。

小茵离开梧桐园十五号后，我父亲表现得比我还要痛苦。他当然知道小茵的离去对于梧桐园十五号是一场可怕的灾难，首当其冲的必然是我母亲，没有了小茵的照顾和护理，她的回归之路将毫无悬念地塌陷。其次是他的良心所遭受的摧残，小茵那么美丽善良，那么纯洁无瑕，那么有担当有责任感，那么勤劳辛苦，不停地创造奇迹，将他已经被宣告死亡的爱人一点一点地从地狱往他的生活里拽了回去，他竟然那样去糟蹋她的尊严和人格……

出于歉疚，出于良心的安稳，我父亲对安昌河极其要好，得知安昌河的生活艰难时，甚至拿钱给他。搞得老张都看不过去了，首长，你知道吗？安昌河是有老婆的，你这样不值得呀！我父亲叹息说，我怎么会不知道呢？这事儿他也跟我讲过的，他说他会和小茵结婚的……

安昌河没能和小茵结成婚。就在我母亲停止心跳后一个月，小茵也去世了，卵巢癌。一个黄花大闺女，咋会得那么古怪的病呀！老张叹息着，揩着眼泪。

得知小茵患病的消息，我要去看望她，但被安昌河拒绝了。你凭什么不让我见她？我问他。你以为呢？安昌河一手叉腰，一手捏着烟卷，乜斜着我。

第七章　和二日记

1

在安辰极研究方面，我父亲下的功夫可不比安昌河少，但因为种种原因，他并未取得多少突破，也没有多少新的发现。自我祖母田水逝世后，我父亲就像是突然对这件事情失去了兴趣，不再就他的父亲安辰极做任何发言和表态，也不再出席任何与安辰极有关的活动。这在安昌河看来暗含深意。我愿意将此理解为他上了年岁，身体不好，倦懒了。只是他竟然悄悄地将他生活中的与安辰极相关的物件收捡和遮蔽起来，这多少就有点不合情理了。

安辰极虽然牺牲得早，却留下了不少照片，而且这些照片都保存极好。从他周岁纪念照到他上学纪念、新年合影等，各个时期，各个阶段，单人照、半身照、生活照……

就算在重庆那么白色恐怖的环境里头，那么短暂地停留，他也留下了不少照片。包括在上海时期，他也照了不少相，有不少还是他和他的朋友、战友，比如"青年读书会"的游园合影。其中最有名的一张是他和老余的合影。根据我父亲的研究,那是他们在执行"吹灯计划"时的合影。经过我父亲的走访调查,老余的真实身份也浮出水面,而且还据此找到了他的后人。

我父亲从这些照片中选了一些出来,放大,加上相框,布置在梧桐园十五号。有时候他还亲自拿了鸡毛掸子,去清扫上头的浮尘。

最先消失的是客厅墙上那幅最大的安辰极的半身像。当时谁也没太在意,也不知过了多久,淳洁突然发现了,问上头的照片呢?接着,她又发现父亲卧室里一张祖父的照片也不见了……这才觉得有些不对劲。问我,我哪里晓得呢,只有去问父亲,他沉默不语。

也就那段时间,安昌河突然登门,父亲说他身体不好,不想见客。于是由我出面接待。这是这么多年来,我第一次和安昌河正面接触。他很奇怪我父亲怎么不见他了。在过去他一直都是我父亲的座上宾,不管在什么情况下,只要听说安昌河来了,他都会热情相待,而且不受时间限制,想谈多久他就会陪多久。

我说他身体不好。

安昌河以为我父亲是怎么了,患了多重的疾病。我能怎么说呢?我父亲的状况看起来并无大碍,可能,他只是单纯地不想见客。

安昌河有些失落。

我礼貌地问他,有什么事么?

安昌河说,他因为一张照片而来。他将前往日本一段时间,正好有机会做一些有关和二先生的调查。之前我父亲给过他一张安辰极与和二先生的合影,但因为是翻拍,而且技术不咋的,所以人像看起来很模糊,失真。

我将安昌河请进客厅,要他稍等。

我去汇报父亲,讲明白安昌河的来意。父亲沉默许久,说,你带他去我的书房,自己找吧。

进入书房,安昌河左右张望,终于忍不住似的,问道,这……还有的照片呢?我记得之前到处都挂的是你祖父的照片啊,怎么都收起来了,不挂了呢?

我说你的注意力挺强的嘛……

在资料柜里翻了一阵,我找到了那张安辰极与和二先生在重庆江北城码头的合影。

此前安昌河曾经做过一些和二的研究,还找到了相关档案。和二先生祖籍日本横滨,他的父亲早在日俄战争时期就到了中国旅顺,所以和二出生地是旅顺。这也难怪他的中文会那么好。和二后来毕业于早稻田大学法学院,供职于日清轮船公司。

一九〇七年,日本为扩大其在中国长江的势力,同英国的太古、怡和与中国轮船招商局竞争,将日本在长江的大阪商船公司、日本邮船株式会社以及大东、湖南两家汽船会社合并,此外还吸收了一些中国股东,组建了"日清轮船公司"。"日清"之名,试图表明是中日合营,但目的是更便利地控制中国沿海及内河航运。

一个毕业于早稻田大学的法学院高才生,怎么会入职一家船运公司呢?这就不得不提日本对中国的野心了。

和二先生还在大学时期,因其中文好,有在中国长期生活的背景，被招募进了一家名叫"扬子江经济发展研究中心"的机构。听名字，这似乎是一家学术组织，其实它的后台是日本内务省的特别高等警察课，而太兴号事务长不过是和二的临时职业，掩护身份的作用。

安昌河竟然还在"扬子江经济发展研究中心"遗存的档案中，找到了和二先生一九三二年七月写的一份述职书。在这份述职中，和二介绍了他在重庆借某某航运公司的工作背景，协助相关人员对重庆以及长江沿线城市和水运码头的社会组织进行了秘密调查，调查结果以《扬子江上游帮会组织研究》为题，做了专门报告。

在这份述职中，他提到了"邺斗"这个名字。而"邺斗"就是安辰极在重庆期间的化名。他之所以接近邺斗，是因为邺斗是共产党人，而且他极欣赏"这个机警而绝顶聪明的人"。他的愿望是将邺斗发展为在华的组织成员，并且力劝邺斗东渡日本"求学"，但被一再拒绝。

一九二八年五月，和二先生从《国民公报》上看到土镇春荒暴动的消息并未在意，他哪能想到领导者就是他十分欣赏并且一直惦念的"邺斗"呢。直到在五月中旬的《新闻报》上看到了更为详细的报道，还看到了"匪首"安辰极接受"公审"的大幅照片，不禁惊愕万分。只是看到这个消息的时候，和二先生刚登上重庆驶往武汉的"天星号"邮轮。这个消息让他"只觉得脑袋嗡了一声"，他立即就想下船，但是武汉有更紧要的事情需要他去办理。所以，"这一路上我的心情真是复杂极了，我知道等待邺斗——安辰极的将是什么，从新闻报道的字里行间，我看得出他已经抱定了以死捍卫信仰的决心,而审判他的人似乎也乐于帮助他完成这一燔祭的神圣意愿……"

在武汉,和二先生仍然感到心急如焚,所以工作差一点就出了问题。他向组织报告,希望可以尽快前往爱城,前往土镇,见一见安辰极这位老朋友。但是组织对于他这个"单纯"的愿望并不支持。七月中旬,他从汉口的《镜报》上看见了安辰极被执行死刑的消息。

2

半年后,安昌河从日本回来。他搁下行李,就风尘仆仆赶到了梧桐园十五号。

我父亲那天的状况很不错,上午还摆弄了一阵花草。听说安昌河来了,他从那部厚得像砖头一样的约瑟夫·古尔登著作的《朝鲜战争》中抬起白苍苍的脑袋,放下放大镜,再摘下眼镜,沉默片刻,看着我,你给他讲,我有些不舒服,才服了药,睡了。

我是来跟他汇报此次我在日本了解到的一些关于和二先生的发现的。

如果可以,你就跟我讲吧,我会转述给我父亲的。

好吧。安昌河想了想,轻吁口气,似乎也只能如此了。安昌河这一回见到了和二先生的家人,并且得到了和二先生的一部分日记。

一九三三年春天,和二接受指派,再次来到中国,先后在重庆、上海和香港工作。三年后,因为胃病回国治疗。出于健康考虑,和二重新做了职业选择,在一所高中教授历史,直到一九四六年十月因胃癌去世。

听安昌河讲了一阵,里头似乎并没有什么特别值得注意的地方。他风尘仆仆专程跑来,就是为了讲这些么?

安昌河从包里翻出一张照片和几张复印件。照片是和二先生去世前三个月和家人的最后合影,身后是一片废墟,那应该是他们还没来得及重建的家吧。复印件是和二的日记。我拿着那几张复印件,问安昌河,这都说的什么?有什么特别的吗?这几张日记是和二先生一九三四年五月十九日在香港写下的,里头提到了"邯斗"。安昌河生怕我不知道似的,提醒说,"邯斗"就是"安辰极",是他在重庆时所用的化名。

我说我晓得。

和二先生写道,安昌河指着那些日文,跟我说——

在砵甸乍街我竟意外地遇见了邯斗。虽然好几年没见过他,但我还是一眼就认出了他。因为他脸上的痣无疑是特别的标志,就好像自己在说,我就是邯斗。当我意识到邯斗也就是安辰极已经被执行死刑好几个年头后,我愣了愣,睁大了眼睛。而他此刻也看见了我,发现了我对他的关注。但是他对我的突然出现没有一点惊奇,就好像他并不认识我。或者他故作镇静装作不认识我?如果是这样的话,他肯定是在执行什么重要的任务?

就在我想更进一步接近他的时候,他快步走了,他的样子极警惕。我实在想跟随他的脚步一阵子,但眼下的确有更要紧的工作要做。根据广田弘毅先生的暗示,天羽英二所做的"天羽声明"看似正义凛然,却没想到会带来那么多麻烦。

我认为"没想到"是一个托词,外务省想要撇清也是件艰难的事。中国人已经把"天羽申明"当作了日本侵略中国的宣言,而欧美诸国也认定那是"亚洲门罗主义"……

回到住处,我满脑子都是邺斗。我没有理由不认为自己是掉进了一个谜团。刚刚见到的那个邺斗先生和我印象中的"邺斗",在身形和胖瘦方面的确是有一些差异的。不过,在和共产党人打交道的这些年,他们给我最深刻的印象不就是善于伪装么?那显明的痣,遮掩起来很麻烦么?但我纠结的并不是这个。邺斗不是死了么?不是在众目睽睽之下被处以电刑了么?那么刚刚我所见的那个人,他是谁?

我有些听不下去了,我看着安昌河,你能看懂这些日文?

安昌河说不能,他专门找人进行了翻译。

我说如果不是你的人翻译错了,就是和二记错了,安辰极在一九二八年七月一日就牺牲了。如果和二是在犯糊涂,难道你也跟着犯?

这里还有呢,安昌河指着复印件,接着说——

几天后,和二又在砰甸乍街见到了邺斗。这一回邺斗老远一见和二就快步跑开了。但是邺斗的样子给和二留下了深刻的记忆,因为邺斗的脸上敷着药膏,一点一点,目的很明显,就是为了覆盖住几颗痣。他的脸有些肿胀,看得出来那是在祛痣,他要让自己改变模样,成为另外的样子……

我几乎是忍无可忍了,我瞪着安昌河,你他妈的在胡说八道什么呢?

安昌河扬扬手上的几张纸,一种"事实如此"的无奈感,但是我明显能够感觉出来他潜藏不住的"获得重大发现"的兴奋。

我说我他妈的真是觉得可笑极了，你千万里跑东洋，找回几张侵华鬼子的纸片片，就为了证明安辰极烈士其实并没有被敌人杀死，而是跑到香港去了，改头换面当富翁去了？

安昌河没有申辩，他留下那张照片和几张纸，说他多印了几份。我没有理会他，我的脸色应该很难看，他不会视而不见。他不会不清楚，他已经不再是梧桐园十五号欢迎的人。他留下的那张照片以及和二的日记复印件，我转手就丢进了垃圾桶。当日见他的情况，父亲没有问及，我也没有主动提说。

只是没过多久，就传出谣言来，说安辰极并没有死，而是还好好地活着，活在香港，积攒了可以敌国的财富。如今，他带着他的"星辰公司"已经回到了土镇，以所谓的"开发"与"重建"方式来毁灭掉它！

3

安辰极入住远东旅店是和二先生的好意和盛情。远东旅店是日本人开的，平常也只对日本人和他们的朋友开放，出于不过于招人耳目的考虑，它的风格去了很多东洋化，如果不特别注意一些细节，它看起来和重庆大多数旅馆酒店差不多。

安辰极对这样背景的地方还是有所忌惮的。但和二先生讲得很真诚。他告诉安辰极，出于真心交往你这样一个朋友的心思，我会非常认真地动用一切可以动用的资源帮你找人，而且我也知道你是共产党人。我并不在意你的政治主张,我只是欣赏你。出于对你的欣赏,我很愿意相信你未来的共产主义事业一定会如你所期望的那样完美实现,但前提是你得活下去!现在重庆的情况如人所见,到处都是便衣密探,到处都在抢人,抓人,杀人,你住这里起码是安全的。"

想想前几日的住店经历,安辰极还心有余悸,不光军警密探深更半夜来查,就连那些混江湖的袍哥二流子,也敢半夜捶你的房门。

这里确实比其他地方清静得多,不仅不见军警查房,旅店门口都不见二流子的盘旋。

入住当夜,和二先生就拿了他的獭祭清酒来,说要和安辰极好好喝一杯。佐酒的是鱼生。奉上这道菜的是一个叫大田的中年人,系着围裙,扎着白毛巾,穿着木屐。安辰极以为大田不过是个日本厨子,礼貌地向他微笑致谢,他也向安辰极微笑致意。

安辰极是第一次吃这样的生鱼片,一尝,味道真是鲜美极了。

"这鱼是你们这长江里生长的,叫岩鲤,本来是不太合适做鱼生的,因为腥味太大,亏得我们的大田先生有一套秘诀,不仅去除了腥味,而且味道还真是罕见的鲜美。"

对于这样的赞美,大田先生表示感谢,在向安辰极敬酒的时候,大致介绍了他做岩鲤鱼生的秘法。他称赞这种只生长在长江里的鲤鱼的与众不同,特别喜好清洁的水质,栖息地一般选择在岩洞里,所以得名岩鲤,肉质非常细嫩。不太好的地方倒并不是腥味重,而是刺太多,如果处理不好,还真是会影响到口感。至于对付它的腥味儿，首先是得保证它是鲜活宰杀，而且要以最有效的方法完全去除它身上的血液，在制作中用产自于长江两岸的醪糟和米醋，不仅可以去除腥味儿，还能更进一步激起它特别的鲜香。

第二天安辰极刚起来，和二先生就来问他是否愿意和大田先生一道，去参加一个重庆帮会的聚会。安辰极正在犹豫，和二先生说，这个聚会有个重要人物，曹德山，江湖人称德山公，你要找的人，没准儿他知道在哪里。

安辰极对这个德山公是有所耳闻的，曹德山曾经领导过四川保路运动和辛亥革命，也曾经督军云贵川，虽然年迈，但德高望重，况且现今军政和江湖上那些有头面的人物不是他的学生，就是他的部下，更有一些是他当年资助救援的青年才俊和放过一马的江湖响马。

德山公此行重庆，是专门为江北嘴码头劫杀案而来。

和二说，你别看这重庆的码头江湖乱象横生，白天明火执仗打打杀杀，暗夜里黑揍闷棍也是打打杀杀，其实很有秩序。这里掌着码头的舵爷把头们，彼此面上看起来都是恨不得食其肉寝其皮的样子，手下的弟兄们也都是摩擦不断，今天这个挨了刀，明天那个挨了枪，真一派刀光剑影鹿死谁手的争斗相。其实呢，他们私交可都好得很。街头兄弟流着血，大爷们可都在茶馆酒肆里称兄道弟，一团和气。

安辰极想起他的干爹黑脚帮大爷李铁脚板曾经跟他讲的那些关于混江湖操码头的话，没想到这个日本人竟然将中国之事搞得这般清楚，随即又惊怕起来，他搞这么清楚是为什么呢？漂洋过海不远万里跑到邻居家里来，细查底细，洞悉社会，只怕不是做生意赚钱这么简单吧。

和二也似乎意识到自己这是过于露底了，转换了话题，说德山先生曾经留学日本，而大田的父亲就是曹德山当年留学日本时结识并给予他莫大帮助的朋友。

酒宴设在一艘名叫"海上楼"的大船上。参加宴会的有重庆几大码头的舵把子和袍哥公口的大爷，还有重庆党政军学商各界的头面人物。大家把酒言欢，杯觥交错，偌大的宴会场子里，看不到一丝不和谐、不登对。都是头面人物，都是重要角色，都是尊朋贵友，都是这一河两岸的，都是这艘大船上的……

和二环视了一圈这酒宴桌上杯觥交错、手舞足蹈的各方人士，这里头的人，一半是当年起来反帝制反专制和反官僚、反腐的人，不少人因此坐过牢和被追捕，还有一半从事过刀口舔血的亡命徒的活儿。那会儿他们可是恨透了官僚、军阀和有钱人，为了推翻和打倒他们，他们也曾抛头颅洒热血。现在情况换过来了，因为他们的身份变了，他们成了军阀、官僚和有钱人，身份一变，立场自然就变了，立场一变，信仰呢？那还不得随之而变么？

大田远远地向他们招着手。

你瞧这在座的，一个个尔虞我诈，明枪暗箭，你杀我，我杀你……可是不管闹腾得怎么样，还都能若无其事地坐在一起推杯换盏，称兄道弟，亲如一家。为什么呢？依照满洲一句老话，叫一个锅里抡马勺。不管是上海事变，还是重庆"三三一"惨案，虽然是蒋公主事，但少了这些帮会和地方势力的明帮暗助，你们又何至于遭受如此灭顶之灾？因为他们都很清楚共产党会带来什么样的局面……

他们穿过满脸酡红满嘴油光的人群,在那喧闹声中,来到曹德山跟前。大田向曹德山介绍,说这是他刚刚认识的朋友,有才华,有胆识,更有抱负,冒昧请过来向德山公敬个酒。

日本人?曹德山看着安辰极。

爱河人。安辰极向曹德山略一欠身,算是致意。

大田先生说你有抱负,你的抱负是什么呀?曹德山双手拄着手杖,打量着安辰极。

希望能像当年德山公一样,改天换地,缔造新世界。安辰极说。

4

"三三一"惨案让重庆地下党遭到毁灭性的损失,国民党左派省党部监委陈达三惨遭枪杀,著名学者、社会活动家漆南熏被乱刀砍死,接着是中共重庆冉钧、地委书记杨闇公……大屠杀并未随时间推移而停止,反而是从明显转向暗里,而且愈演愈烈。这里头的情形如和二所言,摸刀子的并非只是军阀刘湘、王陵基和团阀申文英、曹燮阳等,还有与他们一个鼻孔出气的黑帮和浑水袍哥们,有的纯粹是趁火打劫,借机做大势力,有的则是为了在军阀头子那里挣表现、纳投名状。

随着以蒋介石为首的国民党右派在上海发动的"四一二"反革命政变,各地为屠杀共产党人和国民党左派似乎找到了合法依据。原本在各路声讨中还有些张皇的刘湘、申文英等，就像领受了圣旨似的，喊出了"打倒共产党""斩草除根"的口号，为剪除异己，巩固势力找到了"合法性"，重庆各地顿时陷入白色恐怖，并向县乡蔓延⋯⋯

曹德山因为年事已高，且身体状况也不太好，加上消息渠道有限，对重庆"三三一"和上海"四一二"惨案以及国际国内革命时局并不太知情，所以，外头闹得水深火热，而他呢，一直在园子里品茶，喝养身泡酒。

前不久，宋庆龄先生给他写了封信，随信寄了她和毛泽东等二十二人以国民党中央委员名义发表的宣言。宋庆龄先生在信中问这位曾经的孙中山先生的忠实追随者，"是不是可以做点什么？"

能做点什么呢？在向共产党人动刀子的人里头，有不少是我的旧部、我的门徒。他们还能像当初那样听我的话么？一个偶然的机会，曹德山得到消息，蒋介石密派特使分赴重庆、成都、贵州和云南等地，网罗当地军阀、团阀和帮会，要对残存的共产党、革命激进分子和国民党左派进行一次彻底的清剿，喊出了"宁可错杀一百，不可放掉一个"的号令。于是曹德山挨个给他的旧部和门徒打招呼，"话不说尽有余地，事不做尽有余路""做人留一线，日后好相见"⋯⋯

面对曹德山，安辰极没有隐瞒。讲了自己从成都到上海这一路寻找革命的经历，以及结识和二，并通过和二认识大田的经过。曹德山很欣赏安辰极的革命激情和为人，认为他对大田和二他们保持警觉是正确的。他们的胃口大得很，他们在下一盘很大的棋。他们就想着这个国家乱，就想着往手上多抓几颗棋子……你要做好准备啊!

需要我做怎样的准备?

如果不想亡种亡国,你说该做什么样的准备呢?

安辰极跟随曹德山一起返回了成都。这些天里,通过曹德山的关系,安辰极对重庆"三三一"惨案前前后后有了完全的了解。党的组织并没有被摧毁殆尽,而是转入更深入的地下。在所有被杀害和被逮捕拘审的人员中,没有叫梁英的,也没有与之年龄相仿的女性。当然,被暗害的不在掌握的情况里。

根据佛龛的指示,安辰极前往党组织在成都的秘密接头点大慈寺,一连守候多日,都没有遇到接头人。本来是想回一趟土镇的,但一想这么重要的事情都还没有头绪,眼下党的事业接连遭受重创,自己又怎么能抛下工作不管呢?安辰极拿出曹德山给他的一张拜帖,前往浣花溪,找一个叫刘瑜的人。曹德山说过,这个叫刘瑜的对成都共产党情况有所了解。

刘瑜待安辰极十分热情,盛情邀他到家里住。成都的情形似乎比重庆好不了多少,也是到处都在设岗设哨,抓人逮人,时不时地还看见有人暗中放枪,街头也不少见被黑揍的遗尸,于是就接受了刘瑜的邀请。

刘瑜是个四十上下的中年人,身材矮胖,戴着副高度近视眼镜,一番交谈才知道他竟然是《新蜀报》主笔。安辰极当年在省立师范读书的时候,可没少读他的文章。

我已经不给他们写东西了,里头混了坏人。刘瑜苦笑说,你没有去茶馆里看,墙上柱子上到处都贴着"莫言国事""休论政治",茶馆老板更是好心,时不时地就要吆喝几声,"楼上客楼下客,喝茶就喝茶,莫要张嘴乱说,谨防祸从口出,丢了小命,本店概莫负责",以此来打预防。你还真以为茶馆老板是危言耸听么?前些天就有那么个人酒劲儿上头,说了某人几句话,一出茶馆,就被人从背后敲了闷棍。

虽然刘瑜和安辰极相谈甚欢,有如老友,但安辰极还是分明可以感觉出来他对自己的警觉。

这天早餐,刘瑜主动谈起了近日的时局,重点直往上海"四一二"和重庆以及武汉广州等地的国民党清党一系列事件上去,他似乎很想听到安辰极的主张和看法。

一九二四年,由于国民党成功改组,更因为从孙中山的"容共"政策中获益良多,所以国民党在全国范围内取得了前所未有的迅猛发展。但随着孙中山先生去世,国民党领导层内部开始分化,在与共产党的合作共建上出现了日益加剧的矛盾。为了实现自己的权力欲望,蒋介石开始了国民党的党内排挤和暗杀,同时暗中勾结外国帝国主义和黑帮势力的力量,早就开始了分裂和清剿的准备。而你们共产党——

此言一出,安辰极愣了一下,抬眼看,刘瑜正微笑着看着他。

——而你们共产党虽然有所警觉,加强了和国民党左派的联系,并寄希望于国民党的改组,当然,自身也在不断加强,但还是手脚慢了,力量弱了,面对国民党及其帮凶的疯狂屠戮,完全无还手之力。这是个惨痛的教训啊。国民党的反动嘴脸已经暴露无遗,共产党只能绝地反抗,以坚决的革命行动反抗凶残的反革命,方法只有一个,那就是暴动!

刘瑜拿起一个鸡蛋，剥了壳，递给安辰极，快吃吧，吃了不还有要紧的事情要去办吗？

安辰极不明所以，看着他。

你不去了大慈寺好几回了么？今天去，那儿有人了。刘瑜笑笑，还来碗粥么？

5

安辰极第一眼见到赵棠的时候，就欣喜起来。尽管如此，两人还是按照纪律，一丝不苟地完成了接头联系，确认了身份和关系。我一眼就认出了你。赵棠也很激动和兴奋。

成都的党组织虽然也遭破坏，但损失并不太大。吸取教训，党组织全部转入地下，而且更加严明了纪律和程序。其实安辰极刚到大慈寺接头点转悠时，组织就注意上了他。

在中共成都特支组织部部长赵棠的安排下，安辰极见到了成都特支书记周澜同志，并做了详细的工作汇报，怎么前往上海，怎么在周炯明的安排下开展工作，以及周炯明的叛变给上海党组织带来的巨大损失……一直讲到重庆寻找梁英和大慈寺接头成功。

周澜神情肃穆地说，你刚刚提到的你在上海的上级佛龛同志在上个月牺牲了，你知道他是因为什么牺牲的么？又是因为叛徒！不过可以告慰他的是，他的女儿梁英同志是安全的。

佛龛牺牲的消息叫安辰极难以置信，既震惊又悲恸。好在梁英还活着，这多少是个安慰。

安辰极向周澜报告了自己的计划。他准备以老家秦村为发源地，筹建一支民团队伍，因为有社会基础和物质保障，队伍应该很快就会壮大起来。通过政治学习和思想改造，这支队伍是赤色的，是共产主义的……通过加强练兵，这支队伍又将是极其有战斗力，攻无不克的。等到队伍壮大到可以控制整个土镇的时候，一举拿下土镇，并分击土镇四周的重要场镇，逐个攻击，逐个巩固，建立苏维埃政权！

时间呢？从你筹建民团队伍到建立政权，需要多长时间？周澜问。

最快一年半！安辰极对此是很有信心的。他的父亲积累了丰厚的财富，而且早就有了让他拉队伍的想法。在秦村周边，很多村庄迫于兵匪滋扰的压力，出于自保，纷纷成立了护村队，搞起了团防和民防。这些团防和民防队员一边耕种，一边利用农闲进行训练，紧急时候派上用场。因为是业余的，而且装备大都是猎枪火铳，所以只能是维护一下村庄治安，吓唬一下土匪和流窜的兵勇，根本谈不上什么战斗力。而他准备成立的队伍，将以充裕的资金保障大家全心全意投入训练，保障装备实现优良，短期内达到较高水平的战斗力，可以与反动军阀所抗衡！

拉队伍拼的就是银钱啊！周澜说。

我的父亲不惜倾家荡产也会支持我的。安辰极讲了自己身上"七星痣"的故事，以及干爹李铁脚板对他的预言。利用他们对此的迷信，顺利将队伍拉起来。在拉队伍的过程中，有目的地加快党员发展，培养干部，时机一到，就提出党的政治主张，成立红色政权，推行政权革命，打土豪，分田地，实现共产主义！

有关安辰极的工作安排，组织上接连开了三次会议都没讨论下来。大家都觉得安辰极的计划是有基础的，是可行的。分歧主要集中在两点，一是有的同志觉得可以将安辰极的计划作为成都特支的主抓工作，集中力量，把这个事情做大，做扎实，成为影响全川，影响全国的大行动。二是有的同志觉得这样做似乎与上级的要求有出入，与既定的四川省共产革命斗争方针不符合。上级的指导意见和思想是掀起一场全面的声势浩大的革命斗争，斗争的形式以发动全面开花的暴动为主，然后连成片，巩固和发展。而这时候有人又提出了一个问题，希望组织上充分考虑并引起足够的重视——

七星痣长在他的脸上，那么有没有长在他的心里？有关安辰极的革命纯洁性是不是也应该充分考虑到，他能不能经受住考验？

另有同志也认为这是个严肃的问题，安辰极是公子少爷，能不能和劳苦大众打成一片？是否和劳苦大众同心同德？可能真正地投入到解放劳苦大众的事业中去吗？万一他打着党的旗号在土镇建立自己的独立王国呢？

那么，就安排安辰极同志继续留下来加强学习，加强思想改造吧。赵棠建议道。

周澜批评刚才这些说法都太过极端和武断了。经周澜最后拍板，决定安排安辰极回到土镇组织发动和领导爱河地区的革命暴动。工作内容与形式就按照安辰极先前向组织汇报的进行，只是在时间上另有要求，执行中央会议精神，在明年春节必须发动暴动！

安辰极没有吱声。

你应该表态。周澜说。

我将严格遵守和执行党组织的决定和命令。安辰极说，只是……条件不成熟也一定要暴动么？

不成熟就让它成熟起来！周澜说，晓得你单枪匹马回去开展工作要实现明春的要求有难度，所以组织上给你增派了力量。这个同志有着丰富的斗争经验，本来是另有工作安排的，就是考虑到希望可以将土镇革命斗争做成全省的重点，所以才将她紧急调回来，安排给你做助手。

这个助手就是梁英。

第八章　家事

1

直到这年九月，安玉惠才起身前往梓州，这期间发生了太多的事，让他总是抽不开身。最要命的一件就是安辰极差点死去，这让安玉惠很长时间都惊魂未定。

事因李马而起。这娃在乡村里长大，下河摸虾，上树捉鸟，烧蜂窝，诱蛇鼠，野惯了。都晓得他是老帮头李铁脚板的私生儿，所以大家都高看他一眼，啥事儿也都随着他。而他呢，也越来越像个小霸王。在益和楼外头有好些吃食担子，米粉、锅盔、糖栗子、白麻糖、油卷子馍馍……他上前抓了就吃，吃完嘴巴一抹，一个子儿也不给不说，还要拿了走，说给他的好兄弟安辰极送去。起先大家还觉得没什么，时间一久，就只有苦笑了。

李马确实会把吃食带给安辰极。他是安府的常客，三天两头跑来和安辰极玩，他很想住在安府，时时刻刻和安辰极在一起，可又有几样不如自己的意，一是在安府就必须守安玉惠的规矩，比如像安辰极那样念书写字，而且在吃食上头，安玉惠也有很多限制,一旦发现安辰极乱吃东西,不光他要受罚,陪侍他的丫鬟婆子也要挨收拾。

安辰极对吃食不是很感兴趣,因为从小肚腹里就不缺那一口。他特别喜欢听李马讲怎么下河摸鱼,怎么上树掏鸟蛋——

有一回手刚伸进鸟窝里,突然感觉不对劲,因为有个东西滑溜溜的,然后缠在了我的手上,是蛇……

这些都是安辰极不曾经历的,听起来又好玩儿又刺激,实在令人向往。

你敢跟我出去么?李马问。

时值七月,一场暴雨后。李马带着安辰极,趁着中午偷偷溜出了安府。他们在街头溜达了一圈儿,吃了点儿糖水,逮了几只懒蝉,然后走过半边街,下到了河坝里。

他们玩了一阵细沙,就去踩水,接着看见了一只碗口大的螃蟹。安辰极恐惧那对挥舞的大钳子,李马胆子大,追着去捉,水没了膝盖,接着到了大腿,冲劲儿越来越大,想往转回来也不大可能了,身不由己地要随着水流往河中央去。李马吓得哇哇大哭起来。

安辰极一眼瞥见沙地里有根竹竿,拖起来就朝李马去。李马够不着竹竿头,安辰极只能往水里去。终于够着了却没有那个气力将他往岸上拽,俩人就像拔河。李马赢了,他自己上了岸。安辰极却输了,被拽下了水,脚底一滑,一口水呛进胸口,人就蒙了……

如果不是岸上几个行脚者发现异样,赶紧冲下河滩,跑进河水里一路追撵,安辰极早就被冲到爪哇国去了。

安辰极被捞到岸上,湿漉漉软塌塌的,已经没了气息。好在看热闹的里头有两个跑船的,晓得一点溺水的救法,折腾了一阵,安辰极才气气奄奄地活过来。但是此后好长时间安辰极都是病恹恹的,黄皮寡瘦,魂不守舍。找了神巫来看,说是魂魄被水鬼拿去了,得想办法追讨回来。法事做了一场又一场,情形似乎并无多大改变。又找了端公来,说是闯了凶煞,于是又是一场一场的法事,接着又找到和尚……

在益和楼,李铁脚板也做了场规模不小的法事。他要安玉惠亲自送一缕安辰极的头发和一套衣裳过来。头发化为灰烬兑为符水叫李马喝了,衣裳穿在李马身上。法事持续了七天七夜。

整整一个月,都没人见到李马。一个月后,他出了门。再见李马,就算眼力再不好,也会发现相比之前完全是判若两人了。才来益和楼时的拘谨和懦弱以及混熟了后所表露出来的张狂和蛮横统统都不见了,他表现出了与年龄极不相符的老沉与缄默。他稳稳当当地走路,目不斜视,跟谁说话都是身子微倾,语气和神态十分谦卑。更让人惊讶的是他的说话,言语简练,但条理清楚,而且从不见他到吃食摊子张望,更不会围堆堆看热闹,这世间的一切从此不再入他的眼或者与他无关。

再次相见,他的一声"少爷"可把安辰极吓了一跳,接着的磕头更是将安辰极吓得连连后退。

谢谢少爷的救命之恩。从今往后,我这条命就是少爷你的了。

安玉惠也感到吃惊,一把将李马从地上拽起来,你这娃这是干啥呀!

李铁脚板说,该干啥,他是清楚的。

李马重新跪下,将剩下的几颗头补齐磕完,这才起身,退到一边,垂着两条胳膊,规规矩矩站在一边,一副随时等候着差遣的样子。

有些人天生富贵可不是靠生辰八字就断定的,而是靠他与生俱来的胆识和能力。安辰极比李马小好几岁,却临危不惧,舍生救死,那表现真可谓勇谋有加,如果不是他,李马早就沉入河底。可你反观李马呢?一声叹息后,李铁脚板说,看见安辰极被水冲走,他先是呆立在那里不动,接着干脆无动于衷,他是被吓坏了,还是惜命?不管哪一条,他都算不得人上人,注定一辈子做不出什么值得人称道的事,平庸、寻常,有如犬马和草木。

李铁脚板说,通过这场法事,他在神灵面前为安辰极和李马确定了君臣和主仆的关系。安辰极已救了李马一命,有再生之德和恩情,李马必须要报答。最好的报答就是将自己这条命送给他,随取随拿。所以李马就将那条命寄养在那里,而他的活着,则有如安辰极的替身,为安辰极担责受难。从今往后,所有的病痛都落在李马身上,所有的厄难,都由这替身承受。

安玉惠听得目瞪口呆,这行吗?

你晓得我为啥给他起名叫李马么?李铁脚板问。

前往梓州,安辰极也要跟去,安玉惠心想他在药罐子里困这么久日子了,眼下看起来是完全康复了,白白净净,壮壮实实,还长高了一截,就答应带上他。李铁脚板说,你带上了安辰极，不妨再带上李马，看看他咋样。

因为并不太赶时间，安玉惠选择走水路。乘船从土镇下爱城，从爱城再到绵城，在三江交汇口转道涪江，进入郯江，再进入梓江，顺流而下到达梓州。

五天五夜里，除在爱城和绵城上岸过了两夜，其余时间都在船上。船是李铁脚板安排的货运大船，出于安全考虑，还从包巡检那里借了几个毛瑟枪手过来。船吃水很深，行得慢但是稳。两岸尽是农田农舍，丘陵矮山，炊烟袅绕，鸡犬相闻，不光安辰极觉得好看好玩，安玉惠也为这秀美景色感到赏心悦目。遇到钓鱼的打鱼的，买些河鲜，遇到瓜田果地，再靠近去买些瓜果蔬菜，要是有寺院道观，泊下船来去烧香礼拜一番……

每天安玉惠都会让安辰极早起，先背诵一阵课文，再打一通拳术，剩下时间就由他玩去。而他自己，除了翻看戏文唱本就是品茗饮酒，酒酣耳热，再倒头一卧，随波逐流，悠哉乐哉，真是难得如此清闲。

找到窑爷田垚家，不见人，说是早在三个多月前就死了，是被他儿子活活气死了的。

当面说话好听的孩子，永远都在背地里办坏事。窑爷的这个儿子也这德行。他跟着一帮人偷偷种鸦片，别人都在这上头赚了钱，可落他手上的时候，接二连三地遭到查烟禁烟……于是不停地使银子跑关系，终于熬到割烟果收浆熬烟了，他还是被一绳子绑了进去。等到人从班房出来，昔日生长旺盛的烟田，只剩下些烟苗秆子，他想拣一捆烟秆子回去当柴火烧都不可能，因为这田地已不属于他了。

祖田没了的事，怎么能告诉窑爷呢？那就告诉他别的嘛。儿子接连不断地向他报告家里的好消息，庄稼长势良好，又添了一亩田土，刚娶了一房女人……随信送到窑爷身边的还有梓州的特产，花生、酥饼、板鸭和烧酒。窑爷喜滋滋地吃食着这一切，向老友们夸耀这一切，将挣的钱喜滋滋地寄回家里。

就在窑爷回到梓州这年，他的儿子总算是把家底败穿了。又气又急的窑爷一下子病倒了。三个月前，窑爷死后，他的儿子也卖掉了自己最后一件物品——女儿田水。而他自己则在半个月前像条狗一样死在了垃圾堆里。

田水被卖到了绵城。

回程时，安玉惠心情很不好，酒喝得很厉害，对安辰极也少有管教和照料，都是李马在他身边伺候。

安辰极已经习惯李马叫他少爷了，也习惯了李马对他的悉心照料和俯首帖耳。李马是很会伺候人的。安辰极每日起床前，李马必定早就站在床前，捧着早准备好的衣帽鞋袜，伺候安辰极穿戴整齐。一天晚上安玉惠从梦中惊醒，竟然看见李马坐在安辰极的床边，手里轻轻挥着燃烧的艾草把，问他在干什么，他说这一段河道里蚊子太多，怕叮咬了少爷。

船到绵城。安玉惠原本是不带安辰极去寻人的，但安辰极很想去看看。他们寻到了翠花街，四处打听，都说这里没有从梓州过来的人，也没有那么大的女娃儿。在一家叫"芳宅"的院房，就在安玉惠带着大家转身要离开的时候，李马走到他身边，轻轻拉了下他的衣角，指指二楼，木壁的一个破洞口伸着半张脸。

回土镇的路上,安玉惠忍不住夸了李马好几次,如果不是他眼力好,还真错过了田水。

2

只有你,还是所有的文人都是巧言令色,首鼠两端?

安昌河没有回答。有只虫子出现在他的袖口上,翠绿色,米粒大,动作有些迟缓。这还不到惊蛰,它出来的还不是时候。我以为安昌河会一指头弹飞它,换成我,我会那么做的。他伸出手,先靠近一根指头,生怕惊扰了它似的。虫子并不害怕,直接就爬上了安昌河的指头,眼看就要掉下去了,安昌河用另一只手接住了它。他站起身来打开窗户,将它放到外面。

外头起了风,卷动窗帘。安昌河关上窗户,回到沙发上,原样坐下,连衣服上的褶皱都和刚才一致。

别的文人是怎么样的我不知道,我只知道我自己。我不认为我做错了什么。我一直都是有信念,有原则的。这么些年来,不管你们怎么误会我,污名我,我所做的一切都是秉着我的内心,坚持我的原则。我寻找真相,不惜代价地寻找事实真相……只是现在当苦苦寻找的真相就要水落石出,我才突然发现这个世界可能还需要比真相更为宝贵的东西……

你胆怯了?拿出你的勇气来,砸碎它嘛!好像你以前在什么地方讲过的,真理诞生于真相的破碎,谎言的土壤再肥沃也长不出正义……是吧?你讲过吧?我看着他,他面红筋胀,手脚都在哆嗦,眼角竟然湿润了。

如果杀死他，就是杀死了我们自己！他的声音有些哆嗦，他就像个被揪住手腕的窃贼，哪里还有半点往日的孤傲和目空一切。

杀死他？谁有那么大本事？你以为你是谁？你永远也不具备那个能力！我说。

等你稍微平静点，我们再谈吧。说着，安昌河从沙发上挣起身，默默地开门出去了。

我和安昌河的见面，是钟小兰部长的安排。她打电话问我是不是在房间，我说是，她说安昌河想过来跟我谈谈。我说代表谁吗？她说有些事，你还是了解一下吧。

放下电话，吃了降压药，又找出速效救心丸。我十分清楚我现在面临的是什么，我也很清楚安昌河要跟我谈的是什么。

我对安昌河的一贯厌恶并不完全是因为他带走了小茵，而是他的巧言令色，是他的首鼠两端。在他创作的《大河东流》中，有不少地方与事实不符。不过，他事先跟我父亲安重根进行了沟通，说这样的"添油加醋"只为更好地塑造人物，增加情节和改变事实是为了更好地突出主题，毕竟这是源于生活高于生活的文学作品。

《大河东流》的成功，改变了安昌河的命运。他跻身于"著名作家"之列，名利双收。随着《信仰的青春》的热播，他更加"著名"，出席各种讲座、访谈和综艺节目，泪流盈眶地讲安辰极和安重根的故事，讲自己新近的关于英雄和烈士的各种发现。给人的感觉是，安辰极和安重根的英雄故事固然存在，但是如果没有安昌河的讲述和弘扬，他们断然不会如此熠熠生辉。就好像安辰极和安重根是一面镜子，已经蒙上了岁月的灰尘，是他一遍遍地擦拭，他们才重新继而更加地光彩照人。

此时的安昌河，已经是绵城的作协主席，组织上准备对他委以重任。但是他却突然辞去作协主席，拒绝组织上的各种关心和好意，而且处处流露出怀疑和敌意来。

也就从这个时候开始，我们陆续听到了各种谣言。

其实这些谣言一直都存在，它们就像歹毒的蚊虫，自始至终都尾随着我们敏感的神经叮咬，让人感到愤怒，却又无力。

这些谣言都是什么呢？什么安辰极并没有被电刑处死，死的是他的替身李马！巩固这个谣言的是一个系统而庞大的故事。故事说李铁脚板和柯鼎臣、蒋礼等人达成了交易，由安玉惠出一大笔钱给他们，他们放安辰极一马，电死的可能是李马，也可能是出大价钱买来的替死鬼。另一个版本说，上电刑的确然是安辰极无疑，只是安辰极没有被电死，而是被电晕了，佯死，五天后醒过来，爬出坟墓，改名换姓，远走他乡……

如此言之凿凿，最开始听到的时候，尚且能一笑了之。但是越往后头就有些让人坐不住了。什么有确凿证据证明我们不是安辰极的后裔。证据在哪里呢？在我们脸上。我们的脸上全都光光生生，一颗痣都没有。而在安辰极身上，谁都知道有七星痣，光是脸上，就有天枢、天璇、天玑和天权四颗！

这些谣言我们统统可以当作无稽之谈不予理睬，所谓

"流丸止于瓯臾，流言止于智者"。但是安昌河却对这些谣言产生了浓厚的兴趣。他的一篇《为什么安辰极多活了90天？》的文章在网上引起了轩然大波，很多看到这篇文章的人都给我们打来电话，质问安昌河怎么能这样。安昌河也急匆匆跑来，向我父亲解释，说文章是他写的，但他绝对没有发到网上，是怎样流传到网上去的他自己也不清楚。没过多久，又一篇文章《高扬在土镇上空的革命之声究竟是种什么声音？》发在了网上。安昌河再次急匆匆地跑来。这一回我父亲不客气了，问他，你说那是种什么声音呢？安昌河申辩说，是有人为了吸人眼球恶意篡改了他文章的标题。他只是质疑，锥盆喇叭是一九三○年后才普及的，带式麦克风是一九三一年才广泛投入生产的，这些在当时属于科技前沿的产品，为何在一九二八年就出现在了内陆四川，出现在偏僻的土镇？

谁告诉你那是锥盆喇叭？谁告诉你那是带式麦克风？还不都是你在《大河东流》里头那么写的！《青春的信仰》拍摄的时候，还不是你言之凿凿说一切没错！我父亲的目光锥子一样盯着安昌河，是你又从什么地方找到了新的答案么？

之前的那是文学创作，是允许虚构的。安昌河的声气软弱无力。

那么，就请你从现在开始实事求是，不要捕风捉影，更不要人云亦云，要独立思考！要小心求证！行不行？好不好？

他的一篇公开发表的文章终于激起了众怒，文章的标题叫《如果没有七星痣，故事是不是另外一种走向？》……

赵响曾经当面质疑安昌河，问他在干什么？他说寻找真相。你是在扒坟！赵响呵斥道。对，他说，我是在扒坟。你是在扒粪！对，他说，我是在扒粪！你怎么如此阴险恶毒？赵响愤怒难抑，扑过去要揍安昌河，被人赶紧拽住了。

为什么要这么做？安昌河曾经与人探讨过。他说，历史真相并不只存在于官方编修的《史记》《党史》《地方志》中，它还存在于民间口实里。他在创作《大河东流》和《信仰的青春》时，就对一些细节问题产生了疑问，而这些疑问似乎在那些传言里可以得到很好的解答。只是这些传言带有与当时主流话语明显相悖的性质，所以这些传言被斥责为"谣言"。如果他听信并且使用这些传言的话，那么他也就成为一个不折不扣的卑鄙的谣言传播者。他要以科学的方式，以光明正大的方式去寻找事实真相。一些传言可能会因为他的工作被鉴定为真正的荒诞不经的谣言。还有一些传言也可能会因为他的努力为其正名，成为事实。这是一个很难获得理解的困难重重的工作。他说，他之所以要辞去作协主席，拒绝组织的关心和好意，是想和主流保持距离，这个距离更有助于他保持警惕，理性思考。

不管安昌河的说辞多么堂皇，他的工作都难以获得尊敬和理解。他被视为"阴谋论制造者"。的确，当他的那一系列"研究"和"发现"陆续出笼，谁都有理由去质疑他的政治立场和人格人品。

事后赵响气愤难平，认为正是因为我父亲的纵容，才让安昌河如此肆无忌惮。我父亲申辩说不是"纵容"，是"宽容"。

对他的宽容，就是对先烈的犯罪！

我父亲说，我倒是真希望他能够发现点什么的。

赵响怒不可遏，你指望他发现什么呢？你不知道他在往安辰极和他的战友们身上泼粪么？你不知道他的目的就是要把安辰极和他的战友们敲打粉碎么？他企图摧毁我们的价值观，他在进行恶毒的颠覆！你怎么能置之不理？

我父亲什么也没做。

赵响终于忍无可忍地在报纸上对安昌河进行了点名批评。说他靠着贩卖烈士和英雄的故事赚取了个盆满钵满，却不思感激，反而掉过头来通过恶意曲解和编造，对曾经被他歌颂的英雄和烈士极尽诬蔑中伤之能事，这是为什么呢？"他显然已经不满足于赚取人民币了，他显然是已经找到了新的主人，迫不及待地当上了某种势力的急先锋……他们以为，诬蔑了我们的英雄和烈士，就可以抹黑我们英雄和烈士开创的伟大事业，他们是痴心妄想，打错了算盘！"

我父亲看了，叹着气，将报纸丢到一边，安昌河还不至于这么坏吧。

赵响的这篇文章将安昌河推到了风口浪尖，他也从此跌入了人生低谷。他不再受到任何官方活动的邀请，非官方的活动，也因为众所周知的原因，即便邀请了，最后也会谢绝他的出席。一位领导在讲话中数次提到安昌河和他写的那些文章，"我们不能不提高警惕呀。"他说，"苏联的教训不可谓不深刻，20世纪80年代末，受'新思维'影响和西方敌对势力蛊惑，苏联人的历史观发生了动摇，以卓娅、马特拉索夫、奥列格等为代表的一大批英雄被颠覆，继而党史国史被否定，国家也随之分崩离析。所谓欲亡其国，先灭其史，殷鉴不远，任由历史虚无主义之风吹开，抹黑英雄人物之论泛起，国家和民族就会处在危险边缘！"

有个传言不知是真是假，据说安昌河曾经在酒后狂言道，安辰极这个烈士和英雄的形象是我塑造的，现在，我要粉碎他！用事实，用真相粉碎他！对于我们作家来说，这就是他存在的意义呀，塑造为了粉碎，粉碎是另一种塑造！

3

你不要让他们打开安辰极的坟墓。

他们是谁？

那些追求政绩，时刻盼望高升的官员。

你不刚刚还和他们站在一起么？

我和他们站在一起的目的就是为了不让他们打开安辰极的坟墓！你知道你的祖母田水为什么一直阻拦这事么？要不是她的阻拦，安辰极的坟墓早在20世纪50年代就迁葬了。

我祖母都告诉你什么了？我忍不住冷笑起来。

你不要讥讽我。安昌河叹息说，你想过没有，你祖母为什么一直拒绝见我？是因为她不想回首那段让她痛苦和耻辱的往事，还是担心我会从她那里刨出真相？

就在我准备站起来拉开房门请他出去时，他轻叹口气，田水不跟我说话，难道她的女儿田静也不跟我说话吗？

我愣住了。

你知道田水为什么不让动安辰极的坟墓吗？因为里头根本就没有他的骸骨！你难道没看出你父亲安重根这些年的变化吗？你祖母田水的死的确让他感到悲痛，但真正给他重创的，是田水临终前告诉他的真相！

安昌河一口气讲了很多，我无法全部都听进去，我的脑子很蒙。这些问题毫无征兆地就涌到了我的面前，我根本就没有任何准备。安昌河在讲的时候也是一副很痛苦和无助的表情，就好像他已经饱受摧残。

从和二先生的日记，到你们梧桐园十五号墙壁上安辰极的照片不断消失，当然，你和你父亲的脸上为什么没有遗传下安辰极和安玉惠的痣也算一桩……一点一点疑问累积在一起，就成了要命的折磨。我没办法不去胡思乱想，我都快被逼疯了。而唯一拯救自己的只有去寻找真相。我以前总爱说，一个作家最能表现他价值的，不是他的辞藻有多华丽想象力有多么丰富，而是他探寻人生真谛和面对事实真相的勇气。其实这话极其幼稚，极其可笑的，因为他根本不知道自己将要面对的真相究竟是什么！

安昌河走后，我在屋子里根本待不下去，我感到一种从未有过的心悸，在服药的时候，药片撒了一地。我坐在马桶上呼呼喘息。安昌河的话就像粗大的绳索，扼住了我的喉咙，更像无情的铁拳，将我瓷瓶一样捣得粉碎。

4

此前所有关于安辰极和土镇春荒暴动的祭奠和纪念活动都没有田静参加，因为她不具备资格，她出生时安辰极已死去多年。但她是田水的孩子。这几乎是一件隐秘的事，不管是史书还是安昌河等人书写的那些文章，从不曾提及田水还有这么一个女儿。

大概是二〇〇一年,爱城川剧团排了个川剧,叫《百年守望》,讲的是田水和安辰极两小无猜的爱情故事。安辰极革命失败被捕,田水在狱中和安辰极举行婚礼,告诉他,她已身怀他的骨肉,叫他放心,她会将他的骨肉抚养长大,继承他的遗志,继续革命,直到成功。

当安辰极刑场就义之时,田水也在风雨中成功将胎儿娩出,一个新生命,革命的继承者安重根呱呱坠地。

此后,因田水是共产党烈士安辰极的遗孀,反动派一刻也没放松对她的迫害。作为革命火种和革命遗孤,安重根受到的暗害也是接二连三。尤其是到了后期全国解放在即,安重根已投身革命,反动派那种"悔不当初斩草除根"的穷凶极恶更是直接威胁到了他的安危。这个时候,田水就像当初掩护安辰极一样保卫着安重根——她生命中最重要的支柱,革命的希望。

革命胜利,新中国诞生,田水和她的儿子安重根一起来到安辰极的墓前,告慰英灵。也就在墓前,安重根做出了一个决定,要参加抗美援朝,保卫这来之不易的胜利果实。田水在这里有一大段唱词,其中几句是这样的——

"我儿上前线,驱豺狼,灭虎豹,学你父亲心怀壮志,勇往直前!为娘后方种庄稼,喂鸡鸭,多打粮食,抓好生产保前线,每日早晚北望,盼你胜利凯旋……"

当安重根回到家乡,因为受伤而面目全非,自尊心受到很大伤害,不愿见人。这时候田水紧紧搂着他,哭泣着唱道——

"你为国为民，为世界和平损伤面容，谁敢说你丑？谁能说你难看？没有你的难看就没有这世界的和平，就没有孩子们天真可爱的笑脸！我的儿啊，你是中华民族最美的男儿，你有妈妈为之骄傲的容颜！"

看到这一幕，好多观众都泣不成声。

不消说，这出好戏大获成功。四处参演，到处获奖，后来还被其他剧种改编……因为影响大，剧中人物原型自然也备受媒体关注。这一关注，田静也就出现在了大家的视野中，所有的媒体要么对她的身份绝口不提，要么含糊其词，还有说她是田水收养的孤儿。

记得曾经有过两篇文章，让我父亲安重根很不高兴。文章说，烈士遗孀就不能再婚了吗？是什么样的道德高压将她挤在烈士墓碑的阴影里隐秘生活？安重根虽然愤怒，却无法将这愤怒通过言辞表达出来。是啊，他能说什么呢？就因为田静，他无法理解他的母亲，也是他，通过各种力量将他母亲身边那个隐藏的男人驱离她的生活，也因此，他的母亲难以原谅他。

曾经有很长一段时间，田水和安重根母子就像敌人一样斗争。

5

李铁脚板知道窑爷田垚的悲惨遭遇后，十分悲伤。拭去老泪，李铁脚板和安玉惠就田水的安置进行了一番商讨。安玉惠说，当然要好好待她。李铁脚板问，怎样才是好好的呢？

安玉惠说，我会视她为亲生女儿养大成人，将来出嫁，准备一份厚厚的嫁奁，让她风风光光出嫁。李铁脚板问，就这样么？安玉惠说，再给她一笔钱和田地，保证她和她的家人一辈子都衣食无忧。李铁脚板问，只能做到这样么？安玉惠说，还请干爹安排，干爹考虑问题和事情总是全面和妥帖些。李铁脚板呵呵笑道，我虽不晓得这娃儿的生辰八字，但细看面相骨骼，却是个有福有喜的人。你其实可以考虑把她留在家中，为你安家增福增喜，所谓肥水不流外人田嘛。安玉惠说，论年龄，这田水好像比安辰极还大两岁呢。李铁脚板打着哈哈说，女大三，抱金砖嘛。我看这女娃儿的五官面容，越长会越俊俏，配得上正宫娘娘这个宝位。安玉惠说，既然干爹都这么讲了，那就这样吧。

李铁脚板将安辰极和田水叫到跟前，用十分郑重的神情看着他们，两个娃娃还以为自己犯了什么事儿，都有点儿吓住了。尤其是田水，从见李铁脚板第一眼起，她就害怕这个腿脚不便的老人。

你们晓得啥叫两口子么？

田水知道，但不敢开腔。安辰极也知道，他点着头。

你说，李铁脚板指着安辰极。

两口子就是夫妻。

你觉得田水咋样？李铁脚板问，她好不好看？你喜不喜欢？

她不好看。安辰极说，她缺牙巴，又黑又瘦，还老爱哭。

听安辰极这么一说，田水眼泪哗的就流出来了，又要哭了。安辰极就像被吓住了似的，赶紧说，但是我挺喜欢你的，你只要不哭,多吃饭,很快就会又白又胖……

李铁脚板被逗得哈哈大笑,他问安辰极,那么,你长大了,愿意和田水成为两口子么?

安辰极不敢贸然回答,他看看田水,田水也顾不得哭,她被羞得一张小脸通红。安辰极看着李铁脚板,思考一阵,很认真地点点头。她爷爷是我们家的恩人,她在这世间一个亲人也没有了。安辰极说着,眼中闪着泪花,而田水早哭得稀里哗啦了。

安辰极的回答让李铁脚板非常满意,既激动也感动,忍不住也垂起了老泪,他不住地夸赞安辰极懂事,将来一定能成大器。

将来不管你是成王成侯,都得让田水当正宫娘娘,懂么?

安辰极回答说懂了。

见田水越哭越伤心,李铁脚板问她,咋了?你是不愿意么?

田水哭得一塌糊涂,哪里回得上话。

嘴巴上哭,耳朵上还是要腾出来记住我讲的话。李铁脚板说,你爷爷田垚是我最好的兄弟,你爷爷不在了,今后我就是你的靠山。往后你田水就是安家的人了,你也要学会识文断字,要明事理懂大体!有朝一日你将母仪天下呢!懂了么?

没过几天,安辰极和田水在李铁脚板跟前的这番谈话就传出益和楼,整个土镇都人尽皆知了。都夸赞安辰极小小年纪就知道报恩,情真义重,了不起,也都感叹田水苦尽甘来,终究是好命,更感叹窑爷,英雄一世,豪气一生,竟那般悲惨地落幕。

就安辰极和田水的事,安玉惠本来是要大办的,后来一想,这也不太像个大事儿呀,就没怎么发帖。至亲好友,场面上相交密切的兄弟,邀约了十多桌。为了热闹和显示隆重,府里安排了一台戏班,外头安排了一台戏班,吹吹打打,唱唱闹闹,上上下下,里里外外,都很高兴。

主持有专门的司仪,依照李铁脚板的意思,制了一套礼仪程式。

田水从益和楼坐着轿子过来,进了安府的龙门口,安玉惠率全家老小站在门口恭迎。田水下轿,安辰极上前执手引领,迈过门槛的时候,司仪高声唱诵赞词,鼓乐齐奏,鞭炮齐鸣。然后是安辰极和田水一起到堂屋拜家神,拜祖宗,拜爹娘双亲。

李铁脚板受拜最多,他既是安辰极的寄拜干爹,也代表田水的家人,还是这场"进门酒"的主证人。他也很慷慨地赠了这对小喜儿一份厚礼,两千大洋和一对儿纯金长命锁。

在安府住了一月,田水就被李马唤回了益和楼,跪在李铁脚板跟前。

在安府都过得咋样?

田水回了个"好"字。

才一个"好"么?

一万个"好"也说不完。

一万个"好"也说不完的"好",那是人家给你的礼,懂么?

田水说懂。

你既懂了，那又该怎么做呢？

以后好好报恩，孝敬父母，伺候好辰极……

没有那一天的！一万个"好"也说不完的好日子会把你惯坏的！你还不到享福的时候，你才是个娃娃，尝尝甜味就是了，钻到糖果筐子里就不对了，你得继续吃苦。你以前吃苦那是因为你只有苦吃，你现在吃苦是为了让以后的日子更甜。安辰极将来要开疆拓土称王称帝，作为他的正宫娘娘，你能为他做什么呢？论天下君主，哪个皇帝娘娘不也都是女中豪杰？要想将来天天吃燕窝，你现在就得学会怎么把一碗掺糠的冷稀饭喝出燕窝的味儿！你要想成为正宫娘娘，就得先叫安辰极看到你正宫娘娘的本钱在哪里！你晓得你当正宫娘娘的本钱在哪里么？

田水说不晓得。

你当正宫娘娘的本钱在我这里，你要花上些年头把它们拣到身上。

就这样，田水只在每月初一十五的时候穿上绫罗绸缎，在李马的护送下回到安府。其余时间粗布衣裳留在李铁脚板身边，一边照料他，一边跟他学本事。

李铁脚板叫了个老先生教田水识文断字，叫了个裁缝教她缝补、绣花、制衣和做鞋子，叫了个拳师教她练拳脚，耍刀枪。田水学习的时候，李铁脚板就守在一边，只要她一分神，他手中的拐杖就落下去了，田水疼得两眼泪水，却从不出声。

6

一九二六年六月,美国人类学家、社会活动家西德尼·甘博考察爱河流域,在土镇住了一阵子。在他后来出版的回忆录中,他说他入住的庄园"真是漂亮极了",建筑园林绝无当时常见的暴发户炫耀似的壅塞和堆砌,也几乎感觉不到这个古老国度沉积下来难以改变的陈腐,它是简洁的,朴实的,却又处处看得出来设计者的用心和建造者的巧妙,空气通透,采光明亮,看得出来主人是一个深刻领受了中国文化精髓的有别于普通乡绅的"雅士"。

甘博说他在这个美丽的庄园受到了主人安先生的盛情款待。他们还进行了几次长时间的交谈,其中有一些内容是关于安先生的儿子。安先生说他的儿子正在外游学,很小的时候就被认为是身负伟大使命的"天命之人",但他对此并无喜色,而是十分忧郁,他希望他的儿子能跟他一样平常,过一种普通人的生活。

辞别的时候,甘博与主人合了影,在他认为这个庄园里最漂亮的院子里。甘博和安玉惠坐在天井里,甘博西装革履,安玉惠长衫马褂,在他们身后,是阳光照耀着的线条简单的木楼。在靠右的窗户上,摆着一盆盛开的春花,依窗而站的,是一位露着恬淡微笑的少女。

在甘博的回忆中,他并没有怎么费口舌,就说服这位少女按照他的要求摆好了姿势。他还称赞这位少女十分了不起,除了中国古典传统要求一个女子具备的技能,她还会一种只有中国男人才具有并且乐意展示的本领,那就是中国武术。他本来是要拍摄一组这位少女的武术表演的,在请示一位老者后,临时取消了。这是一个极聪颖的女子,甘博说,她只花了一天时间不到,就跟他学会了曾经流行于英国上流社会的插花术。但安先生并不希望她把那些花枝剪下来插进花瓶,说它们在枝头上其实更好看。

这张照片被放大,存放在土镇博物馆里。讲解员是这样讲的——

安辰极牺牲后,他的父亲和爱人悲伤至极,加上反动派的阻挠和迫害,就离开了土镇这个伤心地,回到了秦村老家。一九三五年,红四方面军准备在大河两岸建立根据地,为了围堵红军,十多万国民党军队拥了进来,一时间土镇成了一座兵城。安府被二十九军一二二师王铭章部征用,士兵在烧火的时候不慎引发火灾,整个府邸毁于一旦。

人们不禁叹息。

在秦村,还保存着一座跟这照片上的风格差不多的院落,只是规模要小些,但比这更古老,历史更久远,它就是安辰极故居,是我们大河两岸重点文物保护单位和红色文化教育基地。安辰极烈士的遗孀——川剧《百年守望》的主角原型——也就是这张照片里的美丽少女——田水女士还住在里头呢。

二〇一三年秋天,田水逝世。经过一年的修葺布置后,安辰极故居正式对外开放。而这房子的另一位主人田静,在她母亲田水入土的第二天就搬离了它,她迫不及待的决绝的样子,表明了这个地方带给她的伤害和疼痛有多么深重。

7

离开秦村安家老宅的田静，并没有随她的子女住在一起，而是来到龙隐寺受了五戒，长住寺院，逢年过节也不离开。除了给她母亲田水祭坟，她从不会回到秦村。

龙隐寺在安镇，从土镇过去也就半小时车程。我们找到田静的时候，她正在寺院后面的山坡上，在一片桃林里除草。她招呼我们坐下，担心凉，她将那些杂草揉成团，让我们垫在屁股下。

这里地势高，一眼就可以看很远，近处的村庄和场镇，远方的山峦，山峦尽头的天际。

田静在口袋里摸来摸去，摸了好一阵，摸出一盒皱巴巴的烟。她取出一支，递给我，我接了，递给赞歌，赞歌笑着谢绝了。她打着火，要先给我点燃，我执意要她先点。我们笑着，抽起了烟。烟一出口，马上就被风刮散了。

一九四六年五月，杨云龙从八路军中挑选了一批四川籍战士，秘密潜回四川开展地下活动，为以后回川革命做准备。他们一回来就找到安重根，此时的安重根已经是地下党爱城特委的主要负责人之一。一九四七年九月，他接受组织安排相继在成都、资阳、宜宾等地进行相关工作。随着大西南临近解放，他被紧急派回爱城，领导爱城地区的地下党组织阻挠敌特的破坏活动，加紧策动驻大河两岸的国民党军队、地方民团和平起义。他的工作卓有成效，四川省委在评价他的工作时高度赞扬，说爱城以及周边一些重要城镇的顺利解放和接管，安重根功不可没。

从朝鲜战场上下来，安重根回到成都接受漫长而痛苦的治疗。此时，土改运动和清匪反霸斗争进行到了关键时刻。每天安重根病房外头都有人翘首以待，盼着见到他。他们来找他的目的安重根是十分清楚的。他能在大河两岸顺利开展地下革命斗争，主要依靠战友和同志的革命经验和斗争能力，但也不可否认依靠了各方势力，比如所谓的白道黑道。更重要的是，在大河两岸，与安家纠葛的各方和各种关系太过复杂。安重根专门研究过土改，也吃透了上头的精神，看起来是简单的分土地，其实是阶级划分，是社会关系梳理，划分和梳理的过程就是严酷的斗争，结果就是革命！革命是大是大非，没有模糊没有犹豫没有迟疑更不可能存在暂缓一气的中间地带……

前来看望他的老首长杨云龙心疼安重根的处境，要他安心养病，什么事情都不要管。还将自己的一个卫兵留下来替他阻挡来访者。

但是有个人安重根却不能不见，这个人是田水安排来找他的。来人姓李，用一种不容回绝的口吻跟他说，你赶紧回去一趟！分田分地分粮都可以，可分宅子不行，你妈妈不习惯和外头的人住在一起！

安重根说，该怎么分就怎么分，必须严格遵照土改队和人民群众的意见，如果反抗，那就是反土改，就是反革命，就该打倒，不光是我，天王老子也保不了！

姓李的很生气，你爹把命都搭上了，连个房子都保不住么？他要早晓得搞到最后连自家房子也要被人分了去，还会连命都不要么？

安重根被这话激得很冒火,他用残缺的手指着姓李的鼻头——

我爹之所以连命都不要,就是希望天底下的人都有房子住!请你告诉她,革命不是安辰极一个人的革命,也不是我安重根一个人的革命,还是她的革命!她是安辰极的妻子,是安重根的母亲!为了革命,她的丈夫和儿子不惜抛头颅,洒热血,又怎么会在乎几间破房子!

在奔赴朝鲜前线前夕,安重根带上他的新婚妻子专程回了趟秦村看望母亲。听说安重根就要上战场,田水顿时崩溃了,先是背过气去,继而号啕大哭,快去吧,去英烈吧,去革命吧,去牺牲吧,去前赴后继吧!

让母亲如此悲伤,安重根也很难过。母亲眼睁睁看着丈夫被反动派杀害,为了养他忍辱负重,晓得他加入共产党后,又成天提心吊胆。那时候每次见到母亲,她的眼睛就没干过,一次次地告诫他,要小心,要谨慎,要提防身边的人,除了自己谁也别相信。母亲是多么害怕再失去他啊!当爱城解放,花荄解放,土镇解放……这大河两岸最高兴的人应该就是母亲了,她紧紧地拥抱着他,高兴得眼泪水哗哗直流,她说,好了,现在好了,你要的终于得到了。你不用再去闹腾了,当娘的终于可以放下心来,不再担心有人害你了。

还记得母亲曾经问过他,现在天下是你们的了,姓共了,你准备怎么安置你的生活呀?安重根说,建设一个强大的祖国啊。母亲说,土镇是祖国的吧。安重根说,是啊,土镇是祖国的。母亲说,那好,你留在土镇,建设土镇吧,白天出门去建设,晚黑回到我身边来。

当时安重根可是满口答应，好，我会天天和你在一起，一边建设祖国，一边在你身边尽孝。

可事实呢？

娘啊，对不起了，恕孩儿不孝，如果孩儿不这样做，那么当侵略者越过鸭绿江，国民党反动派"反攻大陆"，父亲和那么多先烈的鲜血可就白洒了啊！孩儿为之奋斗的崇高理想可就成世人耻笑的谎言了。孩儿是革命者，必须勇敢地冲在第一线，勇敢地拿自己的生命去捍卫我们胜利的果实！请理解你的孩儿，如果孩儿牺牲，请不要悲伤，请为你的孩儿高兴和骄傲，因为他将自己的鲜血和生命，将自己的全部斗志和热情，都投入到了他为之奋斗的理想事业中！而你，母亲，你除了是一位英雄的妻子，也将是一位英雄的母亲！

在跨过鸭绿江的前夜，安重根写下了这封信，并请随军记者拍下了一张英姿飒爽的戎装照，寄给他的母亲田水。

8

躺在异国他乡冰冷刺骨的土地上，凝望着幽暗的夜空，那日与母亲分别的被泪眼模糊的场景，一次次潮水般涌到安重根眼前，而且渐渐清晰起来，突然一个身影让他心头一凛，就像石头着地一样发出一声响——

那个身影总是半遮半掩地出现在母亲身后，他的那双小眼睛晶亮，闪烁着别有用心的寒意……

从那以后，他一刻也没有从安重根的跟前消失，哪怕是漫长的潜伏，哪怕是他押着美军战俘史蒂文森·希维尔前行在危机四伏的茫茫雪原里。姓李的身影已不再半掩半遮在母亲田水的身后，而是跳跃到他的身前，并像坦克一样向他碾压过来，压在他的心头。

即便躺在成都的病床上也是如此。

你的英雄业绩使得你有别于常人，你的残碎的面貌又使得你异于常人，这就是美丽的革命理想和残酷的革命现实的对照。杨云龙紧握着安重根的手，孩子，你将要面临的，会是一场更加残酷和漫长的战斗啊！

还有什么能比这更残酷呢？安重根看着镜子里那陌生的丑陋的自己，苦笑着。

一封信的到来，马上就让安重根明白，所谓残酷的战斗，并不只是在炮火纷飞的战场上。信中说，他母亲田水砸了门口的牌子，不准干部进里头去办公，谁敢进去，她就放火烧掉宅子！

信中还说，母亲田水好像怀孕了。

能写到纸上就不是好像。杨云龙说，我已责成有关人员专程前往调查了，现在我需要听到你对这件事情的看法。

沉默许久，安重根说，我相信我母亲是被损害和被污辱的。

我也是这样认为的。杨云龙说，在安辰极烈士的革命事迹里，他的妻子田水同志的表现也是那样的可歌可泣，令人感佩。她是革命者妻子的代表！安辰极和田水同志是一对先进的优秀的革命伴侣，这样的革命家庭，这样的革命伴侣，这样的革命事迹，绝不允许损害、破坏和玷污！

调查情况和处理结果很快返回安重根这里。

一切都是那个李某搞的鬼！他是罪大恶极的破坏分子！

李某家住五道河,他以捡漏匠的身份混进安辰极烈士的故居,骗取了烈士遗孀田水同志的信任,并长期居住在里头,然后一方面巧言令色,一方面威逼利诱,玷污了田水同志的清白。

作为蓄意破坏革命家庭,玷污烈士英名的反革命分子、奸污犯……李某遭到逮捕和审讯,他对自己的反动罪行供认不讳。

有关李某的事,安重根拒绝知道任何细节,他通过选择性的记忆,早将那一段历史忘在了脑后。

自一九五〇年离开秦村,在经历朝鲜战争,负伤,回到成都治疗休养,重回爱城电厂,离开爱城,重回部队,再回爱城,结婚、生子……整整十五年,他都没有再回去过。这期间,他的母亲田水走出过秦村三次,三次都是前往绵城和爱城找他,他竟然都做到了避而不见。

他曾经的老首长如今的岳父杨云龙将军和他有过一次交谈。杨云龙将军心情沉重地说,在处理那件事情上,我们是不是偏激了点儿?没有理智地看待这个问题?

不,不,安重根摆着手,仿佛这个话题是个泥淖,害怕沉陷下去似的,他惊惶地说,我们不要再说这个事情了吧。

难道你就永远不回秦村吗?难道你就永远不见她们吗?

安重根沉默不语。

这件事情一直让我有种负疚感。杨云龙将军说,归根结底,我们还是没有改造好,算不得一个合格的共产党员,脑子里残存的封建思想在作祟,太自私自利,所以才会主观臆断……真是有些害人不浅啊!

他不都对自己所犯的罪恶供认不讳了吗?安重根一张破碎的脸涨得通红,就像要开裂了似的。

那是我们想要的结果，底下办事的人自然会想方设法给我们拿到那个结果。杨云龙将军摘了军帽，痛苦地抓挠着花白的脑袋，哗哗的声音让安重根更加心烦意乱。

在得知女儿杨芳怀孕的消息后，杨云龙将军十分高兴，专程赶到爱城看望。在喝了大半瓶茅台后，就像酒壮了胆子，杨云龙决定赶往秦村，去会一会亲家母田水。车到土镇，杨云龙将军酒就醒了，让人把车停在路边，犹豫再三，还是硬着头皮继续上路。

这位身经百战的身上还残留着十几块弹片的老将军，就像个犯错的孩子似的，忐忑不安地站在田水跟前，先鞠了一躬，说，老嫂子，那事情我们是办错了还是咋的？我就专程过来听你一句话，错了，我就认错……

田水沉默不语。

这事情不落实，我的一颗心就永远悬在那里啊！

这么大老远跑来，就只为了让你心安吗？

不，还有个事，你快当奶奶了。杨云龙赶紧说，我也是来报喜的。

这个消息让田水很高兴，也很激动，那就好，那就好……

当杨云龙将军再提起那段往事的时候，田水见他真诚的态度，迟疑了下，那么，你能让他回来么？

谁？杨云龙问，你是说那个姓李的？还是安重根？

田水就像被噎住了似的，愣在那里，许久，说，让安重根回来吧，让他回来……

杨云龙将军告辞的时候，田水叫住他，多问了几句她的儿媳怀孕的情况，身体可好，预产期何时？杨云龙将军只说杨芳的情况看起来不错,应该能获取战斗的最后胜利,至于总攻时间,什么时候发起冲锋,他还真不太清楚。

那好,这事儿我也不能就站在这里表示关心。田水叫出田静,让她抓上两只她们喂养的鸡,带上些鸡蛋,随着车子去爱城看看,转达她的关心和问候,再贴身照顾嫂嫂一阵子。

杨云龙将军爽朗地说,好啊,出发!

田静很清楚此行意味着什么。

田水在怀田静的时候,受够了折磨。她年岁大了,身体吃不消,腿肿得像柱子,一戳一个窝。更大的折磨来自于心理。自晓得她怀孕后,地方上的干部就像天塌地陷似的惊恐,他们使出各种手段,引诱,威逼,就是为了处理掉肚子里的那个麻烦。不,那不只是麻烦,还是颗罪恶的意欲摧毁光荣、伟大和正义的炸弹!有个干部义愤填膺地讲,这样的事情我们绝不答应,这样的事情绝不能让它发生!

他们叫来了医生和民兵,但没人敢上前。谁不晓得田水的能耐呢,她的枪法仅次于革命先烈梁英,她的拳法和刀法曾经威震土镇,当年就连横行无忌的蒋礼都惧怕她三分。而今她血红着双眼,因为怀孕变得臃肿的身子就像一座坚不可摧的堡垒,在她的左右手上还各持一把尖刀和菜刀。

地方干部晓得厉害,这样逼迫下去,闹出的人命可不是一条两条。可是该怎么办呢?他们想到了封堵。封堵所有关于这件事的传闻,严禁任何人无故接近安辰极故居,严禁任何人讨论甚至提说此事,一旦发现,以造谣者论处。

被封堵在深深宅院的田水身心俱疲,犹如惊弓之鸟,她不敢贸然吃任何药物,就连井水她都担心有人下毒。而那个男人简直就像个哭丧的娘们儿，一把鼻涕一把泪。田水看着他，感到深深的失望和悲哀。黎明时分，他逃出了安家祖宅，刚一露头，就被民兵抓住了。

我要揭露她，我要批判她，是她勾引的我，是她陷害了我。她还想把我囚禁起来，威胁我跟她一起和你们作对，她就是个疯女人！他交代了她怎么勾引他，陷害他的始末，写满了整整三大页纸。

是真的吗？

是真的，我就是这么干的！

你不会，你是英雄的母亲，是先烈的爱人！

我什么都不是，我只是个不要脸的女人！

你不要这样激动，你有高血压，你有水肿病，你可千万保重！你要出了什么事，对我们，对社会，还有你的家人，将是巨大的损失！他们撕了那份供述，随后又送来了一份新的。田水没有看，她撕成了碎片。

随着临盆期的渐渐接近，地方上的同志和田水之间的关系也渐渐和缓，但还是严禁外人进入庭院——那位年迈的接生员除外。田水知道自己的身体是多么糟糕，清楚这回的生产将有多么艰巨和危险，除了信任这个看起来经验老到的接生员，她也别无选择。

这是一场差点要掉她性命的生产。田水耗尽了所有的气力，她像被剥去了豆子的豆荚一样丢弃在床上，苟延残喘。当田水渐渐恢复体力，做好哺乳新生儿的准备时，那个老接生员告诉她一个悲痛的消息，孩子没有保住。片刻悲伤之后，田水要求见见自己的孩子。老接生员叹气说，还是算了吧，看了你会更伤心!

田水立刻意识到这是一起阴谋,她一把就将那个老接生员小鸡一样捏到了手上,你都不知道这几十年我是怎么过来的?真以为蒙得过我么?

9

当田静和安重根面对面站在一起的时候,两个人的心头都产生了一种奇异的感觉。安重根显然克制力要强得多,他冲田静点点头,来啦,坐吧。田静泪水唰的一声就出来了,这么些年来累积的对安重根所有的怨,这么些年来堆砌的对这个世界的恨,一下子就全部土崩瓦解了,被滚滚的汹涌的泪水冲卷着,一泻千里。

田静在多年以后跟我讲,见到安重根第一眼,就看出了他其实是这个世上活得最艰难的人,如果他把心头的苦烦全都倾倒出来,远比一个夏季的秦河水还多。而且眼前这个面貌丑陋的人,是她在这个世间除母亲之外仅存的亲人。她突然意识到,别看他曾经戴了多少花环,享受了多少荣光和掌声,在这个人世间,除了母亲,那个被他有意遗忘在乡村幽深老宅里的女人,并没有人真正爱过他。她看得出来他是多么孤独,他是个英雄,可更像个怪物。

安重根不是个喜欢吐露内心的人。曾经有一阵子,他很喜欢说的一句话是"只有火落到脚背上你才知道有多痛"。他认为这话很管用,可以说明很多问题,这句话一出口,就可以省略很多话。他从来没想过有那么一天自己会和田静见面,这么多年过去了，他拒绝知道秦村的任何消息，所以，他不仅不清楚她的长相，连名字也不知道。可当见到田静时的一瞬间，所有故意遗忘的和坚决模糊的，就都一下子涌到了面前。

对于生命的顽强和脆弱，安重根再清楚不过。他是能够想象到田静这么些年来从秦村祖宅深院一路走到他面前是多么不易。她呼呼的急剧地喘息着，他能感受到她喷出的气息是多么炙热，她的目光明亮，就像燃烧了所有的勇敢，以保持那明亮光芒的穿透力。所有的不理解，不原谅，不妥协和所有的骄傲、屈辱、愤懑、愧疚、漠视、敌意……在面对田静三分钟后，都化作了一声长长的叹息。

直到我满三岁，父亲安重根才带我第一次回到秦村。他带着我拜祭了祖先坟墓，也拜访了一些老亲戚。他和母亲田水、妹妹田静的关系并没有实现本该有的亲密融洽，他们始终保持着那种仿佛不可超越的客气。他们都很清楚，无论大家怎么努力，也不可能触碰到对方的心灵，当然也就不可能感受到只有依偎一起才能产生的温度。

10

龙隐寺敲响了晚钟。紧敲十八下，慢敲十八下，不紧不慢再敲十八下，如此两遍，一百零八响。依照佛教传说，凡人在一年中有一百零八种烦恼，钟响一百零八次，人的所有烦恼便可消除。

在悠扬的晚钟声中，我跟小姑田静讲了收殓安辰极遗骨的计划。因为涉及安全，那么大的坟苑石，还有大量的盖土，开启由工程队来进行。据说当年殓葬他用的是一口阴沉木打制的巨棺，估计棺木还没有腐朽败坏。由于棺木好，密封严实，尸体可能还没有腐烂，原来设想的由我收殓他的遗骨的这个传统环节，将由殡仪馆的专业人士来进行……

回土镇这一路，我们父子谁也没说话。进到电梯，穿过长长的廊道，都快走到房间门口了，赞歌突然叫住我，爷爷都知道吗？

我想，他应该是知道的。

赞歌默默地推开房门，垂头进去了。

田静讲给我们的，都是我的祖母田水讲给她的。同样，我祖母在她临终之前也将这些话讲给了我父亲安重根。小姑田静记得当时的情形，祖母田水伸出她枯枝般的手，比出三根指头，在我父亲眼前颤抖不止——

棺材里应该躺着三个人，独独没有他，安辰极！

淳洁正在收拾东西，一见我就说，我们得赶紧回爱城一趟，那个美国人的儿子和那两个台湾人的子女已经到了梧桐园十五号了。我去做了安排，让赞歌告诉组委会，我有事回一趟爱城，一天后赶回来，让他留下继续参加组委会安排的活动。

赞歌随我走到门外，爸，他叫住我，他的神情很不好，失魂落魄，就像丢了什么重要的东西，而且知道再也不可能找回来。

我们还有必要留在这里吗？

我看着他。

我们还有资格留在这里吗？他继续问。

你觉得呢？

第九章 觉醒

1

安辰极和梁英相见那一刻，彼此都觉得悲伤，也都感到激动。梁英早就听说了安辰极和她的父亲——代号佛龛的梁建章同志的亲密战友关系。见到安辰极，怎么能不想起父亲呢？同样，见到梁英，安辰极又怎么可能不想起佛龛呢？而且他们的眉眼是那样相似，那敏锐的明亮的目光，那坚毅的神情……更让安辰极激动和不安的是，自见到梁英那一刻起，他就感受到一种此前从未有过的奇异情感，就好像突然发现自己是残缺的，而缺失的那一块如今就在自己面前，只需要扑过去拥抱住她，就完整了。

安辰极心头在想什么，梁英只看他一眼，似乎就明白了，所以在他面前，梁英的脸总是绯红的，神情也总是难掩的羞涩。他们应该都很清楚接下来会发生什么，相比于安辰极满怀的热切期待，梁英要显得冷静许多。

你知道赵亮的事吧？

周澜同志跟我讲过他的英勇事迹，他在重庆"三三一"

惨案中被反动派杀害了。

他不是"三三一"那天死的,周澜同志掌握的情况不准确。我一直没给他们汇报过这件事,因为提到他的名字我的心就像刀割一样。梁英的眼中噙着泪水,声音也哽咽了。他被捅穿了肚子,他那么强壮,以为自己扛得过来。那天晚上他就开始发高烧,伤口溃烂,我要带他去找医生,他不准,因为到处都是眼线,他们还许了赏金。梁英停顿片刻,缓和了一下情绪,继续说,他说情况不对,敌人在刀上喂了毒药,没有救的,必死的。他要我不能冒险,不能暴露自己,要保存实力,保留火种,留得青山在,不怕没柴烧。

我向他做了保证。梁英说,我必须理智,必须保护好自己,我要继承他的遗志,完成他没有来得及完成的事业,实现我们的共同理想。我从未想到他的死亡会是那么漫长,又会是那样的痛苦。他不停地苏醒,又不停地昏迷,疼痛让他把牙齿都咬碎了。他唱《国际歌》,背诵《共产党宣言》,一遍一遍,以此来抵抗疼痛,消减疼痛。他昏迷的时间越来越长,清醒的时间越来越短,他的身体开始发臭,蛆虫一天一天长大,怎么也清除不干净……

梁英又哽咽起来,安辰极轻抚着她的后背。

我是多么希望死亡可以快点降临到他的头上啊,让他从那可怕的痛苦中解脱。我甚至想要帮助他。他知道我的心思,微笑说那不是我们最好的选择,我们必须要在这场痛苦的折磨中得到锻炼,我们可以把它视为对我们革命意志的考验,如果我们没有超凡的意志力,轻易地就向痛苦和死亡妥协,又有什么资格和能力去奢求实现我们的革命信仰呢?他死去的时候我痛痛快快地大哭了一场，我觉得将整个人生的眼泪都流干净了，但只要一想起他，我还是忍不住想哭。组织上已经同意了我们结婚的请求，我们本来是准备在五四这天举行婚礼的……

安辰极的眼睛红红的，湿了眼眶。请你相信我，相信我一定会是你最合格的革命同志！安辰极握住梁英的双手，梁英没有反对，只是抑制不住的两眼又泛起了泪光。赵亮是我的前辈，更是我学习的榜样，我会向他学习，向那些牺牲的同志学习，坚定革命信念，坚强革命斗志，亲爱的梁英同志！安辰极握紧了梁英的双手，动情地说，让我们在一起吧，为实现赵亮同志的革命遗愿而共同奋斗！

两行热泪，从梁英那红霞满天的脸上滑落下来，安辰极将她揽在怀中，紧紧相拥。

2

他们特地在绵城多待了两天，去拜会在绵城筹备教会医院的马嘉礼。马嘉礼是刘瑜的朋友，刘瑜专门跟安辰极提说起他。

在路上，安辰极和梁英一直在讨论她的身份问题。组织上建议梁英以教师的身份在土镇开展工作，让安辰极先设法介绍她进入学校。但是梁英觉得被困在学校里，活动面太窄。安辰极突然想到马嘉礼，他筹建医院，需不需要帮助呢？

马嘉礼是美国人，既是医学博士，也是传道士。谈起在绵城办医院的事，他十分生气和无奈。办不了，他苦笑着说，这个地方不好的人太多，都把我当成一块儿肥肉，原来都已经讲好的土地，一眨眼就可以高出三倍的价钱，而且我住的房间被盗窃了三次，还有一次抢劫差点要了我的性命。马嘉礼说他早就准备离开了，但是受一位朋友所托，要他帮忙调查大河两岸血吸虫病的事。由于安全和语言沟通的问题，他进展十分艰难，犹豫再三，决定放弃这项工作。

什么是血吸虫病？安辰极问。

是一种可怕的传染病，梁英说，我知道一点。

在和安辰极商量后，梁英告诉马嘉礼，她可以帮他的那位朋友完成相关调查。马嘉礼大喜过望，将那些和血吸虫病有关的资料全部交给了梁英，还有一些材料样本和设备，也都一股脑儿塞到梁英手里。看得出来他已经迫不及待想要离开这个地方了，他厌倦透了。

恐怕你还得教会我怎么做。梁英说。

当然。马嘉礼说，出于对咱们共同朋友刘瑜的信任和你慷慨帮助的感谢，我还会给你留一笔一定对得起你辛勤工作的调查经费！

3

李马在爱城码头接到了安辰极，对安辰极身边的梁英十分好奇。安辰极指着那一大箱材料，要李马当心。它们漂洋过海从万里之外来到这里都是好好的，可别坏在你手上。李马顿时紧张起来，都不敢碰那个箱子了。

没事儿，他吓你的，梁英笑道，哪有那么不经事的，又不是屁做的。这话一出口,梁英先红了脸,这些天和安辰极在一起,无拘无束,口无遮拦的话讲得太多了。

早晓得安辰极今天要落屋,府中上下早热闹开了,只是安辰极身边突然站着个女人,这让大家既感到意外,又觉得不自在。尤其是田水,在见到梁英那一刻,她的脸色都变了,但也就一低头一抬头之间,她又恢复了平常,脸上露出了盈盈的笑意。

她叫梁英,毕业于香港大学,在南洋留过学,这次是受英国学者福斯特博士的委托,来调查大河两岸血吸虫病的。

安辰极向他父亲介绍后,又环视了一下大家,算是都告知了。梁英也随着安辰极的介绍,微微向安玉惠和大家欠身微笑,礼貌而不失矜持。

安玉惠向安辰极介绍身边站着的女人,让安辰极叫她"小妈"。这个称呼叫安辰极和"小妈"都一愣。在大河两岸,"妈"是嫡子对母亲的称呼,"二妈""三妈""四妈"是嫡子和庶子对父亲的"如夫人"的称呼。安玉惠身边只此一个女人,怎么也应该是"二妈",怎么能叫"小妈"呢?看来她虽然得了"如夫人"的身份,却没取得女主人的资格。

小妈二十多岁,体态丰腴,模样干净。安辰极的目光不由自主地往她的腹部上去,看起来平平坦坦,不像有事。

吃饭的时候,田水要挨着梁英坐,告诉她说自己一见她的面就觉得亲。两人论了年龄,竟是同年,只是田水大梁英月份。以后你就叫我姐姐吧。于是,田水开口闭口就唤起了梁英"妹妹"——

妹妹还是跟我们讲讲那个血吸虫病吧,是咋回事呢?第一次听说呢。

吃着喝着呢,讲啥病呀,不犯硌硬么?小妈说。

说说吧,我也想听听呢。安玉惠说。

血吸虫病,其实也就是大家通常说的水胀病……

哎呀,水胀病,一个个看起来就推屎爬样,多恶心哟!小妈又咋呼起来。

安玉惠扭脸看着她,很不高兴。

辰极给我讲了,说土镇得水胀病的很多,路上我也见了几个。我知道,土镇把水胀病也叫懒癀病,只是懒癀病患者的脑子里长的不是懒虫,而是钩虫,水胀病人患病的确是受了蛊毒侵犯,只是这种蛊毒的准确叫法是血吸虫。这是一种很古老的病,在上古时代的《山海经》里就有怎么预防这种蛊毒的记载。秦汉的时候认为得这种病是因为淫乱所致,此后一直到清末民国初年,人们对这种病都还认识不清,郎中们把这种病一阵子归类为"温暑""疟疾",一阵子又归类于"黄疸""肿胀"。患上这种病十分痛苦,腹大如鼓,胸口痛,咳吐脓血,急性的个把月就死了,慢性的往往会拖累上三年五年,直到最后四肢消瘦,形同枯槁……

安玉惠听得很认真,不停地点头。

一九〇五年,美国医生罗根在湖南省常德县发现了中国首例血吸虫病。根据外国一份医学杂志报告,有个四十二岁的外国人因为在长江里游泳而发荨麻疹热,经过检查,在他的粪便里发现了血吸虫卵……

小妈勉强坐了这么久,再也听不下去了,丢了手绢,离席走了。

梁英对大家歉意地笑笑,还是以后再讲这个事儿吧。

不,你接着讲。安玉惠表现出了浓厚的兴趣,他给自己满斟一杯酒,一饮而尽。

安辰极的目光一直落在梁英的脸上,他被梁英讲话的样子迷住了,她显得那么自信,那么知性,真像是个学术权威。而更令他感到惊讶的是,马嘉礼给她的那些材料全都是英文,那么多,她都是怎么记住的?还讲得这么头头是道,完完全全一副研究者的样子。

田水的目光在安辰极和梁英的身上飘来移去,她的一双大眼扑闪闪的,仿佛听得入了迷。说吧,妹妹,多有趣呀。

后来,也就是委派我的英国学者福斯特博士进一步发现在江西、湖北、湖南、浙江等地都有血吸虫病,而且很多地方还是严重的疫区。那么血吸虫病是怎么传染的呢?因为它是一种寄生虫病,所以患病的人在排泄的时候虫卵会排出体外,在水中孵化成毛蚴,毛蚴感染了钉螺,在钉螺的体内发育繁殖成尾蚴,尾蚴进入水中,这种水就是疫水。只要人接触到这种疫水,就会被感染,因为尾蚴会通过皮肤、黏膜进入人体,人就害病了。

听你一讲,我算明白咋回事了。安玉惠很是感慨,要人给梁英也斟杯酒来。土镇的水胀病还好点,花荄就可怕了。花荄是水乡,湖泊多,河塘沟渠纵横。癸亥年间花荄爆发的水胀病,光是棺材我就施了三十多口。这病我们搞了几千年都没搞明白,洋人现在搞明白了,这是好事儿。我知道,调查嘛,就是为了治它,这是大好事!来,姑娘,你一个女娃子做这样的事不简单,不容易,端起杯子来,我敬你一杯酒!

梁英虽然端着杯子，却有些为难，她看着安辰极，杯子太大，我干不了啊！

来，妹妹，我陪你！田水拿过杯子，给自己斟满一杯。

喝点酒好。安玉惠说，酒解百毒，你做那样的调查，应该喝点酒。

喝吧！安辰极很高兴，心想梁英这个血吸虫病调查员的工作真是选对了，大家的兴趣都被激起来了，以后发动和开展工作还不容易吗？

梁英一口干了酒，被辣得直吐舌头，尽管眼泪都快出来了，她还是满怀诚意地向安玉惠表示了感谢。田水连眉毛都没皱一下，这让梁英很惊讶。几杯酒下来，话题又绕到了血吸虫病上头。梁英轻松地换了内容，给接下来的宴饮添了不少乐趣——

曹操赤壁大战，二十万大军是真的输给周瑜了吗？不是，根据《三国志》书中所写，完全可以断定雄才大略的曹操不是输给了周瑜，而是输给了血吸虫，他是被钉螺给打败的。那么诸葛孔明又是死于何病呢？合理推断，还是血吸虫！

妹妹真会诳，诳得话都没边边了。田水笑着问大家，你们谁见了戏台上的孔明是个推屎爬样？

4

安辰极离开土镇近三年，但映入眼中的都还是旧样子，和离开时几无差别。太阳才出来，一夜澄净，空气通透。一路上，不住地有人向安辰极问好请安，安辰极也一一回礼。

李铁脚板眯缝着两眼，倒不是胖了，而是肿了。这一肿，脸上的皱纹都抻展了，只是看人有些麻烦。为了看清眼跟前的安辰极，他得拿手指分开眼皮，模样显得滑稽，却叫安辰极见了心酸。

看起来倒像是比离开那阵儿老辣了些。李铁脚板说，讲讲吧，这趟回来，都是咋个打算的？

我准备拉队伍。

给谁拉？

安辰极知道，想要隐瞒李铁脚板是不大可能的。迟疑之际，李铁脚板一句话就让安辰极感到没有退路了。

你是不是已经入了共产党的行？

安辰极点点头。

钱广回来一跟我讲，我就知道你上了共产主义的贼船啊！李铁脚板叹着气，长声夭夭地说，消灭剥削，一个劳动者工作十个钟头的钱要全部装进自己口袋。消灭阶级，绅粮和富人都会被革命。穷人执掌天下，人人平等，人人有房住，有衣裳穿，有粮食吃，都过成一个样子……这就是共产党的共产主义，对吧？

干爹都是怎么知道的呢？

绵城砍了几个共产党的脑袋，临死他们都还在吆喝。他们吆喝的那一套，不能说胡说八道，起码是痴心妄想。他们不怕死的气概配不上他们的死啊，死得莫名其妙，不值一文！

李铁脚板撑开眼皮，看出了安辰极脸上对他这番话的不悦，冷笑一声，老天生人高矮胖瘦，世间百态莫过于穷富弱强！人心有七窍，这七个窟窿眼儿都是填不满的贪奢欲念啊！

人人平等？怎么平等？共产主义就是共同生产，共同享受的意思，对吧？吃穿住都搞成一个样子，人的能耐哪里去体现？有本事有能耐的人就该吃香喝辣，住大房子娶漂亮女人，这是天经地义的事！是他们生而为人应该享受到的公平！别说人，你看那些满地跑的圆毛扁毛的畜生禽兽，公的长得不强壮不好看，母的会让你爬背踩生么？

干爹晓得这么多，不知道听说过"共产主义信仰"没有？只要加入共产党，那么他就不再是个普通的人，他会主动放弃自己的私利，视获取权力金钱和物质享受为羞耻，他们会把个人的全部精力和生命投入到实现共产主义的解放事业中，为了民族解放，为了人民幸福，他们不惜与帝国主义，与军阀，与一切剥削阶级开战，革他们的命，打倒他们！干爹你知道共产党人为什么不怕死呢？不害怕而且勇于、敢于牺牲自己，是因为他们相信共产主义一定能实现，是因为他们相信会有无数的人像他们一样也秉持着不怕牺牲的精神和斗志去实现他们共同的革命信仰。在这样的情形下，干爹你还觉得军阀打不倒？剥削消灭不了吗？你还认为人人有饭吃、有衣穿、有房住的共产主义实现不了吗？

你这次回来，说到底，是想干什么呢？李铁脚板在沉默片刻后问道。

革命！

从谁的脑壳上革起呢？李铁脚板笑眯眯地问，要不从安玉惠头上革起，你觉得咋样？他虽然也做了不少好事，被称为土镇一等一的大善人，可也实实在在是土镇的头号剥削者啊！

我会对他进行革命改造的!

怎么改造?你要说服他将你们安姓人家的土地全分给那些佃户耕种吗?要他把粮仓的粮食全分给那些穷人吃么?李铁脚板松了撑眼的手,闭上眼,虎了脸,真是乱毬整!原本是指望你去外头交结豪杰英雄,成就一番霸业,你倒好,入了共产党的行!

李铁脚板肿眼胀头说话的样子让安辰极觉得好笑,尤其是他发火动气的嘴脸,看起来真滑稽。

你还觉得我能称王称帝?袁世凯那样的厉害角色,可是缔造共和的元勋呢,屁股都还没挨上龙椅呢,就被赶下了台。如果说我安辰极要称帝,说出去不被当成笑话听,也会被当成疯子看!安辰极知道这样的讲法李铁脚板是很难入耳的,为了不再招惹他发火,就话头一转,干爹,我晓得你一直器重我,讲那样的话无非是鼓励我将来成就一番事业。正是干爹你的教育,才让我感到应该对这个社会,这个民族和国家承受起应该有的担当。我这次回来,就是要实现我的政治抱负,要执行我的革命信仰,拉出一支武装队伍,建立起革命的政权!

行啊,去吧!哪一个年轻时候不闹腾呢?辰极啊,只是你可千万要记住,你可是你安家的独苗啊!不合适就赶紧收手,闯了麻烦自己抹不干净就赶紧过来找干爹,我要没死就给你兜着。李铁脚板语重心长地讲完这番话,略一停顿,问道,那个叫梁英的,也是共产党吧?也是来搞革命的吧?搞你们的革命之前,你还是先和田水把房圆了吧,你要以后有个什么事儿,你安家也有个后哇!说完,李铁脚板一偏脑袋,装睡去了,不再理会安辰极。

都说历史不能假设,但是如果历史不能假设又有多少人会对历史感兴趣呢?未来因为充满未知而神秘,不断诱人向前,历史因为可以注入见解和观点去解构它而兴味盎然。如果安辰极在爱情这件事情上不要那样生硬,不要以快刀斩乱麻的方式伤了田水的心,田水多半也会成为一个坚定的革命者,可能也会和梁英一样壮烈牺牲。假如有她的加入,土镇春荒暴动的结局会不会又有另一种可能呢?

5

安辰极走在前头,胡乙和他的几个兄弟跟在身后,走过半边街,走过十字口,一路走下来,一直走到长滩,安辰极这才停住脚步。胡乙满头大汗,眼巴巴地看着安辰极,不晓得他这是要做什么,葫芦里卖的什么药。

你有多少兄弟伙计?有多少硬火?

兄弟伙计都在这里。胡乙指指他们,硬火五把,两把老汉阳,一把牛趴背,两把罐罐火。

不是说你都差点拉起一支队伍来吗?就这一点火?

胡乙看着安辰极,似乎明白他找自己的目的了。只要有钱,要多少人就有多少人,要有多少火就有多少火!

有钱就有火,这道理我当然知道,就一桩简单的买卖嘛。只是,安辰极看着胡乙和他的几个兄弟,沉吟片刻,还有比你们更好的人吗?

胡乙和他的弟兄们都愣住了。

难不成我们还差了？胡乙冷笑道。

如果去打个家，劫个舍，或者绑个票，街头杀个把仇敌，你们倒也不差。安辰极叹口气，不无遗憾地说，只是我要干的事业，有点没办法把你们打上眼啊！

土镇的人，谁不晓得安辰极乃"天命之人"的传闻？就在胡乙准备拉队伍的时候，为了稳妥起见，他还专门去问了卦象，抽了笺书。火神庙的老道说，你有心无命，真要成事，静候真龙现身！如若时运命相济，位及公卿！现在胡乙回想老道当时的那番言语，看着眼前的安辰极，才算是真正明白了。三公九卿可不是从天上掉下来的，而是要人封赠。谁有资格封赠呢？当然是真龙天子了！谁是真龙天子呢？传闻这么多年，还有谁不清楚吗？时候到了吗？这不，他昂首挺胸地站在跟前呢！

这事儿一想明白，胡乙马上就激动起来，他扯了几个兄弟在安辰极跟前齐刷刷跪下，双手抱拳，望他朝拜起来，明主在上，请先受小的们一拜！我等一直都有建功立业的想法，只是没人撑头。今天遇到明主了，愿意鞍前马后，在所不辞。只图明主霸业成了那一天给个封赠，也好光宗耀祖，不枉这人世里走了一遭！

下头我是该说爱卿平身吧？安辰极哈哈大笑起来，笑得眼泪都出来了，胡乙他们面面相觑，跪也不是，起来也不是。笑够了，安辰极将他们扯起来，揩了眼角的眼泪，板正了面孔，严肃地问道，跟我干革命，干不干？

安辰极跟包巡检也问了同样的话，只是把"干不干"，换成了"敢不敢"。

包巡检更喜欢大家叫他"包团总"。当听说安辰极要来看他的团防办得咋样,包巡检可是高兴极了,把队伍拉到爱河的河坝里,认认真真地操练了一番,还冲河对岸放了一排枪。

负责训练和带队的是个叫雍虎的人,约莫四十来岁,他是包巡检刚娶回家的儿媳的幺舅。雍虎之前在茂州当垦殖兵,受过正规的军事训练,参加过几回剿匪,所以,民团十来号人在他的训练和带领下,看起来挺像回事儿。

包巡检祖上曾经算是土镇最高的也是唯一的官家,代表国家行使着征税征粮、抽丁派役和维护治安的权力,所以家里一直养着几条枪。土镇窑业最繁盛的时候,也是包巡检最风光的时候,手里好几十个人,帮着办差跑腿,执行命令。随着窑业的没落,人也一时一时地减少。

一九一一年七月,各地都在成立"保路同志会",老家土镇枣园坝的柯鼎臣也成立了一个,并且在土镇十字口纠集近百人,吆喝着要开拔出土镇,去打成都。但被包巡检拦了下来,这叫谋反,晓得不?大逆不道,按大清律例是该砍脑壳的!包巡检就两三个人,两三条枪,能从乌泱泱的人群中将柯鼎臣摁住,五花大绑捆得像个粽子一样,然后一根杠子往手脚上一串,抬肥猪一样抬出人群,大街小巷游行一番,抬到他的巡检府,凭的就是他们世代积累下的公信和他官家的身份。他并没有把柯鼎臣往爱城府衙里送,而是关了一天一夜。关的这一天一夜里,也没责罚,三顿好酒好菜款待着,好言好语劝慰着,放他的时候还送了几个大洋。这是盘缠。包巡检说,你父母双亡,上无片瓦,下无立锥之地,无路可走,难免不想到铤而走险。你煽动百姓,意图谋反,按法是该掉脑壳的。但是念在大家都是乡亲，我也不为难你，你也莫使我着难，拿了这些银钱去别处他乡吧！过些年回来，我还是欢迎的。

柯鼎臣拿着包巡检给的那几个银钱，在路过绵城的时候，给他的几个伙计一人置办了一柄长矛和一把大刀，而他则弄到了一条长枪。一路紧跑慢赶，到新都的时候，终于追上了一支看起来规模挺大的队伍。人家问他们，哪儿来的？他们说，土镇。问他们去干啥？他们说，同志会的，打成都。

十二月，柯鼎臣回土镇了，这个时候，清王朝已经不在了，执政的是革命政府。柯鼎臣剃了个大光头，穿着新式军装，带着一伙子兄弟，个个都背着长枪，腰挎着大刀片子，雄赳赳气昂昂来到包巡检大门口。此刻的包巡检一家已乱成了一团粥，他们都以为柯鼎臣是来寻仇杀人的。

见了包巡检，柯鼎臣公事公办似的，说清廷已经垮杆了，革命政府成立，他柯鼎臣此行土镇，是奉了上峰的口谕，执行新政府的政令，要求包巡检即刻下台，将所有的东西都移交给他。然后又拱手作揖，说你莫怕，你没害我，我也不会害你，都是公事公办，只要将原属于清廷的一切都移交了，就啥事儿没有。

听他这一讲，包巡检还暗自庆幸和感激，庆幸自己当时对柯鼎臣仁至义尽，要晓得，革命军冲进绵城和爱城府衙，不管男女老幼可都是一顿砍杀。他哪里想到柯鼎臣是个笑面虎，在搜刮盘剥上真是有股子"瘦狗也要炼三斤油"的凶狠劲儿。他老是说包巡检并没有将原属清廷的一切都移交出来，还有隐瞒。印信、房产、钱粮、人员……统统都移交了呀，还有什么呢？他这是借机要抄家呀，只是不愿像别处那些抄家的那样生吞活剥，他要礼礼信信，苏苏气气，斯斯文文。包巡检被逼迫得没有办法了，只好去找李铁脚板，说你不帮我讲句话，我只有全家跳大河了。

李铁脚板乘坐上他的抬辇，在巡视土镇的时候开始了骂街，有些人屁眼儿不要太黑了哈，扯了虎皮当大旗，硬是以为不得了啊？掌握生杀大权了啊？奉劝一句，嘴巴吃东西还是要跟屁眼儿商量一下，莫要把老子惹毛了！

李铁脚板沿街叫骂的时候，柯鼎臣就在屋子里听着呢。他虽然脸上挂不住，心头也不安逸，但在那天夜里还是备了丰厚的礼信，前去拜见了李铁脚板。

想当初，柯鼎臣趾高气扬，耀武扬威回到土镇，还真有种土镇为王的想法，直到被李铁脚板这一骂，才猛然醒悟，土镇之王并不是他，只能是李铁脚板。这土镇，他谁都可以不放在眼里，但这李铁脚板却必须得恭恭敬敬供着。就算以后他势力大到谁都可以不当回事，对李铁脚板他也得另眼相待。这是因为他曾经在黑脚帮里求食过一阵子，太清楚黑脚帮和李铁脚板的能耐了。

柯鼎臣恭恭敬敬地给李铁脚板说，土镇永远是老人家你说了算！

永远么？李铁脚板冷眼看着他。

你老在，就你说了算。柯鼎臣说，只是我需要钱，我要买枪买炮啊，有了枪炮我柯鼎臣才有那个屁眼儿劲去外头占地占山头啊！

包巡检能够世世代代在土镇待下来，就因为他们盘剥百姓的时候下手不是太狠，虽然也往自家口袋里揣，但心口子不厚。你再缠磨他，就该死人了。李铁脚板指着门外两箩筐黄谷，你赌个咒，就可以担走了。

柯鼎臣眼珠子一转，明白咋回事了，当下赌咒发誓，李铁脚板活在土镇一日，说的话就是金口玉言，他柯鼎臣要是不听，就祖宗丧德，全家死绝！

那两箩筐，只面上有点黄谷，下面埋的全是白花花的大洋。当天夜里柯鼎臣就带着人马离开了土镇。

就这样，包巡检又成了包巡检，拿回了世代操持的老本行。包巡检感慨万千，这大河两岸，像他这样的小官吏、小当差，何止万千？除了那些个位高权重的被革命者砍了脑袋，又有几个是他这般下场？不管城头旗帜怎么换，人家收税的继续收税，该大把往口袋里揣的继续往口袋里揣，有些个看对形势提早投资的，还成了革命的功臣，现今大河两岸的新贵。

那么自己问题出在哪里呢？包巡检专门儿请教了爱城一位朋友，这位朋友说，闹同志会那阵，爱城好多官员都秘密入了会，没有入会的也都掏了银子。后来"同志会"闹成了同志军、国民党，大家表面上吆喝声大，要平定叛乱，要清剿乱党云云，其实私底下往来密切，婉转的给银子，直接的就带路，派人。清王朝垮台了，他们这些旧朝廷的人非但没有受到任何牵连，反而直接成了新政权的掌权者，唯一的区别只是割了辫子换了新装，不管当朝的是爱新觉罗还是孙中山、袁世凯，也不管是大清还是民国，在他们眼里都只是钱袋子和米缸子。

多少年来，土镇一直是三足鼎立的政治权力结构，安玉惠的钱、李铁脚板的人、他包巡检的政令。现在，如果还想叫自己的政令回到之前的硬度，就还得拥有一份特别的力量，枪！包巡检思考过拥有枪的合法合理途径，只有成立民团。只要手里有上几十条枪，就有了一支谁也不敢轻慢的武装力量，如果能再多一些，他就有了更多的话语权。

包巡检去找李铁脚板说这事，李铁脚板认为是得有支枪队。安玉惠也觉得可以有个民团，因为天下越来越乱，军阀混战，土匪流寇多如牛毛，时不时地就搞出几条人命来，人心惶惶。但说归说，总是得不到他们的具体支持，感觉他们是在等什么。等什么呢？等机会，等人……

终于，在胡甲被杀后，安玉惠下了决心，出资成立民团。

民团成立起初，柯鼎臣派人来打探过，以为包巡检这是要借机拉队伍。李铁脚板说各地都在成立民团自治，让柯鼎臣不要想多了。但包巡检却没办法不往多的想。他知道，有了李铁脚板和安玉惠的帮助支持，这民团肯定会办得很好，要不了多久就会壮大到他理想的光景。但柯鼎臣就能坐视不管，听之任么？他会不会下一个番号，就将民团一锅端到他的旗下去？

当发现安辰极在观看民兵操演时眼中闪亮的光芒，包巡检突然明白安玉惠和李铁脚板在等待的那个机会是什么，那个人是谁了。

6

　　包巡检是最早晓得安辰极身上有七星痣的人，他虽然不太信这一套，但是李铁脚板的势力和安玉惠的金钱所显示出的雄厚力量却是明明白白摆在那里的。如果有他们合力，猪也可以飞上天！只是安辰极提说的"革命"，让他心头猛地一凛。是共产党吗？他问。

　　安辰极点点头。

　　这个党很嫩啊！当然啰，同志会成立几个月，就变成了同志军。革命军也没用几个年头，不就推翻了清朝，兴建了民国么？包巡检沉吟片刻，嫩倒是不怕，只要得民心！

　　我们共产党就是为人民打天下的，就是要实现人民当家作主的。安辰极对包巡检一番话感到惊讶，看得出来，他那严肃板正的外表下，可是揣着一颗热衷于琢磨时事的心啊。于是，进一步说，我们共产党的宗旨，就是要推翻帝国主义，打倒军阀，实现人民自治！

　　包巡检倒也爽快，只要辰极贤侄你瞧得上，再说这民团是你父亲出钱成立的，从今往后它就是你安家军！

　　我们是共产党，成立了军队，就是党的武装，不姓个人！

　　我有个要求，能不能让我儿子包玉和在里头任个职？包巡检说，让他跟在你身边当个副官！

　　只要他愿意进步，愿意接受党的纲领，接受组织领导，当然没有问题……

　　梁英认为安辰极这样的回答过于轻率。你起码也应该和我商量一下！她说，从你嘴里出来的一句话不是一个简单的带有私人感情的允诺，而应该是一个严肃的决定！

安辰极承认梁英批评得对，当时话赶话，没想到拿下民团那么顺利，心头一高兴，就有点信口开河了。

当田水出现在门口的时候，两人都住了嘴，看着她。

讲什么呢？咋我一进来就不开腔了呢？难不成是在讲谁的坏话？田水打趣道。

我们在开会。安辰极说。

开会？田水真是好奇了，瞪大了眼睛，两个人？开会？

对。安辰极说。

那你们接着开呀！田水说。

要不改个时间咱们再谈吧。梁英笑笑，看着田水，姐姐好像找你是要说事。

我没啥事，就是来送水。田水做出一副不肯依饶的样子，你们接着开会呀，还有什么是我不能听的？

你不能听，也不能在场。安辰极见田水双手抱胸，摆出一副江湖操哥的样，尤其那眼皮上翻、目光斜视的样子，让他心里很不舒服。他简单地将此视为对他所从事的革命事业的轻视，对他信仰的不尊重，难免不恼怒。因为你不是我们组织的人，我们是讲纪律的！

田水早看他和梁英动不动就两颗脑袋凑在一起嘀嘀咕咕不顺眼了，一直隐忍着，劝自己不可计较，人家梁英不过是客，所以也还能在脸色和情绪上克制。但安辰极刚刚这一番话也太刺耳了些，根本就没拿她当自己的人。我不是你们组织的人？意思是我不是你的同路人？还是我不是你的人？纪律是什么呢？规矩么？田水知道，自己虽然心头恼怒，但必须得克制住情绪，跟安辰极闹翻了可没什么好处。而且这么些年来她也早摸透了安辰极的脾性，直肠子，心眼儿少，有情义，但却是个倔脾气。如果自己不先软下来，不讨着他的好，他一定会厌恨自己，那就真的会失去他了，到时候别说李铁脚板，只怕八头蛮牛也拉不回他。我说辰极呀，田水刚刚还阴云密布的脸上，瞬间就换成了和悦的春色，她笑笑说，你晓得我读书少，见识窄，但是你可以教我呀，我也是愿意学的，我也是肯上进的！

田水控制情绪的能力让梁英感到惊异。

好啦，就这样吧。安辰极将田水送出门，顺手关上，还带上门闩，回头看着梁英，你接着讲。

这天晚上的二人会议认为，目前枪和人都有了，但这只能算是一支枪队，而不是一支革命武装。所以必须尽快地进行革命教育和思想改造，建立党组织，在党组织下开展所有的活动。否则，枪声一响，持枪者只会想到黄金万两，而且没有建立坚定的共产主义革命立场，那些枪杆子随时都会向东向西！

因此，二人会议决定，拟成立中国共产党土镇军事行动委员会指挥部，指挥长由安辰极担任，梁英任副指挥长。指挥部下设两个支队，一支队长由包巡检担任，二支队长胡乙担任，另成立训练队和后勤队，训练队长由雍虎担任，后勤队长由包玉和担任。二人会议还决定在第二天召开中国共产党土镇军事行动委员会扩大会议，主要商定行动支队的训练地点、时间、内容，以及宣布组织纪律。

二人会议结束后，梁英很高兴。安辰极对她的意见很在乎，他的一些看法和观点与自己几乎是不谋而合。让梁英感觉特别美好的是，刚刚的二人会议虽然谈论商讨的都是爱河流域未来革命斗争的事，但更像是一对新婚夫妻关于将来如何兴家立业的烛下对谈。这几天里，她一直有意和安辰极保持着过于客气的距离，她从这府里上下，这土镇里外的各色人等眼中，看得出他们看待自己的异样目光，她时刻告诫自己，她是来开展革命斗争的，不是来谈情说爱的。

这几天里，安辰极也一直按捺不住想要和梁英亲热。这天晚上，梁英没有拒绝他。安辰极要吹灯，梁英不让，就点着灯吧，梁英说，让我们都好看着对方。梁英目光熠熠，看着安辰极，就像是要把他印到自己的心底。怎么啦？安辰极笑着问，你的眼里既有甜蜜，又有哀伤，既有期待，又有怀念。梁英钻进安辰极怀里，紧紧搂住他，就像是要把自己嵌进他的身体里，生命里——

安啊，我们一定要好好活着！

窗外的院子里，田水一直伫立在灯光的阴影里，看着对面窗户上的亮光。

扩大会议在土镇公所举行，这是包巡检的建议。土镇公所是柯鼎臣在土镇时修的，虽然位于十字口闹市，却常年关着门。土镇民团成立后，包巡检让人在门口挂了个"土镇团练局"的牌子，也学别处团练团防那样，遇到逢场天的时候就开了门儿，让两个团丁穿了干净的衣服，背了长枪，挎了大刀片子，在门口一左一右站着。

为了表现出对这个会议的重视，包巡检在大门口安排了四个守卫。

安辰极先讲话，公开了他与梁英的身份和前来土镇的使命，欢迎大家一起参加革命。

梁英讲了今后的工作部署。才开始讲的时候，都还静静听着，慢慢地就像是坐不住了，脸上也有了各色表情。

大家有什么意见，不妨直说，梁英说。

也就是说，咱们这个队伍除了辰极少爷，就是你说了算？胡乙说。

我们的领导机构将实行民主集中制，等上级批准后，我们会正式成立一个领导班子，到时候有什么事情，会集中领导班子所有成员的意见，统一决策！

辰极少爷啊，咱们不是讲好的，包玉和做你的副官呀，咋又让他去做什么后勤呢？包巡检说。

请大家以后在这样的会议上，还有我们内部的活动中，不要喊我少爷，咱们互称同志！安辰极看着坐在一边勾着脑袋，袖着双手，嘴上叼着玉石烟嘴的包玉和，那苍白的皮面，那油光可鉴的宽大黑棉袍和因为寒冷而不停哆嗦的样子，说，后勤可是个重要工作呀！

也是个美差啊！胡乙笑道。

胡乙这一说，迫使安辰极又调转话头，再次重申共产党的性质、宗旨和目标。最后，他虎下脸来说，要想升官发财就趁早打退堂鼓，别进我们这支队伍，如果贪生怕死也趁早退出！

我不就是开个玩笑么。胡乙笑道。

我们是在开会，是在谈革命工作！梁英看看大家，正色道，我们正在从事的革命事业是一个伟大的事业，也是一项危险重重的工作，反动派一刻也没停止对我们的剿杀，我们随时要做出被逮捕被杀害的准备，我们所有参加革命工作的同志，都必须清醒地认识到这一点！

死怕什么呢？砍头不过碗大个疤，二十年后又是一条好汉！胡乙说。

那是所谓江湖豪杰的死法，我们革命战士的死法不一样。梁英说，各位同志恐怕对前阵子爱城和绵城抓捕杀害共产党的事也有所耳闻吧？其实反动派在杀害他们之前也开出了赦免条件，只要他们登报表示脱离共产党或者投身反动派就可以活命。好多同志义无反顾，对敌人开出的条件嗤之以鼻，押赴巡场的时候还呼喊着口号。他们不像那些江湖上的英雄豪杰，呼喊的是什么"二十年后又是一条好汉"，而是呼喊的"共产党万岁""共产主义万岁"！这不是一句普通的口号，这是他们为之奋斗并愿意为之牺牲的革命目标和意义。我们的革命同志，如果不明白这两个口号所包含的意思，那么他的死将没有革命的意义，将失去革命的伟大！

这一番话，虽然都听得似懂非懂，但一个个都还是被梁英说话的气势震撼住了。

我见识过反动派的凶残狠毒！梁英说，他们对待共产党，远比对待落在他们手上的十恶不赦的人更加凶残狠毒，他们会用尽你能想到的和不能想到的酷刑拷打你、折磨你，要叫你投降、屈服，放弃自己的信仰和理想，让你像一条狗一样活着或者死掉！

会议一直开到中午，包巡检让人去买了一摞干饼子来，又叫人喊了个老米粉挑子进来。吃过午饭，会议继续，持续到深夜。

第二天，新成立的中国共产党土镇军事行动委员会指挥部率领两个支队所有人马开赴秦村，驻扎三清观，进行整军、扩军和思想政治学习。

消息不胫而走，说安辰极要组建一支"安家军"，就如曾国藩和李鸿章那样，或如柯鼎臣这般，而他"七星痣"预示的各种传言，也裹挟在一起四处流传，一时间前往土镇投军的络绎不绝。这其中有真的想跟安辰极去干一番事业的，也不乏奔一碗干饭来的，还有是闯了祸惹了麻烦的江洋盗贼，更有一些痞子混混想借投靠安辰极给自己以后混江湖长资历。因为事先安辰极和梁英都曾预料到会有这样的场面，所以提前做好了甄别的准备，专门张贴了个"七不要"的榜示。

7

这天，田水急匆匆赶来要见安辰极。卫兵说正在里头开会，要等散会才能见。田水硬往里闯。搁平时，都认得田水，也就放她进去。但这些天开会一再强调组织纪律，所以卫兵就当了真，枪口对着田水，拉动枪栓，摆出要动真家伙的架势。田水手上功夫到家，一把夺过枪，再一矮身子，底下一个扫堂腿，就把卫兵撂翻在地上，另一个卫兵还没来得及把枪举起来，田水借势顺过那刚到手的枪往前一戳，正中卫兵心窝子，卫兵顿时脸青面黑，蹶在地上，哼哼唧唧起不得身。

这天负责警卫的是胡乙的二支队，而他此时上完茅厕正从偏殿后面绕出来,见自己弟兄被撂翻地上,忙上前问究竟。

就这不经事的样子还想跟辰极去成大事呀?是想打着他的名头捞油水吧!田水哧笑着,看着胡乙。

辰极少奶奶,你这话有来头啊!是我胡乙哪疙瘩得罪你了么?得罪你了,你冲我来哇,欺负两个小兵算什么呀!

安辰极正在大殿后面的院子里跟全体战士开会,他讲了《共产党宣言》和如何成为一名合格的共产党员,接着由梁英讲,梁英讲的是当前革命斗争的形势分析……

外头闹出了动静,大家都坐不住了。

安辰极一看是田水,不禁恼怒,你在搞什么名堂?怎么还打起人来了?

我来找你说事!

说事就说事,你打人干什么?我们这是军队,他们是士兵,任由你胡闹?当我们这是菜市场么?安辰极越说越生气,冲胡乙吼道,你的警卫是干什么的?把枪当扒火棍啦?

她不是少奶奶嘛!胡乙讪笑道,我们咋能跟她认真呢!

不管是谁,以后谁再敢冲撞警卫,就给我上刺刀,开枪!安辰极很少发这样大的脾气,都看着他,不敢说话。田水显然也是被吓住了,站在那儿,掐着指头,不知所措。

是家里出了什么事吗?梁英上前握住她的手,安慰道,别害怕,以后不要这样就行了。

我才不是害怕呢!田水并不领梁英的人情,推开她的手,扫了安辰极一眼,目光落在一边的包巡检父子的脸上,说,我是不忍心看着安辰极的事业被蛀虫和耗子偷偷啃食掉了!

这话自然让大家都感到吃惊。因为田水的目光长时间落在包巡检父子身上。自然,包巡检沉不住气了,问,少奶奶,你这话啥意思啊?

没啥意思,我就过来问问后勤队长包玉和先生,土镇的白菜多少钱一斤,你又买成多少一斤?杠炭多少钱一斤,你又买成多少一斤?还有,士兵身上穿的棉袄棉裤和棉袜,是多少钱一套制的?每套你又往自家口袋里揣了多少个子儿?

被抓住了把柄,包玉和无可辩解,只是不停地拿眼瞄着他的父亲包巡检,等他找理由为自己开脱似的。

这事业才起步,你就下这样的狠手往自家口袋里揣,要搁以后打下江山了,你还不霸占半壁江山呀?这样侵吞钱粮,要是给那些在前方卖命的兄弟知晓了,他们会怎么想啊?田水环视了一眼四周的士兵,目光落在胡乙脸上,你们说呢?田水掏出一张纸来,上头记着包玉和在哪里采购了什么,实际价格多少,而他让卖家给他开的收条又是多少。虚报数目、以次充好、低价高买……你们这财务都是怎么管理的?田水看着安辰极和梁英。

梁英直说抱歉,因为每天工作都很忙,对后勤供应确实过问得少。根据分工,梁英主管后勤和思想政治教育,所以,包玉和和他的后勤队算是她直接分管。为了杜绝可能的账务不清和混乱,梁英还制定了一套采买管理办法,规定所有采买都必须得有收据收条。

你道理讲得宽广,但是你对杠炭多少钱一斤清楚吗?你又分得清楚什么是杂木炭什么是杠炭么?田水叹着气说,辰极才起事,相当于黄瓜才起蒂儿,养枪养兵可是大开支,如果不节俭点儿,任由那些蛀虫耗子背地里往他们的黑窟窿里拖拽，早晚会被他们搞垮的！

梁英点头，安辰极也点头。田水讲得确实在理，虽然二人都是第一次拉队伍，但深知队伍里最怕出现的就是纪律不严，赏罚不明和贪污腐败。

还有，难不成你们看不出来包玉和是烟鬼吗？你们定的"七不要"里的第七就是"不要烟赌嫖"，为啥还要养着包玉和呢？你们又怎么放心让一个烟鬼去办差呢？为了过把瘾，烟鬼是连婆娘娃儿都舍得卖的！

其实见到包玉和的第一眼，安辰极和梁英就看出来了，这家伙烟瘾不浅。包巡检也没有隐瞒他儿子吃大烟的事实，但表示他儿子在结婚后就开始戒了，只是因为烟毒太深，面相看起来不好，但体质绝无问题，而且一直在吃水药调剂。包玉和也再三保证，绝不再吸。考虑到包巡检对组建队伍的贡献和父子俩的热情，安辰极和梁英商量后，决定依照包巡检的说法，"给他一个机会"。

你需要一个真正懂后勤的，管后勤的！田水说。

是啊。梁英点点头，看看田水，又看看安辰极。

你能让别人来参加你的队伍，为什么就不让我来？田水说，我说了，不懂的，我可以学，我还是肯上进的！

不是不让你参加，我是觉得家里头那么大一摊子也需要你照顾。

你是怕我绊手绊脚对吧？

我是怕你来，搞得我们这像是开夫妻店！安辰极只好将话撂明了，我是怕你来了，不遵守规矩纪律，把所有事都当成家务事，这里插一手，那里叨一嘴……

我来不单会遵守你的纪律和规矩，我还会给你带来纪律和规矩。你怕它是夫妻店，可它就是夫妻店！田水竖起了眉毛，放小了声音说，你们不正在把它往夫妻店开么？

梁英的脸红了，安辰极也顿时不自在起来。到秦村后，因为安辰极和梁英总是在一起，虽然注意了又注意，但彼此的眼神和一些小动作却将他们暴露无遗。没几天，就传出了"那个女人究竟是大婆子还是小婆子"的争论……

田水留了下来，接任了包玉和的后勤管理。田水的确是管家治家的一把好手，所有的菜蔬粮油，鸡鸭鱼肉和杠炭，她全都在秦村采购，不光新鲜，而且价格低廉。因为成本降低，每日里大家都是白米饭管够，中午和晚上还有油荤。田水还动员村里的女人们给士兵们做鞋子，尺寸都是现场量，穿脚上大小合适，又暖和又轻快。对于前来投兵的人，首先得过田水这一关。跟随李铁脚板多年，在看人待物方面，田水可是有着大把经验，察言观色，听话听音，只片刻工夫，她就能把人身家底细摸得一清二楚，是留是走，都是她的一句话。留下的，她有一套规矩和纪律要先跟他们讲明白，一是要听安辰极号令是从，唯马首是瞻；二是不得烟赌嫖，一旦发现，三刀六个眼；三是不得欺侮妇女，老的是婆婆，长的是嬢嬢婶婶，幼的是妹妹侄女；四是要尊敬长官，兄弟要相互爱护，视若手足，因为一旦动了枪炮，只有对方才能替你抵挡飞子儿。

有了田水的帮助，安辰极感到轻松了不少。眼见各项工作逐步上了轨道，而且渐有起色，梁英决定回成都汇报工作。安辰极特别叮嘱梁英，希望组织可以安排点力量过来。

8

一九二七年最后一天正好是腊八节,梁英回到了秦村。安辰极拉着队伍,刚刚实弹射击完毕从外头回来。有些同志是第一次打枪,兴奋劲儿未过,一路叽叽喳喳,欢声笑语。田水也在里头,她刚刚也摸了枪,打出了好成绩,让安辰极都感到惊讶。她表示可以打得更好,胡乙不信,两人就抬杠起来,要比试个高矮。

这些天里田水真是将自己当成了个当家主妇,什么事儿都要过问。安辰极虽然反感,但事情经她一过问,一经手,总是突然就变好了,就变顺通了。结果摆在那里,安辰极想说什么也总是讲不出口。在这样的情形下,田水似乎有点得意忘形了,觉得自己什么都行,除了安辰极,她是谁都不放在眼里。

梁英走后,包巡检因为儿子的事一直有点萎靡不振,胡乙自然也就成了整个队伍中实际上的第二号人物。他也很想做好一些事,也有一些想法,可每桩事田水总要插一脚,而且她还总拿胡乙过去那些事来对他敲敲打打,安辰极曾经训斥过她,叫她别这样,她却说,是你对他了解多,还是我对他了解多?所以胡乙也一直想着找个机会,好好教训一下这个"能干人",让她知道醋有多酸,盐有多咸。

比试就比试!胡乙撸着袖子,搓着巴掌,士兵们都想看热闹,叫好的,鼓掌的,就像迎接一场大戏开锣。

在三清观大门口的坝子边上,有一棵盆口粗的核桃树,两个道士正拿着砍刀,端着一碗腊八粥,准备给它喂食。这是个流传大河两岸的风俗。在核桃树干上密布着大大小小的刀口,早年间的已经愈合,这些年砍的还是新疤。道士准备在上头再砍一些,这叫"开口",然后将腊八粥喂进这新砍出的嘴巴里,这样的目的,是要核桃树在来年多结点果实。

田水的目光落在那棵核桃树上。她一直希望得到安辰极的鼓励,但安辰极始终不和她对眼,她有些失望,这更增加了她求胜的心理。刚刚的实弹射击演练中,胡乙的枪法确实不错,连一向沉默寡言的雍虎都给他竖起了大拇指。而她呢,当然也不错,三枪全中,两枪在靶心,一枪在边缘。在边缘的这一枪是第一枪,那是枪才上手,手生。现在手熟了,她完全有信心可以轻取胡乙。当她的目光从树上收回来时,安辰极已不在身边,扭身一看,他正朝梁英走去,接过梁英手里的提箱,低声说着什么。梁英看起来很不高兴,而安辰极那神情就像是在讨好她……

安辰极说,让他压一压她的嚣张也好。梁英说,这不是开玩笑么?比武也不是这样比的,哪能由着性子胡来呢?安辰极说,我知道,但现在叫停可能不合适吧,今天腊八节,就当给战士们表演个节目吧。安辰极往梁英身后望望,问,我要的人呢?

这头的架子已经拉好了。田水叫人在核桃树上吊了十个铜钱,在晚霞的辉映中,铜钱闪亮着金色的光芒。但那是凑近了看,百步之外,它们就是几个小亮点儿。

田水和胡乙却迟迟不动手,他们正为谁先开枪而争论。胡乙要田水先开枪,理由是她是女的,虽说比武架势已拉开,已不存在什么好男不跟女斗的说法,但让一让,作为男人,这是应该具有的气量。而田水坚决不领情,还为胡乙刚刚的说法感到气愤,说无论如何也要打败他,就为给女人长口气。胡乙说你要赢了,这个月的饷银我不要了。田水说饷银本来就是她出的,她要胡乙输了就给她磕三个响头。

田水这话一出,原本哄闹的士兵们一下子都鸦雀无声地看着胡乙。胡乙脑子一热,竟然答应了,并且率先开了枪。

第一枪就没中。

第二枪也没中。

胡乙不敢再开枪了,收了手,呼呼地喘息着,许久,才平息下来。然后慢慢抬枪,眯上一只眼,瞄准,扣动扳机——

"啪。"

飞了一枚铜钱。围观的士兵和闻讯赶来看热闹的乡亲就像炸响的鞭炮,乡亲们也学着士兵的样子,拍起了巴掌。

胡乙受到鼓励,刚刚发白的脸上有了点血色,他又成功地打飞了一枚铜钱,人群再一次炸响,然后随着他举枪,瞬间就静下来,静得一个个都听得见自己的心脏在胸腔里擂鼓般巨响。

最后一枪,树丫上的铜钱一个个纹丝不动,他失去了好运气。

轮到田水上场了。

第一枪,没中。

第二枪,中了。

又接连中了两枪。

最后一枪放空了。田水叹气,神情却是满意的,眼中闪着亮光,嘴角忍不住挂上了笑意。她的目光投向安辰极,安辰极的脸上竟然没有丝毫欣喜,反而是一种懊恼,这让田水心头有些难受。但是,不管怎么讲,她胜利了,赢了,她看着胡乙,准备索要自己的奖品。胡乙脸色先是苍白,接着涨红,整个人就像矮下去了三寸。

愿赌服输!胡乙发狠似的说道,一咬牙,正要双膝跪下,交出自己的筹码,却被一只手托住了胳膊肘。

——是梁英。

上头几个不是没打完么?

树上还有五枚铜钱,起了点风,它们随风摇摆,亮光一闪一闪。

把你的枪借我用用。梁英接过胡乙的枪,压上子弹。她在压子弹的时候,两眼一直盯着那在空中飘荡的铜钱。风大了,它们简直就是随风飞舞的小虫儿。

梁英突然就出了枪,枪声连成一线,"啪啪啪啪啪"——

树上一个铜钱也不见了,它们全飞出去了,一直飞啊,飞啊,飞到现在,就像不朽的传奇。

9

梁英告诉安辰极,中共四川省委已经从重庆迁回了成都,省委对他们的工作给予了高度评价,但也指出了不足,首先是与中央的政策和指导方针不符。中央关于革命斗争的政策和指导方针是充分发动和动员广大工人、农民阶级,通过成立工会、减租、免租、抗税等实际的斗争,达到提高广大农民革命觉悟的目的，从而实现发动人民群众斗争情绪，围歼反动派的革命暴动目的。那么土镇呢，过于强调和重视枪杆子，轻视或者说疏忽了党中央所要求的乡村自治运动和政治斗争、经济斗争。

对于下一步工作，梁英传达说，省委没有同意成立中国共产党土镇军事委员会指挥部的请示，而是根据爱河流域革命工作开展的情况，决定成立"绵城、爱城、北县中心县委"，简称"绵爱北中心县委"，受四川省委直接领导，县委书记由刘均平同志担任，安辰极任组织部部长，梁英任宣传部部长。

一九二八年元月四日，国民党爱城党部和爱城警察保安队说他们在睢水关成功破获一起"共匪案"，击毙"共匪"四名，缴获枪支和文件若干。联想到刘均平早该来土镇却迟迟没到，安辰极和梁英赶往爱城，从爱城门楼子上的那四颗血水滴沥的脑袋，梁英认出了刘均平。

刘均平等同志的被害，使得"绵爱北中心县委"的工作还没正式开展就陷入了停滞。安辰极认为不能坐等省委新的指示，"绵爱北中心县委"的工作应该立即开展起来，这是形势所迫，也是他作为中心县委第二负责人应当承担起的责任。安辰极召开了绵爱北中心县委第一次会议，就当前工作如何开展，怎样贯彻中央和省委政策指示进行了讨论。最后，形成决议如下：

第一，广泛深入地开展抗租减租斗争，发动人民群众，在土镇秦村、五道河、温泉关成立一批农会组织，并以点带面，激起土镇农民的斗争高潮；

第二，爱城教育局正利用学生放冬假，组织教师短训活动，要抓住这一机会，进入到短训班中，广泛而深入地进行革命宣传，争取尽快发展起一批党员来，同时为明春组建中国共产党青年团做好准备；

第三，以土镇为中心，在花茭、安镇和北县等地开展工农运动，发动人民群众，进行多种形式的革命斗争，在斗争中产生和组织革命武装；

第四，继续加强土镇武装斗争指挥部的工作，筹集粮款，购买枪支弹药，壮大队伍，争取在明年五一前后，达到五个支队的建制；

第五，对刘均平等同志遇害一事进行调查，一定要查明情况，一定要为死难同志报仇……

梁英决定以"血吸虫调查"为名，带领几位同志到花茭开展工作。工作地点设在花茭传习所。传习所紧挨着陕西会馆，这里是花茭最热闹的街市，尤其是晚上，随着暮色降临，门店都点起了灯。讲圣谕的，摆座唱的，鼓乐声声，四处喧哗。烧腊摊子也推出来了，住户家子的锅灶上正油煎火爆，到处都是一股子烟火气息。

"花茭"原名"花街"。花街水田多，出稻谷，还出花猪和美女。花街之所以叫花街，就是因为遍街都是"院房"。院房，是花街人对妓楼娼寮的一种称呼。花街除了遍地院房，烟馆、赌馆和当铺也到处都是。所以上到北县安镇，下至绵城爱城，男人们成群结队往这里来也不全都是揣着银钱来寻芳问柳，还有揣着刀子，长枪短枪和亡命徒的心肠，因此这花街也是大河两岸最乱的一个地方，每月里不出几起抢案杀案，那都是不正常的。

主政爱城的官员认为这乱的根源，是在"花街"这个名字上头，就将"街"改成了"荄"，"荄"，草木萌动的意思，也意味着新生。不过，光靠改个名字就改变乱象，那也不大可能，要真正地给花荄带来改变，首先要从启民智、移民风、倡良俗开始。因此决定在花荄建一处教习所，成立一支队伍，编排些新歌新曲和小戏文，在花荄各处表演，教民传唱，起到教化百姓的作用。

而这传习所，就是在安玉惠的赞襄之下建立起来的。现在梁英在门口挂着个新牌子，"花荄血吸虫病防治和调查所"。依照安辰极最初的设想，是要安排梁英到安镇开展工作的。但梁英觉得花荄最好，社会关系越复杂，矛盾越突出，就越有利于开展工作，趁乱才好生变，浑水才好摸鱼！

省委收到绵爱北中心县委的报告后，对刘均平遇害一事感到非常震惊和痛心。省委原则上同意绵爱北中心县委的工作部署，从成都特委抽调付立扬、从绵城地下党组织抽调陈朝晖、吕浩，补充绵爱北中心县委的力量。这三位同志都是经验丰富的老同志，每个人都可以独当一面，安辰极建议成立"花荄中心区"，提议梁英担任中心区委书记，付立扬担任组织部部长，吕浩担任宣传部部长。为了尽快落实这件事情，安辰极带领大家到花荄，现场会议决定。

趁着吃饭，大家都聚在桌子上，梁英给新来的同志介绍了花荄的工作开展情况，也是对安辰极的一个汇报。

经过基本调查，花荄地区血吸虫病远比预想和传说的严重。花荄水田多，土地肥沃，出的稻米又白又香糯，本是富庶之地，但老百姓生活极为艰难，血吸虫是致病夺命的元凶，那些劣绅地主不比血吸虫心慈手软。相比别的地方，如果细算，花菱的佃租和借贷利息普遍偏低。以水田亩口为例，土镇大概六十平方丈为一亩，而花菱差不多达到八十平方丈，多出近三分之一。但里头有个极严重的问题，就是花菱属于血吸虫重疫区，下田栽半天秧苗就可能染上致命的血吸虫。染上病就得吃药，生了病就得雇工，钱从哪里来？种田人除了卖粮食，还能有别的出路么？卖了粮食，又拿什么去交租付利息呢？每到此时，地主总是表现得穷凶极恶，许多租户没被血吸虫病害死，倒先让地主给逼死了。

按理说，地主和租佃户是一种寄生共生的关系，难道他们不知道锅里有碗里才有的道理么，非得搞出杀鸡取卵的狠辣来？道理都懂，他们是害怕再不赶紧收租，粮食全被拿去吃了药，要晓得害上大肚病的下场就是人财两空！到时候你跟遍地白骨去收租要息啊！他们自然也不用担心田地无人耕种，上无片瓦下无立锥之地的穷苦人多着呢，丰盈的灌溉用水加上大亩口的诱惑，足以让每一个庄稼人心动。只是等待他们的往往不是丰收，而是疾病、逼债和死亡。当梁英给他们讲他们得的是"血吸虫病"时，他们觉得这个病的名字其实更应该叫"吸血虫"。只是"吸血虫"不是那种七转半的小钉螺，而是那些戴着洋盘帽，拿着文明棍，体体面面的地主老爷们！

梁英说，整个大河两岸，花菱大约是穷苦老百姓最多的地方，也是穷人和富人两个被剥削和剥削阶级矛盾最突出的地方。一经发动，农民们佃户们的革命激情就喷发出来了，急切地要改变现在这种人吃人的凄惨现状。现在，他们已经在花荄成立了"血吸虫病家庭互助会"，参加的人数已有三千多人，下一步将在"绵爱北中心县委"和"花荄中心区委"的领导下，继续发展会员，同时进行革命教育，开展减租退押，退租退佃斗争，更进一步地明确革命目标，建立农会、青年团、妇女会，建立武装队，保卫已取得的革命果实，抗击反动派的进攻。再下一步，就是打倒地主等剥削阶级，分田分地，建立穷苦大众的无产阶级革命根据地和红色苏维埃政权，进行武装进攻，扩大根据地，全面赤化大河两岸，赤化全川！

一番总结和对未来的计划，听得大家血脉偾张，激情澎湃。安辰极情不自禁地端起杯子，要敬梁英，为这来之不易的成绩，为即将到来的胜利！

安辰极这么一说，几个不喝酒的也要来上一杯。可哪里有那么多酒杯子呢？干脆拿个大碗来！把酒倒进碗里后，安辰极将酒碗捧给梁英，让咱们像劳苦大众一样大碗捧着喝转转酒吧！

激情燃烧，烈酒如战火，一群将青春和热血全部奉献给伟大革命事业的年轻人，通过大口吞咽这如火的烈酒，表达着革命的激情和生命的怒放，一圈还没到头，粗瓷大碗的酒就见了底，喝得太猛的几个大口喘息，大声咳嗽，面红耳赤青筋暴露的样子，引得大家一起大笑起来。

安辰极喝了不少酒，梁英叫他留下来，但他执意要连夜赶回土镇，因为钱广可能在这几天会回来。梁英不知道钱广是谁。安辰极给她讲了和这个人的交集，说李铁脚板百年之后,黑脚帮可能就会落到这个人手上。他请钱广前往雎水关借处理藏羌地区货物脚程之机,悄悄帮他调查刘均平等同志遇害一事。安辰极说他对钱广这个人很看重,这个人思想新,接受新事物快,做他的思想改造和进步工作应该不难,他准备下一步重点去发展发展他。

那么,田水呢?梁英突然问。

夜已深,街头很冷清,几条被饥饿驱使的丧家犬到处跑着嗅食,脚底下时不时地窜出几只老鼠,总是让人心头一惊。这一段通往码头的街道原本是很热闹的,三年前土匪抢劫放火,两边街坊屋舍尽毁,黑漆漆的夜里虽然看不清楚都是怎样一片废墟,但清冷的空气吸入鼻喉,似乎还隐约飘浮着一股难闻的烟火味儿。

再往前走就是一片水打户的住家了,有了些微亮光,接着听到了哭声,嘤嘤的,很弱,听不出来多少哀伤,但可以听出不甘心。近了一看,屋檐下飘着白色的纸幡,屋子里的地上停着一具尸体,几个人跪在那里,正往化纸盆里投放纸钱。

在沉默许久后,安辰极说,她现在把我催逼得很紧。你知道,我是不爱她的。

我是问她想参加革命的事。梁英说。

我是不会同意的。安辰极说。

你有什么资格不同意呢?是以她准丈夫的资格吗?如果是以党组织负责人的话,你凭什么拒绝一个积极性那么高的劳苦人民参加解放自己的革命呢?

她参加革命的目的不是为了解放自己,而是为了控制我,她是想当咱们这支革命队伍的老板娘。她从小就受李铁脚板那些封建思想的教唆,她还想当皇后呢!安辰极叹口气,她参加革命目的不对,思想有问题,不单纯。

你一句不同意就解决问题了?我在妇女解放和妇女革命方面有些想法觉得和她还是不谋而合的,比如建立妇女特别支队。你看是不是可以安排她到花荄来,我们先把这里的妇女革命运动搞起来?安辰极同志,你不能武断粗暴地将田水拒绝在革命斗争的门外,你说她参加革命的动机不良,目的不纯,思想有问题,可能你说得对,但是我们也不能由此就看不到她的优点。她办事能力强,组织能力强,一身好功夫,我们为什么不对她敞开大门呢?革命是个大熔炉,她只有投身进来,我们才可能改造她,锻炼她,逐步去除她思想里的杂质,让她在我们的帮助下成为一个纯粹的革命者,成为一位伟大的革命战士!

安辰极没有吱声,梁英也没能在黑暗中看见安辰极的微微点头。安辰极登了船,随在他们身后的几个同志上前跟他道别。小船滑向河中,一星亮光,清凉桨声,渐渐远去。

10

刘均平等人在睢水惨遭杀害一事,叫安玉惠感到特别紧张和害怕。以前他们抓到共产党还是要审一审的,现在可是直接就杀了。蒋敬的黑手可以伸到睢水关,就一定能够伸到这土镇来!

那些天里田水一直缠着安辰极,她要加入共产党,要成为组织的人。她还跟新来的陈朝晖往来密切，要人家给她讲共产党的事，还从他那里要到了几本进步书籍，如饥似渴地读着。就连她一贯不太瞧得上眼的雍虎，她也通过送烟送酒跟人家搞好了关系，要他给自己讲枪械知识，还偷偷提了枪，跑到秦村对面的长梁子山上练习射击。田水越是这样，安辰极越是瞧她别扭，觉得她这么做其实就是想和梁英对着干，就是不服输，就是想有朝一日在风头上压住梁英。或者更直接一点地讲，就是想巩固她的地位。

三清观比武，田水的自信被梁英那五枪打得灰飞烟灭。更叫她难受的事还在几天后的一次会议上。这次会议本来没有田水的事，但梁英建议也扩大到她，因为她实际上给大家干了那么多事。

会议由安辰极主持，他总结了前期的工作，取得的成绩，有哪些不足，他还提到田水，说她做了不少工作，有贡献。付立扬突然发问，田水是共产党员吗？既然不是，怎么能担任甄别审查工作？她是以什么标准来进行的？吕浩婉言道，我们表面是民团，但实质是革命队伍，是革命队伍就有党的纪律。付立扬索性对安辰极和田水进行了批评，说安辰极对田水过于纵容，而田水也表现得肆无忌惮，本来大家在列队训练，她上来叫上几个人就走，去搬粮食，去搬木炭，看起来似乎并没什么不对，但搞得这个队伍就像她家的护院家丁似的。

田水恨透了梁英，觉得梁英让她列席会议，就是为了让她出丑。在梁英随后的发言中，她神情悲伤而严峻地讲了刘均平等同志牺牲所造成的巨大损失，以及由此应该引起的高度警惕。她说干革命就是提着脑袋玩命的事，一点小疏忽就可能给自己，给组织带来巨大的牺牲和损失，加强纪律教育，规范管理显得多么重要不言而喻。这些话里头，没提她田水一个字，但哪一句话又不是针对她和安辰极说的呢？

会议结束后，安辰极给田水说，队伍上的事情你就不要再过问了，如果没别的事的话，你以后就不要回秦村了。

秦村是我的家，我怎么能不回来？什么没别的事？你就是我的事，是我一辈子的事！田水越说越委屈，为安辰极，也为自己委屈，你哪里错了？我又哪里有问题了？不都是为了把队伍快点做强大起来么？不都是为了他们好么？

田水带着哭腔的嘀咕让安辰极心烦，他摆摆手，就这样吧！

就哪样？田水问。

安辰极一愣。

你想让我成为什么样？田水进一步问。

安辰极不知道该如何回答。

这些年里头，几乎每年都会提到我们办酒的事儿。你说你要念书，好吧；你说你要去上海，行吧；你说你要干革命，也行呀！真的，你说什么，在我这里都是行的！田水竭力让自己言语平静，但不断滚涌的泪水，表明她的内心早汹涌成海了。不光你说什么在我这里都是行的，你做什么，在我这里也是行的！真的，你去杀人，我可以帮你递刀子。你把我卖了，我还可以帮你数钱。只是，辰极，你能不能告诉我，你想让我成为什么呢？我都二十五岁了，十岁到你们家，一直都等着呢，等着你让我成为你想让我成为的那个人呢！

安辰极知道自己并不是无言以对,他肚皮里早随着田水的追问生出了应对的言语。但是那些话是不能说的,良心不让,道义也不让,形势更不让……除了沉默。沉默是最好的应对。

田水揩了脸上的泪痕,你肯定也不想我活成小妈那样吧?像个花瓶摆在那里,天天念佛,就盼望着肚皮大起来?你是不是想让我成为穆桂英、梁红玉?你是不是想让我成为她,成为梁英?

这些话叫安辰极心头一阵慌乱。

我倒是真想成为梁英啊!你落在梁英身上一时的眼光,比落在我身上一年都还要多!你看我的目光总是像偷懒的丫鬟扫地一样一拂而过,你看梁英的目光就像太阳一样恨不得照透人家的心窝!你看我的目光就像破落户家的清汤寡水,你看梁英的目光就像月母子的蹄髈炖鸡汤!我是可以成为她的!枪法我可以练,共产主义我可以学!我是有革命激情的,辰极,我也是有革命觉悟的,真的!你让我加入共产党吧!我也想为党工作啊,我是可以成为梁英那样的人的!

这一大通话,田水讲得恳切,安辰极有些感动,情不自禁地拉过田水的手,梁英是梁英,你是你,她有她的优秀,你有你的了不起。你没必要去成为她,你是独一无二的!只是,成为党员,这个不是一件简单的事。

你教我呀!要我怎么做?田水十分激动,好像只要安辰极肯教她,她立即就可以改变,就可以成为共产党。

第十章 前夜

1

坐镇睢水关的是"爱城西南三镇五乡"团防局局长袁天旺，绰号"袁天王"。团防局长是袁天王的官方名头，他另一个名头是三镇五乡的袍哥公口"德义社"总舵把子。

自秦汉始，大河两岸和川西坝子通往羌藏地区的茶马路必经睢水。千百年来，睢水场镇上的青石板路上车辙深刻，路面被往来行脚者的脚底板蹚得光明如镜。也就从有商旅以来，睢水关的人就靠着这条路生息，走正道的开旅店、饭馆、茶水铺子；不走正道的瞄准了落单的旅客商贩甚至行脚者下黑手。整得过的就直接跳出来乱刀砍杀；整不过的就藏起来设陷阱、下绊索、敲闷棍、使暗箭。

袁天王就是靠这行当起的家，而且将这样的歹毒事干到了极致。就在十多年前，他还将在这道上行走了几百年的自贡盐帮给灭了。从那以后，黑水松州等地羌藏人吃的盐巴，都是他从睢水关发的脚程。

睢水关几乎所有的铺子和茶旅店子都是他开的，而站在柜台里向客人殷勤捧出的那张笑脸的背后，一定还藏着一张凶神恶煞的索命鬼脸。

刘均平一行人刚一进入雎水关的地界就被盯上了，没费什么功夫，就被探出了身上的底细，手枪、大包银钱和子弹。

真是少见的肥实啊！

两眼就看到银钱，没看见点别的啥？袁天王搁下水烟袋。

还有些纸纸片片……

袁天王摘了帽子，在那硕大的脑袋上抓挠两把，嘟囔道，这些共产党，跑到这里来干啥呢？

他们该不是为小姐来的吧？

胡说！袁天王眼珠子一瞪，再一转，一面让人快马加鞭去爱城，跟蒋敬说他薅住了几个共产党，一面抽调"硬角子"盯紧来客，做好随时下手的准备。谁知道来客也不是庸常之辈，他们察觉到不对劲。在准备离开的时候，袁天王抢先下了手，占着地形熟悉和人多势众，打死三个，还有一个受了重伤，不等蒋敬带着儿子蒋礼赶到，也死了。袁天王一再向他们表示歉意，不是不留活口，而是他们太顽固，临死也不投降。蒋敬当然能够理解，投降就不是共产党了嘛。割下四颗人头带回了爱城。

袁天王是怎么和蒋敬父子搅到一起的？这事情还得从半年前说起。半年前，爱城抓住了一批共产党人，其中就有袁天王的女儿袁四喜。袁四喜排行老幺，她前头三个哥哥一个身带残疾，一个脑壳有问题，都二十好几了，从一数到十都还不会。老三倒是健康，就是长相丑陋。都说袁天王是恶事做多了，老天惩罚。直到袁四喜，从小伶俐可爱，长大后更是眉清目秀，楚楚动人。

对于这个女儿，袁天王十分疼爱，专门送到绵城和成都去念书。却没想到袁四喜一到学校就参加了共产党组织。

听说蒋敬抓住了袁四喜，这个天不怕地不怕的活阎罗，罕见地去了庙堂，求告菩萨保佑袁四喜平安，然后马不停蹄地赶往爱城，求见蒋敬，请蒋敬开个价。蒋敬对袁天王那是热情款待，告诉袁天王，他的女儿确实在他手上，因为涉及共产党的机密，需要问个清楚，要袁天王莫急，耐心一点。袁天王听得出来，这就是打官腔。可是人在他手上，着急也没办法。袁天王找了很多关系，只求蒋敬开个价。蒋敬不是冠冕堂皇讲道理，就是打哈哈。袁天王有拳打不出，几天下来，急得两眼冒火。

第五天早上，蒋敬突然给袁天王带话，要他到爱城警察保安队参加一个活动。在保安队的老墙根下，绑着一排犯人，都被布袋子套着脑袋。蒋敬向袁天王特别引荐了国民党四川省党务指导委员会主任委员林聪。林聪只是看看他，面无表情，又看看手表，时间差不多了吧？蒋礼带领行刑队上了场。补枪的时候，挨个扯了头上的布袋子，全是一张张年轻的面孔。林聪上前端详着死者，从中挑选了几个。就算是挂在城楼上，也要选长得好看点的嘛。蒋礼拿了把砍刀过来，开始剁下首级，往笼子里装。恶事做尽的袁天王，看着眼前发生的这一切也不禁毛骨悚然。

中午，蒋敬单独宴请袁天王。袁天王端酒杯的手都还哆嗦不止。蒋敬问他，咱们打个亲家咋样？袁天王赶紧说好。蒋敬说，作为你的亲家，我真心建议你加入国民党。民国政府是国民党的,这是不容置疑的。国民党搞清党,这是势在必行的事。原来很多人既姓"共",又姓"国","脚踩两只船",信仰不忠,信念不坚定。三民主义是赞同"节制资本",而不是要"消灭资本"。允许两种党籍、两种不一样的信仰同时在党内存在,只会造成党内思想的混乱和组织性的不严密、不稳定。而共产党打定的主意就是借国民党的骨头熬共产党的油。此时清党,实非不得已啊!

袁天王看着蒋敬,做出听得很认真的样子。他能听懂蒋敬所言,对他这样的絮叨也不足为奇。蒋敬能够起事,能够稳坐爱城,在这龙蛇混杂你死我活的社会里占据一席之地,就是因为他找对了靠山。而他的靠山,就是国民党。

清党运动重创共产党的同时,也对我们国民党自残不浅啊。前些天林聪跟我讲,原来国民党在册党员有近百万,清党下来,不足一半。以我爱城党部为例,本有在册党员五千,一番清党运动下来,杀掉的,逃跑的,脱党的……现今不足两千。但是就这两千,也叫林聪他们对我感到敬佩。蒋敬自得一笑,略带感伤地轻叹一口气,说,吃一堑长一智,他们总算明白该怎么搞了。说到这里,他伸出两只手,比作鹰爪的样子,先是左手狠狠一抓,接着右手狠狠一抓,紧紧握成拳头,这叫一手抓共产党的清剿,一手抓国民党的建设!

袁天王做出有所领悟的样子,微微点点头。你要跟党走哇!蒋敬语重心长地说,我说了,民国政府是国民党的,你只要先成为党的人,才可能成为国家的人!袁天王说我够格么?蒋敬悠悠地说,忠诚就行!

晚上,蒋敬接着摆酒,请了林聪作陪和保媒。林聪很高兴,将身上佩戴的一枚国民党党徽摘下来,戴在袁天王的胸口。

第二天,袁天王带着袁四喜回了家。他送给蒋敬的金条,蒋敬一根没要,还回赠了他几条短枪和十几条长枪,以及几大箱子弹。

袁天王一直想着要感谢蒋敬,却找不到合适的机会。刘均平这事情虽然办得仓促,但却叫蒋敬看到了他要的"忠诚"。

2

腊月二十五,"绵爱北中心县委"在三清观举行了隆重的拜年会。总结,表彰,发饷,文娱表演,然后是团年饭。好多人连夜打着火把就往家赶。安辰极站在大门口,和他们一一道别,叮嘱他们路上小心,准时归队。留守了一个班值守,胡乙主动担任带班领导,说他反正也不讨弟弟一家人喜欢,亲戚们也都不待见,就把这破道观当家了。安辰极做了些交代,就往土镇赶。

以往过年,安玉惠总是带着家人在腊月二十前后就赶回秦村,在老宅里过年。今年他老早就说了,不回老宅了,年在土镇过。什么原因他没讲,但是大家都知道,他不回秦村是因为安辰极在秦村办团练,他想和这件事做出一点形式上的疏远。

腊月二十七中午,安辰极到码头上接住了梁英。回到家中,安辰极就带着梁英钻进房间,将钱广打探到的刘均平等同志被害的经过向梁英进行了讲述。梁英当即就决定去成都,向省委汇报，但考虑到马上就要过年了，还是以书面材料的方式，送往刚刚建立起来的绵城联络站，由他们送达省委。

整整一夜，两人彻夜未眠。报告写好后，觉得篇幅太长，就又进行了删减……事情做完，早已是日上三竿。当他们走出房门，家里老小，都看着他们，随即又像是被他们硌刺着似的，慌忙收回目光，看着别处。

一夜没睡的，还有田水。前些日，田水开了个单子，叫黑脚帮的兄弟从绵城和爱城买了一批绸布和五彩丝线回来，还让人给爱城两个有名的绣娘带了口信儿，让她们过完正月初七的人日，就来土镇，帮她做点紧要的活儿。而自绸布和丝线回来后，她就开始忙碌着把它们拿上了手，每日里缝着裁着绣着，人也变得少言寡语。

吃早饭的时候，田水姗姗来迟，低垂着眉眼，心事重重。梁英上前跟她打招呼，问她大冷的天在忙什么，歇歇吧。田水答非所问，冷冰冰地说，不敢呀。梁英愣住了，这什么意思呢？不由得好奇地追问，什么不敢呀？田水就像猛然回过神来似的，抬头看了梁英一眼，露了个笑脸，我怕时间不够呀！

梁英看看安辰极，田水的话没头没脑的，叫她不明白。安辰极也觉得田水变得古怪，她不再像过去那样，一见到他就像热馍一样贴上来，目光也不像火把一样围着他转，她都不怎么正眼看他，总是一副忧心忡忡的样子。

梁英在花荽讲的那番话对安辰极的触动很大，自己也不是生来就是个革命者呀，前些年不也满脑子的古怪么？不也是通过一次次的学习，一次次的革命考验才变成现在这个样子的么？就像梁英说的那样，摧毁反动的、落后的、阴暗的，诞生先进的、积极的、光明的，这就是革命。大到一个国家、一个民族，小到一个家庭、一个人，要想有光明的、先进的、希望的未来，就需要革命！仔细想一想，安辰极觉得自己的确太自私了些，太自以为是了些，自己有什么资格去阻止田水向往革命，参加革命呢？就凭这一点，自己的思想都还有问题，还得做更深刻的检讨，更彻底的思想改造。有个佛教故事，佛陀愿意割肉饲鹰以救生灵，佛还说，一念成佛。纵然田水参加革命的目的不单纯，又怎么能就此对她彻底否定呢？革命，不就是一种改造么？自己作为她最信赖的人，为什么不学那个佛陀呢？不去帮助她成为一个真正的革命者呢？如果真能如此，不光他不会牺牲什么，而且他们都将获得解放和自由。

一夜未睡，梁英困得难受，回房去补觉去了。安辰极叫丫鬟沏杯酽茶，他准备和田水好好谈谈。

田水静静地坐在那，斜着腿，继续埋头低眉走着针线，样子就像个娴静温婉的新妇人，那长长的睫毛，冻得微红的脸蛋和脸蛋上细细的汗毛，颈项上细密柔软的头发……安辰极突然觉得心头像是有群小鹿跑过，忙别过脸去。

说吧，田水低语道，啥事儿？

就是你参加革命的事。

哦。田水应了声，显得有些漫不经心，她又拿起了绣针。

安辰极对她的反应感到有些失望，她怎么这态度呢？她的激情呢？你的话让我想了很久。安辰极说。

什么话？田水停下针线，看着安辰极。

你要成为梁英的事,你要入党的事。安辰极说,我之前的做法太武断了,其实也都是自私自利的心在作祟。你不属于安家,不属于任何人。你是你,你那么优秀,你能做到天底下最优秀女人能做到的事,就你现在的才干能力,好多男人也比不上啊!讲真心话,我是挺佩服的!所以,我觉得,只要你努力学习,只要你积极改造,你一定可以成为一个合格的共产党员!

安辰极讲着讲着,声气就大了,就抑制不住地激动起来。

只是田水始终没有再把她的头从手里的活儿上抬起来,偶尔停一下,又动起了针线,而且比先前更快了,就像被追赶着似的。

我可以教你,做你的思想改造工作,和你一起进步!说得激动,安辰极挪了一下屁股下的椅子,和田水更近了一步。其实作为一个共产党人,投身革命斗争,并不是一件多复杂的事,而是很简单,很单纯,很朴素的事。简单到心头只要时刻惦念着民族解放,想着劳苦大众,相信共产主义一定会实现,自己既平凡又伟大,平凡是自己不过是革命洪流中的普通一员,伟大是要时刻做好牺牲的准备,让自己像熊熊火焰一样为革命燃烧。共产主义是我们唯一的信仰,这就是单纯。单纯的信仰是这个世界上最坚硬和不可破坏的物质,只要我们具有坚定的信仰,那么就没有什么可以摧毁我们!对革命事业的朴素情感表现在只讲奉献不讲索取,因为我们要的是国家独立,民族解放,劳苦大众富裕自由,所有个人的索求都是对这崇高情感的亵渎!对组织的朴素情感就是尊重一切决定,执行一切决定。而同志之间的革命情感却在朴素中显现着超越世间一切世俗情义的伟大，我们因为共同的理想和信仰走到一起，没有隔阂，没有分歧，没有猜忌，无条件地相信彼此！不管是面对反动派的严刑拷打还是死亡威胁，我们都不害怕，也不会感到痛苦和孤独，战友会踩着我们的鲜血前赴后继，直到反动派被完全清剿，直到革命胜利！

安辰极忍不住一把握住田水的手，动情地说，我相信你会成为一个合格的共产党人的，会成为我信赖和亲密的战友的！

安辰极手上一凉，仔细一看，是泪水，是田水滴落的泪水。

你怎么啦？安辰极问。

田水轻轻摆开安辰极的手，低语道，说完了就出去吧，家里好多事呢。言罢也不再理会安辰极，继续埋头绣那些花朵和鸳鸯。

安辰极呆呆地站了一会儿，悻悻地走出门去。走到门口，回头看了一眼，田水埋着头，继续舞着针线。他叹口气，嘀咕了一声。他没有看见，田水的指头被针扎了好几下，鲜血滴落，洇湿了绣面。

中午一大家子正在吃饭的时候，丫鬟过来说安镇的李裁缝回话了，等过了正月初五就过来忙活儿，一儿一女一徒弟，带着台西洋人的缝纫机……

安辰极看着田水，叫这么多裁缝干什么呀？田水却看着安玉惠，就像答案不在她那，而是被他握着。安辰极顺着田水的目光，也看着他的父亲。安玉惠实在不情愿说这事儿似的，勉为其难地说，想等过完年，就把你和田水的事儿给办了。安辰极恍然明白了，顿时觉得又好气又好笑，咋突然就提起这事来了呢？不是说好等等再说么，我没心思也没精力来应付这样的事，而且……就在安辰极一狠心肠将要说出那句他早就揣在心里的话时，田水突然开了腔，她的声音很重，就像捶在桌子上的拳头——

等不及了！

安辰极惊愕地看着她，因为从不见她以这样的重声在这样的场合里说话。

等不及了！她又重复了一声，泪珠哗地滑过面颊，滚落下来。

再等，我怕你安家要绝后了！她低声道，充满了哀痛。

安玉惠脸色铁青。

我看你疯了！安辰极冲着田水吼道，顺手抓起自己面前的饭碗，砸在她的脚下。

3

大年三十这天大早，安辰极就起身前往益和楼，要请李铁脚板到家里吃饭。这是自他拜寄给李铁脚板后的惯例，每年都是如此。李铁脚板会在这一天里推掉所有应酬，坐在家中，静候安辰极上门恭请，然后乘坐他的抬辇前往安府。

在大河两岸，年三十的团年饭，轻易是不上别人家吃的，谁没有一家人呢？当然，如果有人上门来吃饭，那真是件高兴的事儿，寓意着添丁进人。所以有些人户家子嫌家里人少，想方设法也要请人来吃饭喝酒，没人来，告乞儿讨口子也要凑两个，为的是把桌子坐圆，图的就是个吉利祥福。

不上别人家去团年，再请也不去，那是交道不深，恩情不重。如果是过命的兄弟，救命的恩人，高高在上的尊长，在这特别的日子里，那是一定要请，也一定要去的。因为这一年的深情厚义，感恩戴德，在这最后一天通过三杯敬酒来表达，既是隆重的礼仪，也是一种天地可鉴的圆满。

但今年成了破天荒。安辰极连李铁脚板的面都没见到。

他还在床上呢。李马说。

安辰极要进卧室去见他，却被李马给挡住了，这让安辰极感到吃惊。从小到大，这卧室可是随他安辰极进出的，而今这怎么就成禁地了？

安辰极呆立了会儿，那么，你去帮我传一声，就说我来请干爹过去团年……

不用了，他昨夜里都专门说了，说他不去你家团年了。

他是哪里不舒服么？安辰极心想，咋会这样呢？难不成病重了？

好着呢。李马生怕安辰极不相信似的，肯定地点点头，比前些日子好多了。

出门没走几步，安辰极也想通了，这是干爹给他甩脸子呢。在和田水圆房完婚这件事情上，安辰极希望能含混下去就继续含混下去，能拖延下去就再拖延下去。在没有见到梁英之前，他都没认真想过和田水结婚意味着什么，似乎也并不是件坏事。在和梁英在一起之后，他才突然品尝到天底下竟然还有爱情这摄人心魄的味道，就像从没尝到过甜的孩子突然吃到一颗糖。渐渐地安辰极已经十分清楚，他是绝不可能和田水结婚的。他的生命里只能有一个女人,既是因为爱情,也是因为革命。

他清楚了,身边的人却都糊涂了。谁都看得出来他和梁英是怎么回事。那么,谁来做正房呢?都在猜,还都陷入了两难……最后都说,只有看安辰极的了,相信他可以摆平这个问题。

就连安辰极的父亲安玉惠,也是这么认为的。有时候想一想,也为安辰极感到高兴,觉得他真是太幸运了,田水能干,梁英不凡,一个主内,一个主外,贤良淑慧,还分什么正房偏房呢?如果真要有个区分,那就看谁先生出儿子吧!只是做丈夫的再怎么也得把一碗水端平,不然又怎么可能不生纠纷呢?所以,安玉惠叹着气埋怨道,这都好些年了,你到田水房里待过半宿没有?而这个梁英,你通宵陪着,天都大亮了还在一起,你叫旁人看了怎么说?又叫田水怎么想?安辰极听明白父亲话里的意思了,不由得瞪大了眼珠子。他愣愣神,明明白白地告诉父亲,他是不可能搞三妻四妾这一套的,他的心头只有梁英。

安玉惠见儿子没有请来李铁脚板,顿时就有些惶张起来,要亲自前往一趟。安辰极一下子就火冒了,嚷道,他不来我们这年就不过了?

这中午的团年饭,本来是该隆重热烈的,却因为李铁脚板的缺席而索然无味和潦草。而且在开席前的一挂开席炮,竟然熄了两次,这更是叫安玉惠心慌意乱。也就从这一天开始,他的心头密布上了阴霾。吃过团年饭,安辰极就叫人去备两匹马,都以为他要趁着无事到处走走,遛遛马,安辰极说不是，他要和梁英回秦村一趟。

你可是饮了酒的呢。安玉惠说。

没事儿。安辰极笑笑，让父亲放心，我顺道回老宅子看看，神龛前的长明灯总还是要点的嘛。

安玉惠晓得他回秦村可不是去点长明灯的，但是说破又有什么意思呢？这大过年的，不是一团和气也要装作一团和气呀。

回到老宅，看家护院的几个见少爷回来了，都十分高兴，说团年饭马上就摆桌子。安辰极让赶紧再去弄几个菜，又让刘妈去烧点水，照顾梁英洗个澡，而他呢，趁这工夫去三清观一趟，回来就开席。

照顾梁英的刘妈对她喜欢得很，凭她那枪打出的名声，秦村谁不对她另眼相看呢？刘妈坚持要给梁英擦背抹身。一看你就是女中豪杰，刀光剑影里头闯荡的人，咋还这么面浅呢？来吧，让我给你抹抹，你再能干，这后背也够不着哇！

刘妈跟梁英讲，她原来是在土镇照顾老爷和少爷的，后来生了场病，总不见好，怕她染了人，就把她遣送回秦村了。言谈语气中，可以听出来刘妈对梁英是极喜欢的，对田水却是不屑和嫌弃。她说大河两岸有句老话，捉狗要看狗老子，逮猪崽要看母猪子，爹娘不成，子女一定没出息。对人人敬仰的李铁脚板，刘妈更是没一句好话，她形容李铁脚板就是个从年轻坏到老的烂人，总是做出一副仁义忠厚的样子，其实一肚子的男盗女娼，什么好事到了他手里，他都有能力把它搞得稀巴烂，而什么坏事到了他手里，他也能昧着心肠将它变得光光鲜鲜。说到底一句话，什么是非黑白到了他那里，就不再是是非黑白!

梁英对刘妈讲的这些并不在意,只是刘妈有句话让她觉得形象有趣。刘妈说,李铁脚板是可以为了捉两条鱼放掉整个堰塘水的人,而根本不在乎你栽不栽秧子,有没有水喝。梁英回了句,为了照亮自己脚下路,不惜放火烧掉整个森林?刘妈愣了下,马上兴奋地应道,对,他就是这么个家伙!

刘妈跟梁英出主意,对于这桩婚姻最保险的做法,就是先生养一个出来再说!你是有天命的,你人贤淑,本事又那么好,就是上天派来辅佐辰极少爷的,你可一定要当正宫娘娘……

什么正宫娘娘?梁英哧笑道,你老把戏看多了吧?

我可没开玩笑。刘妈压低了声音,做出一副神秘的样子,别人我不会讲,遇到真身了我就忍不住要说,我可是亲眼看见的——

刘妈说的是安辰极小时候的事,八九岁吧,夏天太热,中午伺候他洗凉水澡,泡着泡着他睡着了,刘妈也困了,打了个盹。突然感到眼前金光灿烂,一睁眼,她被吓了一跳,澡桶里头不见了安辰极,有的是一条金灿灿的龙,正戏着水,哗哗响。刘妈惊叫声惊住了金龙,金龙一抬头,无比威猛的样子,刘妈被吓昏了过去。

安辰极回来了,他叫上了胡乙和陈朝晖几个干部。

这顿年夜饭大家吃得非常尽兴,酒喝了不少。趁着酒兴,梁英问起安辰极,可记得他小时候变身金龙的事。安辰极问她开什么玩笑,梁英叫了刘妈出来。刘妈信誓旦旦,说真有这事儿,为此还责怪梁英嘴不严,说老爷当年可是专门叮嘱过她，千万莫要给外头人讲，她是觉得梁英人好，自家人，才说的。既然大家都知晓了，刘妈看着在座的胡乙和陈朝晖等人，正色道，你们可是遇上明主真君了，好生辅佐，争当开国功臣，建功立业，将来封侯晋爵，光宗耀祖。

胡乙等人见刘妈讲得认真，都拱手致谢，说一定铭记刘妈的话，尽心尽力辅佐辰极。安辰极见大家高兴，端起杯子来，开玩笑说，那么各位爱卿，就与朕共饮此杯吧！

送走胡乙他们，安辰极和梁英继续开着玩笑，一路开到床头。两人鸡叫三遍的时候才睡，而此刻迎接新年的鞭炮声此起彼伏，吵得人根本就睡不着，等到终于合眼，也不知是几时。日上三竿，两人才醒来，可是根本起不来床，又困又累，头疼欲裂。临到中午，两人才磨磨蹭蹭穿衣裳，而门外头，土镇来的报信人已焦急得头顶快冒烟了。

辰极少爷，你得赶紧回土镇去。报信人心急火燎地说，田水昨夜里疯了……

4

安玉惠敬完祖宗家神，酒菜全都上了桌子，煮饭婆子埋了灶膛火灰，老管家府里府外巡视一番，牛圈、猪舍、鸡鸭棚子……里外都挂了灯笼，燃了长明油灯。就在全府主仆老少都坐上了席桌，等着动筷子的时候，田水突然大笑起来，毫无征兆，毫无由来，就那么大声地笑起来。笑声越来越大。大笑变成了狂笑，狂笑变成了哭笑……

大家先是震惊，随之就感到害怕了。

田水接下来的表现就完全是一个疯子了。她将一盆热汤扣在小妈的头上,责问她为什么怀不上娃娃。随后又抓过一个丫鬟,骂她是叛徒,喊革命万岁,喊打倒反动派,指着满脸燎泡的小妈说,就是你杀了我们的同志。她沙哑的口吻一会儿像是某位死去多年的老祖,一会儿又像某位高高在上的洞悉世间一切的神灵。

安玉惠从惊恐和慌乱中回过神来,叫人过去制住田水。田水就像只灵巧的猫,一蹦就蹿上了席桌,将满桌的碗盘碟子踢得四处乱飞。就是你!她指着安玉惠,你这个大反动派,我要杀了你,分掉你的田地,将你府中的女人分给土镇的穷人共同使用!

安玉惠先是被一只蒸全鸡砸中胸口,接着又被一只盘子击中额头,他再也撑不住了,瘫倒在地上。

安府主仆上下,满屋老小,除了远在秦村祖屋的安辰极他们,在这大年三十夜,谁都没吃成年夜饭,饿着肚皮,迎来了新年。

当传来第一声鸡啼的时候,原来还狂躁得像只困兽的田水,突然一下子就有了收声安静的迹象。当鸡叫三遍的时候,田水已经完全睡熟,只是稍微一碰她,她立即就翻着二白眼儿,鼻子里发出哼哼声,像马上就要醒过来继续作祟。

这摆明了就是撞鬼了嘛!

安辰极赶到家里,见到田水时,她正再次变得狂躁,撕扯着身上的衣服,半裸着,还不停地用头撞墙,前额全是青紫的包块,破了皮,一脸的血污。安辰极叫她,她认出了他,钻到他怀里,号啕大哭起来。只是哭着哭着,就又不对劲了,又开始狂笑了……

你这都是怎么了呀？安辰极看着人不人鬼不鬼的田水，和大家一样也感到惊讶和恐慌。

前去益和楼的人也回来了，带回了李铁脚板的话，说既然是被鬼撞了，那就请端公捉鬼攘煞嘛，找他干啥，他又不是端公。

正月初三夜里，五路端公驾临土镇安府，开始了一场规模空前的捉鬼攘煞，安神祈福的法事。尽管一开始就严防消息走漏，土镇人还是晓得了安府闹鬼，辰极少奶奶撞邪的事儿。而安府的院墙再高，庭院再深，也没办法阻挡住端公手里的法鼓法磬声四处飘散。

法事持续到第二天晚上。精疲力尽的端公们收拾了行头，接受了丰盛的夜宴款待和丰厚的酬谢与额外的打赏。那位主坛的年迈的老端公并没有因为事毕和大把的赏钱而高兴，反而心事沉沉。我们只能做到这些了，他跟安玉惠说，端公再厉害，也只能收服假鬼，遇到真鬼，只怕老天爷也没办法啊！

田水躺在床上，被子拉得上上的，掩住整个头脸。鬼煞似乎也还没完全离开她的身体，她的身体在被子底下不停地抽搐战栗，鼻子里也不住地发出低低的呜响，像被束缚住的野兽在不甘心地咆哮。

安玉惠叫来安辰极，你去益和楼一趟吧。安辰极问，去益和楼干什么。这句话惹恼了安玉惠，他铁青着面孔，冲着安辰极吼道，去干什么？你说干什么呢？末了叹着气，重复了老端公的那句话，端公能收的只是假鬼，遇到真鬼，老天爷下凡也没有办法！

安辰极冷笑一声，说，那我还去益和楼干什么？我马上就去跟她讲，明天就摆台子办酒不就成了么？

混账东西，讲什么话？安玉惠急得一跺脚，这点事你都不明白，你还能干什么大事？

安辰极已经做好了李铁脚板拒绝见他的心理准备，却不料李铁脚板像是早知道他要来，不光穿戴整齐坐在堂屋里等着他，还为他备下了水果糕点和热茶。刚坐下，李铁脚板就问他，你是想田水真疯呢，还是假疯？

安辰极不知如何回答。

是我劝阻她不要参加你的革命的，你们得有一个人活下来！这是我为你们安家考虑的，也是我能做到的！

你是觉得我一定会死的么？你不是说我会位及九五之尊吗？

李铁脚板就像没听见安辰极那略带嘲弄的质疑，叹息一声，讲起了自己年轻的事。那会儿他在四海里行脚，每到一个地方，不管有多累，不管还要走多远的路，花多少钱，他都会去找到最好吃的菜，最好喝的酒和最有名的婊子。为此他曾经挨过不少揍，被剥光衣服丢进茅坑喝粪的经历也有过，但总是改不了，依旧不惜代价地去找酒喝，找婊子睡。为什么呢？

因为这样做了，我就会永远记得那段路程，会觉得自己活得有意义。但有个门槛，如果可能要搭进性命，我是无论如何也不会往那个门槛里去的。没有了命，不是吃不了香喝不了辣这么简单，而是这个世界再跟你没有关系了！

李铁脚板往后仰仰身子，摊开手，亮出胸膛，像是在向安辰极展示他那苍老的身躯。你好好瞧瞧,他说,这身板躲过了多少明枪暗箭,走过了多少死人堆乱坟岗,一路走到现在,胸口还在跳,嘴巴还能出声,还感觉得到酸甜苦辣麻……

嗯,你身体还好着呢,就像个坚固的罐子,里头喂养着你勃勃生机的命。安辰极微笑道。

不要用那种口气跟我说话,所有的像我这么老的身体都值得尊敬!李铁脚板说,你知道在这艰难的世道上活到老是多不容易的一件事吗?光靠运气是不可能的,还得有把刀子当面条吞的能耐,也得有把大粪当蜂蜜吃的本事!

李铁脚板说,他刚才的这些话,田水十二三岁时,他就跟她讲了,所以田水在那时候的心头上就有那么一道门槛。李铁脚板原来也只道田水想参加共产党,不过是跟梁英争风吃醋,是为了陪在安辰极身边。后来发现不对劲,她是受到他们的影响,革命的那点火星落在了她的心里燃起了大火。李铁脚板顿时觉得大事不好。别看李铁脚板没怎么过问安辰极他们的事,可一天到晚心思都放在他们身上。那些日子,李铁脚板将共产党和他们的共产主义又好好地捋了捋,觉得共产党的革命是天底下最能蛊惑人心,最能迷惑人性的革命!

革命革命,变革天命,秦汉唐宋,历朝历代,最不少的就是兴兵起事,宫廷政变。目的只有一个,就是变革天命,将龙椅垫在自己屁股下,将王冠扣在自己头上。无数人就奔着那龙椅王冠而去,犹如飞蛾扑火,成王败寇,说到底,就是一个拼上身家性命的赌博。而你们的革命呢?李铁脚板沉吟片刻,就像是在思考这个问题。你们不一样。安辰极饶有兴致地看着他,想要知道这位在大河两岸犹如神一样存在的老人,他对他们所从事和信仰的革命是怎样的理解。李铁脚板叹息一声,又沉默片刻,才说,那些为了变革天命被押上刑场的人,在砍头时喊的总是二十年后又是一条好汉,或者诅咒老天不公。而你们那些挨炮挨刀的共产党人呢,呼喊的都是革命万岁。他们的活不是为了自己,他们的革命也不是为了自己,还有死,更不是为自己……

是的,安辰极忍不住插嘴,他有些激动了,我们是为了共产主义信仰,为了共产主义信念!

人不为己,天诛地灭!你肯定反感这句话,就算我再怎么解释,你都不会喜欢。在你的心头,早将我打倒了!但我还是要说,这话没错,它讲的是人性和人心,讲的是秩序法则,而你们的共产主义,就是对着干的!

李铁脚板晓得,田水一直在躲避他。他有时候也想干脆撒手不管,但又不甘心,不忍心看着自己栽种的漂亮花儿还没开花结果就被毁了。于是,他让李马无论如何也要将田水弄回益和楼,一连数天的打骂说教,终于灭了她心头那闪烁的革命火苗。

你都怎么做到的?安辰极感到愤怒,冷笑道,你要不要也冲我来上那么一番呢?

李铁脚板不说话,伸出脑袋,看着他,定定的,就像两只眼珠子都看进了他的骨髓里。慢慢地,他缩回头,轻叹口气,辰极啊,你能做到不管是在怎样的凶险中都可以给我把命保住么?

做不到。安辰极说,就像你知道的那些牺牲的共产党人,当凶险危及我的战友、我的同志和我们的革命事业时,我也会和他们一样毫不犹豫冲向前去!

如果你死了,你父亲怎么办?你安姓人家那么大的家业怎么办?

他会明白我的死是奉献给神圣而伟大事业的牺牲,他会为有我这样的儿子而自豪的。我的牺牲就是为了建立一个新的世界,一种新的社会秩序。在这个新世界里,没有租子,没有剥削,辛勤劳动收获的粮食会一粒不少地装进劳动者的粮仓。那个时候,你说我们安姓人家的产业家业会在哪里呢?

李铁脚板垂着脑袋,看着火盆。火盆里杠炭燃烧正旺,不时炸响一声,崩出点点火星。你是个大方得连性命都可以不要的人,又何必太自私呢?如果你的革命真的那么光辉,你为什么不留个后代,把你的火种传下去呢?李铁脚板长声夭夭地哀叹道,不管我是你们安家的看护神还是守门狗,我能做的就是这些了。从今往后,你和田水就不必再过来了,我老了,也准备死去了。

5

出土镇往西南三里地,有几丛矮山,翻过垭口就是一片坝子,坝子里因为出一种小米枣,地名就叫枣园坝,这里也是柯鼎臣的老家。安玉惠有天晚上途经此地,突然看见不远处有粼粼火光。第二日安玉惠和几个文人雅士品茶饮酒说起此事,认为那是瑞象,撺掇安玉惠何不去把那片土地圈了,莫要辜负上天美意。安玉惠就出了大价钱,买下了那一大片土地山林。

后来柯鼎臣成了大事，衣锦还乡，要在故土修个宅子。在选宅基地的时候，风水师瞧准了那片地方，一番说辞让柯鼎臣心花怒放，当下就托中人去找安玉惠，要从他手里分三百亩宅基地。安玉惠也大方，说还要什么中人来讨价还价呢？修房造屋是好事，我当年买下什么价，请他原样给就是了。

柯鼎臣尽管努力做出很实诚的样子，也没把钱给够，还欠下一笔。他不讲，安玉惠也不说。欠账就那么躺在那儿，其实大家心头都有数，它醒着呢。

宅子造好后，柯鼎臣每年正月初五都会大摆春酢，受邀的都是大河两岸的缙绅名宿、军政要人、把头舵爷。当然也有不请自来的，这些人都指望和柯鼎臣攀上关系，或者借此跻身这权势圈子。随着柯鼎臣的势力越来越大，每年的酒席自然也越办越大。今年还特别安排了两个戏班，一个府内，一个府外，隔着高高院墙"唱对台"，四乡八邻的百姓都撵去看热闹。

柯鼎臣在派人送帖子给安玉惠的时候特别讲了，他好些年没见到安辰极了。安辰极也想见见这个大河两岸最有权势的人物，就像他跟梁英讲的，他把这次赴宴当成一次侦查。

来客多，都是头面人物。远客近客都是客，老亲新亲都是亲，一碗水端平，厚此薄彼会被人说瞧不起人，易结怨仇。但柯鼎臣却并不理会这理，他倒不至于把来客分为三六九等，但是却将由他递帖子请来的安排坐一堂，那些不请自来的坐另一堂。

袁天王就是不请自来的，他不似其他几个码头大爷嘀嘀咕咕抱怨柯鼎臣不讲规矩，门缝里瞧人，而是大大咧咧，打着响亮的哈哈，跟谁都打招呼，显出很亲热的样子。一见安辰极，袁天王就扯住他不松手，说好多年没见他了，没想到现今长得如此英俊，真是大河两岸风华绝代的一等一的公子。这一嚷嚷，大家的眼睛都落到了安辰极身上，使得他马上就成了众人的话题。议论声很大，响亮的锣鼓声和精彩的戏文都压不住，说什么安辰极不要田水了，把人都逼疯了，还说安辰极拉起了大队伍，藏在山沟里搞大练兵，早晚有一天会举起旗子来革大家的命。

坐席桌的时候，柯鼎臣特意让安辰极坐在他的旁边，开口第一句话就问，辰极啊，你应该不是共产党吧？

安辰极呵呵一笑，反问，老伯，你看我像么？

柯鼎臣也呵呵笑，共产党么，我倒是弄死过几个。只有一个爽快地认账了，死的时候还吆喝着口号。其他几个挨枪子的时候裤裆都湿透了，可能是搞错了。容易搞错啊，额头上又没写着个"共"字。说到这里，柯鼎臣定定地看着安辰极，辰极啊，你在外头见多识广，谁姓共谁不姓共，想必一眼就可以看出来吧？

依我看啊，在座的都姓共，现在不姓，将来也会姓！安辰极微笑着看柯鼎臣，老伯，你说呢？

柯鼎臣打了个哈哈，冲安辰极一竖大拇指，正要回答他的话，隔席有人叫唤，柯大帅，你没少审共产党，讲讲他们都是些什么妖魔鬼怪呗！

他们才不是什么妖魔鬼怪呢！在我华夏之北的俄罗斯国可是遍地的共产党啊！此国于民国六年发动社会主义革命，建立了布尔什维克政府，主政的共产党人砍掉了所有沙皇贵族、地主、资本家、旧政府人士、主教和神父的脑袋。如果按照他们那个杀人的比例,我们这一席桌八个人就得被杀掉七个!为什么呢?因为我们有,他们没有。他们是谁,无产阶级。无产阶级都是谁?佃户、穷脚夫、无赖、流氓、二杆子、烂混混……这些人中有不少人一直在拼命上进,要买田置地过上像我们这样的日子。没法子改变的也会存一颗善心,指望积德祈福,下辈子投胎得到一个和我们一样的好命。那么现在呢?只要信了共产主义,他们的以命相搏就有了正当理由,就有了合法合理性。为什么?因为他们要创造的就是一个无产阶级的政府,就是要消灭有钱人,消灭剥削……

柯鼎臣这一通话讲得慢,但语气重,听的人也都听进了心里。所以,当他突然停声,环顾四下,谁都不免心肝颤颤。

诸位啊,这世间里的钱粮都装在少数富人的粮仓钱库里,而更多的穷人则在粮仓钱库外头忍饥挨饿,大家都面临着这个共产主义的问题。这个问题不是哪一个穷人的,也不是某一个富人的,而是现在所有人的,也是将来这个社会的大问题。富人总是贪生怕死,遇事只晓得枪枪炮炮,动不动就打打杀杀,放以前是有用的,但是现在放在共产主义跟前就不行了,他们有信仰了!你们没见过那些共产党临死时的那种视死如归啊!

柯鼎臣心情沉郁,声调突然低了。以前有句老话是两种说法,有点文墨的说"民不畏死,奈何以死惧之",老百姓说"光脚的不怕穿鞋的",之前你们可以不拿这话当回事,现在不行了,现在是拿这话当回事儿的时候了!

在座的一个个都听得面面相觑。

不过大家也不要害怕，只要有我柯鼎臣在一天，这大河两岸的共产党，他就别想闹腾起来。说到这里，柯鼎臣用那阴鸷的目光看了安辰极一眼，目光越过他的头顶，落在一旁的安玉惠脸上。他微微一笑，其实大家也都应该向安玉惠老兄学习，在自家的后院搞一个团练，保护土地，保护家园！他的目光快速地收回来，看着安辰极，笑笑说，后生可畏，未来的世界是属于你们这些年轻人的，我是很看好的，所以呢，为了支持你办团练，我决定送你一批枪械！

6

柯鼎臣送来五支 M1896 警用毛瑟、十五支八八式步枪和两箱子弹。枪械崭新，厚厚一层防护油。不管柯鼎臣是何种居心，这批枪支让安辰极很高兴。他将枪械一分为二，一批送往秦村，一批送往花荄。

自正月初三做了法事，田水就如同变了个人，变成了个大家闺秀。每日里除了早晚请安和一日三餐，其余时间她大都待在卧房里，偶尔也到院子里走走。她继续绣着东西，只是手脚慢多了，消遣的样子。只要是出卧房，她必然是要化妆的，精精致致，一根头发都不许乱。随她一道出卧房的，还有一张和善亲切的笑脸。这张笑脸不管是面对刚把饭烧煳的婆子还是讨债挨了打的管田人，或者上门哀告的佃户，都是那般真切、熨帖、温暖，也不管是才挨了小妈耳光的小丫鬟，还是整日怔忡难安的安玉惠老爷，或者是那脸上敷着厚厚药膏的小妈，也都可以各取所需般从她的笑容里得到安慰、宽心、体谅和善意。

如果她不是得到了神灵的祝愿和赐福，她怎么会有这样的笑意？安玉惠曾经给安辰极这样讲。

当一袭素雅装扮的田水微笑着站在安辰极面前，两眼星光闪烁般注视着他时，安辰极心头竟然一阵砰砰乱响，就像杯盘掉了一地。

一月三十一日早上，安辰极刚回到秦村，就接到消息，省委派了赵棠前来，要他赶紧去花荄。二月一日中午，安辰极赶到花荄。下午三点，在"绵爱北中心县委扩大会议"上，赵棠传达了省委有关精神和工作指示以及人事调整。

中央针对四川的情况提出了严厉批评，认为四川的农民运动现在仅仅是在静的状态中介绍几个同志入党和发展几个党支部及农协组织，而无斗争的表现。一般同志不仅对党在农运中的策略并不了解，而且还暴露出自身的许多严重错误，比如有的同志在实际工作中事事与豪绅合作，故意弱化革命斗争观念和思想，表面看起来是在发展革命力量，其实是在借此机会发展自身的力量，因而就没有办法不去怀疑他的革命动机究竟是什么……

针对这些情况，四川省委也做出了积极的检讨和思考，并调整了接下来的工作思路。首先是明确斗争的形势和目的，在斗争中要杜绝阶级合作的形势。当前农运的主要方针，就是要利用各种机会抗税、抗租、抗粮、抗债、抗捐，杀豪绅地主，夺取军阀民团的枪械，没收地主的土地分给无地的农民，建立苏维埃政权。为此，省委将召开扩大会议，制定并发布暴动大纲。

赵棠还宣布了省委对于"绵爱北中心县委"的工作安排和人事决定——

撤销"绵爱北中心县委"和"花荄中心区委",设立"爱城工农革命军总指挥部",直接对应即将成立的"四川工农革命军司令部"。总指挥由赵棠担任,党务组织工作由付立扬负责,后勤事务工作由胡乙负责,安辰极前往成都,接受组织的调查。

调查?安辰极有些发蒙,他看着梁英。

梁英脸色很不好,神情凝重。她没办法告诉安辰极,其实赵棠在正月初六就到了花荄,这些天里一直在和同志们"单独座谈"。她曾经质疑过赵棠,说这样背着安辰极搞动作,是否合适?而她在安辰极走后的第二天,就被安排前往睢水开展工作。

7

一到成都,安辰极就要求面见省委领导。但是负责安排的同志却将他领到兵库街这个小旅店里,递给他纸笔,让他好好写自己的"问题",这期间不能擅自离开。

什么问题?我有什么问题?安辰极越想越是鬼火冒,一个字也落不了,着急,焦躁,感觉自己是受到了诬陷,排挤,同时也为梁英忧心。安辰极一次次拉开房门,真想摔门而去。可是往哪里去呢?回土镇?他已经失去了在土镇继续工作的资格,而且如果他擅自离开的话,将是严重的违纪行为。

彻夜未眠,安辰极头昏脑涨痛苦不堪,看着那一摞纸和满地的纸团,挫败和沮丧让他意识到,自己这是被遗弃了么?自己这是身临绝境了吗?这样的想法将安辰极惊了一跳。安辰极想起老余时常跟他讲的话,如果我们这些革命者做不到坚守自己的信仰,相信自己的组织,不热爱自己的同志,那么他离叛变革命也就一步之遥了。之前安辰极也偶尔想起过这番话,但从未在这样一个薄雾弥漫的早晨给他带来如此大的震撼和警觉。

我怎么会有被组织遗弃和身陷绝境的想法呢?这种想法从何而来?安辰极认为这种想法是极其危险的,必须引起自己的高度警觉和反思。他收拾了地上的纸团,坐回到桌子前,拿起笔,他终于找到了自己的问题。

整整一天,安辰极将笔当成锋利的手术刀,对自己进行了毫不留情的剖析和批判。

傍晚时分,安辰极终于放下了笔。他非但不觉得疲倦,反而感到兴奋。这样的剖析和批判是痛苦的,也是痛快的。他完全觉得自己就是一只脱去茧壳的蝴蝶,心怀有如新生的激动,马上就要振翅高飞。

第二天早上,中共成都特委书记周澜和中共四川省委书记兼四川省委军事委员会主席严伯农敲开了安辰极的房门。

严伯农身材矮小,那双手却宽大有力。辰极同志,看样子你休息得很好啊,我可是彻夜未眠哟!就因为你的那份"自我检讨",钢笔字写得又细又密,一点没考虑过我们这些高度近视眼的感受,害得我老凑近蜡烛,差点烧掉眉毛。

省委召开会议,专门研究和处理安辰极同志的问题。这个时候安辰极才知道,付立扬和陈朝晖两位同志早在年前就书面向组织反映了他在工作中的一些问题。比如，组织上明确要求进行人民群众的革命发动，在农民中建立组织，组织和引导他们与劣绅恶霸以及反动势力进行斗争……这些工作他一样也没有做。曾经有同志在会议上提出这个问题，都被安辰极以"时候未到""条件尚不成熟"等借口搪塞过去了。而归究其原因，是他害怕触碰自己的利益，因为他的父亲就是大河两岸最大的地主，是反动势力的最大代表和最典型的剥削阶级。所以爱河流域的革命根本不能寄希望于安辰极，他非但不会成为反动势力的破坏者、革命者，而且可能还会成为革命的反对者、破坏者。而赵棠刚刚完成的调查报告又为此提供了事实根据。在土镇，在大河两岸，有一股势力并不太为外界所知，它就是黑脚帮。帮会老把头李铁脚板表面看起来极其普通不起眼，但就算那绵城的官府老爷、军阀头子见了他都要敬畏三分，至于地方上的什么袍哥大爷、土匪头子、流氓头子、缙绅大户，在他面前都只是像听话的孙子。因为在大河两岸没有李铁脚板办不成的事儿。有这样一句话是最好的形容，有了李铁脚板的帮忙，你想到瑶台都可以去，而要是得罪了李铁脚板，别说去地狱，你连家门口都出不了。但就是这样一个一手包天的人，却对安辰极言听计从，而且视安辰极为掌上明珠和心头肉，这是为什么呢？因为在李铁脚板这样的投机者眼中，安辰极是"天命之人"。这不是个传言，而是一个预言，更是一个值得李铁脚板他们坚信并为之投入的目标。在安辰极组建的队伍中，就有为数不少的人是怀着"安辰极将来会成为帝王"的投机心理而来的。

那么安辰极是不是也有这样的心理呢？付立扬和陈朝晖

以及赵棠，都认为安辰极是有的。他们希望省委引起高度重视和警觉，假如安辰极怀有这样的心理和目的，那么他就是打着革命的旗号为自己积蓄力量，这不仅会给中国共产党的革命声誉造成重大损失，而且等他一旦羽翼丰满，撕去画皮，暴露出其反动嘴脸，其后果将是极其可怕的！

赵棠的调查报告还特别提到了梁英，认为梁英犯了严重的生活作风问题。

省委认为，关于付立扬和陈朝晖两位同志所反映的情况，以及赵棠的调查，"自我检讨"已经给出了很好的答案。安辰极不仅对自己的情欲和思想进行大卸八块的剖析，还上升到灵魂解放的层面对自己进行了深刻批判。

在和梁英的爱情关系中，安辰极说，他并未表现出绝对的忠诚，因为他曾不止一次地觊觎另一具更加完美的肉体。他曾经反复琢磨自己和田水是否存在爱情的关系和可能，如此反复琢磨实际上只是为自己寻找一个合理占有她肉体的借口。他为自己会有如此龌龊的想法感到惊讶，却又总是在那危险的边缘试探……连这样低俗趣味的情欲思想关都过不了，由此可见自己的革命思想和情操是多么薄弱可怜。

安辰极说，他对那些恭维他将来要称王称帝的人很是厌恶，对于那些什么"天命之人"的说法更是觉得荒诞可笑，可是每当看见别人注目他的视线里有着崇敬礼拜的神光，却又很是享受。而且他的内心里头的确有一种自命不凡的感觉，这种自命不凡的感觉来自他工作的得心应手，要人有人，要枪有枪，要粮有粮。这种自信还来自于对共产主义思想和革命斗争活动的理解通透和顺利开展，他自信要不了多长时间就会创建出一支声势浩大的革命队伍,创建出一大片红色革命根据地,开创出一个红色政权……他俨然已经视自己为一位了不起的革命家了!

这是多么无知和无耻啊!安辰极在"自我检讨"中这样写道,这又是多么危险和可怕啊!如果不存在这样无耻和可怕的感觉,我又怎么会产生被组织遗弃和身陷绝境的想法呢?我竟然轻易地丧失了对组织的信任和对希望的坚持!我还有何颜面对待自己共产党人的身份?我还有什么理由觉得自己被组织冤枉,认为自己毫无问题?

8

安辰极一直待到二月二十雨水节这天才离开成都,返回土镇。这期间他一直在省委工作,和严伯农周澜等一班人共同研究制定《四川暴动行动大纲》。严伯农本来是想将安辰极留在省委工作的,安辰极不情愿,他还是想回到土镇。

尽管安辰极不是省委班子的人,但严伯农对他的意见和建议,还是十分重视的。多年以后,严伯农在回忆中共四川省委制定的《四川暴动行动大纲》时的情形时,对安辰极提出的意见和建议还记忆深刻。如果听取了安辰极的建议,一九二八年的四川春荒暴动可能就不会大面积开展,自然也不会遭受那么惨烈的损失。当然,这只是从一个方面看待问题。而从另一个方面,即所有的革命暴动都不会存在无谓的牺牲甚至失败,只要暴动的枪声打响,就是一次成功的革命宣言,就是一次对反动派势力的撼动。简言之,没有一次次革命的失败，就没有最后的革命胜利。

在讨论暴动行动大纲时，主流意见认为四川农业经济崩溃异常，工业发展迟缓，经济危机和失业恐慌，大有江河日下之势。在这种条件下，封建政权必然极其动摇，而形势更加反动，劳苦群众的痛苦日愈加深，必然更加趋向革命。而现在四川各地的原始暴动已经从各种不同的形势中不断地发生了，如夔州的神兵，川西的教匪，反劣币运动中春熙路的群众怒潮，各地匪势之猖獗，各军团冲突之加紧……军阀的战争，春荒的危机，又是如此地愈迫愈近……因此，组织暴动，领导暴动，实际上已经成为各地党部刻不容缓的工作。

安辰极认为，这个形势判断并不太准确。农业经济的确不是很好，但远未达到崩溃的状况。大量的财富始终都是掌握在那少数的人手中，不管是荒年还是灾年，对他们的影响都很小。有地的农民、小手工业者的日子虽然不是很好过，但还吃得起一碗饭，而他们显然和以往一样是安于现状的，对动荡充满了恐惧，唯恐因为动荡使得连手中的饭碗都不保。军阀虽然连年混战，但并没有在混战中被削弱下去，只是一时东风压倒西风，一时西风压倒东风，此消彼长。的确，工农劳苦唯一的出路只有通过武装暴动，但工农劳苦群众的能力太弱小了，没有文化，没有思想，受利益诱使，很容易一哄而起。如果无利可图或者利益受损，更容易一哄而散。

只要有暴动出现，不管是混战的军阀，还是那些只顾埋头盘剥赚钱的有钱人，或者帮会势力，甚至是那些勉强能吃上一碗饭的有地农民和小手工业者，都会空前地团结起来，反对暴动者。因为暴动者搅了他们的局，破坏了他们的规则，影响到了他们的吃食。

严伯农认为这样的形势只是极个别的存在,所以安辰极的分析尽管有道理,但不能作为四川的普遍现象来对待。因此,省委将在下一步召开的扩大会议上决定,在二三月春荒期内,必须尽量加紧各种斗争,就算是极小的斗争,也要领导群众去了解暴动和夺取政权的必要性!要爆发游击式的战斗,不论规模大小,不择时间,不计成败的群众武装暴动!要从这些各地尽可能爆发的众多的零星的暴动中,迅速形成弥漫全川的"春暴"局面!

对于这个即将发布的决定,安辰极表示是不是可以更审慎一些,什么叫不择时间,不计成败?听起来就很盲目。如果准备不充分,盲目地发起暴动,结果一定是失败,代价将是惨重的,不仅没有发动起革命,反而断送了革命。

结果安辰极的意见还没讲完,就遭到了同志们的批评。这也难,那也难,形势并不适合发动革命,准备不充分……这些条条款款,完全就是畏难的表现!革命就是暴动,暴动就是要死人,就是要牺牲,如果连牺牲的准备都没有,何谈革命?

更有同志认为安辰极的这些话完全暴露了他的机会主义思想,是在犯消极的等待主义和军事投机的错误。有同志也对严伯农提出了批评,认为他过于在乎安辰极的意见。严伯农没有接受这个批评,他严肃地指出,他对每一个同志的意见都很在乎,安辰极在上海成功执行了"吹灯"计划,避免了党组织遭受更大的破坏,革命斗争经验丰富,而且回到四川后一直在爱河流域领导和发动革命,所以在制定暴动大纲这样重要的决策时，他希望能得到安辰极的意见和建议。最关键的是，对于所反映的安辰极的问题，组织上已经开展了调查，结论已经出来，安辰极没有任何问题，是值得信赖的工作优秀的好同志。

9

二月二十一日晚，土镇十字口土镇公所，"爱城工农革命军总指挥部"召开扩大会议。安辰极终于见到了日思夜念的梁英。虽然灯光昏暗，安辰极还是看出了梁英的消瘦和疲惫，他们对视着，彼此点了点头。

赵棠宣读了省委对安辰极的任命决定，安辰极为"爱城工农革命军总指挥部"副总指挥，协助赵棠工作。要求梁英即刻返回成都，接受省委新的工作安排。至于她在雎水的工作，梁英推荐由许云负责。许云原来一直在花荄协助她工作，她到雎水关后，许云又跟她一起到了雎水。赵棠并没有听从梁英的建议，而是将许云安排到了土镇，雎水关的工作安排给了付立扬。

从二月二日离开花荄，到二月二十一回来，不过半个多月，安辰极以为不管赵棠怎么领导，怎么改进，形势都不可能发生太大的变化。然而他错了，赵棠正在酝酿一场革命暴动，而且各项准备工作就要妥当，他正在等待时机，只是没想到他会在这个节骨眼上回来。出于组织和纪律原则，赵棠应该也必须将计划通报安辰极，他知道这样做非但不会得到安辰极的支持，而且一定会遭到反对。赵棠很清楚，虽然自己是一把手，但这是形式上的，论实际的影响，他是根本没法和安辰极相比的。

二月二十二日凌晨，也就是扩大会议结束后，赵棠刚回到房间，付立扬等几位同志就敲开他的房门，问他现在该怎么办？赵棠回答道，按既定计划办！几位同志的神情明显流露出了担忧。

我们还是应该相信安辰极同志的，他是个老党员，老革命了，只要是组织决定的事，他应该可以做到遵照执行。

那么，计划什么时候宣布？付立扬问。

赵棠思忖片刻，过两天吧。

不是我批评你，赵棠同志，该斩钉截铁就得狠下决心！付立扬说，咱们这可是干革命，提着脑袋的事！

安辰极突然落屋，而这一天恰好是龙抬头，他的二十二岁生日，一家人都十分高兴。但安辰极却感觉到家人看他的眼神里头，有种说不清楚想不明白的异样。

吃饭的时候，田水拿了酒瓶子过来，在这特别的日子里，安辰极通常是要陪父亲抿两口的。但安辰极想的事情太多，自回来那一刻，就从同志们看他的神情上觉察出了异样，他一时分不清那神情里头都具体包含了些什么。这种未知不明给安辰极带来了很大不安，他并不想通过打听去知道，而是希望赵棠来亲自告诉他，革命同志之间如果失去信任和坦诚，将是灾难。

怎么啦？出去跑一趟，回来酒也不敢喝了？安玉惠很不高兴。

吃过饭，安辰极陪送父亲进了书房，转身正要离开，安玉惠叫住他,你要跟我讲实话!安玉惠极少用这样的口气跟安辰极讲话,安辰极自然明白分量。从小到大他都是父亲的骄傲,他讲什么,父亲都是相信的,他想干什么,父亲都是支持的。安辰极也有过不少同龄的朋友,也见过不少父子关系,但能为儿子做到这样理解和支持程度的父亲,他还没听闻有第二个。

那支队伍,还跟你姓么?

一直都没跟我姓,它是姓共产党的。

它还听你的话么?

它听党的。

安玉惠有些恼怒,他要的是实话,而从儿子口中出来的却明显是敷衍搪塞。

你现在坐第几把交椅?是老大,还是老几?

见父亲生气了,安辰极轻叹口气,尽量让自己的言语亲和温顺。父亲,我们没有坐第几把交椅这一说法的,不搞排资论大小那一套,都是革命同志,实行的民主集中制,集体领导,集体决策。

总得有个人撑头吧?你就告诉我,现在撑头的还是不是你?安玉惠斜了安辰极一眼,一屁股坐下,叹口气,看着他,你就这么拱手相让了?

这是组织的决定。

安玉惠以手加额,身子一仰,一声长叹,虽然怄气,但也感觉出了儿子的无奈。他嗳口气,坐直身子,安辰极还毕恭毕敬站在跟前。

儿子啊,辰极啊!

这一声声呼唤,声调里充满了悲凉和哀伤。他怜惜地看着安辰极,养你二十二年了,现在就跟你要句实话,咋就这么难呢?

爹,我跟你讲的,都是实话呀。

安玉惠苦笑着摇摇头,你就是绕着弯子不肯讲实话,我也不怪你。你我虽是父子,但已不是同路人,你是革命者,我是将要被你革命的人,你早晚会提刀来见我的!

爹,你这是什么话呢?安辰极叫唤道。

你会的,你们都是唱着歌去死的,还有什么是在乎的呢?安玉惠苦笑一声,累了似的闭上眼睛。安辰极还想讲点什么,但又不知道该从哪里说,说什么,呆呆地伫立片刻,默默地走了出去。

许云已经在外头等候多时了。她是悄悄前来的,这是梁英的意思,让她来向安辰极秘密报告雎水工作的事。许云的父亲是个草药郎中,后来入了教,跟教会医院的几个西洋医生来往密切,从他们手里学到了不少西医技术,得到不少药物支持,在多方支持和鼓励下,在花荄开办了个中西医结合的诊所。许云就在父亲的诊所里当护士。她是梁英在花荄地区发展的第一个共产党员,既是她的亲密战友,也是她的体己闺友,两人几乎是无话不谈。所以,许云很清楚安辰极在梁英心头的分量,也很清楚梁英冷峻的外表之下揣着一颗怎样滚烫的心。

许云告诉安辰极,他父亲安玉惠的那番话并非空穴来风,虽然她和梁英一直在雎水关,但对赵棠他们的一些工作安排还是有所耳闻。梁英曾跟许云谈起过赵棠,认为他过于激进和冒险。赵棠一直迫不及待地要发动革命斗争，急于"刀口见血"，他曾对梁英提出严厉批评，说雎水关的工作"像死水一样没有动静"。梁英针锋相对逐条反驳他"延误革命""搪塞组织安排""懒散无为""消极懈怠"等指责。梁英书读得多，有过不少街头宣讲的经验，加上革命斗争经验丰富，所以像这样的"口水仗"，赵棠根本不是对手。

梁英在雎水关并非没有开展革命工作，只是采取了更为稳妥的方式。之前通过安辰极的介绍，梁英早已知晓雎水关的凶险。她到雎水关是以"血吸虫病调查与防治"作为掩护，还通过许云父亲的关系在爱城卫生部门拿到了一纸公文，所以一切都还顺利。

也不知袁天王通过什么渠道，竟然知晓了梁英和安辰极的关系，还在一次玩笑话中说安辰极眼光不错，这个梁英确实有种"威仪天下"的气魄！袁天王还知道梁英"百步穿杨"神枪无敌的事，也知道安辰极的队伍改姓了"赵"。他远在雎水关，对发生在土镇和花蓥等地的事是怎么知道得如此清楚又如此迅捷的？梁英和许云觉得不可思议，更感到担心害怕。

有一天袁天王突然叫住梁英，正色地跟她讲，这雎水关到处都是大山，就前头这一长溜儿坝田，里头有七转半的钉螺么？你如果能给我找到，我炒来下酒吃。梁英跟袁天王讲，找不到钉螺并不说明没有血吸虫病，她报了一串名字，谁谁正害着病，谁谁刚刚死了。雎水关的确不是疫区，为什么还有这么多人害病呢？山区的活儿和坝区因为节气和地理条件的缘故，都是岔开的。坝区正忙着栽秧的时候，山区的玉米才下完种，坝区水稻收割的时候，山区的苞谷刚出完穗。所以每到坝区栽秧打谷的时节，山区的人成群结队下到坝子里打短工，一不小心，就染上病了。

你讲的倒是实情。但我还是不情愿你再待在睢水关，你不晓得这个鸡鸣三县的地方可是时常有土匪流寇窜过来跑过去，凶险得很哟。你总听说那几个共产党被打死在旅店的事吧？我也不想因为你和安辰极闹翻，和安玉惠过不去呀！

袁天王讲这话的时候，一对小眼睛始终在梁英的脸上眨巴，那副神情就像一切都握在他的手板心里，只要他肯下那么一点儿狠心肠，梁英他们就会像此前的刘均平那样，毫不费力地碾死在他的大脚拇指之下。

梁英知道这是赤裸裸的威胁，她没有理由不感到害怕。

当赵棠再次批评她懈怠不作为的时候，梁英火冒三丈，她问赵棠能不能帮忙搞到那种俗称"掌心雷"的小手枪。既然你这么急于见到血，那就让我去吧！我争取成功铲除掉袁天王，运气好的话，还可以捎带上他两三个爪牙！

许云告诉安辰极，她们在睢水的工作其实很有成效的，已经和袁四喜接上了头。袁四喜并没有叛变，只是组织遭到破坏，身边的同志死了那么多，对她的打击很大，她现在的立场和信仰都有些动摇。加之她的父亲袁天王对她看管很严，还逼迫她也加入了国民党。梁英同志的意思是继续做袁四喜的工作，让她回到革命队伍中来。许云说，梁英同志希望你能清楚这个工作的重要性和隐秘性。

安辰极点着头。

这是我们共同的事业，坚决不能沦为体现个人主义的棋盘！放任、激进和冒险，葬送的不仅是所有人的努力，还有这片土地上的希望和未来！许云说，这是梁英的原话。

10

安辰极怀着复杂的心情刚送走许云，胡乙就来了，带着一身的酒味儿。一见安辰极，胡乙就嚷嚷，你总算回来了，你再不回来，我就要跑了！我真是受不了他们，完全就是骚整嘛！胡乙大大咧咧在安辰极跟前坐下，将挎背在身上的短枪往身后一甩，捧起桌上的茶碗，咕咚咕咚猛灌两口，打了个潮湿响亮的嗝。

在赵棠改组的新班子中，胡乙是核心领导成员，安辰极很想知道在他走后，这个班子究竟发生了什么事，做出了哪些决定。

我就是为这个来的。胡乙说，看着他们胡整骚搞，我都快给急死了……

一九二八年二月二十二日深夜胡乙向安辰极"反映情况"这件事，一直是横亘在我父亲安重根和赵响之间的难以融化的冰山，他们轻易不会提这件事情。安重根不提是不愿提，赵响不提是不敢提。研究那段历史的人也同样如此，尽管材料摆在那里，他们不是装着没看见，就是在表述的时候讳莫如深或者干脆绕过。

安昌河在创作他的历史小说《大河东流》的时候，把这件事情处理成胡乙用心险恶的挑拨。

胡乙参加安辰极的队伍，最初动机的确不纯。但在安辰极的影响下，在一系列的政治学习后，他的思想认识还是发生了很大变化。用他在一九五七年的交代材料中的话说，他变得"干净"多了，而且对革命产生了浓厚的兴趣，也有着激烈的革命情绪，是真的想在安辰极的领导下干一番革命事业的。他说自己也曾经是一个干干净净的木桶，拿去装了太久的大粪，这一下子要被用来盛水装酒，谁喝了都会拉肚子犯恶心。如果真要盛水装酒，是必须要经过一番彻头彻尾的改造的，要动刨子、动斧头，不掉一层皮，不死一次，不重新拼装成新东西，怎么可能上得了革命的台面呢？

胡乙明显感到安辰极不是很信任他。胡乙曾经在一次酒后问过安辰极，安辰极并不否认，他告诉胡乙，他并不是不相信胡乙，而是不敢相信，因为胡乙还不完全是他的"同志"。他希望胡乙不要听了这话就觉得生气，而是应该理解这话的深层含义。安辰极说，同志有别于朋友，更有别于兄弟和亲友，那是一种神圣的关系。朋友之所以成为朋友，是因为相互了解，相互尊重、爱戴，有共同的爱好或者利益。那么同志呢？为了共同的革命目标，大家走到一起，有时候形势紧急，相互连话都说不上两句，彼此连姓名都不知道。一个握手，一个眼神，一声同志，就建立了生死相托，不惜牺牲自己也要保护对方的钢铁情谊。而且为了实现共同的革命事业，都能做到舍生忘死、前赴后继。安辰极握住胡乙的手，动情地说，胡乙啊，你要努力进步，加强改造，要尽快成为我的同志！

胡乙的入党也很不顺利。在讨论中，大家都觉得他不错，偏偏安辰极认为还需要再锻炼锻炼，再考验考验。安辰极说，你脑子里的旧观念有些多，你的思想深处还存在当官发财的念头，归根结底，还是你的革命动机不单纯。胡乙恼火地说，我都这样了，白天摸爬滚打，夜里开会学习，把"共产主义"当成"阿弥陀佛"念，你还说我动机不单纯？

虽然见胡乙很生气，但安辰极并没有嘴下留情。别人的情况我不是完全清楚，但你的思想我还敢说摸清了一二。你跟着我从土镇到秦村拉队伍的最初心思不就是听说我什么将来要当皇帝么？你敢说你的义无反顾没有受这个封建思想的影响？还有，你们一开始就认定跟着我能升官发财，认为我家大业大，船烂也有三千钉！如果某一天你真正认识到我安辰极其实只是个除了一腔热血一个共产主义信仰，别无他物的穷光蛋后，你还能保证你继续锲而不舍地追随我的脚步么？

胡乙急了，叫嚷着，要不要我剁根指头来向你表明心志嘛！

安辰极叹息道，这就是我最担心的啊，你越是讲这样的话，越是需要加强学习和改造啊。

后来胡乙终于入了党。作为入党介绍人和批准者，安辰极说，按照一个普通党员的要求，你的表现的确是合格的。在我们这个刚建立起来的革命队伍中，你也算是肩负重任，身负要职，随着队伍的发展壮大，建立根据地，成立苏维埃红色政权，你将承担更重要的职责。所以你不能以一个普通党员的标准要求自己，应该对自己更严格一些，认识更深刻一些。同样，作为你的上级，你的入党介绍人和批准人，我对你的要求也必须更严厉一些！

你对我有知遇之恩，有再造之恩。胡乙又表现出一贯的"耿直"和"坦率"，我胡乙还是那句老话，坚决听从你的命令,坚决执行党组织的决定,上刀山下火海,粉身碎骨,万所不辞!

不管胡乙怎么态度坚决,怎么豪言壮语,安辰极始终对他缺乏信任,就像预感到他会在某个关键时刻会反水坏事。对此,胡乙是很清楚的,虽然很不高兴,但从内心里反思,他有时候也觉得安辰极看透了他。有一回安辰极跟他酒后闲聊,问他,假如你跟我换个位置,你是安辰极,你会怎么做?

如果我是安辰极,我会设法从父亲手里拿出千亩的好良田,卖了,换成枪炮,迅速装备起一支革命队伍,攻城略地,早日建立根据地,早日成立红色政权,早日实现共产主义!胡乙又难免不动情起来,如果一个人不将自己投入到伟大的事业中,去奋斗,去革命,去用自己的力量改造这个社会,让它更有利于将来的人类的生存发展,就算他天天吃香喝辣,也注定是庸庸碌碌。生于这个时代,要勇于承担时代赋予人的使命和责任,去打破它,去改造它,这才是人存在于这个世界的价值!

胡乙在他的交代材料中说,如果土镇革命不在中途出现领导人事变故,简言之,也就是安辰极不是那么轻易被一张纸条就撤销职务,就离开土镇,而他一直在安辰极的领导下工作,他的结果将会是另一种可能。

一直以来,胡乙就对上头来的人不是很看得顺眼,总觉得他们太"渣哇"。"渣哇"是土话,意思是叽叽喳喳、渣渣草草话太多,同时还有小心眼儿、小肚鸡肠的含义。他们似乎不太干正事儿,净耍嘴皮子,满嘴的"革命""主义",尽是大道理、大话,好像革命的果子就像树上的李子、地里的茄子,手一伸，腰一弯，就可以摘个满手满怀。他们指指点点，说东说西，眼珠子一转一个说法，脑门儿一抠一个主意，根本就不考虑是不是行得通，是不是合理。而且他们对安辰极的工作抱有很大的成见，老是觉得他思想不对头，头脑里旧东西太多，做事情缩手缩脚。

胡乙很清楚要想在大河两岸拉出一支队伍来有多艰难。当队伍集训时，看着近百十号青壮战士和他们手中乌黑的枪杆子，胡乙明白，只有安辰极有这个本事。安辰极曾讲过，这百十号人必须加强思想改造和战术训练，因为他们将来都将独当一面。胡乙知道，他这不是在带兵，而是在练将！由此他对安辰极更是推崇备至。安辰极将朱元璋的"广积粮，高筑墙，缓称王"更改了一下，叫"秘密发动不露头，惊天一响遍地红"。

赵棠的突然到来，给大家，尤其是给胡乙泼了一盆冷水，让他开始重新审视自己正在从事的这个"革命"。赵棠显然对胡乙是很清楚的，他是他第一个找来谈话的人。胡乙是何等善于察言观色之人，又是何等巧言令色之人，他立即就知道了，墙头旗要换了，自己的机会也来了。

11

胡乙虽然能够理解，但还是感到匪夷所思，只一个会议，安辰极就把他苦心经营的一切交到了这个远道而来的陌生人手里。随即再一想，有什么匪夷所思的呢？那可是组织啊，组织的命令，必须坚决执行！

在赵棠的新班子里，胡乙先是负责后勤事务工作，接着又被安排负责分管军事，等于是实际上的第二号人物了。这真是叫胡乙怎么也想不到。胡乙内心十分清楚，凭自己的能耐和革命觉悟，是绝不可能坐上第二把交椅的。

轻轻松松地就坐上了第二把交椅，那么距第一把交椅还会远么？在这众多的共产党和革命者中，男人，他敬畏安辰极；女人，他佩服梁英，如今这两位一个被调查，一个被排挤，那么，又舍我其谁呢？胡乙在他的交代材料中说，根据他的计划，他最多花三五个月时间，就可以将这支队伍抓在自己手上。

谁又曾想安辰极会突然归来呢？

安辰极不在的那些日子里，胡乙和赵棠相互配合得极为融洽。胡乙在赵棠跟前表现出了极合格的"下属"标准，对赵棠下达的命令予以坚决的执行，而对于胡乙提出的建议和意见，赵棠也是言听计从，他们几乎无话不谈，真如一对亲密朋友加兄弟。胡乙说，在和安辰极那么长的时间里，虽然没少在一起喝酒谈心，但安辰极极少说起自己的家务事，更不会谈及自己的私密事。赵棠不同，他跟胡乙谈及自己的早婚，对原配妻子的看不顺眼，而且还怀疑老二不是他的亲生。

胡乙是这样评价赵棠的，"有激情，见风就是雨。没脑子，把他装肚皮里摇都摇得响……"胡乙说，有时候看是我在听他的话，其实是他在听我的话。而且，只要时机成熟，他轻松地就可以将赵棠卖了，而赵棠呢，"还会高兴地给我数钱呢！"安辰极突然回来，打乱了他的计划。胡乙说，"看到他回来比看到他离开还要慌张，一时竟然觉得没抓拿了"。

在和赵棠对饮了几盅烧酒后,胡乙就起身来找安辰极了。他们胡搞乱整得我实在看不顺眼了,我要来找你反映问题。胡乙说,赵棠他们要向安玉惠老爷下手,是我阻拦了这事!

当把豪绅地主名单列出来后,赵棠的指头就落在安玉惠的名字上。大家都吃惊地看着他。赵棠说,只要打倒他,能比打倒所有土豪恶霸都管用,最能杀一儆百!

是做做样子,还是?胡乙比画了一下,做了个砍头的动作。

当然是要见红的了,人头不落地,谁也不会拿革命真当回事的。赵棠认为,只要革了安玉惠的命,就等于是革了土镇所有土豪恶霸和地主老财的命,安玉惠是土镇革命的关键,是压在土镇人民头上最大的那座山。

可他是安辰极同志的父亲呀!

对我们土镇革命来说,他首先是最大的反动派!见大家都沉默不语,赵棠说,我知道大家此刻心头都在想什么,是不是觉得他是安辰极同志的父亲就不好下手?如果我们这样想就错了。我们要建立新政权,建立新秩序,就必须痛下决心。革命嘛,如果不打破打烂,不天翻地覆,又怎么能叫革命呢?

因为在这个问题上始终无人表态,得不到支持的赵棠在会后找到胡乙。此时胡乙心头不住打鼓。看赵棠的样子,他可不是口头上说说,而是正一步步下定决心,如果真这么干了,那么赵棠就捅下了天大的窟窿,不光他,恐怕自己也会跟着完蛋。

我觉得他是疯了!胡乙跟安辰极说,我必须让他打消这个念头,怎么能让他的疯狂毁掉我们的事业呢?

大家吃的粮,使的饷,扛的枪,都是安玉惠给的,而且队伍还是他的儿子安辰极带出来的。趁儿子不在,马上就动他的父亲,这样打翻天印的做法不光队伍里的同志不会支持,外头的人也会大骂没良心。所以这不得民心的事最好还是不要做,不要激起了众怒!胡乙进一步跟赵棠说,如果动了安玉惠,就等于失去了在土镇的人民群众基础!况且他也不是恶霸呀,他一直在养着我们的革命呀,我们怎么能搬起石头砸自己的脚呢?

胡乙越是讲得情绪澎湃,安辰极心头越是怀疑他是不是夸大其词了,危言耸听了。胡乙突然住了嘴巴,两眼直勾勾地看着安辰极,好一会儿,突然说道,他在这儿不是好事!

安辰极看着他。

胡乙眨巴着眼,我等你一句话!

安辰极愣了一下,他从胡乙闪烁的眼神里看到一丝邪魅的火光。

我可以做到人不知鬼不觉!胡乙压低嗓门说。

你什么意思?

胡乙干脆摆出一副索性把话挑明的样子,留着他,早晚都是个麻烦!你得当家做主,只有你当家做主,我们的革命才会成功!

混账!安辰极怒不可遏,一拳击在桌子上,把茶盏都震倒了,茶水哗哗直流,盖子在桌上转了个圈,摔在地上,又是一声碎响。这话是一个共产党员讲得出来的吗?赵棠是我们的革命同志,哪里有革命同志自相残杀的?

安辰极指着胡乙的鼻子，警告他少自作聪明，把那狼子野心收敛起来，要再敢胡说八道，就一枪崩了他！

胡乙说，他当时就被安辰极那凛然正气给镇住了，真是忍不住想要告诉他，这并非是他自作聪明，而是受人安排前来试探的，幸好安辰极经受住了考验。

感觉他们已经做好了准备。胡乙在材料中说。

这个"他们"，就是赵棠和付立扬。试探安辰极的主意是付立扬出的，赵棠觉得没有必要，他对安辰极的党性是十分信任的，但耐不住付立扬的劝说。最后，赵棠叹着气，跟胡乙说，听听他的口风也好！

胡乙将安辰极的反应原原本本告诉了赵棠，赵棠听得面红耳赤，不住叹气，感到后悔和羞愧。应该说这件事情给赵棠带来了不小的触动，就在第二天傍晚，他带着礼物，来到安辰极家，拜见安玉惠。安玉惠对他没什么好脸色，冷言冷语。赵棠并不生气，一再感谢他对革命的支持。

那天晚上，赵棠和安辰极有一番推心置腹的交谈，他几乎完全听从了安辰极的建议，只是在睢水关方面的工作上两人产生了意见分歧。安辰极敏锐地觉察到付立扬前往睢水一定会迫不及待地开展武装斗争，他要赵棠立即下令停止，暴动在即，枪声一响，就等于打草惊蛇，极有可能破坏即将开展的计划。赵棠要安辰极放心，付立扬很有信心，他已经批准了付立扬的行动计划。

根据付立扬制订的计划，他们将对袁天王进行暗杀。袁天王是爱城西南三镇五乡团防局局长，是地主恶霸之首，铲除他，既是替刘均平等同志报仇，也是对国民党反动派嚣张气焰的有力打击。因为据付立扬他们掌握的情报,袁天王在蒋礼的支持下,国民党雎水党部正准备挂牌。

12

五天后,噩耗传来。付立扬他们掉入了袁天王的圈套,遭到伏击。付立扬身负重伤,其余几位同志当场牺牲。付立扬和三名曾经帮助过梁英的群众,两名梁英发展的入党积极分子,被一起丢进了石灰池活活烧死了。

第十一章　春暴

1

睢水关之所以叫睢水关,据说是三国魏延在此设关驻守,以防睢水河上游的羌藏进犯。在距离睢水场镇上场口三公里的睢水河上,有一座颇为壮观的单孔石拱桥,桥高十余米,桥长五十余米。这座桥的前身是木架桥,遇到洪水,总会被冲毁,然后又费尽心血重新建造,直到再被冲毁。如此周而复始,是因为这座桥连接着一条重要的道路,小西路。

在四川境内,有两条小西路。一条在雅安,同样是通往藏羌之地,一度极为繁忙热闹,因而广为人知。而这条小西路,自睢水关始,经高川坡、邬家沟、雪岩顶,翻山越岭数百里,到达松茂羌藏地。通过这条鲜为人知的小西路,绵州、竹城、梓州和爱河流域出产的烧酒、陶器、盐巴、茶叶、布匹等物资通过行脚者源源不断地送往藏羌之地,再将上头出产的药物、皮毛和鸦片运送下来。

据说当年的睢水乡绅林贤相看见这桥毁了修,修了毁,好多行脚者冒险涉水被湍急的河水冲走,尸身都找不回来,感到很是痛心，于是变卖良田，筹了一笔资金，要修建一座千古万年牢的石拱桥。

十年连修三座桥，都在中途莫名其妙地垮塌了。有位僧人途经此地，告诉林贤相，桥垮是因为这雎水河中恶龙作祟，它畅游河中，羞于从人胯下经过，所以，一看见河上有桥，它就生气。

这可咋办呢？僧人说我去帮你问问。恶龙回话说，只要肯舍得给我两个童男童女尝尝，我可以消停三年。那三年过后它就把桥给我毁了，难不成我每过三年就得找童男童女喂它？僧人说先把桥修起来吧，万一桥建好后就有了万全的法子了呢？可是这两个童男童女哪里去找呢？谁肯舍得自己的娃去投喂龙口呀。僧人说，天下事理不就一个钱字么？僧人很快就将两个童男童女送到林贤相手里。两个娃儿明知是去送死，也不哭不闹，一副心甘情愿的样子。奠基那天，两个孩子被投入河中，溅起两朵小浪花，影儿就不见了。河面上却从此异常平静。

石拱桥顺利修建，转眼到了第二年的春天，眼看就要合龙了，桥顶上还缺一块关键的卯石。原先石匠准备的石头根本投不上榫。这可咋办呀。这时候过来个老道说，我是来告辞的，感谢各位匠官这些日子的善待，无以为报，我敲敲打打了块石头，你们看用得上不。大家这才记起，这个老道来这里已经有些日子了。来的时候，一身破破烂烂，病病恹恹，求乞大家给他口吃食，一个歇息的地方，匠人们见他可怜，一人省一口给他。他呢，平日无事，拿了匠人的錾子，一个人在角落里敲敲打打。匠人们去了那个角落，见到一块白白净净的卵石，忙抬了去，一投榫，竟然严丝合缝，不由得惊奇惊喜，却四处寻不见那道士。

僧人出来跟大家说，那道士非凡人，而是鲁班仙师。说着，他自己一个转身，只见一道金光，他露出了真身，竟然是观音菩萨。大家赶忙跪拜。观音说，你们莫要拜我，还有要紧事，做不好就功亏一篑了。明日那孽龙就知道自己上当了，必然大怒，要暴躁起来，我也制伏不了。但你们放心，各路神佛都在齐心帮你们，你们也要齐心合力。明日正是春社日，你们要通知四乡八邻的人都来踩桥，人越多，心越齐，力越大。一定要告诉人们，都要穿上新衣裳，拿上鞭炮，准备好酒菜，高高兴兴，快快乐乐地来踩桥，你踩桥，我踩桥，他踩桥，千古万年牢！

这是真的还是假的？许云问。

你这个傻丫头，又是观音又是孽龙，咋会是真的呢？梁英忍不住翻了安辰极一白眼，嗤笑道，你就讲正事儿吧！

不急，我还想听听后来呢，陈朝晖冲安辰极一扬下巴颏，喂，同志，后来呢——

这转眼就到了明天了，正如观音菩萨所言，那孽龙知道自己上当了，吃下的两个童男童女不过是观音给它的幻象，于是勃然大怒，在河道里翻滚起滔天巨浪，要将大拱桥毁掉，但四乡八邻的人们蜂拥而上，燃着鞭炮，敲锣打鼓，放声歌唱，一起拥上石桥，开始了踩桥。

那孽龙何时见过这样的阵势，成千上万的人们潮水一样涌来，踏得地皮子都晃悠，鞭炮如同炸雷，歌声响彻云霄。孽龙被吓住了，乖乖地潜进深潭，大气也不敢出。人们担心孽龙恶念再起，贼心不死，第二年春社日一到，人们又蜂拥而至，开始新一年的踩桥。渐渐地，这就成了个节日。每年立春后第五个戊日，也就是春社，不光是睢水四乡八邻的土镇、安镇、北县，远到梓州、成都……人们早早地就会赶往大拱桥来踩桥，来耍热闹。人一多，商机就出现了，各式买卖，各家杂耍戏班，也都成群结队赶来，整个睢水关人声鼎沸，人流如潮。

凡这一天到睢水关的人，都会在桥上往返走三遍，以求三生三世的平安幸福。家里有病人或者身上有伤痛的，会专门挤到桥正中龙头龙尾的位置，往桥下丢上几枚钱币，这叫"丢药钱"，意思是把买药的钱都丢了，无病无灾了。

还有很多娘老子抱了自家爱害病不好养的娃娃，守在桥头，专挑那有眼缘的，扯住衣角，先问属相生庚，如果合上了，那就投了机缘，于是倒头便拜，求请收了娃儿做干儿子，然后奉上三杯认亲酒。被认了干爹的，当然也得有表示，或几个钱，或一个什么信物。实在拿不出手的，就在桥上抱着娃娃，专为他讲上一段吉言好话，祝福赞美，这就成了一家人。

安辰极讲得热闹，大家也听得认真，唯独赵棠坐在一边，心事重重地抽着纸烟。

2

三月十日，梁英以中共四川省委"春暴行动"特派员的身份回到土镇，传达了中共四川省委制定的"四川暴动行动大纲"。对于"爱城工农革命军指挥部"工作，省委专门指示，为求暴动一举成功，建议春荒暴动就在革命力量最为集中的土镇发起。因此，"爱城工农革命军总指挥部"更名为"土镇工农革命军指挥部"，安辰极任总指挥，赵棠任副总指挥。指挥部下设各队组织以及指挥员，由安辰极同志决定和任命。土镇暴动成功后，尽快组织临时政权或者苏维埃政权。

梁英宣读了省委关于付立扬军事行动失败的"意见"。"意见"对"爱城工农革命军指挥部"予以严厉批评，认为赵棠应该对此次失败承担主要责任。省委的批评很严厉，赵棠脸色苍白，额头渗出了密密的汗珠。如果早听了安辰极的规劝，又何至于造成那么大的牺牲。那么问题出在哪里呢？赵棠进行了深刻的反思。首先是在思想上出了问题，自己太偏狭，明明意识到安辰极的意见是有道理的，指出的结果是可能出现的，却偏偏听不进去。

没过两天，从绵城联络站送来消息，说赵棠家发了大火，老母亲和与她同床相伴的孙女被烧死，他怀孕的妻子带着儿子大腹便便找到成都。省委的意见是赵棠放下手上的工作，回乡去处理家事。

现在可是最关键的时刻，我怎么能在这个时候离开呢？我选择革命的时候就想到会有这一天的！赵棠虽然痛苦，一声长叹，还是决定留下来。只是一想起母亲和女儿，就忍不住满眼泪水。她乖得很啊，长得和她妈妈一样漂亮。她妈见我成天不落屋，就跟人跑了。现今这个女人呢，又不待见她，她就跟她婆婆一起。我的这个妈呢，眼不好，一辈子又怕冷，就喜欢提个烘笼子篜篜。她一定是怕冷，把烘笼子提到床上去了……

一旁的梁英素来就是个眼眶子浅的人，泪水也淌个不停。安辰极拿了五十个大洋，交给赵棠。赵棠谢了他的好意，不肯接受。

对于即将发动的"春暴"，赵棠以为安辰极会和他商谈，但是安辰极却只字不提。不过，那些天里，安辰极却在不停地找人谈话，分派工作，让他们暗中做着各种准备。看得出来，"春暴"行动正在紧锣密鼓地筹备中，至于何时打响第一枪，他似乎早已准备好了。赵棠好几次想开诚布公地和安辰极谈谈，希望他能真正地把他当成"副总指挥"。但最终还是打消了这个想法。赵棠坚持留下来的原因当然是出于眼下人手紧缺，形势紧迫的考验，但他更是想通过这次暴动，表现自己对于革命的坚决和积极，他相信自己可以圆满完成安辰极交给他的任何任务，他也一定可以通过自己的斗争弥补曾经造成的损失，让大家看到他的智勇，重新赢回组织的信任和器重。

3

三月十七日早上，安辰极问赵棠，上午有什么安排没有？没有的话，咱们去安公堤，那里有间茶馆，外头有个亭子，可以看到整条爱河，昨日涨了春水，正好赏赏河景呢。

两人赶到茶馆，却见亭子里早坐了五个人，分别是中共四川省委"春暴行动"特派员梁英、土镇工农革命军第二支队支队长吕浩、第三支队支队长许云、特务队队长陈朝晖、交通队队长包玉和。落座后，安辰极的目光从春水泛泛的河上收回，看着大家，不冷吧？坐得住吧？在我宣布土镇春荒暴动计划之前，我想先给大家讲一条河流，雎水河……

看着安辰极讲得眉飞色舞，赵棠的心头古古怪怪，他实在忍不住想要打断安辰极的话，问他还有的同志呢？

安辰极对人事并没做太大的调整，不像赵棠来了后几乎是抄了个底朝天。原来跟安辰极走得近的和被重用的，都被他替换掉了。他的理由倒是很充分，也很风趣，他说安辰极有安辰极的领导风格和用人原则，而我呢，骟猪匠捅屁眼，各有各的骟法。

除了新组建和成立第三支队，任命许云为支队长，任命陈朝晖为特务队长，将包玉和的后勤队长改为交通队长，组织和人事都没怎么变动。赵棠原来任命的那些同志，安辰极也没做调整。但是在这次重要会议上，赵棠发现自己原来任命的也最为器重的几个负责同志一个都不在。别人还好说，胡乙呢？他可是土镇工农革命军第一支队支队长，手里人最多，枪械最优良。

就在赵棠丢掉烟头，准备开腔问这个问题的时候，安辰极那些有关雎水关踩桥民俗活动的介绍，正涉及一个对本次春暴革命可能产生关键作用的人物，袁天王。

尽管雎水关踩桥这么热闹，但袁天王从来就没有那个胆量在光天化日之下上桥去走上三圈。他发明了一个新的来头，叫"踩子时桥"，也就是在头夜里子午相交的时辰，在一帮荷枪实弹的团丁的护卫下，打着灯笼，上桥溜达三圈。他太担心自己被暗杀黑揍了，一看见人多就莫名恐慌。和他一样，大河两岸，包括竹城等地的那些地主老财，军阀劣绅，在他们穷奢极欲的生活里头，最重要的一部分就是追求刺激和热闹，否则他们怎么度过无聊的空虚时光呢？而雎水关春社踩桥，最朴实归真的民间风俗活动，人间气息，烟火味道，哪一样不是他们羡慕的？他们又怎可能放过这样大饱眼福的时机呢？

再说袁天王，他也和那些军阀劣绅、地主老财们一样有个通病，就是不放过任何机会炫耀自己，不放过任何机会结交权贵。地主老财、军阀劣绅乐于办堂会、开宴席，不就是为了跟与自己气味相投的家伙们聚在一起，拉帮结派，构建自己的势力圈子，巩固自己的地位，以便合谋共谋，去祸国害民么？

作为雎水关春社踩桥这样热闹非凡的大戏台子，这样又不耗力又不花钱的天然生成的社会交际场，袁天王又怎么可能轻易放过呢？所以，在袁天王坐稳雎水关，尤其是当上三镇五乡联防局长之后，他可是在利用春社踩桥结交权贵，巩固势力，展示能耐上下足了功夫。他首先扩建了袁府，修了好些个宽敞漂亮的客房，在原来魏延设立的老雎水关隘旁的校场坝，大兴土木修建了个大戏楼。

每年早在立春这一天，袁天王就会广发请柬，邀请远近军政要人，邀请四乡八邻的袍哥老大，邀请和自己有交道的帮会兄弟，邀请有生意往来的乡绅地主。所有受邀者会带着家眷，在春社日头天赶到，和袁天王一起在头夜子午相交时刻，去踩那美其名曰的"子时桥"。

春社这天，早上九点，袁天王高价请来的大戏班子就开始敲迎客锣了。十点,头牌名角就登台亮相。

大戏楼虽然是露天的,却不是谁都可以挤进去看戏。防止人太多,也是为自家性命考虑,袁天王别出心裁地竟然用木头做了一圈儿"拒马",而且每个拒马旁都站着一个提刀拿枪的团丁。这可得多少个团丁呀?不消担心他,要晓得每个受邀的头面人物,都会跟着少则几条,多则十几条枪的,他们会被袁天王统一安排,用于保护他们的安全。凡是进入圈子里看戏的,都会被搜身。而在戏园子里还到处都是防守,一旦发现谁轻举妄动,立即就扑上来了。所以,从袁天王广邀宾客到现在,从未发生一起事故。之前还有一些人不敢来,生怕丢了性命,后来见没什么事,渐渐地也就胆子大了。去年春社,国民党成都党部的几个要员就来踩了桥,看了戏,开开心心耍了好些天呢!

对于袁天王他们来说,这样的日子将一去永远,不复存在了!安辰极的声音突然变得颤抖起来,因为激动,他的脸色绯红。大家都看着他,也都难以抑制激动的心情,紧张而兴奋,等待他的宣布。

后天,公元一九二八年三月十九日,农历二月二十八,戊午日,春社,我们将在雎水关,打响我们土镇工农革命军总指挥部的大河两岸春荒革命暴动第一枪!我们将一举歼灭袁天王、蒋敬、柯鼎臣、林聪等地主恶霸、军阀劣绅,以及他们的爪牙。然后趁势占领土镇、雎水关、安镇等重镇,往爱河上游发展,占领北县;往爱河下游发展,占领爱城,进逼绵城,迅速地建立起我们的苏维埃政权!

如此重大的决定,尽管已在安辰极心中过了若干遍,但在宣布的时候，却还是因为激动，难以抑制地身子发颤，声音哆嗦。安辰极端起茶盏，没水了，梁英忙给他续水，茶壶早就干了。梁英将自己的茶盏推到安辰极面前。安辰极端起来小啜一口，抿抿发干的嘴唇，看了大家一眼，问，同志们，有没有意见？

都激动地表态说没有。赵棠迟疑了一下，还是问了他那个问题，胡乙同志怎么没来参加这个会议呢？

我最不放心的就是胡乙同志的革命意志，对于他的工作安排，我有个建议。安辰极看着赵棠，等赵棠点着了香烟，吸了一口，抬眼看着他的时候，他才继续说，赵棠同志，我希望你能兼任土镇工农革命军第一支队支队长，胡乙作为副支队长。第一支队人数最多，枪械最为精良，是我土镇工农革命军的精锐，毫不隐瞒地说，只有牢牢抓在你的手上，我才放心！

安辰极同志，革命意志是不是坚定，是不是存在革命投机心理，恐怕需要到革命战场，经受革命战火考验，才能证明出来。这么长时间以来，胡乙同志的工作大家都是看见的，你也承认了他的能力，所以我认为在没有充分证据的前提下，对一个负责同志做出这样的指责是不合适的。似乎是为了让自己接下来的讲话不受影响，赵棠干脆把烟头掐灭了，将剩下的半截烟夹在耳门上，接着说道，我们是革命同志，听从组织的安排是无可非议的，我表示服从，而且相信胡乙同志也能做到。但我们除了是革命同志，首先也是一个人，难以避免地看重尊严和面子。在这样的关键时刻，撤销胡乙同志的支队长职务，而且是在没有正当理由的前提下，应该是不合适的，胡乙也难免不会产生情绪。因此，我建议你撤销刚刚的决定。

那不是决定，安辰极说，那是我的提议。

如果是提议的话，那么我建议让胡乙继续担任第一支队支队长。

安辰极不说话。他在等赵棠后面的话。赵棠站起身来，走到安辰极跟前。亭子本来不大，他这一过来，大家难免觉得局促，靠在梁英跟前的许云要起身让座，赵棠伸手示意不用。赵棠和安辰极面对面站着，目光熠熠地看着他，我有个请求，安辰极同志。

赵棠同志，你请讲。

根据省委"暴动行动大纲"的军事组织安排，我们土镇工农革命军还缺一个军事单位——敢死队！我请求设立一个敢死队，专门负责机动作战，攻坚克难！

赵棠同志，哪里还有人呢？安辰极摊着两手。

抽调！你不是说一支队人最多，枪械最优良么？可以从中抽调一部分人员，再从其他战术单位抽调一些，组建一支敢死队，负责机动，专门对付最顽固、最凶狠的敌人！

陈朝晖首先表示赞同。

梁英见安辰极看着自己，也点点头。

只是这样一来，你的战斗计划，就需要重新部署了。赵棠说。

就不叫敢死队吧。安辰极想了想，叫机动大队吧，或者叫突击大队也行。

那就叫突击大队吧！赵棠说。

行！安辰极看看大家，宣布了决定。从第一支队抽调三十人，二、三支队各抽调五人，合计四十人，组建突击大队，由土镇工农革命总指挥部副总指挥赵棠同志兼任突击大队大队长！

赵棠紧紧握住安辰极的手，你给了我四十人，大战之后，我会还你四百人的！他说。

咱们都是工农革命军，不要分你我，而且队伍也不是你的我的，是中国工农革命的！安辰极也紧紧握住赵棠的双手，赵棠同志，你只有一天时间来组建突击队，后天就要面临严峻的战斗，你的任务艰巨啊！

4

在安昌河的长篇小说《大河东流》和此后一系列据此改编或者据史料重新创作的电视剧、电影、话剧、歌剧以及地方戏甚至舞蹈等文艺作品中，袁四喜都是重要角色。

只是在这些文艺作品中，"袁四喜"并没有被捕，也没有叛变。她是袁天王的幺女，掌上明珠，泼辣，甚至有些桀骜不驯。但自由的时光在她十六岁那年就突然变得凝滞了，她亲眼看见父亲带人将无辜的百姓打死，看见父亲走私鸦片，看见父亲纵容手下强抢民女，看见她家的席桌上有吃不完的好酒好菜，而在一墙之隔的街头是贫苦百姓因为饥饿死亡，走投无路的人在卖儿鬻女……这是怎么回事？世界怎么会是这个样子？

她遇到了安辰极。她是在踩桥这天，在桥头的卧佛寺遇到安辰极的。那时候她正虔诚地请教卧佛寺德高望重的大和尚。大和尚说，那都是因果，是命。不，大和尚说错了。一旁的安辰极开始和大和尚辩论，那不是因果，那是这个社会的罪恶，富人的鸡鸭鱼肉不是前世修来的，而是凭借权势的凶狠和丧失人性的盘剥，百姓的贫困和走投无路也不是前世罪孽造成的，而是软弱不争和甘心为鱼肉。要改变这一切也不可能靠现世的日行一善和吃斋念佛，而是要抗争，要呐喊，要和一切剥削阶级、一切反动势力斗争，革他们的命，开创一个没有剥削、没有权势、没有贫富的社会！在这个社会里，人人平等，人人自由！

就这样，袁四喜认识了安辰极。随后安辰极又将她介绍给了自己的亲密战友梁英，并告诉梁英，要多关心，多帮助她，要培养革命的火种。

但袁四喜的革命道路并不平坦，她革命意志不坚定，加上过于理想化，对大河两岸的反动势力如她父亲袁天王之辈抱有幻想，认为可以改造，结果掉入她父亲和蒋敬合伙设计的圈套，给付立扬他们的革命行动造成了巨大牺牲。

有同志误以为袁四喜是叛变了，要求严惩她。安辰极根据自己对袁四喜的了解，认为袁四喜不会叛变，情况没有调查清楚，就不能冤枉同志。于是，安辰极和梁英一道潜入雎水关，见到袁四喜。

看见因为自己的幼稚和自作主张造成如此重大的牺牲，袁四喜十分痛苦，也追悔莫及，对凶残狠毒的袁天王、蒋礼之流也完全看清了本来面目。

安辰极严厉批评了袁四喜，不能对反动派抱有任何幻想，更不能把革命当儿戏,革命就是你死我活的斗争,而面对反动派的唯一选择就是毫不留情地打倒他们!这一番谈话,让袁四喜认清了革命斗争的残酷,也感受到了来自组织和同志的关心与温暖,从而坚定了自己的共产主义信仰和献身革命的决心。

一九二八年三月十九日,春社日。大拱桥上踩桥的人如同潮水,只要进入人流中,立即就能体会到"随波逐流"的感觉。因为根本就不需要你开步行走,人流会推动着你前行,你根本无法选择快慢,更不可能掌握左右。

人们兴高采烈地进行着各种民俗活动,丢药钱、娃娃拜狮、拉干爹、拜桥……

河道里,人们撑着木船和竹筏,手里举着网兜,指望接着那抛下的钱币。还有人不畏寒冷,跳到水中去打捞那些"药钱",抿一口烧酒,潜入水底,好不容易摸到一枚铜板或小钱,喘两口气,再抿一口烧酒……如此几个来回,人就被弄得浑身青白,战栗得犹如筛糠。

两岸的人越来越多,人们拜庙,拜土地祠,拜着那些古老的树和庞大的岩石。此刻他们除了自己,一切都依附上了神气仙气,只消对着磕几个头,放上一饼火炮,转天就会有神迹显露,遂了愿望。

睢水关内的大街小巷人流如织,大戏楼前更是人潮涌动。

春社日上午九点,戏班子敲响了迎客锣鼓。十点,袁天王和他的贵客们在荷枪实弹的团丁家丁们的护送下陆续入场,戏台子上开始跳起了"加官"。

十点半,主人和宾客坐定,大戏开演。

在安昌河等人的文艺作品中,和袁天王坐在大戏楼前看戏的有国民党爱城党部主任委员蒋敬、国民革命军第十七军第三师第九团团长范绍元、安镇团防局局长易本木、北县最大的袍哥组织秀安公社舵把子向秀山、大河两岸首富安玉惠。当伪装成游人的安辰极突然看见父亲出现在大戏楼前时,心情极为复杂。身边的同志也发现了,焦急地问安辰极该怎么办,是不是设法将他带出大戏楼?这样做必然会引起袁天王等人的警觉,行动将宣告失败……安辰极做出了痛苦的选择,照原计划行事!

这天的剧目是《白蛇传》。《白蛇传》本是连本大戏,全本往往会一演三天。为了图热闹高兴,袁天王要戏班子直接绕过文戏,跳到《金山寺》去,为的是看那川戏的绝活儿"吐火"和"变脸"。当哼哈二将、简离、哪吒、韦驮被白蛇一一战败后,法海禅师使出罩摄"妖魔"的神器紫金铙钵。紫金铙钵化身为钵童,开始了喷火、变脸,大战白蛇……戏台上演员拼力演出,使出浑身绝活,台下的观众看得全神贯注,不时爆发出阵阵喝彩声。

一看时间,还有几分钟就十一点。十一点,会有一声巨大的爆炸。

暗藏在人群中的安辰极已经不再担心他的父亲安玉惠。这就是命运,这就是革命的残酷,这就是牺牲!和他一样,战友们也紧张到了难以形容的地步,有人手心全是汗,有人浑身战栗,有人脸色煞白像是病了。大家凝神屏息,就等那一声爆炸。这声爆炸会将袁天王、蒋敬等反动派送上西天,这声爆炸将宣告爱河流域春荒革命暴动打响了,这声爆炸会点燃大家心中的战斗激情。他们会趁着敌人慌乱之际，掏出藏在身上的短枪，以最快的速度歼灭那些守卫，那些反动派的爪牙，然后兵分两路，攻占袁天王的老巢——他的家和距离他家不远的西南三镇五乡团防局，去夺取那里的枪支弹药，迅速武装起队伍，剿灭逃窜的反动派余孽……并将在下午两点，全面占领睢水关，在睢水关率先成立临时政权。

十一点钟了，安辰极转过身去，闭上眼睛……

没有响。

响的是戏楼上那密集的锣鼓声。和白蛇恶战的钵童脑袋一扬，又幻变出了张脸，戏楼底下的看客们发出潮水般的叫好声。

睢水关外，鞭炮和喧闹声仍然如故，从早上开始，还将持续下去。

怎么回事？隐藏在人群中的土镇工农革命军战士都把目光投在安辰极身上，那一刻，他似乎成了全场的焦点。

有暗中观察的爪牙注意上了安辰极，召唤了两个同伙，向安辰极走来。安辰极张望着戏楼前，但他看不见那里都发生了什么事。爆炸装置是陈朝晖设计的。只要拔下发条的开关，启动自动转盘，一分钟后，撞针就会叩击上引药，点燃炸弹。

负责拔下发条开关的是每年春社都在大戏楼前给袁天王他们倒茶斟水的其香居的跑堂倌。他之所以愿意接这个活儿，为的是为父报仇。

陈朝晖设计的装置是没有问题的，演练了三次，三次都很成功。跑堂倌应该不会忘记怎么拔下开关，他也演练了两次，而且是陈朝晖手把手教的。跑堂倌呢？他竟慌慌张张冲安辰极跑过来，手上比比画画，意思是说他拔了开关，但不知怎么回事，没响。没响也跟他没有关系，因为他是拔下了开关的，该他做的他已经做了。发现情况不对，陈朝晖也向安辰极走过来，他看见安辰极被三个袁天王的爪牙包围在当中，其中一个已经掏出了枪。

撤退已经来不及了。安辰极一咬牙，刚拔出双枪，一声巨响，爆炸了！这是信号，是土镇工农革命军春荒暴动行动的信号，也是总指挥安辰极发布的总攻命令！

终于爆炸了！

5

既然开关拔下了没有响，它又是怎么爆炸的？在安昌河等人的文艺作品中，是这样描述的——

在设计爆炸装置的时候，尽管三次试验三次都成功了，但梁英还是觉得出于万全考虑，应该多一种方案，能不能留出一条引线，万一自动装置出了问题，还可以手动引爆。

梁英指着那条引线跟袁四喜说，只有你能接近它。袁四喜默默地点头。随后，她仔细问了陈朝晖，引线的燃烧时间会有多长，陈朝晖跟她讲，足够长，够她跑出一百米远了。袁四喜说，我能跑出一百米远，敌人呢？不也能跑出一百米远么？

炸弹就放在袁天王身边的茶几子底下，茶几上堆满了瓜果糕点。蒋敬苏气，只喝茶，抿一口，放下茶杯，慢慢仰过身子,将自己贴在椅背上,脸上不时露出一丝不自在来。他从马上摔下来,伤了腰,还有些隐痛。他能带伤前来,还真叫袁天王感动。我怎么能错过这样的大戏呢?蒋敬话里有话地说,两人相视一笑。他们也在期待一场胜利,然后喝着庆功酒,将国民党睢水党部挂起来,到时候袁天王将多一个官衔,"国民党爱城西南三镇五乡党务专员"。范绍元肥头大耳,绰号范猪头,就喜好个甜腻和烧酒。台上戏文精彩,范绍元看得也入迷,不住地抓了糕点往嘴里塞,冷眼看见袁天王和蒋敬两个脑袋凑一起窃窃私语,也凑过去,压低了声音,粗着喉咙说,放心,一切都在我老范的掌握中!

易本木也凑过去,眼珠子却落在戏台之上。白蛇且战且退,不时使出法术,破解钵童的攻击。我觉得呀,这倒是个最好的时机呢!易本木比画了一下,仿佛手中握有刀枪,从台子上冲杀下来,冷不防,谁抵挡得过呢?他扭过头用那意味深长的目光,看了安玉惠一眼,又掉过头来,伸长指头,戳了戳靠近自己的蒋敬,问他,蒋主任,你说是不是?

安玉惠并没有听清他们都在说些什么,但肯定不是在说台子上的戏文。他是昨天傍晚到的睢水关,刚到距睢水关三里外的红石滩,就被袁天王的团丁接住了。他被眼前的阵仗吓了一跳,咋这么多兵丁呢,个个都是荷枪实弹,如临大敌。安玉惠的到来,叫袁天王十分高兴。咋搞这么大动静呀?这是要防谁还是要打谁呀?安玉惠看着袁府龙门口那架设的枪炮,明知故问道。

老哥你是知道的呀!过去袁天王一直称呼安玉惠为"玉惠爷"或者"安大爷",这声"老哥"叫得亲切自然,似乎表明他进了这个门,就不是外人了。

安玉惠一愣,我知道个啥呀?

咱们这里可得加强提防,处处小心呀。袁天王做出忧心的样子,叹口气,这共党分子天不怕地不怕,不惜疼老天给的命也不心疼爹妈给的肉身,做起狠毒事来,还真是六亲不认呀!

安玉惠面相平静,心头五味杂陈。他已经好些天没有看见安辰极了,不用猜也知道他在干啥。就在起身来睢水前,老管家在他面前走了几个来回,欲言又止,惹得他忍不住叫住他,你有啥事就直说罢,把我眼睛都绕花了。老管家说,老爷啊,是不是就不要去睢水关了,守在家里吧。安玉惠纳闷,问他,你是不是在外头听到啥了?老管家说,话都传出好几天了,都在议论说,辰极少爷要起事了,要反天了。安玉惠看着他,其实这话他也早听了,他虽然没有出门,但往来府中的人不少,送菜的、送鱼的、送柴火、借粮租地的,这些人走一起少不得闲言碎语,只要留心,总是可以听出些什么。老管家一脸忧愁地说,辰极少爷一起事,就不知会多出多少仇家,听说有人挖好坑正等着他往下跳呢!

袁天王将安玉惠迎请进客堂,里面坐着蒋敬、易本木等人,彼此原来都熟识,亲热地打着招呼。倒是那范绍元第一次与安玉惠相见。听说这就是安玉惠,范绍元显得很意外,哟,安玉惠大爷呀,你现在还有闲心东跑西跑呀?这话中有话和大家看他时那古怪异样的神情,叫安玉惠的内心一阵阵慌乱。

吃饭的时候,易本木跟安玉惠说,看见你,我们大家就心安呀。

安玉惠问他，易大爷，你这话说的是个什么意思呢？

哎呀，玉惠大爷，你咋揣着明白装糊涂呢？易本木眼珠子一转，举起的酒杯停在空中，不过，玉惠大爷，这踩桥，你可是一次也没来过呀，今年咋个就想开了呢？

想到以后日子可能不顺遂了，临时来抱一抱佛脚，踩踩桥，求求平安嘛！安玉惠放下手中的筷子，看着易本木，眉头一皱，咋个，易大爷觉得我不该来啰？

我哪里有那个屁劲儿呦，这天下就快成为玉惠大爷的天下了，想去哪去哪，天王老子也不敢阻拦的。易本木眉头一扬，招呼道，来，玉惠大爷，喝酒喝酒！

吃过饭，玩牌的玩牌，喝茶的喝茶，就等子时到来。安玉惠与向秀山等人聊了会儿天，就要回房去歇息了。袁天王问他，老兄不跟我们去踩桥么？安玉惠做出一副"事到如今，一言难尽"的神情，老弟啊，实不隐瞒，我哪里是想来踩这个桥嘛，与其说我是出来散心，莫如说我是出来求神。你也知道我那个儿子，咳，真是……话都不知道从何讲起啊。你说他咋会去搞那个共产党呢？也不晓得他要惹出多大的祸啊，祸惹出来，又咋办哟！

他们这些年轻人，做事是从来不过脑子的，更何况共产党的东西，又偏偏是蛊惑人的！袁天王也一副苦不堪言的痛心表情。

来雎水关，主要还是冲着你这尊大神来的呀！安玉惠神情痛楚，言辞真诚，你这个人平时大大咧咧，不显山露水，把真身藏得很深，能耐有多大，我还是清楚的！袁天王刚要谦逊一番,又觉得大可不必,事已至此,就听听这大富豪怎么讲吧。我是指望老弟能帮我那不争气的儿子担待些,这娃儿品质还是不错的,就是听信了蛊惑,人也太执拗,不撞南墙不回头。指望老弟在他肯回头的时候,帮忙周旋些,救他一手啊!

安玉惠几乎是一夜未睡。他从袁天王、蒋敬和范绍元等人的神情上,看到了胸有成竹的从容,仿佛一切都在他们的掌握中。而他们看待自己的神色,还有那些话语,似乎已经在预先悲悯他了。吃早饭的时候,袁天王神神秘秘地跟安玉惠讲,说等会儿要告诉他一件要紧的事。直到进了戏园子,都听了两刻钟的戏了,袁天王才突然想起似的,凑到安玉惠耳朵边,压低了嗓门说,老兄,他们今天是要去打爱城哟,还有,辰极身边有外人呀,早在年前,那人就反了水哟!

安玉惠定定地看着袁天王,袁天王却当什么也没说,什么事也没有。回到座位上,他抓起一把花生,捏碎了壳子,揉飞了花生皮,一把塞进嘴里,香香地嚼着,看着台上的打斗。扭脸一见安玉惠还呆呆地望着自己,一指戏楼,用那含混的声音招呼,老哥,这要放晚上演,只怕更好看呢,是不是?

安玉惠收回目光,投到戏楼上。戏楼上都演了什么,唱了什么,他听不清也看不清,他满脑子都是儿子安辰极血肉模糊,死不瞑目的惨相。直到袁四喜走到他跟前,唤了他几声,他才回过神儿来。早上在后花园的时候,安玉惠远远地看见过这姑娘,她捧着本书,坐在亭子里,读得很认真。安玉惠没往前,怕打扰了她。他这是第一回近前看她,没想到袁天王这等粗鄙之人，竟养出这般模样清秀，眉慈眼善的女儿。

当袁天王侧眼看的时候，女儿袁四喜正拾了根小板凳，坐在安玉惠跟前，和他聊得正欢。袁四喜今天竟穿上了上学时最爱穿的那套衣裳，湛青色长袖大襟袄，黑布裙，长筒白棉袜，好看倒是好看，但这场合穿出来多少有些怪模怪样的。再说，自回到睢水关后，她念书那些物件碰都不碰了，有一阵子在屋子里烧课本还差点把房子点燃，咋会突然穿出这么身衣裳来？不过，她倒是挺开心的，安玉惠也满面笑容，真不晓得两人在说个啥。

当袁天王再扭过脸去看他们，两人都不在了。咋回事？刚刚还在那说说笑笑，咋会不见了人影呢？袁天王抻长颈脖四下张望，正要唤人去看看，却见袁四喜向他走来……

在安昌河等人的文艺作品中，这一场景的表现是各有不同的。在电影《古桥枪声》中，导演不顾安昌河的反对，设计了这样的场面——

袁四喜从戏台边过来，走到袁天王跟前，并请刚要起身的蒋敬坐下，说有重要的事情跟他们说。她跟蒋敬讲了一番，"共产党是杀不完的""共产主义是一定要实现的""革命者的鲜血不会白流"，然后拥抱了她那瞠目结舌的父亲，说了声"对不起"，就重启了炸弹。

有一台新编的川戏表现的是炸弹失灵后，袁四喜将备用炸弹绑在身上，义无反顾地走向反动派。

安昌河在长篇小说《大河东流》中的描写是最接近真实的。

袁四喜并不是空手走到她父亲身边的,她父亲袁天王也正是看到她手上拎的东西,才将欠起的身子重新坐回到椅子里,还和蒋敬相视一眼,会心一笑。

袁四喜手中拎了两个烘笼。

此时虽已过春分,春花盛开,春风和煦,早已退却了寒意。但在河谷地带,在深山老林,一些老人家在端午没到之前,是不会将烘笼从两腿间撤开的。而且这些地方的待客之道,除了奉上装好烟叶点燃纸捻的水烟袋,还总是喜欢递上一个热气四溢的烘笼,谁叫河谷湿气重,山里寒潮深呢。

烘笼备在戏楼下的,他们说今天不冷,我还是拿了两个来。袁四喜说。

指望袁四喜端茶递水烧烘笼这奉亲敬老的事儿,搁之前是袁天王想也不敢想的事。这事儿虽然来得突然,袁天王难免不感到激动和幸福,高高兴兴从袁四喜手上接过烘笼,感叹说,真是懂事了呢。

蒋敬也接过烘笼,特意多看了他这准儿媳两眼,觉得似乎比之前变得更白净了,更好看了,举止端庄,苏气从容。他掀开长袍,将烘笼塞到两腿间,轻轻夹住,再一捋长袍,片刻之后,就将捂出一身轻汗。

袁四喜并没有立即走开,而是将那条小板凳挪到她父亲身边坐下,仰脸看着他。袁天王要吩咐人挪椅子来,让女儿端端正正和自己坐在一起,袁四喜不让。她挪挪板凳,靠近了父亲,双手还搭上了他的膝盖,就差将小脸儿贴过来了。这一幕,快速地将袁天王带回到从前,带回到袁四喜小的时候,她那时候是多么乖巧懂事啊,是多么天真可爱啊……

爹啊，我乖么？袁四喜问。

你是我最乖的娃呀！袁天王伸手摸摸女儿的头。

爹啊，对不起啊！袁四喜的脸上挂了两行清亮的泪珠。

我娃说啥呢，改了就好，改了就好。袁天王正要伸手去擦拭女儿脸上的泪滴，袁四喜将脸贴在他膝盖上，闭上眼睛，又两行泪水涌了出来。

这时候，蒋敬抽抽鼻子，叫道，啥味儿啊，啥东西烧燃了？

都看着他。

蒋敬以为味道来自他的烘笼，刚撒开腿，爆炸就发生了。

6

早在一九六三年，爱城党史办和土镇地方志办公室就"土镇春荒暴动"进行了一次全面系统的史料采集。一九七二年，根据当时的政治要求，爱城革委会组织班子又对"土镇春荒暴动"进行了一次史料收集，创作了一批文艺作品。一九八四年，土镇整理出版了一本小册子，封面是"安辰极烈士墓园"照片，封底是赵响撰写的"纪念土镇春荒暴动五十五周年诗一首"，这本小册子的名字就叫《土镇工农革命军春荒暴动纪实》。

一九二八年三月十七日，土镇工农革命军总指挥部在土镇安公堤举行秘密会议，总指挥安辰极宣布了春荒暴动计划和时间。将借两天后的雎水春社踩桥之机，于上午十一点，在雎水关发动春暴。之所以放弃土镇而选择在雎水关发动春暴，原因如下：

袁天王是大河两岸最为反动和残暴的恶霸势力，他勾结爱城国民党蒋敬父子，先是凶残地杀害刘均平诸同志，又惨无人道地杀害付立扬等革命同志和群众，所以春暴在雎水关举行，带有一定的复仇性质。铲除袁天王，也是清除大河两岸未来革命的绊脚石和心腹大患。

再则，袁天王是大河两岸团防势力最大的一个，他的三镇五乡团防局有兵丁两百余人，枪械优良。打掉这支最大的团防势力，既可以获取充足的装备和人员，还可以震撼其他如安镇等小股团防团练，叫他们不敢动弹。

最为重要的是在这一天里，雎水关会聚集一大半大河两岸的军政要人、地方劣绅，只要能一锅端掉，大河两岸的革命就胜利了一大半。

根据安辰极的部署，在三月十八日下午三点前，包玉和的交通队将春暴所需的枪支弹药，运抵雎水关指定位置。午夜前，安辰极和陈朝晖将率特务队到达雎水关，并在天亮前，安装好爆炸装置。吕浩在春社日也就是三月十九日早上八点前，率领二支队赶到雎水关，进入指定位置，领取枪支弹药，等候命令。赵棠率突击队防守土镇，待雎水关暴动取得胜利，即宣布土镇暴动胜利，并立即成立临时政权，同时派员增援花荄的革命斗争。梁英随许云率三支队在花荄设伏，阻击爱城方向的增援之敌。待雎水关暴动成功后，即刻发起花荄春暴，并成立临时政权，开展群众斗争，扩充兵员，增强战斗力，做好长期斗争和巩固政权的准备。胡乙率一支队，切断北县与安镇之间的联系，阻击范绍元部可能增援雎水关之敌。

待雎水关、土镇、花荄各地春暴胜利后，进攻安镇，建立临时政权。自此，大河两岸春荒暴动获取第一阶段之大胜利。

大河两岸春荒暴动总兵力二百七十余人，对外宣称为千人，兵分雎水关、土镇、花荄和安镇四路，所以在《土镇工农革命军春荒暴动纪实》中，将安辰极的计划称之为"四路暴动计划"。

后来很多人对安辰极的计划进行了解读推演，认为安辰极的计划看似大胆，实际上是极科学合理的，大胆中有严谨，冒险中有周全。

历史是不能假设的，所有的分析和推演也很难顾念到现实所发生的具体情况，尤其是那些容易忽略或者故意遮蔽的细节，所谓的不经意的翅膀一扇，卷起西太平洋飓风的蝴蝶效应，所谓的一颗臭螺蛳坏掉一锅汤。所有的成功和失败都有着历史潮流所决定的必然性，也有着令人愕然的偶然性，尤其是那些本可避免的巨大失败，回头看它总是叫人唏嘘不已，扼腕叹息。

"四路暴动"的关键，当然是雎水暴动。在军事力量构成中，有先期抵达的包玉和的运输队十五人，午夜前抵达的陈朝晖的特务队三十人，第二日早晨赶到的吕浩的二支队五十人，总兵力近百人。那么敌人的兵力是个什么情况呢？袁天王的三镇五乡团防局兵力二百六十余人，国民党爱城党部主任委员蒋敬护卫队三十五人，安镇团防局易本木护卫队三十人，秀安公社舵把子向秀山护卫队四十人……总共加起来近五百人。

在安辰极的计划中，他是没有想到范绍元会带那么多兵力到睢水关的。范绍元和袁天王私交关系一直很好，都喜欢打个麻将耍个牌九，之前来踩桥就带三四十余号人，却没想到这回竟然来了一个营，一部分驻扎在睢水关，一部分驻扎在场镇外。这让安辰极的心里打起了怵。

柯鼎臣投军大军阀杨胜后，从一个小排长慢慢干到一个营长，到一九二六年二月，杨胜接受国民军第二十军兼川鄂边防总司令之职时，柯鼎臣升任团长。五月，柯鼎臣随二十军出川进攻武汉国民政府，遭遇惨败。如果不是部下拼死相救，柯鼎臣必死无疑。这个部下，就是他的二营营长达州人范绍元。为了营救柯鼎臣，二营几乎全军覆没，范绍元身负重伤。为感谢范绍元舍命相救，柯鼎臣将其收为干儿子，并提拔为团副，成了自己的得力助手。

回川后，柯鼎臣滞留绵州，惹得原绵城驻军刘湘的十七军第三师师长曾德林不满，准备武力驱逐。柯鼎臣指使范绍元买通曾的部下，将曾德林暗杀，并嫁祸于副师长廖辉，一时三师内讧，死伤惨重。柯鼎臣借机出兵，平息兵乱，并将曾德林余部收编。因为柯鼎臣势力强大，杨胜任命其为旅长，而刘湘也暗中争权，柯鼎臣自然也投桃报李，暗通款曲。于是，刘湘没有强迫柯鼎臣撤离绵城，只等他改弦易帜。此时杨胜已无力应付可能之变，因为他的地位岌岌可危。一九二七年五月，杨胜下野，郭汝成成了二十军军长。柯鼎臣表现出一副"只认旧主，不奉新命"的忠诚姿态，随即转投刘湘，升任为师长。郭汝成虽然痛恨柯鼎臣，但因内部斗争损耗太大，伤了元气，也不敢贸然发动争战，却又不甘心就这样忍气吞声，于是隔三岔五就找他的麻烦，动用江湖黑道，对其实施暗杀黑揍，还有几次是组织精兵潜入绵城进行刺杀。

所有的这些麻烦，都是范绍元来对付的。范绍元的表现总不会让柯鼎臣失望。范绍元说，来而不往非礼也，总不能让他这样滋扰下去，太把人当软柿子捏了。于是私自带了一个营的兵力，冲入郭汝成的防区，见神杀神，见佛灭佛，打了个来回，然后带着缴获的成车的枪械和银圆，大摇大摆回到绵城。范绍元以为会受到干爹的奖赏，却不料被骂了个狗血淋头。柯鼎臣将他抢获的东西原封不动地送了回去，还将他的副师长降为第九团团长，调驻北县，并逐渐开始疏远他。范绍元一直搞不明白自己为什么会被这般对待，经袁天王点拨，这才明白。而且也开始了暗中继续蓄积力量，准备取而代之。

第二天早上赶到的吕浩也被眼前的情形吓了一跳，当即提议安辰极是不是考虑一下撤销计划。而就在头天晚上，陈朝晖也曾两次劝说安辰极，因为力量太过悬殊，他们都是从未有过战斗经验的新兵，而范绍元那三百多号人可都是身经百战的。

安辰极面色铁青，否决了吕浩的提议，要求他们要有信心，用兵不在多，而在于奇！

春社踩桥日上午十点，所有人员都已到达战斗位置，也做好了战斗准备。

巨大的爆炸，当场将袁天王、蒋敬、范绍元和易本木等人炸死。

袁四喜也在爆炸中牺牲。

爆炸声就是总攻命令。团防局的团丁们都还没有搞明白怎么回事，就被陈朝晖带人拿下了，包玉和也趁乱攻进了袁府，安辰极领兵抢占街头设立的据点，并和成功拿下场口以及渡口的吕浩汇合，阻击驻扎在场镇外的敌人进攻。

下午一点，雎水关已被实际掌握在工农革命军手中。除范绍元的余部躲在刘家酱园负隅顽抗，其余的都举手投了降。其中投降最多的是袁天王的三镇五乡团防局团丁，多达二百二十多人。所有投降者都被集中关押在团防局。

工农革命军牺牲了三十多人，负伤十多人，包玉和在战斗中牺牲，陈朝晖负轻伤。

下午两点左右，刘家酱园的范绍元余部还在抵抗，陈朝晖提议用火攻，安辰极否决了这个提议。因为雎水大都是老房子，必然会形成火烧连营。而此时吕浩报告，场镇外的敌人又展开了攻势，而且是从大拱桥过来，不断有战友在阻击中牺牲，更造成了大量平民死亡。吕浩要求立即炸毁拱桥，阻断敌人进攻路线，安辰极要求等一等。

他来到大戏楼跟前，找到范绍元的尸体，将脑袋剁了下来，拎着首级，来到刘家酱园，告诉他们，他是土镇安辰极，范绍元已被他所杀，要求他们立即放下武器，举手投降，说着将范绍元的头颅丢进院子里。片刻后，五十多人缴械投降。

安辰极押着领头的一个连长，让他拎着范绍元首级来到太平石拱桥，喊话说范绍元已死，要求他们赶紧投降，否则绝无好下场。

三点，场镇外范绍元余部逃离。雎水关恢复平静。大家打扫战场，救治伤员。安辰极命令吕浩布置防卫、构筑工事。命令陈朝晖亲自前往土镇和花荄，向梁英和赵棠通报情况，并转达他的下一步战略部署。而他则带领几位善于做思想工作的同志,进入到团防局,开展被俘人员的甄别和思想教育工作。

原袁天王等人的头目、亲信,被押往袁府分别关押,剩余人员集中在一起进行革命教育,希望他们能转变立场,参加革命。当场就有人表示,说知道安辰极的名声,晓得他是"天命之人""将来是要做皇帝的",表示愿意给他当兵,为他卖命。

三月二十日早上九点,雎水关举行了盛大的革命群众集会,揭发袁天王等地主恶霸的罪行,袁天王的两个爪牙和两个劣绅被当场执行枪决。随后,革命群众对袁天王以及他的爪牙们进行了抄家,搜出的房契、典契、租借条子、账本等被当场焚烧,粮食和财物被分发。

中午十二点,安辰极将雎水关所有战斗人员和接受改编的被俘人员,整编为土镇工农革命军雎水特别支队,由他兼任支队长,支队下设五个大队。吕浩所率二支队建制不变,人员扩充为一百二十人。

下午三点,安辰极宣布雎水关革命委员会成立,为建立苏维埃政权做准备。

雎水关革命形势如此大好,那么其他几个地方呢?

下午五点,安辰极派出三路通讯员共计九人,一路前往土镇,一路前往花荄,一路前往安镇。

7

三月二十一日凌晨四点,安辰极刚合上眼,就被一阵猛烈的枪炮声惊醒。吕浩向安辰极报告,布置在雎水场镇外的几处守卫已被攻破,敌人正从大拱桥和渡口往场镇进攻,火力异常猛烈,还使上了迫击炮,应该是柯鼎臣的部队。如果真是柯鼎臣的部队,那么他们将不可能长期对峙。

是不是撤离?吕浩请示道。

安辰极命令全力防守,等到进一步摸清情况再做决定。

猛烈的枪炮声中,安辰极暗自揣摩,这样的攻击阵仗,只有正规部队才可能打得出来。这大河两岸的正规部队,距离雎水最近的,除了驻防北县的范绍元团,就是绵城大本营的柯鼎臣部。

范绍元已死,北县部队群龙无首,不可能这么快就组织起了反击。而柯鼎臣在绵城,前来雎水关必须经过爱城、花荄和土镇。雎水关暴动的消息传到绵城再快也要一天时间。范绍元残部逃回北县,打电报报告柯鼎臣应该是速度最快的方式,但怎么也需要到三月二十日他才可能知道,从绵城赶到雎水关,就算是坐汽车也得一天有余。他怎么可能这么快赶到?再说,柯鼎臣部途经花荄和土镇,一定会遭到梁英和赵棠的阻击,如果梁英和赵棠阻击失败,按照计划,他们是应该向雎水关靠拢,集合力量,再图发展。难道,他们已经全部牺牲了?

根本不可能,柯鼎臣真有那么大能耐,他早一统四川了。

上午八点,在第三轮猛烈的攻击被打退后,敌人也消停了下来,战场出现了难得的平静。

吕浩要求炸毁大拱桥,切断敌人的进攻道路。而此时安辰极正陷入迷茫之中,为刚获得的消息而百思不得其解。睢水河对岸向场镇展开猛烈进攻的是柯鼎臣的队伍,在喊话中他们说是奉柯鼎臣师长之命,要求安辰极率部投降,并说土镇和花荄的暴动均已失败,爱城警察保安队队长蒋礼正率三百多人急行军赶来,落到他的手上,怕不会有好果子吃。

听他们的话,似乎不像是假话。柯鼎臣怎么把他的情况摸得如此清楚?又为何如此神速?

上午九点半,就在安辰极他们准备撤离睢水,沿睢水河往山里突围的时候,河对岸突然传来枪炮声。安辰极以为是敌人又展开了新一轮进攻,却见他们的枪炮是冲外打的。安辰极立即下令,冲出睢水关,打开一个缺口,迎接前来的同志。

前来的同志是梁英和许云,安辰极成功将他们迎进睢水关,一清点人数,他们仅剩十二名同志,令人痛心的是,许云在阻击追敌时,在大拱桥受了重伤。

梁英告诉安辰极,所有计划,都因为胡乙的叛变被彻底打乱了。

8

《土镇工农革命军春荒暴动纪实》中的原话是这么说的:本来有可能获得成功的大河两岸春荒大暴动,因为胡乙的叛变,不可避免地走向了失败。

就在赵棠和许云、梁英他们在土镇和花荄为即将举行的暴动与阻击做着紧张而有序的准备工作时,胡乙带领土镇工农革命军第一支队人马也开拔到了安镇鹰嘴崖。根据计划,他们将在此设防,为阻击北县范绍元团增援睢水关做战斗准备,同时派一路人马进入安镇和先期到达的同志取得联系,择机发动革命暴动,拿下安镇。对于拿下安镇,安辰极是很有把握的。安镇最大的反动势力是易本木的团防局,易本木是每年都会去踩桥的,而且起码会带走一半人马。

胡乙要求不在鹰嘴崖停留,直接开进安镇,并说命令改变了。这招致大家的怀疑。有同志责问他,是谁改变了命令。胡乙说,是赵棠同志给他的命令。

赵棠是副总指挥,我们应该听总指挥的,总指挥的命令是设防鹰嘴崖,阻击北县增援的敌人!有同志坚持不离开。

胡乙火冒了,我听上级的命令行事,你们应该听我的命令行事,我接到的命令是进入安镇,我遵照执行,我发布给你们的命令是进入安镇,你们也应该遵照执行!如再违令,军法从事!

进入安镇的时候,竟然没有受到一点阻拦,这简直有些匪夷所思了。有个同志预感到不对劲,溜了尾巴,顺着路边的草丛摸下河沟。也就在此时,他听到了一阵密集的枪声,知道坏事了,于是慌忙往土镇飞奔。

那么安镇究竟发生了什么事呢?胡乙怎么能一枪不放就顺利进入安镇?那一阵密集的枪声又是谁冲谁打的?《土镇工农革命军春荒暴动纪实》一书说,早在一九二七年腊月,胡乙就和柯鼎臣勾结上了。就在胡乙带领一支队往安镇开拔的路上，柯鼎臣已经安排了一个连的兵力进入安镇，并将先期进入准备暴动工作的同志抓捕杀害。

一支队刚一进去，就立即陷入包围，胡乙也马上翻脸，要求大家放下枪，放弃革命，向他效忠，追随柯鼎臣。几个同志誓死不从，被当场杀害。

一九二八年三月十九日凌晨，那位脱逃的战士将胡乙叛变的消息报告给了赵棠。赵棠大为震惊，当即中止在土镇举行暴动的计划，将突击队一分为二，一部前往花荄接受梁英和许云的指挥，另一部二十余人跟随他前往安镇，追击胡乙。

三月十九日深夜，赵棠带领突击队潜入安镇，攻占了北门，接着又趁黑摸下了灵官楼。因为搞不清楚形势，胡乙和那一连的士兵龟缩在安镇小学堂，不敢出去应战。同样，赵棠因为兵力太少，也不敢贸然出击，只能发动宣传攻势，大声喊话，要胡乙悬崖勒马，带人归队，并表示既往不咎。

三月二十日清晨，从睢水关仓皇逃离的范绍元残部经过安镇，被赵棠击溃。赵棠喊话被围困在小学堂的敌人，工农革命军已取得睢水关、土镇和花荄暴动的全面胜利，援军已陆续赶来。虽然安辰极总指挥攻无不克，战无不胜，但并不想与柯鼎臣师长为敌。况且两家素来交好，安辰极筹建革命军，柯鼎臣还相助了大量枪械军火，所以，出于道义，也不想他手下的士兵丧命。因此，只要留下胡乙带偏路的一支队战士，其他不相关的人，可以放行。

经过赵棠无数次喊话，劝说，在僵持了三个多小时后，柯鼎臣的士兵和胡乙以及他的几个亲信离开了安镇小学堂，原一支队还有五十余人，重新回到了革命队伍。

我们是就这样回土镇还是怎么的？赵棠这样问大家。

都不说话。

有脸回去吗？叛徒胡乙带错路，我也看错了人，而你们呢？也跟错了人！讲出去可是都丢人得很呢！赵棠说，我是咽不下这口气的！你们呢？有没有勇气和我一起去报这个仇？争回个脸面？有没有信心打掉刚刚逃离的那些敌人，将胡乙抓回来！

都说有，也都群情激昂。

赵棠带着突击队，搞了些吃的，留下十余人驻守安镇，然后一路狂奔，往北县追击。下午五点，突击队在响石驿追上了敌人，开始了激烈战斗。突击队表现得异常英勇，已经被打怕了的敌人刚开始还能应付一阵，见突击队舍生忘死，愈战愈勇，又慌又怕，顿时丧失了斗志，开始丢盔弃甲，仓皇溃逃。见敌人溃败如此，战士们更加勇猛。一些敌军士兵索性懒得逃了，干脆甩了枪械，跪在路边，高举双手，口里喊着饶命，直接投了降。如不出意外，不等天黑，也不等敌人逃拢北县城关，突击队就可以全歼这大股敌军。

可刚追出响石驿三公里，情况就发生了急转直下的变化。驻守北县的原范绍安团直接受命柯鼎臣的指挥，奔袭睢水关，和追击胡乙的突击队撞了个满怀。突击队猝不及防，牺牲惨重。赵棠赶忙下令撤退，后来终于摆脱敌人，突击队只剩十七人。

根据事后统计，这次追击战，土镇工农革命军突击队共牺牲战士五十七名，包括留驻安镇的那十余名战士，受伤被俘五名。敌人死亡近百人，胡乙被打伤。

9

《土镇工农革命军春荒暴动纪实》也详细记述了土镇工农革命军第三支队的军事行动。

在接到胡乙叛变的消息后,许云和梁英商量,决定放弃花荄暴动的计划,将全部人员编入战斗序列,全力迎击爱城方面的增援之敌。

三月二十日下午四点,第三支队和爱城警察保安队在花荄下游老鸹堰接上了火。第三支队虽然打了保安队一个漂亮的伏击,但保安队有三百五十多人,所以第三支队在激战两个小时后,不得不往土镇方向撤离。保安队紧追不舍,后来因为天黑,保安队害怕中伏击,这才停止追击。

第三支队战士牺牲过半。

如果再这样硬拼下去,我们会一个不剩的。许云说,咱们去睢水关和安辰极会合吧。

三百多人,几乎是蒋礼的全部家底,他怎么会倾巢出动,而且攻势如此凌厉。原本贪生怕死的保安队,怎么一下子就成了拼命三郎?

梁英哪里会想到,三月十九日深夜,爱城警察保安队蒋礼意外地接到绵城防区国民革命军十七军第三师的电话,说师长柯鼎臣专门让电话通知,土镇工农革命军昨日应该在睢水关成功进行了春荒暴动,三镇五乡团防局局长袁天王以及他所邀请的宾朋,搞不好此刻已经全部命丧黄泉。蒋礼觉得这话有些没有来头。根据他父亲的情报,土镇工农革命军的春荒暴动是要在爱城进行的，为此他特别加强了戒备和警卫，严阵以待。可是等了一天，城内没有动静，城外也没有动静，现在却接到这么个电话。

师部的电话说，是不是胡乙告诉你父亲，春荒暴动会在爱城发生？

蒋礼愣住了。

师部的电话说，他也是我们柯师长的人，而且柯师长的出价可能比你父亲的更高些。你赶紧带兵去睢水关，我们师长此刻正坐镇北县指挥，将出兵和你一起左右夹击。至于爱城的安全，你尽可放心，柯师长安排了一营兵力，正赶往爱城，替你守城。

正在爱城进行工作视察的国民党四川省党务指导委员会主任委员林聪听说消息后，也匆忙赶来劝说蒋礼率队立即开拔睢水关，还说柯鼎臣正在向国民党靠拢，有他帮忙坐镇看守，叫蒋礼只管放心。

蒋礼并没立即开拔，而是让家人打开钱箱子，又去钱庄取了一大笔，白花花的银圆抬了几箩筐。弟兄们，这是我蒋家全部的积蓄，今天我把它们分给大家，只求弟兄们一件事！蒋礼冲着他的保安队的伙计们一番打躬作揖，然后攥紧一只拳头，高高地举过头顶，吆喝道，帮我好好收拾安辰极那狗日的！

刚撤离土镇不久，梁英他们就碰见了赶回来报告消息的陈朝晖，得知睢水关春暴大获全胜的消息，大家自然十分高兴，低落的士气也立即振奋起来。

三月二十一日早上，第三支队赶到睢水关，发现敌人正往睢水进攻，并且攻势猛烈，因为有迫击炮助阵，所以很占优势。梁英集中火力从敌人背后杀入，进入睢水关，与安辰极实现了会合。上午十点，敌人开始炮轰睢水关，睢水关一片火海。与此同时，被改编的团丁和士兵出现了开小差逃跑的现象。十二点半，编入吕浩二支队的三十余名团丁要吃要喝，引起骚乱，与二支队十余名老战士发生冲突，虽然随后被平息，但双方都造成伤亡，而且互不信任。下午一点半，安辰极召开紧急干部会议，要求干部们做好改编人员的安抚和教育，同时对他们要保持高度警惕，如有表示要离开的，绝不强做挽留，发放费用，遣散回家。两点二十分，吕浩在散会回去的路上，被与二支队老战士发生冲突的改编团丁杀害。二支队所有被俘团丁和被俘改编的原范绍元团士兵发生集体叛变，枪口对准工农革命军战士，睢水关码头失守。三点，安辰极率全体战士撤离。留下的伤员被随后进入睢水关的蒋礼的保安队全部杀害。

三月二十二日，当土镇工农革命军终于摆脱敌人追击，只剩下三十五人。陈朝晖执意要带走一批银圆，却因为负荷太重掉队，和他一起背银圆的李丙娃和赵德才要求脱离工农革命军，远走他乡，被他阻止。李丙娃和赵德才趁陈朝晖不备将他推下山崖。这两个贪婪之徒当然没有好下场，李丙娃在逃亡途中漏了财，被劫杀。赵德才潜逃至金川，娶妻生子，买田置地，土改时被划为地主，为了逃避打击，他说自己早年曾参加过土镇工农革命军。在调查和盘问过程中，赵德才难圆其说，最后交代了杀害陈朝晖的事实，被公审处决。

三月二十三日，安辰极率领余部，经高川坡，翻大青包和千佛山。在二十四日到达茶川，铲除了当地恶霸张昌盛和地主老财杜万林，抄家没收了他们的家产，分发给贫苦百姓。革命之火，在茶川开始熊熊燃烧。

安辰极决定在茶川建立根据地，退，可以上千佛山；进，可以攻占晓坝关和桑镇，大家对此都表示赞同，看到茶川人民对他们十分欢迎，革命热情高涨，他们一致认为这里是发展革命的好地方。只是他们哪里料到蒋礼并未放弃追击。蒋礼人虽年轻，却异常老奸巨猾。他从保安队中抽调了一批精悍队员，花大价钱收买了几个山里的老猎户，组织了一支搜山队。这支搜山队沿着安辰极他们不小心留下的踪迹，一路追到了茶川。搜山队并没立即采取行动，而是将消息报告蒋礼。蒋礼率领大部队，又重金雇请了袍哥队伍、护烟枪队，甚至不惜和土匪"打商量"，只要抓住一个"土镇工农革命军"，不论死活，通通大洋一百。一时间，亡命之徒往茶川蜂拥而至。

三月二十五日早上，蒋礼突然发起进攻。梁英为了掩护战士撤离受伤，安辰极背着她，她依然手持双枪射击，而且弹无虚发。蒋礼抓过一支长枪，射中梁英后背。早上九点，梁英牺牲，死在安辰极怀中。而此时大家已打光了所有子弹。安辰极看着跟随他逃出来的二十二名战士，一个个伤痕累累，疲惫不堪，要求他们就地解散，隐入大山，拼命活下来，等待他日重逢，再图革命大业！

10

三月二十八日早上，因饥饿和劳累昏倒在小溪边的安辰极被搜山的桑镇袍哥枪队发现，押解到桑镇。桑镇袍哥大爷吴世宗与李铁脚板素有私交，当然知道安辰极意味着什么。就在他将安辰极送往土镇的过程中，被闻讯追来的蒋礼拦住。吴世宗表示不能将安辰极交给蒋礼，因为安辰极闹的是共产党，按照规矩，他必须解送给政府。

蒋礼说我是爱城警察保安大队长，我就代表政府。

谁都知道你两家从上几辈就结有仇恨，而你的父亲刚刚又死在他的起事中，新仇加旧恨，落你手上还不知道怎么拿他泄恨呢！

我保证对他公开审判，公开处决！

对于一个杀红眼的人，我怎么相信？吴世宗冷笑道，你在睢水关和茶川都是怎么干的，你以为大家都没看见么？凡是给安辰极他们递过一碗水的，搭过一把手的，你都把人家杀了，十一二岁的放牛娃都不放过，就因为人家给安辰极指了一下路。哪里有这样整的？你摸枪干啥子？你还准备把我也收拾么？动手之前好好琢磨一盘，莫要吃东西不跟屁眼儿商量，人家怕你，我袍哥人家可不虚事！吴世宗扯了衣襟，亮出苍白的肋骨毕现的胸膛，巴掌在上头拍得堂堂响，围观的人，大声叫好，吆喝吴大爷威武。

这件事情，为吴世宗赚取了一大把好名声。当然，他也不可能和蒋礼就这样僵持下去，他将安辰极交到了柯鼎臣的士兵手上。

那二十二名隐匿深山的士兵，只有三人得以逃脱，五人被打死，其余十四人被活捉，押送到土镇。

赵棠率领突击队十七名战士，没有向睢水关安辰极靠拢，他知道在柯鼎臣的强攻下，安辰极不可能扛得住。他决定将士兵带回土镇,利用黑脚帮的关系,将大家都藏匿起来,保留住革命的火种。他们白天隐蔽,夜晚潜行,东绕西绕,终于到达土镇,隐藏在土镇北山上的一个山神庙里。

三月二十四日早上,赵棠带着土镇本地的战士尹水生进入土镇。他们愕然地发现,土镇到处都是柯鼎臣的士兵,原来柯鼎臣调派了一个团的兵力驻扎在土镇。赵棠他们刚一露面,还没走到半边街,就被盯上了,赵棠拒捕中弹,尹水生被生擒。赵棠自然是打死也不说的,但尹水生扛不住他那父母的哭哭啼啼,又在一大笔银钱的诱使下做了革命的叛徒,当了敌人的帮凶。

从三月二十八起,到三月三十日上午,跟随安辰极撤离被俘的十四名战士,赵棠所率突击队十六名战士,加上他那个背叛的尹水生以及送信被俘的五名战士,还有八名革命群众,共计四十五人,先后被蒋礼和他的保安队屠杀在爱河湾滩。

蒋礼因此也得了个蒋屠夫的绰号,一提起"蒋屠夫",小孩都不敢夜哭。蒋礼是要将死难的烈士们曝尸三日的。但在三月三十一日这天,李铁脚板和他黑脚帮的行脚者们就将烈士们的尸骨搬运到土镇的老坟苑,挖了个大坑,将他们集中掩埋,这个地方因而也一度被称为"万人坑"。

"至此,土镇工农革命军全军战亡,春荒暴动失败。"这话是《土镇工农革命军春荒暴动纪实》的原文。它的表述是有问题的,因为土镇工农革命军并没有全军战亡,还有一位战士活着,他就是土镇工农革命军的创建者安辰极。

第十二章　导演

1

在电视剧《信仰的青春》没有播出之前，我父亲安重根每天除了书写他的那些牺牲战友的名字，就是拿着放大镜逐字逐句地看文件，读报纸。随着《信仰的青春》的热播，他一下子忙碌起来。接受媒体成群结队的采访，这不能拒绝，他也没想到过拒绝，谁不喜欢光荣与骄傲呢？它们就像太阳一样照耀着梧桐园十五号。

也就这一年秋天，美国驻成都领事馆领事亲自来到爱城，将一封信送到安重根手上。这封信是史蒂文森·西维尔亲笔写的，他表述了对安重根的致敬和谢意以及思念，表示将在第二年春天，远渡重洋，前来拜访。

史蒂文森对那段历史做了简要回顾。在撤离过程中，他们被追击，他和他的小队慌乱中走错了道，战友陆续战死。因为死的人已经够多了，他放弃了反抗，他有选择活下来的权利。但他发现要想活下来几乎不可能。他和俘虏他的中国志愿军战士安重根深陷在茫茫雪原中，安重根的情况似乎比他更糟糕，因为他衣服比他单薄，冻得连枪都拿不稳。他感谢安重根没有夺去他的衣服和皮靴，并且以坚强的毅力和意志，带领他穿越雪原。史蒂文森说，寒冷和饥饿加上劳累，使得他完全丧失了生的希望。在无尽的绝望中，当他看着眼前这个无数次以为他会倒下去的中国战士还顽强屹立在风雪中时，不禁问道，是什么支撑着你呢？他的发问得到了回应。虽然这位中国战士的英语有点结结巴巴，但他还是明白了意思。中国战士说，革命精神可以支撑我获取最后的胜利。你呢，你就想想你的父母和兄弟，想想你的土地和上帝吧。

如果没有安重根，我就不可能活下来。史蒂文森说，最终他放弃了对我的死亡威胁，不再说"往前走，否则开枪打死你"，而是同情和鼓励，是理解和帮助。我认为，不止中国人民和美国人民应该和平共处，这个世界所有国家和民族的人都应该和平共处，人类要想在这个星球上生存下去，必须远离战争！

安重根请美国领事转达他对史蒂文森的"春天欢迎"，并表示一直都没有忘记这位在特殊时期结识的"朋友"，对史蒂文森能有这样的认识表示高兴和赞同。民族与民族之间，国家与国家之间，无论大小，遑论贫富，不能以大欺小，不恃强凌弱，相互理解和尊重，互不侵犯，不干涉别国内政，互利共赢，才能获得人类的共同发展。

此后，安重根除了讲述他父亲安辰极的故事，还得讲述自己的故事。其实安重根并不太愿意讲述甚至回忆那段往事，因为那段往事给他的身体和内心造成了巨大的伤痛。

史蒂文森是他撞上的，他的追击目标并不是美国人，而是自己人。

等他从师部回来，他最器重的突击营营长赵熙来和他的警卫排排长李文强竟然率部逃跑了，他立即带人追击。曾经的亲密战友，竟然枪口相向。一场对仗下来，因为赵熙来和李文强占有人数的优势，安重根他们死伤极为严重，只能眼睁睁看着他们扬长而去。

返回的路已经被美国人阻断了。另寻他路的途中，安重根带着几个战士意外地发现了史蒂文森的小队。愤怒难当的安重根果断发起攻击，搞不清楚形势的史蒂文森他们无心应战，仓皇逃窜，安重根则紧追不舍。当黑夜降临，正如史蒂文森在信中所说的那样，相比于敌人的可怕，暴风雪才是他们最恐惧的威胁。

在风雪的呼号中，安重根不停地抽打他的战士，不准他们闭眼，因为一旦闭上，就别想再睁开。但是，他唤醒了这个，那个又睡着了。当黎明到来，暴风雪停了，金色阳光照耀着茫茫雪原，炫目的光亮让人睁不开眼睛，安重根悲恸地发现，只有他一个人醒着，而美国鬼子已不见了踪影。

安重根好不容易才搞清楚自己置身的方位，正准备向祖国方向出发，突然看见不远处有个人影正向他走来，他慌忙倒卧在雪地里。那是个美国兵，看来迷了路，走走停停，东张西望，像是耗尽了气力，身子摇摇晃晃，随时都可能栽倒的样子。

安重根跳起来，冲到他面前，这个美国兵片刻慌乱之后，见安重根没有射杀他的意思，长出口气，嘟囔道，快带我离开这个鬼地方！

安重根问他怎么回事。

见安重根能讲英语，这个美国兵十分开心，就像见到老朋友那样，竟然还想和安重根拥抱。他告诉安重根，他叫史蒂文森·西维尔，家住加利福尼亚，父亲是远近有名的木匠，他也会木匠活儿，十二岁就给父亲打下手，参军前就可以独立完成床、旋转木椅和沙发的制作。昨天夜里，他们想趁着暴风雪远离追击，结果这是个万劫不复的计划。等到天亮，他发现战友全不见了，被暴风雪卷走了。

安重根开始还对这个美国兵充满警惕，渐渐发觉没有这个必要，他似乎乐意当个俘虏，完全没有要趁他不注意时攻击他的意思，更没有要逃跑的打算。他问安重根要带他去哪，安重根说他的部队，就在前面不远处。这个美国兵对此深信不疑，而且十分高兴，说他迫不及待地想要赶到安重根的部队。安重根见他那兴冲冲的仿佛是去走亲戚的样子，问他，你就不担心枪毙么？他愣了一下，我放弃了所有反抗，我是一个百分之百的战俘了，出于人道主义，就算要枪毙，总该先给口滚烫的茶水喝喝吧！

一路走到下午，安重根的部队还无影无踪。史蒂文森有些着急了。安重根承认骗了他，他这是要押他回他的祖国。安重根以为史蒂文森·西维尔会生气，却不想他竟然坦然接受了这个事实。

我是你的俘虏，我没有选择的权利。史蒂文森说，就算你现在释放我，我也只能跟着你走，美国可比中国远多了。只是我很担心，我们到得了中国么？

傍晚时分，史蒂文森的担心变成了现实，又起暴风雪了。

史蒂文森紧紧攥住安重根的衣角，就像个生怕被丢弃的孩子。你有责任把我带离困境，保证让我活下来！他说，因为我是你的俘虏。

那一夜有多难熬呢？半夜里史蒂文森挺不住了，他要放弃生命。安重根帮他揉搓冻僵的身子，要让他真真切切地感受到什么是中国革命战士的钢铁意志，什么是伟大的战无不胜的中国共产主义精神。你必须活下来，你的死亡就是我的失败！安重根又说，你必须活下来，必须回到你的美国，向帝国主义反动派证明中国的伟大和战无不胜！

史蒂文森实现了我父亲的愿望，却没有实现他"春天拜访"的心愿。他在那个冬天因为肺病死去。他的儿子杰森在那个春天来到了梧桐园十五号，向我父亲转达了他父亲的临终遗愿，希望我父亲能到他的土地上走一走，看一看。随同杰森一道前来梧桐园十五号的还有一把桦木旋转椅，十分结实。这是他父亲史蒂文森专门为我父亲做的。

史蒂文森获释回国后，劝说父亲放弃打制家具，而改做棺材。三年后，他接手了一家殡葬所。当在电视里看见尼克松总统访华的消息，史蒂文森决定送我父亲一件礼物。他选了一棵上好的桦树，拿起早已放下多年的木工器具，利用三个月的闲暇，为我父亲制作了一把结实的精美的旋转椅。如何将这个礼物送到我父亲手中，成了个大问题。十年后，史蒂文森家中失火，那把旋转椅是唯一抢救出来的物件。这个时候，史蒂文森因为肺病，已经失去了重操木匠活的能力。

这是我父亲留在这个世界唯一的作品。杰森·西维尔跟我父亲说。

2

我和淳洁匆忙赶回梧桐园十五号。前来的并不是杰森·西维尔，而是他的儿子本·西维尔。杰森在去年冬天，因为一起枪击案被无辜射杀。

本是个博士，他并不满足于刚刚继承的他父亲开创的殡葬业。他告诉我父亲安重根，这次前来中国，除了替父亲探望他，还准备在中国开展一项重要的工作。旁边的两个台湾人你一言我一语地充当着翻译——

我准备在中国推广一种全新的尸体处理机器，不同于火化炉，绝不耗费能源，也不会造成污染，叫冰葬机，它必然给全球殡葬业带来一场新革命！

我父亲表现得很感兴趣，是你研究的吗？本说，我参与了研究。首先将尸体冷冻，然后用液氮处理，再用超声波细化。见他讲得兴致勃勃，我父亲笑笑，幽默地说，你是希望我买一台这样的机器么？本也笑了，那两个台湾人也笑了。本说，你是德高望重的人，你在安排自己后事的时候可以向他们提出你的要求，希望可以用冰葬处理自己的遗体，推动绿色环保的殡葬改革。

行呀！我父亲爽快地答应道，本还要接着往下说，我父亲摆摆手，就这样吧。他把目光落在那两个台湾人身上，现在说说你们吧。

那两个台湾人一个是赵熙来的儿子，一个是李文强的养子。说他们的父亲生前多次向他们表示，因为无颜回到大陆，更无脸面见我父亲,所以,等他们死后,要儿子当面向我父亲请求宽恕。说着,那两个台湾人起身在我父亲面前跪下,替他们的父亲磕头请罪。

我父亲坐在那把旋转椅上,身子后仰,认真地领受着这一切。那两个台湾人在磕头之后,因为没有得到宽恕的回应而不便起身,身子僵直在那里,表情尴尬。

你父亲是我最器重的人,是我直接将他从连长升任为营长的。他畏缩不前,贻误了战机,放跑了敌人,给兄弟部队造成了巨大的牺牲。我外出侦察,是想寻找战机,给他一个戴罪立功的机会,他却畏罪逃跑,叛国投敌!还有你的养父,我让他看管赵熙来,他妈的也跟着跑了!

他们只是害怕,从没见过那样打仗的。两个台湾人试图为他们的父亲辩解。

这让我父亲十分恼怒。他们是军人,军人以服从为天职!打仗哪有不死人的?该死的叛徒!挨千刀的懦夫!他突然住了声,脸上露出痛苦的神情。我忙上前去,他推开我,冲那两个台湾人摆摆手。那两个台湾人有如得到大赦般赶紧从地上爬起来。我见你们,是想告诉你们,我永远都不会原谅他们!原谅了他们,我下去没办法跟那些英勇牺牲的战友们交代!

听了我父亲的话,两个台湾人面面相觑。

这时候安赞歌竟然从门外走了进来,他看着那两个台湾人,老熟人一般打着招呼,我听说你们来了,就急忙赶了回来。

这下轮到我们面面相觑了。

是他们支付了我在美国三年治疗和康复的费用。赞歌说，虽然家里拿了大笔的钱，但根本不可能支付得起我所接受的治疗和康复服务。

我们专门从德国和瑞士请了专家过来，那两个台湾人有些局促不安，看看赞歌，又看着我和我父亲，流露着歉意的神色，该用上的都用上了，只能……呃，实在抱歉啊！

我父亲盯着我，一脸的愤怒，他一定是觉得我参与其中，合伙将他欺骗！他残缺的手指紧紧握住椅子扶手，身子颤巍巍的，他那颗硕大的头颅哆嗦得尤其厉害，耳朵和鼻子残缺的部分，那裸露的猩红的肉芽，像刚刚惨遭尖牙利爪撕咬的新伤，正滴沥鲜血。我从未见他愤怒成这个样子，他仿佛一头年迈的正遭遇羞辱的狮王。

这是一场救赎。那两个台湾人说，我们的父亲希望能在某一天，当面获取你的宽恕，直到临终，他们还对此念念不忘，死不瞑目。

休想！绝不！

我父亲挥舞着双手，咆哮着，他干脆从椅子里跳起来，冲到我们面前，怒吼着，让他们都下地狱去吧！我本该迎向我的父亲，搀扶住他年迈的身体，但我却跟两个台湾人一样，懦弱地惊恐地后退着。我父亲还在继续咆哮，怒吼，他抓起堆摆在那里的写满他死去战友和士兵名字的白纸，撕扯成碎片，抛向我们，屋子里有如雪花飞舞。

当最后一片雪花落定，我父亲站在那里，我惊讶地发现，他的身子完全不颤抖了，只是鼻息重重，喉咙里继续发着低沉的咆哮之声，他并未息怒，这头年迈的疾病缠身的狮王，面对他曾经纵横的群山,面对早已成为云烟的刀光剑影和翻卷的硝烟,面对这已经崭新的世界和未来,在他的死亡即将到来之际,仍然保持着一贯的不妥协和最后的骄傲与尊严!

让一切反动派都下到十八层地狱里去吧!

这是他留在这个世上的最后语句,一字一顿,如刀剑落地,如山石崩裂,这是一个革命同志,一个战火英雄在生命最后用最后的血肉骨气发出的最后的坚定和决绝。他消失的鼻梁间的那两个黑孔淌出了鲜血,顺着嘴巴,淌到下巴上,啪啪哒哒滴落在地上。他的伤口在心里,他遭受了致命一击。他的身子开始摇晃,我和本冲上去,却没能接住他,他轰然倒地,随即深陷昏迷。

3

十二个小时后,我接到一个令人惊愕的消息,几乎是在我父亲安重根轰然倒地的同一时刻,赵响也栽倒在地,昏迷了过去。赵响昏迷的原因,据说是跟安昌河有直接关系。

赵响让所有人都回避,就他和安昌河在屋子里,没过多久就听见了赵响愤怒的咆哮,接着就见安昌河跑出来,呼叫医疗组。

我父亲安重根早有安排,而且是一再叮咛,倘若他病重,坚决不送医院。我都这么年迈了,就让我安安静静躺在家中,等候老人家的召唤吧。我给组织上电话汇报了他昏迷的事,他们说我父亲之前也是这样跟组织要求的,不送医,不住院,安静地在家中度过最后的时光。但是,我们还是会派一个医疗小组过来，一是尽最后的努力，看有无希望和可能，二是让他最后的时光能舒服安详点儿。

我问医疗小组负责人，我父亲有没有可能醒过来。

不知道啊，希望会吧。他说，他的脑子里有个很大的血块，他的心脏也正在加快衰竭。

我焦急和忧虑。我希望父亲能醒过来，能说话，能回答我的疑问，能告诉我接下来我该怎么办。

因为我们和赵棠两家人的缺席，土镇方面的好些个活动不是无法举办，就是草草了事。

作为活动最重要的烈士墓迁安仪式，还是如期举行了。烈士陵园的烈士墓被开启，先烈的骨骸被收敛，连同尚未完全破败腐烂的衣物、皮鞋、皮带、纽扣，一起送往殡仪馆火化。骨灰在殡仪馆暂厝，等待安辰极的尸骸被火化后，将举行盛大的烈士遗骸安放仪式。

根据安排，作为安辰极烈士的子孙，我和安赞歌将把安辰极的骨灰放进他的战友们的骨灰中，然后和赵响他们一起，随同礼兵，将骨灰护送到新建的烈士陵园，各界群众和共青团、少先队代表、三军仪仗队、烈士亲属，将早早地恭候在那里。

安放仪式结束后，作为烈士亲属代表，我将在土镇相关领导诵念完长篇祭文之后，发表讲话。随后就是群众公祭，献花献礼，鸣枪致敬。

钟小兰部长前来看望了我父亲，告诉我说因为这连串的突发的事情，仪式将暂缓，要我和家人不要着急。

赵响老革命咋样？我问钟小兰。

跟你们家这位老革命一样，也躺着，也昏迷不醒。她苦笑说，咋会闹这样一出呢？

我说你们是不是很焦急？

说不急是假话，施工队就等着进场，这样的好天气，你也知道的，土镇进入五月就暴雨连绵，可得赶在九月底前完工啊，等着国庆献礼呢！

我说这样吧，后天，我们就回去开启安辰极烈士的棺木。

真的么？能得到你的支持真是太好了！钟小兰紧握着我的双手，很是感动。

钟小兰刚被我送出门，淳洁就在我身后叫唤起来，说父亲醒过来了。我父亲躺在那里，一动也不能动，但是嘴里却发出哦哦啊啊的声音，像是在哭喊。我冲过去，呼唤着他，紧紧地握住他的手。

他看着我，脸上带着哭相。很快他就平静了下来，他接受了这样的现实。见他呼吸急促，病息奄奄的样子，我们都忍不住流泪。赞歌的泪水淌得尤其多，几次失声，他一定是将他祖父这个样子归罪于自己了。

我父亲转动眼睛，目光依次在我们的脸上短暂停留。医生挤开我们，往我父亲的液体瓶里加注了药物，他的血压很高，血氧跌至红线，监护器上的警示灯不停闪烁。

老英雄意志力非比寻常，他很坚强，是真正的钢铁战士！医疗小组长由衷地赞叹道，要换个病人，早哼哼个不停了，你看他紧闭嘴唇，不肯出声。有什么话，就趁着他这短暂的清醒时光，快去和他交流吧。组长告诉了我交流的方法。

我让房间里其他人都离开，就我和赞歌留下。我坐在父亲身边，握住他的手，赞歌站在我身旁，他看起来既紧张又哀伤。我跟父亲说，我想跟你谈一些事，如果你同意，就眨一下眼睛，如果不同意，就眨两下。

父亲眨了一下眼睛。

我说关于赞歌在美国治疗的事情，我们想跟你解释一下，并请你原谅赞歌，如果你同意的话……

父亲眨了一下眼睛。

我告诉父亲，我并不是完全不知情。那会儿为了给赞歌筹医疗费，我已经逼得焦头烂额了。当然，我要想有钱也是件很容易的事，有的是人等着给我送礼行贿呢，但我始终记着你的教诲，做人必须清白正直，为官必须清正廉洁，否则丧失的可不止我个人的声誉，还有你和祖父拿生命和鲜血换来的荣耀和骄傲。我们也尽量不让你感觉出我们的窘迫和巨大的压力，实际上你也感觉不到，因为你没有闲暇，你终日沉浸在往事里，那些炮火连天、硝烟弥漫的岁月，沉浸在你对战友的思念和对叛变者的仇恨中，还有对光荣与骄傲能否继续传扬下去的担忧中。

但我们没有办法呀。如果赞歌是在革命战场上失去一条腿，不光是你和我，可能整个社会都会乐于见他，也无论他脚下的道路有多崎岖坎坷，他的行进都会如履平地，还会像你一样，沿途总有鲜花和掌声相伴。但他是在我的暴力下失去一条腿的，而且随着恶化，他还可能失去另一条腿，没人能够体会我那个时候的悲惨与哀伤，还有那时时刻刻折磨得人痛不欲生的悔恨。

他在美国的治疗让我看到了希望，也感受到了难以承受的经济压力。那个台籍华人的一番话又让我觉得似乎在未来应该存在着某种希望的可能。他说,大家都是中国人,都是中华儿女,肉烂了在锅里,你放心,有困难,我们不会视而不见的。

一连三年,我每次给赞歌打电话,永远都会是那句话,今天比昨天感觉怎么样。而赞歌的回答也永远是今天比昨天好多了。是的,就如你看见的,我的父亲啊,那些照片,他一天天地从骨瘦如柴变成茁壮的大小伙。他从躺卧在床到单拐直立,到蹒跚学步到登山游泳,他痛苦的脸上慢慢开出了欢乐的花儿,他的眼中渐渐没有了迷茫和怨恨。他变得自信、包容,不管是他的汉字书写,还是英文来信,字里行间都洋溢着爱意。这一切当然都是赞歌努力的结果,但支撑这一切的又将是多大一笔金钱资本啊!三年来我不敢前往美国是因为我隐约已经知道都发生了什么。此后每三年赞歌前往一次美国接受复诊和治疗,我也都不敢随同前往,因为我知道都有什么在等着我。父亲,我恳请你能原谅我和赞歌,能吗?

父亲没有眨眼,他的两眼望着雪白的天花板,但是两只眼角的泪水在汩汩流淌。我不能再说什么了,我应该可以想象刚才那些事,那些话,在父亲平静的身体里掀起了多大的狂浪。我为父亲擦拭了眼泪,带着赞歌就要出去。父亲却在此刻突然看着我,嘴里发出哦哦的声响。

父亲,你是要我们留下来么?

父亲眨了一下眼。

你是要我们继续跟你说事?

他又眨了一下眼。

说赞歌的事？

他眨了两下眼。

安辰极？

他眨了一下眼。

我找了小姑田静了。

他眨了一下眼。

你想知道她都跟我讲了什么？

他眨了一下眼。

如果她讲错了，你就眨两下眼，好么？

父亲眨了一下眼。

安赞歌不肯留在这里，他过来俯下身子，亲吻了他的祖父，然后离开房间，轻轻掩上房门。偌大的房间，就剩下了我和父亲，我们开始了一场奇异的对话，一场惊心动魄的讲述。

4

淅淅沥沥的雨声中，土镇人睡不着，都叹息说，老天爷都在替他们难过呢。后半夜里突然起了大风，风钻进破墙缝，灯都点不燃。到处都在呜呜咽咽叫唤，寒湿气也因为风雨重了三成。人们裹紧了棉被，哀声说，他们不甘心呢，只怕这事不会就这样算了。

黎明时分风停了，土镇静得出奇，如果不是那春水涨起来的哗哗河水声，就像死去了一般。这样的寂静，似乎在蕴孕惊天的大事。只是惊天的大事已然发生，接下来还会发生什么呢？

只能是安辰极的死了。他将何时死呢？他又将怎么死呢？这位身有七星痣的天命之人，他的死又将掀起怎样的风波呢？都还来不及细想，天就亮了，接着就看见黑脚帮的人成群结队地推着鸡公车，拿着杠子、铲子和锄头，往爱河湾滩去。

昨夜一场雨，泥土被浇透了，这使得挖坑和搬运尸体都成了件艰难的事。泥巴像糯米糕，黏在锄头上抠不下来。开始还用车拉，车轮陷在泥里根本推不动，头颅像葫芦一样在泥水里乱滚，最后只能使杠子抬，两根杠子，尸体往上一搭，后面再跟个拎头颅的。头颅上沾着血水泥浆，又黏又滑，钢铁铸造一般沉重。

办这事的都是黑脚帮的老脚夫，他们走南闯北，什么可怖的事情没见过？谁又没死过几回？但这事还是办得一个个胆战心惊，手脚酸软。不断有人滑倒，和尸体拥成一堆，慌忙将尸体往边上一阵乱推乱踹，但马上又觉得不妥，这是对死者的不敬。看见伙计们叫苦不迭，钱广又叫人折回土镇，再吆喝了一帮兄弟前往帮忙。

保安队的人原本气势汹汹地要去阻止，邀约柯鼎臣的士兵一道去，那些士兵说，要去你们去，我们是正规军，有些事我们是做不出来的。保安队的走到场口，又折了回去，说路太烂了，把鞋底子都扒脱了。

上午十点过，人们看见李铁脚板乘坐他的抬辇从益和楼的大门口晃晃悠悠地出来了。土镇的人们已经记不清上一回看见李铁脚板乘坐抬辇巡视土镇的准确时间了，仿佛已经很遥远。而且土镇人们也预备好了再也见不着他巡街，这多少是件遗憾的事，但有什么办法呢，他那么老了。就在大家已经接受并且习惯了这位老帮头从土镇舞台消失而逐渐成为曾经的记忆和现今茶余饭后的传奇时,他却又突然出现在了大家面前,就像铺满灰尘的锣鼓重又敲响,戏楼的灯火重又点亮,紧闭的帷幕再被拉开,而他,李铁脚板,大河两岸最了不起的风云人物,装扮依旧,神采仍然,得呛得呛,哐啷哐啷……哐!走到舞台中央,立定身子,一个漂亮的亮相!

人们远远地就站住了身子,瞩目着他,以示恭敬。他看起来并不像传言讲的那么糟糕,他的身子坐得端端正正,神情肃穆。行进的路程和往常一样没有变化。只是经过火神庙和关公庙的时候,尽管庙祝早恭候在门口,他不光没有进去,连片刻停留也没有。

从土镇码头回转,刚走到半边街,耀眼的金色阳光洒满了河道,也洒落在他的头上。这个时候,老帮头又出来巡街的消息,连土镇最爱睡懒觉的几个闲散人员也都知道了,大家钻出家门,溜到街头,都来看他。

都以为李铁脚板的抬辇会回到益和楼,如果依照往常,他该巡视的地方都已经去过了,路也都走到了。但今天看样子却是另有布置。有益和楼的管事去了纸货铺子,背了几大背篓香烛纸钱出来,还有管事从益和楼里拎了雄鸡祷头出来,热气腾腾,才出锅的。

李铁脚板走前,雄鸡祷头和香烛纸钱随后,一路往下场口走去。没了房屋树木的遮挡,李铁脚板他们豁豁落落地沐浴在金灿灿的阳光中,一个个被映照得通通透透。土镇的人们就像顿悟一般,瞬间就明白了他们这是去干什么,立即觉得鲜血直往脑门子上涌,也立即感到那些浑身血污泥浆的被深埋地下的死人们，此刻正在如发芽的种子一样往外拱动。

土镇的人们成群结队跟了过去。

在那个刚刚垒起的巨大坟丘跟前，李铁脚板的抬辇停住了，他经人从椅子里扶起来，黑缎面的鸡窝鞋落在泥地里。他站稳身子，从管事手里接过三炷香，举过眉头，鞠躬打拱，恭恭敬敬，一拜，再拜，三拜……

回到益和楼，李铁脚板的抬辇并没有像过去那样在大门口停下，而是一路抬进大厅，抬进三进院子的香堂。李铁脚板在管事的搀扶下，下了抬辇，在香堂上坐下，接过茶水，小啜一口，然后开始了等待。

不管是前厅茶客还是后院居停的商贩，谁都知道，老帮头今天要在这里相会重要客人，要做重大的决定。从他早上的巡街，大家就明白这大河两岸的大戏不大可能再按柯鼎臣和蒋礼他们的戏本子演了，因为他出场了，他上台了。而当他从那万人坑拜祭回来，在土镇人们甚至是柯鼎臣那些士兵的心目中，他的威严和令人尊敬的程度，当今天下只怕无人能及了。尤其是黑脚帮的那些行脚者们，感到自己的脸上也都生出了几分荣光，劳乏的身子也顿时充满了气力，也立即明白眼下出了比肩挑背磨搬运东西更重要、更有意义的事情在那里等着了。

约莫十一点光景，柯鼎臣骑着他的高头大马在卫队的护送下，来到了益和楼。前来相迎的是个平常只在益和楼前厅知客应酬的管事，这让柯鼎臣感到意外，老帮头李铁脚板年迈不方便，那么主事的钱广呢？

柯鼎臣腰背挺拔，红光满脸，意气风发，他那一双打了响钉的长筒马靴踩在青石砖地面上，铿锵响亮。李铁脚板没有起身，只是欠欠屁股。柯鼎臣倒也没有流露出计较的神情，大大咧咧在一旁坐下。

品一品，千佛米粒茶。李铁脚板指指茶盏。

柯鼎臣捧起来喝了一口，眉头一扬，好茶呢。

做这茶的原来是我黑脚帮的兄弟，脚受伤了，回了老家种苞谷、种茶，养点鸡鸭，喂点猪和羊，日子勉强还应付得过去。我每年吃的腊肉和苞谷面都是他送的。他早不是黑脚帮的人了，本不该对我这样好呀，可我救过他的命呢！所以我也受之无愧。但是他觉得这样做还是不够，他又没那个能力送我更金贵的东西，就只能在这个平常的东西上下功夫。每年早春，他会采摘茶梢头子上的那点嫩芽，因为量太少，都不够一锅，就掺在苞谷米中下锅炒。一个春季，就二两不到。他给这茶取了个名字，叫千佛米粒茶！

听李铁脚板这样一讲，柯鼎臣再端起茶盏，细细品味，不由赞叹道，味道真是特别啊，茶香之外，还有股苞谷的清甜。

之后就喝不上啰。李铁脚板叹口气。

怎么啦？柯鼎臣问，他不肯再做了？

人死了，还咋做呢？李铁脚板放下茶盏，就因为给安辰极他们煮了顿饭，全家五口，连根香火也没留呀！

这样的事，我们是做不出来的！柯鼎臣说。

当然，你只会做得更漂亮！李铁脚板侧过身子，直勾勾地看着他，那样的目光，似乎要逼迫他对此做出回应。

柯鼎臣垂下眼睛，目光落在他的脚上。老帮头哪里去踩了这么大一脚泥呀，可惜了一双好鞋子呢。

我去了万人坑，给娃儿们烧了几张纸钱。李铁脚板说，有人说要暴尸几天，我早上就叫人去把他们掩埋了，人太多，没时间凑那么多棺材。

他们都是为了一个主义去战斗，将他们分开了反而不仁义，我讲的可是心里话啊！柯鼎臣正色道，老帮头，你不知道我有多敬重他们呀！你知道我们川军为什么总是你打过去，我打过来吗？把好端端的一个天府之国打得乌七八糟，为啥呀？是我们这些当兵的天生就喜欢打烂仗吗？当然不是呀，是因为我们缺少一个大家都认同的主义呀。道不同，不相为谋，于是就打，比谁的拳头硬，拳头硬的就是主义。就像不堪回首往事似的，柯鼎臣长叹口气，我虽然不认可他们的共产主义，但我钦佩他们为了他们的主义舍生忘死的精神！柯鼎臣又叹口气，还那副不堪回首的神情，老帮头，你不晓得呀，他们一个排的兵力，就把我一个营的人马追撵得像赶鸭子似的，讲起来都丢人呀！柯鼎臣慨叹一声，一副不吐不快的表情。老帮头，你是没见过他们那凶狠的样子，迎着枪口就冲过来了，刺刀戳在胸口上连眉头都不皱一下，个个都是张飞重生，赵云再世呀！

他们再厉害，也斗不过你呀！李铁脚板说，他们都人头落地钻了土，你可还高高在上呢！

老帮头啊！柯鼎臣沉吟片刻，像是在心头挑拣合适的词句，既能表示出准确的意思，又不至于冒犯了李铁脚板。呃，老帮头啊，你请我过来，就只是为了拿言语洗涮我么？

你想有别的事么？李铁脚板露出一丝微笑，看着他。

我不知道呀！柯鼎臣摊摊手，苦笑着。

你可是这条大河上最精明的人呀！你可是把所有人都蒙在了鼓里啊！你耍了安辰极，耍了胡乙，耍了易本木、袁天王、蒋礼父子，还有范绍元……李铁脚板伸出手，手心手背晃了晃，他们个个可都精得像猴子，但是在你手里就真的都变成了猴子呀！李铁脚板捏起拳头，跷起了大拇指，竖向柯鼎臣，赞叹道，我是真没看出来呀，你耍得这般一手好猴儿，还唱得如此一腔好戏曲儿，佩服啊！

哎呀，老帮头，你这是在骂我呢？还是在嘲笑我呢？柯鼎臣皱着眉头，好像是真搞不明白。

明人不说暗话，真人跟前不扮假相。柯师长，你今儿个就跟我透个底吧，接下来的戏文，你准备怎么唱？

老帮头请我过来，就不准备给我个戏本么？柯鼎臣坐直了身子，正色看着李铁脚板，他知道，接下来，是到了交底的时候了。

李铁脚板看了黑脚帮管事一眼，大家都退了出去。柯鼎臣也看了他的随扈一眼，他们也都退了出去。偌大的厅堂，只剩下李铁脚板和柯鼎臣。李铁脚板两眼直直地看着柯鼎臣，柯鼎臣也两眼不转睛地看着李铁脚板，就好像货已验讫，心头也都估好了价钱，就看谁先讲出来了。

给他家留个香火吧！李铁脚板的声气里没有哀告和央求，因为没那个必要，所有的事物早已暗中标好了价码，唯哀告和央求一文不值。

李铁脚板扯下左手衣袖，伸出手，就等柯鼎臣也扯下衣袖，伸出手，彼此袖管凑在一起，捏着对方的指头讨价还价。

这个古老的交易方式不需要一言一语，也不用看对方脸色，既不尴尬，也无情义，却总是可以讨到最公平的价码。

这大河两岸被他搞得稀巴烂，死那么多人，千年古镇睢水关毁于一旦。要想搁平这些都难得很，何况四川还有那么多大脑壳都瞪着双眼呢，更何况南京也都盯得紧紧的啊，谁敢浑水摸鱼？谁有胆量网开一面？天王老子也不敢啊，所以，柯鼎臣迎着李铁脚板的目光，一字一顿地说，他必须死！

你就出价吧！李铁脚板的语气有鼓励的意味。的确，在这世上，只要肯出价，就没有不能成的买卖。

见柯鼎臣犹豫着，还不肯伸手出来。李铁脚板那只手就像折断了似的，突然垂了下来，他用右手将左手拖回到怀中，苦笑着看着柯鼎臣，有气无力地说，我可是从棺材板里挣扎着出来跟你搞价钱的呀。让他给他家留个香火吧！

柯鼎臣点点头，知道是时候伸出手了。

5

这大河两岸，不论是垂髫儿童，还是白发老者，若问谁是首富，谁不说安玉惠爷？再问谁是首善，谁又不说安玉惠爷？玉惠爷家公子安辰极身有七星帝王之痣，本是天命之人，奈何时运不济，虎落平阳，龙搁浅滩，难逃死劫！而玉惠爷只此一脉，若没了香火就断了，那万贯家业谁来继承？难不成就这样烟消云散，不公平呀！

安辰极睢水关举事一炸成功，帝王之业才一举旗就被下人反水，这是老天亡他。但是那样的枪林弹雨，那样的炮火纷飞,他却皮毛都没伤着一处,如果老天爷只是要他死,随便给一颗不长眼睛的子弹就是了,又何至于让他完完好好落到他们手里?不就是为了让他给玉惠爷,给他们安家留个后吗?

蒋礼当初还把这些话当成个笑话。那会儿他正因为一件事恼怒得不行,就是柯鼎臣不肯将安辰极给他。柯鼎臣说,其他人你想怎么处理都随你,但你别打安辰极的主意,你们两家有私仇旧怨,有旧恨新仇,落你手里会是个什么下场不用想都知道!那么多人因他而死,他是必须要给这个社会、这个国家一个交代的。如今共产主义的妖魔到处乱窜,这里杀人,那里放火,而安辰极这个富家公子放着锦衣玉食的日子不享受,带着一帮穷人二流子把这大河两岸都快翻了个底朝天,不少人都指望着跟他学着来呢。你把他的爪牙炮打刀砍,好似真能杀一儆百,却只是激起更大的仇恨而已。真正能灭共产党这股妖风邪火的,还只能是他,原汤才能化原食!

蒋礼虽然不像当初那么恼怒了,但对柯鼎臣总是不放心,要晓得安辰极打响春暴的枪杆子里头,可有不少是他柯鼎臣送的。谁又说他柯鼎臣不敢转头就将安辰极放了呢?蒋礼去找林聪,要想通过林聪协调,将安辰极交到他手上,他保证让安辰极受到公正的审判。林聪却认为安辰极落在柯鼎臣手上是最合适的。你不是担心你一走,爱城就被柯鼎臣吃了么?你前脚刚回来,人家后脚就撤走了,你怎么还对他不放心呢?柯鼎臣是枪多兵广,可他还不至于胆大到私放安辰极!贤侄,你要向你父亲学习啊,学习他的大智若愚,举重若轻,不要这么沉不住气!

尽管如此，蒋礼还是担心柯鼎臣暗中做手脚。为了确保安辰极死去，他整日爱城、绵城、土镇各处跑来跑去，以至于他父亲蒋敬的丧葬办得极为潦草。"二七"这天，蒋礼拖着疲惫的身子，来到他父亲的坟头前，跪在那里，摸出一张纸来，念了半天的人名——

四十五个，我全祭献给你了，父亲！

次日早上，蒋礼从酣睡中醒来，连日来的困顿烟消云散，他推开窗户，感到神清气爽，感到从来没有过的自由自在。在清凉晨风中，感到自己似乎只要张开手臂，就可以如同鸟儿一样展翅高飞起来，直上青云。

传来敲门声，有紧急报告来自土镇。

你们认为这是真的？

到处都在传呢，马上就要传到爱城了⋯⋯看神情，他们就认为这是真的，所以才急急忙忙连夜赶回来报告。

蒋礼觉得可笑。他正一边吃着早饭，一边翻读着报纸，报纸上有巴掌大一块文章讲的是"土镇共匪"被剿灭的事。说经过数日苦战，爱河流域终于恢复了和平安宁，人民勤于春耕生产，与往常无异。这里头的"剿匪"有功之臣是柯鼎臣，还有林聪，独独没有他蒋礼。蒋礼将报纸丢到一边，他的母亲从香堂过来，人还没进门槛，就传来了她的声气，礼娃，这是真的么？真有这样的事么？蒋礼见他母亲急急吼吼，担心她跌了跟头，忙上前扶着她。

我正和你祖母香堂里拜佛呢，王婶来讲，说她在菜市上听了个消息，菜都顾不上买了，回来跟我们讲。

啥事呀？王婶，啥事搞得这么惊惶火扯啊？

遍街上都在说这事儿呢！怎么？这么大的事儿还把你蒙在鼓里？怎么能让他留个后呢？要斩草除根，以绝后患呀，留个冤孽在世上，遗祸万年呀！

蒋礼开初还笑，慢慢地那笑容在脸上凝住了，接着整个身子也僵住了。这不是一件荒诞可笑的事！就算是一件荒诞可笑的事，它能如此之快地从土镇跑到爱城，而且迅速传遍整个爱城的大街小巷，那就证明它现在已经不可笑了，不荒诞了，它可能正在成为事实！也就在这一刻，蒋礼感觉到连日来那莫名的忧虑有了具体的源头，也显现出了体量。接下来他和柯鼎臣将展开一场远比追剿安辰极艰难十倍的明争暗斗，而且他隐约预感到林聪是和柯鼎臣站在一起的！

用安昌河的话来说，那会儿蒋礼的双眼全被仇恨遮住了，只要冷静地思考一阵，就不难发现林聪和柯鼎臣岂止站在一起的关系这么简单，他们是合伙人，在一起下一盘很大的棋，唱一出很大的戏。柯鼎臣是主角，林聪是怎么也少不得的帮腔。那会儿蒋礼只想让安辰极死去，尽快死去，死的动静越大越好。似乎只有这样，才可以消除累积在他心中的嫉妒和恨，才可以证明他的战功。

同样，安昌河说，那会儿大河两岸的人们也都看见了行将就木的李铁脚板重新巡街，也都知晓了他在黑脚帮的香堂里与柯鼎臣的会见。无论是垂髫小儿，还是白发老者，莫不为他的有情有义所感动，钦佩他的道德风范和义勇担当。

是的呢，对于他这样一位备受敬仰的老人来说，还有什么比安然死去更舒坦的事呢？可就在要闭眼的时刻，出了这样的变故，依照他的话说，这还叫我怎么死？叫我怎么安心去死？于是他又振作精神，将准备拿来迎接死亡的气力重新做个安排，去完成本来不在自己人生规划中的最后一桩事情。

我不去管谁管呢？谁叫我是他的保爷呢？据说李铁脚板这样悲怆无奈地哀叹道，我保不了他的性命，我只能求祈我大河两岸的人们，看在他父亲做了那么多善事好事的份上，厚道一些，莫要落井下石，也唯愿上天垂怜，让安家留下一脉香火。那么，就算我死后下十八层地狱，也是情愿的！

大受感动的大河两岸的人们，所有的注意力都在如何为安家"留存一脉香火"这事上。这可不是个小事，不是一蹴而就的事，就算把最好的种子撒在最肥沃的田里，能不能顺利发芽，谁也不敢保证，这得看天意。天意如何，还得拿时间来验证。况且还有各种阻挠，比如蒋礼，他能准许播种么？就算准许，如果一次播种不成功，他还能给继续播种的机会么？光是一个要播种，一个万般阻挠，这事儿就抵得上连台的目连大戏，想想就叫大河两岸的人们激动。

他们哪里会想到，精彩的表演，凄婉的唱词，眼花缭乱的飞刀飞枪，忽明忽暗处的神神鬼鬼……都是导演愿意展现给他们的。几乎所有成功的编剧和导演，甚至小说家、诗人，从来都不会将真相直接呈现给观众和读者，他们会将本意和事实真相用夸张的表演、曲折动人的故事、精准的字词层层包裹起来，使得你看见和理解的都是你以为的，包括你的悲伤、喜悦和感动。

安昌河接着说，成功的编剧、导演和小说家、诗人或者画家，他们的行为堪比上帝，你琢磨不透他们是无意为之还是处心积虑，你不要以为自己看见了故事，更不要以为你看见了隐喻。拿编剧、导演、小说家、诗人、画家和上帝来形容李铁脚板显然有点儿不太合适，但是只要细细琢磨，谁又能说他不是呢？他甚至比他们高明多了。他只撂下一个开头，演员和观众就都急急忙忙去开演了，而他呢，他躲在幕后，正埋头另一个本子呢。

6

安昌河在梧桐园十五号等了一夜，他想等我父亲醒过来，他想和他道个别，但我父亲一直在昏迷中。监护仪上的数据显示了我父亲的情况有多糟糕，但数据并没往更坏的程度发展。也就是说，他的死亡过程很缓慢，而此刻正在平台期，并没有像原来医疗小组所预料的那样断崖式、快速的、说不行就不行。医疗小组的组长说他似乎在牵挂什么，他没有表现出强烈的求生意识，他都没有挣扎的行为，他已经接受了这一切，他只是……怎么说呢，不愿现在走。他要么是觉得现在不是最好的时候，要么就是在等待一个结果。怎么说呢？医疗小组的组长形容说，有点像在等第二只靴子落地。

赵响那头的医疗组长也是这么说的。安昌河看着我，而我也很想知道赵响那头都发生了什么事，期待他讲下去。

那头的医疗组长也说，赵响在等待一个结果，他倒没有说"等待第二只靴子落地"这句话，他说的是他在等谁吹熄灯号，当然，也可能是起床号。

我有些不敢相信。

事情就是这么诡异。安昌河想了想，又说，也可以说事情就是这样必然。

我认为安昌河说得有道理。

你都跟他讲了么？安昌河问。

是的。我说。

他接受了么？安昌河又问。

这个问题让我难以回答。我的父亲没有眨一下眼睛，也没有眨两下眼睛，他就那么直直地看着我，褐色的眼睛就像黄昏里平静的湖水。当我要凑得更近看他的时候，他突然闭上了眼睛。我以为这是一次眨眼……我的心都悬到嗓子眼儿了，我惧怕这一切都是真实的，但现实似乎又真是如此。我希望一切都是虚构的，是臆想的，是推论而出的……但它却是出自我祖母之口啊！

——当我父亲赶回秦村老宅，我祖母责问他，你怎么迟迟不肯回来呢？你是在躲避我的死亡还是躲避真相？你以为我死了就把真相带进坟墓里去了？你就不想知道究竟发生了什么事情吗？我知道你害怕，我一直在等，等你长大，长大到能承受住它的时候。现在，你都是一个老人了，都到了该和死亡对眼了，你还在躲什么？还在怕什么？还有什么可怕的？

我父亲的眼睛没有睁开。他不是在回答我，他只是又昏迷过去了。

事实真相摆在那里几十年了，他们难道还看不清楚么？只是不肯接受罢了。因为一旦接受，敲碎的不是镜子，也不是镜子里的那个人，而是镜子外的自己！安昌河叹口气，摸出一支烟来，都叼上嘴巴了，又摘下来，想了想，敲敲烟盒，把烟装回去，揣进口袋，看着院门口说，我是真后悔在那个午后走进这道大门了。

你不是一直得意于你的发现么？那会儿你讲话的声音因为激动，可都变了调……

安昌河轻叹一声，你是没办法理解我的痛苦的！我笑了，我哪里肯信。我说，看样子你这回是赢定了，你是不是都已经写好了结尾？安昌河看着我，流露出吃惊的表情。不是么？我说，这么些年来，你一直在深挖广刨，为了所谓的真相进行着艰苦卓绝的努力。而就眼下的发现来看，一切都在按照你的判断发展啊，很快就会出现一个震惊世人的结果，以庆贺你的大功告成！安昌河没有说话，他哆哆嗦嗦摸出那盒烟，取出的不知是不是刚才叼过的那支，他点着烟，走到一边的树下，埋头抽起来。

安昌河被赵响的女儿狠狠扇了几记耳光，还啐了他一脸口水。这个过程是在警察眼皮子底下进行的，他们并没有阻拦。赵响的女儿指着安昌河的鼻子骂了很久。安昌河始终低垂着脑袋，默默地忍受着，表情很痛苦、懊悔。直到接到我的回话，同意他前来梧桐园十五号探望我的父亲，他苍白的脸上才恢复了一点血色。

我知道，是赵响主动找安昌河的。起初安昌河是拒绝的，是赵响的女儿亲自去请的他。老爷子想见见你。一连请了好几次，安昌河才勉为其难答应。她一定想不到安昌河曾经公开讲过他很不喜欢赵响，包括他的一家人。他还说，在当代中国的政治话语中，老人家、老爷子，是具有明确指代和深刻含义的。"老人家"的称呼里头饱含着深情，一定是指开国领袖毛泽东主席。而"老爷子",则多为高级干部的亲属们称呼自家那位德高望重的尊长,但最合适的称呼应该是"我们家老爷子",而不应该逢人见人就说"老爷子"。因为他得不到这样普遍的尊重!安昌河还曾经说过,他就瞧不惯赵响儿女子孙那一副不可一世高高在上的神情,就仿佛他们的祖上是创世者,而世间万物正沐浴在他们家雨露阳光的恩泽之下。他还看不惯赵响总是一副胸有成竹的样子,仿佛历史和未来就揣在他口袋里的小本本上。

寒暄了一阵,赵响听说我急急忙忙回爱城去了,马上判断是我的父亲安重根出了问题。我是一点都不意外的,赵响说,我们都到了这个岁数了,倒不说可以欣然接受,但也不算多遗憾。让赵响的儿女们颇感意外的是,接下来的谈话,他竟然要求和安昌河单独进行。赵响说,这么些年来,我一直想好好跟你谈谈。我知道。安昌河并不感到意外,是因为我在书中对你父亲赵棠的那些描写吧?他是英勇无畏的工农革命军烈士,是安辰极的战友。这是事实,没有歪曲,也没有拔高。赵响点着头,表示认可。安昌河说,我收到过你让人转达的意见,还有你收集的那些资料。你的那些意见我都认可,那些资料也都是客观的。

但是在你的心里,关于赵棠还有另一种形象,另一种结论!不止你,还有他们……相当一部分人!赵响突然激动起来。

安昌河没有立即回答,只是微笑,等赵响的激动过去,恢复了平静,这才说话。大家怎么看待赵棠,怎么评价他,因为所掌握的材料等诸多原因,肯定是各不相同的,是很难做到统一的,要允许嘛,老人家都说了,让人讲话,天不会塌下来!

难道就不能正确地引导么?

安昌河不知该怎么回答。

可都准确么?可都对么?

安昌河放弃了对这些问题做出回答的想法。作为赵棠唯一的儿子,赵响发出这样的问题,当然不是出于理性。这么些年来,一旦提到土镇工农革命军,提到春荒暴动,总有人对赵棠提出这样那样的质疑。《大河东流》小说出版后,安昌河收到不少读者来信,批评他不尊重历史,过分美化赵棠,批评他回避矛盾和错误,是对英雄和烈士以及历史的不敬。在电视连续剧热播的时候,有人写了一篇文章,直言不讳地提出,土镇春荒暴动的失败,赵棠应该负主要责任。甚至说在小说原著和影视作品中回避这个问题,还对赵棠进行不符合事实的美化,并非原作者和剧组人员有意不尊重历史事实,而是受到了赵棠其后人的干扰,迫于压力。这篇文章引起了轩然大波,赵响认为文章是安昌河写的,可能还受到某种势力的指使。不过那篇文章也并非空穴来风,据说赵响的确是动用关系,将剧本拿去进行了审阅的,而后导演根据他的意见进行了修改。

你讲的都对!安昌河已经放弃再跟赵响交谈下去的想法了,敷衍两句就准备离开。

安昌河告诉我,当他看见赵响那喋喋不休的样子,他突然就无比想念起我父亲安重根来。回想过去和安重根相处的日子,那是多么愉快,父亲给予了他那么多的支持和鼓励,他想走到他身边,紧握他的双手,做一番告别……其实,我猜测安昌河不会这样单纯简单,他一定是想透过我父亲在这世间的最后眼神,去探知他的内心,他以为死亡会撤去所有面纱和浮云,一眼到底就能窥见我父亲的隐秘。

7

赵响突然伸出手来,碰了碰安昌河,这是一个罕见的亲昵动作,安昌河被吓了一跳。我说,安昌河同志,你能不能把你知道的讲给我听呀?这样的语气,让安昌河立即警觉起来,他看着赵响,微笑说,我知道的也都是你知道的呀!

你是研究者嘛,所谓的权威嘛!

安昌河搞不清楚赵响的真实意图,他这是干什么呢?有关那段历史,那些人物的争论焦点,那些分歧、矛盾,其实早就摆明摆透了,他怎么可能不清楚呢?那么现在他用这样的态度这样的语气,是希望自己替他做一个选择么?他就是这么个意思,他的神情表明了他的态度,他就像看见了递过来的糖果,老人越是年迈越是像孩童,喜形于色,难以掩饰情感。

行,他都这么大年纪了,又何苦拿自己的坚持去对付他的顽固呢?

不,你怎么能顺着我的意思呢?你一直都是很有坚持的人呀!赵响的笑容里嘲讽的意味过于明显了。

你想听到真相?想知道事实?

你讲,赵响虽然摆出了一副洗耳恭听的样子,但是语气里却还弥留着不屑和嘲讽的意味。

土镇工农革命军春荒暴动失败有着历史的必然性，但要就事论事来说，赵棠对失败负有难以推卸的责任。他是"中共爱城工农革命军"的总指挥，很多人，很多材料对他在此期间的领导工作做出评价时，都用了"创新了革命工作""培植了革命力量""稳固了革命队伍"的语言，这相当于盖棺定论了。但这"悼词性"的言辞却并不符合事实。依据我个人的研究和看法，赵棠担任总指挥后，消解安辰极的影响，排挤安辰极的亲密战友，否定和更改安辰极制定的发展方略……毫不隐讳地讲，他非但没领导好土镇的革命发展，还给它造成了混乱、困惑甚至是直接的破坏，为随后春荒暴动埋下了失败的隐患！

安昌河这些话真让赵响有些受不了，而安昌河也做好了欢迎他打断并立即停下来的准备。如果这样，那么一切就此结束。但赵响最后都克制住了。

这个隐患就是胡乙！胡乙之所以能有那么大的破坏力，全拜赵棠所赐。如果说赵棠为了培植自己的势力而壮大胡乙，似乎也讲不过去。那么究竟是什么原因让赵棠不顾安辰极的提醒而对胡乙偏宠偏信，视为知己呢？胡乙的供述其实把很多事情都讲得明明白白，但是大家就是不去相信它，就因为胡乙是叛徒，所以供述自然不可靠。为了隐瞒罪行逃避打击，谁说他不会不遗余力地夸大其词，歪曲事实呢？

如果说胡乙的供述百分之八十都是编造的，起码还有百分之二十是真实的吧。那么这百分之二十之中，有关他给赵棠借钱和筹钱的事是真实的吗？难道作为赵棠的后人，你们就从来没有去证实吗？安昌河没有等赵响的回答，他也不需要，他开始变得亢奋起来。这么多年来，他一直在挖掘，一直在寻找，他的手里掌握了太多他自以为是的真相，却没有途径去公之于众，就像一挂塞了一肚皮火药的火炮，终于逮着出声的机会了，又怎么不畅快淋漓，一泻千里呢？

在胡乙的供述中，提到过给赵棠拿钱的事。原话是"他找我，要我拿五十个大洋给他。我说安辰极说给你拿，你咋不要？他没答话，瞪了我一眼。过了一阵，我拿了七十个大洋给他，他掂掂，也没数，也没像往常那样说还，连道谢都没一声。他应该是觉得我们关系好，不用客套吧"。

按理说，像赵棠这样有着丰富革命经验的同志，组织纪律性应该不会太差，可他犯的那些错误实在太低级，低级到让人怀疑他是故意为之。或者说，他是为了故意和安辰极作对！付立扬的雎水行动惨败，赵棠负有主要责任，因为他的领导能力问题和思想问题，土镇的革命局势十分混乱。他最信任和倚重的胡乙，就是在那时候既接受柯鼎臣指派，又表示效忠蒋礼的。

安辰极从成都回来，让赵棠惊愕和不安。他嫉妒安辰极的能力又不屑于他，认为安辰极出身剥削阶级家庭，从小就被教育要成为帝王，所以肯定一脑子的封建思想，这样的人，这样家庭出来的人，怎么可能关心贫苦，怎么可能认同共产主义？真革命起来，他能对他那样的阶级下得了手么？因此，安辰极之所以参加革命，必然是心怀叵测，必然是投机主义。而且，当革命胜利那一日，也必然是他窃取胜利果实，暴露真实嘴脸的时候。所以，安辰极越是对他表现出真诚，越是推心置腹，他越是认为安辰极虚伪。在这样的情绪化的不理智的对抗中，他又怎么听得进安辰极的忠告呢？

一九二八年三月十七日在安公堤召开的"土镇春荒暴动战斗部署会"，为什么没有通知胡乙参加？就是因为安辰极对他不放心。都这样的情形了，赵棠还在替胡乙说话，真是让安辰极忧心忡忡。安辰极希望可以从一支队多抽调一些人补充到突击队，目的就是为了削弱胡乙的力量，但是赵棠没有听从，他说根据军事部署，胡乙所承担的任务也不轻。对于安辰极在会上一再强调"保密"，赵棠置若罔闻。一见到胡乙就像难以忍受似的将整个春暴军事计划全盘托出，还讲了安辰极对他如何不信任的话。最后语重心长地要胡乙"一定要争口饿气，莫要辜负了我对你的信任和倚重，你拼了命也要给我把安镇的暴动革命整漂亮！"如果赵棠听了安辰极的话，哪怕是多个心眼儿，土镇工农革命军的春荒暴动又何至于失败得如此惨烈呢？

这就是你这么多年的研究成果？土镇工农革命的失败原因是赵棠对胡乙的轻信？赵响一直在用最大的克制力忍受安昌河的那些话语。他似乎并不是一个激动的易怒的老人，起码他的表现是这样。当安昌河终于说完，赵响还沉思了片刻，这才向安昌河发问，还是以一种讨教的语气。

使用"轻信"这个词语是不合适的，听起来就像是"用人不当"，实际上要严重多了。安昌河说，所有人都把胡乙当成土镇革命失败的罪魁祸首，认为是他的叛变直接导致春暴的失败，而忽略了是谁让他具有那么大的破坏力！

我是真心实意地想从你这里听到真相的，赵响放缓了语气,他似乎已经放弃了激动,因为不值得。所以赵响不免对自己的满怀期待感到失望。原来你的这些东西,都是听胡乙他们讲的啊!赵响是以漫不经心的轻松语气讲出这句话的,但在安昌河听来,却是那般的刺耳。

一九七六年闹地震你老人家总还有印象吧?土镇公安局的同志从防震棚回到办公室,发现档案室的屋顶破了个大窟窿,很多材料都浸泡在水中。清理发现,那份胡乙的"供述"已经霉烂完了。好在土镇档案馆还有一份"供述"的抄件。而据看过原件也看过抄件的人说,这份抄件和原件有很大的出入。你说得对,我的这些东西,的确有一部分是来自胡乙的"供述"——土镇档案馆的那份抄件。为了验证抄件的准确性,验证胡乙供述的真实性和客观性,我走访了不低于一百位亲历、亲见和亲闻的人,其中有当年胡乙的酒友,还有他仅存于世的亲属。我曾经在医院里给一位老人端屎端尿,为他擦洗身子。老人叫钟良全,原爱城公安局局长。一九五七年盛夏,是他前往贵州解押的胡乙,也是他主持的对胡乙的审讯,还是他鼓励胡乙亲笔书写的交代材料。因为生病太久的缘故,也因为年岁太大,钟良全的记忆并不全面,但是为了准确和负责,钟良全绞尽脑汁,就像要把深埋在地下的绣花针挖出来一样细心和努力。刚才我跟你讲的,可能不是你想要的,但那就是真相。当然,是不是真相,你难道还不清楚么?

你这话是什么意思呢?赵响问。

胡乙的"供述"抄件真的和原件有出入么?现存的这份"抄件"究竟是不是原来那份?安昌河看着赵响,对此,你难道就不该出来说句话么？

我说什么话呢，赵响别过脸去，叹道，我能说什么呢？

8

你说是赵响在"供述"抄件上做了手脚？我十分吃惊，难以置信。

根据土镇档案馆的借阅记录，赵响在一九七七年秋天借走了"供述"抄件，冬季才还回来。他还回来是原抄件么？谁也没有细看。安昌河说，一九八三年，土镇准备编印《土镇工农革命军春荒暴动纪实》，党史办一位老同志找到那份"供述"抄件，一眼就看出了问题，说内容和原件有问题，此抄件也似乎非彼抄件。但怀疑归怀疑，拿不出证据来，就只能采信这份抄件上的内容。

究竟怎么回事？我看着安昌河，从他的神情来看，他是搞清楚了的。

谁会想到拿抄件上的字迹和你的笔迹做对比呢？安昌河无限悲哀似的叹息一声，你从来都认为一个叛徒的临刑供词根本不值得相信，为何又通过这样幼稚、愚蠢的行为，如此深入到这个叛徒的供词里去呢？你是想通过对他供词的修改，达到让人相信的目的吗？还是想在他那根本不值得相信的供词里，重新塑造你父亲赵棠的形象？

赵响被问住了，嘴巴微张，不知如何回答。

我想你主要还是嫌弃你的父亲赵棠不够完美吧，不是你心目中的理想父亲，不是你需要的英雄形象……你都这么大年纪了,我本来是不应该讲接下来的这番话的,但是,从你找到我,以那样的姿态想探听"事实真相",而不是在你岁月的最后时刻公布那份被你极度轻视又极度重视的"供述抄件",我觉得还是应该讲的。安昌河注意观察了赵响的神色,觉得他还能承受得住这样的打击,但还是害怕过分刺激到他,于是放缓了语气,说道——

难道你就从来没有意识到你的行为是对赵棠烈士的羞辱么?你不仅没有让他的形象更加完美,更将理想化,反而因为你那自私幼稚的举动,使他这么些年来一直处在被质疑的旋涡中!你伤害了他,而且到现在你还在继续伤害他!

赵响的身体晃了两下,但马上就站住了,他摆摆手,表示自己没事。怎么会没事呢?尽管安昌河已经很注意了,但哪一句话说出去又不是一记拳头呢?虽然缓慢,却并不失重量。他还想再继续分辨两句的,只是身体似乎真的有些不太允许。他轻轻叹口气,重新将被安昌河重拳击打之下散乱的目光聚焦起来,直视着他,问,那么,那件事情呢?你不是一直怀疑安辰极活着?你为什么要这样?

是的,是我最开始质疑的。这么多年来,我也一直被质疑。我得承认,这些质疑让我很不自在,被敌视,被侮辱。但这些质疑也锻炼了我。质疑不是个坏东西,对明天的认识的唯一限度,取决于我们今天的怀疑,而伟大的灵魂是向往怀疑的。如果安辰极不怀疑,他就不会毅然决然走上革命之路。如果世界上还有比痛苦更坏的事,它就是怀疑了。怀疑能把昨天的信仰摧毁,替明天的信仰开路,因为怀疑和信仰是相辅相成的,没有怀疑就没有真正的信仰!

那么,答案呢?赵响问。

你在问我的时候,难道心里就没有答案?

赵响愣住了,过了一会儿,他哆嗦着问,难道你认为我希望这一切都是真的么?

不是我认为,安昌河顿了顿,说,而是——的确是真的!

安昌河事后告诉我,他在说出这一番话的时候,不知为什么,感到了从来没有过的恐慌害怕,以至于声音都是颤抖的,结巴的。他也没想到赵响会有那么大的反应。赵响几乎是立即就咆哮了起来,指着安昌河的鼻子,大骂"叛徒""骗子"。他的儿女子孙们闻讯赶来,他仍在咆哮不止,大骂不止,什么"胡说八道""谣言惑众"……

一定不能开棺,不能,他得死去!他得在里头!这是赵响留在人世间的最后一句话,接着就像我父亲安重根一样栽倒在地,昏迷了过去。

第十三章　种痣师

1

钱广是三月二十九出的门,也就是安辰极被抓捕的第二天。桑镇袍哥大爷吴世宗在擒获安辰极后,第一时间就将消息报往土镇益和楼。那些天里,李铁脚板一直躺在床上,几乎是不吃不喝的状态,看起来的确是要死了,他已经站到了阎罗殿的门槛上,但他和这个阳世间还有最后一丝牵连,牵连断了,身后的羁绊也就没有了,一声叹息,双脚落地,他就是另一个世间的人了。

但李马能够感觉到他其实一点儿都不平静。的确,在听了安辰极被抓捕的消息后,李铁脚板发出了一声叹息。从阎王殿的门槛上折回了身子,回望着他早已准备辞别的阳世。他动了动身子,那已经被死亡冻结的关节,发出轻微的咔咔声。整点汤来。他僵硬的舌头蠕动了半天,才在口腔里翻卷出这么句话来。担心李马听不明白,又重复了一遍。这让李马明白了他的急切和接下来的打算。他是不准备就此死去的了,他要回来!他放弃死的打算了,他有新的想法和计划了。

他喝了小半碗人参鸡汤，又让李马将他挪到外头的阳光底下。阳光融化了包裹在他身上的那层死亡的茧，他那本来都逐渐冰冷的苍老衰败的肉体有了点儿温暖的生机，快要熄灭的双眼又慢慢恢复了亮度。

叫钱广。他的号令和以往一样不容置疑和刻不容缓。去郫都，把那个姓唐的修脚师傅带来！

钱广马不停蹄地赶往郫都，四处寻找那个姓唐的修脚师。郫都大概是修脚师最多的地方。为啥呢？因为豆瓣酱和酱油。谁不喜欢四川菜呢？鲜香、麻辣、油重……而豆瓣酱和酱油，堪称川菜的灵魂。天底下的豆瓣酱和酱油，八成出自郫都。要将这八成豆瓣酱和酱油行销到天南地北，又怎么少得了行脚人的功劳？

行脚者聚集的地方，也是修脚师傅最多的地方。

修脚师是行脚者们对他们的尊称，外行人一般都叫他们为"挖鸡眼"的。这么喊其实并无不妥，因为在他们的营生里头，挖鸡眼可是最主要的，也是最为特色的服务。行脚者常年在路上奔走，两只脚底板子翻飞得就像打连枷，长鸡眼在所难免。而一旦长鸡眼，对于行脚者来说那就像剪除了鱼儿的双鳍，折断了鸟儿的双翅，还有什么比这更叫他们痛的事呢？这个时候，就该修脚师傅出场了。优秀的修脚师，利落的一刀就剜去了鸡眼，还担保你第二天就可以健步如飞。

钱广没能在郫都找到姓唐的修脚师，知道行踪的说他三年前就去了自贡。自贡大概是除土镇和郫都之外行脚者第三多的地方，因为这里出盐巴，云贵川和藏羌地吃的盐巴，大都是行脚者们从这里运送过去的。

钱广没想到唐姓修脚师这么年轻，看样子不过三十来岁。听了钱广的来历，修脚师点点头，说你们的老帮头和我们家是世交，我们两家的祖上，可出了不少传奇人物呀！

年轻的修脚师说，他祖上并不是爱城人，也不是四川人，要问他们从哪里来，得先讲一个叫李端伯的人。李端伯是明朝皇帝的近臣。皇帝叫李端伯到四川主政，李端伯很为难，想去但是又不敢去，究竟去不去呢？李端伯要一个人帮他拿主意。

这个人就是修脚师的先祖，讳唐慎微，字审之，是当时天底下最有名的郎中，皇帝多次给他官职，都被他拒绝了。李端伯为什么要问唐慎微呢？因为李端伯身患一种怪病，只有唐慎微医治得了，一犯病，就赶紧请唐慎微抓药。有一回李端伯外出钦差，因为事情紧急，他也没来得及和唐慎微辞行。两个月后，唐慎微觉得李端伯该来拿药了，怎么还不见动静呀？一问才知道人已不在京师，大惊，赶紧叫人备马，快马加鞭赶去，李端伯正气息奄奄，命悬一线。

唐慎微跟李端伯讲，皇命难违啊，你还是去吧，我处理好家里事，随后就到。而此时皇帝又降旨唐慎微，要招他入宫为御医，唐慎微说，皇上要命小郎中为御医，就请把李端伯大人招回来吧。左等右等，不见皇上回话，唐慎微掐指一算，李端伯该吃药了，赶紧就往四川去。等他赶到四川，和上回一样，李端伯又是命悬一线。

刚救回李端伯，皇帝的圣旨也到了，要缉拿李端伯和唐慎微回京治罪。至于罪名么，唐慎微是违旨抗命，李端伯是图谋不轨。李端伯苦笑说，皇帝三番五次请你不动，我前脚一走，你后脚就跟上来，咱们不死谁死呢？唐慎微叹息说，我哪里想这么多呢？我只是想救人性命。李端伯说，死是必须要死的，让我去吧，你留着。唐慎微说这怎么行呢？李端伯说，怎么不行？我这等只晓得讲套话不办事的官吏，死干净了天下就太平了，像你这样的好郎中，死一个就是天道不公啊！

李端伯让唐慎微改名换姓，远走他乡，所有罪过，由他一人去承担。

唐慎微流落到爱城，隐姓埋名，不敢操持郎中营生，害怕惹祸上身。看了一辈子病突然不能看病了，抓了一辈子药突然不能抓药了，这让唐慎微难受的。好在他另有路子，他做起了研究。

川地广博，盛产药材，唐慎微遍寻川地药材良方，登载记录，编辑裁缀，历时十余年，成就了一部医经，三十二卷，名为《本草经》，里头收药两千余种，各种疑难杂症的方子四千余帖。这部书流传很广，但凡学医的，没人不知道这部《本草经》，但他们知道的只是三十卷的《本草经》。还有两卷，只有唐氏当家人知道。它有个特别的名字，叫《反本草经》。

《本草经》全书讲的都是怎么用药，怎么治病。比方医治凉憿病就首推"银翘散"，荆芥、薄荷、淡豉疏风解表为君，银花、连翘、竹叶清热解毒为臣，佐以牛蒡子、桔梗开宣上焦，甘草调和诸物，鲜芦根清热生津入肺为使，共奏辛凉解毒、清热解毒、轻扬宣肺生津之功。这是《本草经》的正方。反方就是"反本草"，是叫人怎么得上凉憿病。其实很简单，只需趁人睡着在其某个地方抹上几把凉水。

清道光年间,此时唐姓人家早已恢复了唐姓,开设的医馆可是远近有名,大河两岸的人们但凡有病,多远也要跑到爱城唐家药铺抓上几帖药,才叫放心。

这天,药铺来了一个人,求见当家的。那会儿当家的正在楼上替几位有身份的病患诊治,哪里有时间给陌生人看病。那人说,不急,我可以等。伙计说,你只怕要等到明日了,当家人给那几位贵宾看了病,免不了要陪着说说话,喝喝酒,耍耍牌……所以,你还是明日再来吧。那人惊呼道,这怎么行?如此大热的天气,等到明日,只怕人都臭了。

2

李铁脚板说,讲这个话的人就是我的先祖。

年轻的修脚师说,这事儿我听说过的,他让我们两家再次陷入了灭顶之灾!

我打赌你一定不知晓详情!李铁脚板说。

修脚师说,你费尽心思找我过来,难道就是为了叫我知道这事儿是咋回事?

俗话说得好嘛,哪有上桌子就端酒杯子的?总得先讲讲缘分,说说根由,人亲了,喝酒才肯下肚嘛!李铁脚板说。

3

伙计一听说人都快臭了,救病如救火,赶紧向当家老爷报告。当家老爷听了,也很着急,要人快把病人抬来。

来人说,不方便抬来,只有你跟我去瞧!

走了老半天,见还不到那人家,再一听说要出城,当家老爷不愿意了,说近来匪患猖獗,真不能再往前了。

那人说,既然如此,那么我就跟你讲实话吧。不过在讲实话之前,我得跟你讲我是谁,我姓李,祖上李端伯。

当家老爷说,李端伯不是满门抄斩了么?

那人说,他有个小儿子,养在乡下老家。

当家老爷说,我咋知道你讲的是不是真的?

那人说,你家祖上唐慎微和我家祖上李端伯在一起无话不谈,除了病人和郎中的关系,他们还是最好的朋友。唐慎微为了显示他对李端伯的信任,还将你家那两卷秘不示人的《反本草经》给他看了。其中一个方子我眼下正用得着,所以才来找你,你若不信,我就将那方子讲了,俩字。

当家老爷说,你讲。

那人就讲了。

二字一出口,当家老爷先是目瞪口呆,接着和那人双手相握,说,敢问李家兄弟名讳?

李铁脚板说,我的这位先祖叫李成瑞,你们唐家那位当家老爷叫唐浩明,两人结伴而行出了城。

到了李成瑞家中,唐浩明并未见到他的病人。李成瑞说,天还没黑,天黑了我才能带他出来见你。唐浩明并不惊讶,因为他已经知道这个叫李成瑞的是干什么的了。李成瑞是干杀人越货的土匪,他的儿子李方泽是他最得力的也是唯一的帮手。父子俩明里使刀,暗里用棍,下手又稳又准又狠,总能一击毙命。随着李方泽娶妻生子,渐渐对这买卖有些厌倦了,而李成瑞也因为上了点儿年岁,慢慢地也感到有些力不从心了。李方泽问他父亲,啥时候收手呢?难道还要我再父传子业么?李成瑞没法回答,世道艰难,不干这个又去做啥呢?只能走一步看一步。

两天前,李成瑞钓上了三个人,两男一女。一男一女是对夫妇,另一个大约是仆从。从他们的举手投足来看,身上是有硬货的。李成瑞赶紧抄小路回家叫上儿子,两人一路追赶,终于撵上了。李成瑞让儿子赶捷径,先埋伏在前方垭口,他随着后头,见他年岁不小,人家也不会警觉。还真就是这样。可到了垭口,儿子倒是突然蹿出来,一棍子打倒那个仆从,但却对那个男主人动不了手,僵在那里,一脸的惊恐,就像是见了鬼。

一路紧赶慢赶,李成瑞早已气喘吁吁,见儿子呆傻住了,只得自己动手。终于办妥了,父子俩都瘫软在地。父亲李成瑞是累的,儿子李方泽是吓的。收获看来还是很不错的,光是从那个女人身上就搜出了好几大锭元宝。见儿子还愣在那里,李成瑞不禁着急了,说你咋回事呢?瓜了傻了?儿子指着那死去的男主人,声调和手指一起哆嗦,你看他咋和我长得这么像呢?李成瑞低头一看,咦,还真是像呢,难怪刚才儿子吓得差点失手。

李成瑞让儿子站到一边,他来收拾。没想到竟然从这死人身上搜出两张纸来,一张是"敕牒",朝廷的委任状,上头大红的吏部印信,一张是"告身",合一起就是"官凭"。某某,籍贯何处,时年二十五,身长七尺三寸,面白,颔下有一黑痣……今奉上差，履任平武知县。李成瑞一面念着，一面不时瞄一眼儿子，还走到他跟前拃开手，量了量儿子身高，再凑近看看死人，又过来上下打量儿子一番，点点头，就这么办了。儿子也马上明白了父亲的意思，我没那么胖呀！父亲说这个简单，几斤猪膘肉的事嘛。

要紧的是，那家伙下巴上，长了一颗大黑痣呀！儿子壮大胆子，凑近了那死人，扒拉了细看，好像还不止这下巴上的一处呢。

父亲说，这事儿也不复杂，咱们老李家的老交道能办这事儿。

就这样，他找到了唐浩明。

4

这世间，专门有一种游方郎中，他们走村串户，手持响铁，边敲边走边吆喝，点痣哎，剜鸡眼哎……

很多游方郎中手上的点痣、剜鸡眼只是遮掩，他们主要在私底下干些见不得人的事，比方卖壮阳药、打胎药和谋财害命的闹药，也有拐卖孩童和妇女的。所以，人们大都将游方郎中和三姑六婆一般对待。正经的坐堂医生自然是瞧不上这类游方郎中的，他们也绝不会轻易下手去操持那类点痣和剜鸡眼的活儿，因为丢份。

其实这点痣和剜鸡眼里头大有学问，尤其是点痣。这痣分隐痣和显痣，在面上的为显痣，被衣衫遮住不为人见的为隐痣。刘邦屁股墩儿上有痣九颗，后来他当上了帝王。清朝开国皇帝努尔哈赤之所以要娶仇家之女阿巴亥，就是因为趁她洗澡偷窥到她的奶子上有三颗痣，后来，阿巴亥给他生养了阿济格、多尔衮、多铎，三个孩子都为他创下了开国之功。身上隐痣多的人福禄不尽，面上显痣多的人非穷即凶。还有的痣生的位置不对，影响到命理，自然，这些痣是要被点去的。

李成瑞给唐浩明说了哪两个字，让唐浩明先是目瞪口呆，接着就认了李成瑞为世家兄弟，心甘情愿听他使唤呢？

种痣！

是的，那两个字就是"种痣"。在唐慎微编著的《本草经》中，是有"点痣"和"剜鸡眼"的方子的。根据《本草经》记载，点痣方有五，但内容大致相同，无非是生石灰、蟾蜍加巴豆……但凡熟读过《本草经》的郎中，对此是再清楚不过的。只是他们万万也不可能想到，在《反本草》里头，竟然还有一个"种痣"的方子，能知道这个方子的，还是外人么？

四十天后，李方泽带着他的妻子去平武上任了。祖上曾是官宦人家，所以李方泽上手也快，不出一年，就将原本乱成一团糟的平武整治得平平顺顺，尤其他在清剿匪患方面更是高招频出，成效显著。这样能干的官吏，朝廷自然是要重用。两年后，李方泽就被提升为陕西某地同知。此地匪患十分猖獗，但李方泽却是他们要命的克星。

不管官做得多大，又有多少人赏识和吹捧，李方泽始终铭记父亲的训示，放开胆子做官，夹着尾巴做人。放开胆子做官就是要一心为公，全力为民，谋一方平安，得百姓福祉。

夹着尾巴做人就是要不声张，不显摆，谨小慎微……因为这官可是偷来的啊，要想将偷来的真正变成自己的，起码得熬过三代。

但在第五个年头就出了事。事情不是出在李方泽身上，而是出在他的女人嘴上。这个女人也不算是个坏女人，之前穷困的时候，她是那样勤俭持家，不多言不多语，本本分分过日子。可也不是个好女人。官太太当久了，这普天之下女人都会有的两种毛病，竟然在她身上越来越突出。一是话多，什么事儿都想插上嘴，以显示自己多能耐似的。二是炫耀，喜欢绫罗绸缎，金银首饰。这两样毛病在家里犯犯倒也没什么，可她偏偏去跟衙门里一堆官太太搅和在一起。人家那些官太太大都是出自官宦名门，但是她呢，不过是个庄户人家的女儿，除了虚张声势，她还真是一点儿像样的做派都没有。加上她那张越来越肆无忌惮的碎嘴，指不定什么时候就冒出一句鬼话屁话来。这世间一大半的话，都是言者无心，听者有意，因此才有"祸从口出"这一说。

这天，她竟然跟人聊起了怎么教育孩子，而且头头是道。

官太太回头就跟自家老爷聊起这事，说同知大人不是说膝下无子无女么？听他家夫人讲奶娃娃的事，倒像是生养了十个八个。

过了两天，李方泽听同僚问自己，大人都教令公子读些什么书啊？对方问得漫不经意，李方泽却听得胆战心惊。

两天后，李方泽突然被人拦住，问他可认得故人？难道真是官一做大，眼睛就往上了？李方泽正纳闷，一眼瞅见不远处那位同僚正暗中窥视，顿时觉得脑门上被人敲了一棍子。

当日李方泽就书信一封,将这些年的积蓄连同那书信,暗中叫人捎带给远在爱城的唐浩明。入夜李方泽在府中摆酒,宴请几位同僚。喝着喝着,不知怎么吵闹起来,接着发生大火。李方泽夫妇和几位同僚,连同服侍的下人,十几口子,无一幸免。

唐浩明接到信后吓得不轻。没过多久,唐家药铺也发生一场大火。大火之后不久,唐浩明因病去世,他的儿孙也离开了爱城,去往了何处,无人知晓。

5

既然是无人知晓,你又是如何让人准确地找到我的呢?年轻的修脚师问。

李铁脚板说,自李方泽和唐浩明死后,我们唐李两家,就再也没有往来,直到我和你父亲这一代。当我遇到你父亲的时候,我并不知道他是谁,只晓得他是远近有名的修脚师。他也不晓得我是谁,只知道我是黑脚帮年轻的帮头,而且为人耿直,肯帮忙。就是因为这个,他主动找到我的,想让我们行脚者带上他,我们到哪里,他到哪里。我说哪里有行脚者随队带个修脚师的?没这样奢侈讲究啊。他说实不相瞒,我惹了个祸事,跟在你这个黑脚帮帮头身边算是有了个护身符。

有个监狱的监狱长,手里头一百五十多号犯人,猪狗都不如地对待,却要求像牛马一样劳动,所以,那些犯人一个个瘦骨嶙峋,就像柴火把把。突然有一天,监狱长接到上司的消息，说洋人要来视察这所监狱，要看看他们是不是文明，要看看犯人在监狱里是不是有人权。啥是人权呢？就是看是不是拿犯人当人了。怎么才能让人觉得把犯人当人了呢？其实很简单，无非就是让犯人干干净净，体体面面。干干净净还好办，洗澡、理发、修面，再换上件干净的衣裳。可是体面呢，一个个这面黄肌瘦柴火把把的鬼样子，就算穿上绫罗绸缎，也遮掩不住啊。办法其实也不是没有，那就是大米白面、大鱼大肉地让他们吃上一阵子，都长得白白胖胖的像贵客，那不就好看多了么？可这得花上多少银子呀，况且，洋人都下船了，就快要来了。咋办？

有人介绍了修脚师。

监狱长问修脚师行不行，修脚师说可以试一下。监狱长说别说试一试的话，你得来个准信儿。修脚师说以前没试过，不敢保证。监狱长叫人端出一大盘子银圆，问，多长时间能成功？修脚师说一般肥呢，就十天，中等肥要半月，比较肥就需要一个月以上了。监狱长说一般肥吧，只是一个礼拜后，洋人就要进监狱。看在那一大盘银圆的分上，修脚师咬咬牙就应承下了这事儿。

事实上，这事儿办起来比修脚师预想的要简单得多。首先是让全体犯人不干活了，全心全意地就为了增肥。在饮食上，犯人们不再是过去的一日一餐，而改成一日四餐，除早、中、晚外，还有一餐是在半夜。所谓人无外财不富，马无夜草不肥，就是那么个道理。那么修脚师的作用表现在哪里呢？在他秘制的增肥药。

安心静养的日子，油水充足的伙食，加上秘法增肥药，不出三日，就见了奇效。那些可怜的犯人们，就像久旱逢甘露的禾苗，一点儿滋润，就蓬勃生长起来了，而且长势极为喜人！但见一个个面黄肌瘦柴火把把的犯人，就像被充气似的白白胖胖起来，修脚师和监狱长一样满心欢喜。为了获得最好的效果，监狱长要求犯人们全都躺在床上，谁也不准下地走动，因为运动是会消耗体力的，而他们的体力在此刻是极为珍贵的，必须全部用于长肉增肥。

能够躺下好好睡一觉，这在犯人们平日无异于痴心妄想。可眼下被要求躺着，开始还觉得舒服，享受，时间稍微一长谁也受不了了。同样受不了的，还有那油分充足的伙食以及突然生长出来的肉。有人叫唤身子疼，有人吆喝脑壳晕，还有人干脆跑肚拉稀呕吐。这些当惯了猪狗牛马的贱种烂货，根本过不了人的日子，才第五天的头上，他们就把舒服的躺卧叫受罪，把油水充足的饮食叫受难，把长肉叫上刑，纷纷叫嚷着赶紧结束这一切，他们要吃那发霉发臭的掺糠的粗食，他们要去干那像被牛马一样对待的粗活。这怎么行？如何也得熬过这最后两天啊！

洋人如期来了，他们简直难以相信自己的眼睛。自下船上岸后，他们所见的中国百姓莫不是衣衫褴褛，面黄肌瘦，穷病潦倒的样子。而眼前这些犯人一个个却是穿戴齐整，胖乎乎的，有些明显胖过分了，脸上的肉撑得眼睛都睁不开。

他们这是病了么？水肿？

不，他们真是有这样的肥胖，那可是实实在在的肉啊！

洋人们上前检查，的确，那不是肿病，那都是实实在在的肉，是真正的肥胖！洋人们看着眼前这一个个肥肥胖胖的犯人，真是感到匪夷所思，这得需要多么闲适的日子，多少富足的营养，才可能将他们喂养得如此这般的肥硕胖实啊！可是看犯人们的神情，他们似乎并不太高兴，一问才晓得，他们很不喜欢现在这种躺躺睡睡，吃吃喝喝的长肉生膘的日子，迫不及待地要去参加劳作。还有这样的事？洋人们简直是震惊了。试看天下监狱，哪个犯人不是为了逃脱责罚和改造而煞费苦心地去破坏和对抗，哪有这样求着去劳动的？监狱如此厚待犯人，给他们提供闲适的时间，富足的营养，犯人这般感激社会，急切地要参加劳作和创造，以报答社会，这样的人权和文明，应该是只存在理想中的，但却奇迹般在这里看见了！

洋人们感动得滚出了热泪。监狱长暗自窃喜，他的长官高兴万分，修脚师也长松了口气，一切都这般顺利，大功告成。

可就在此时，有犯人倒下了。其实不是倒下的，没有踉跄，没有站立不稳，也不是前俯后仰，而是就地——仿佛是热炕台上的蜡烛，就那么原地"矮"下来，烂泥一样在地上瘫成一堆。

不是只瘫倒一个，而是一个个接着来。不过眨巴眼工夫，列队欢迎的犯人们就相继瘫倒地上十几个。他们在地上蠕动着，那些在一个礼拜里快速生长出来的肉，难融进原来的皮肉里，不被筋骨接受，如同赘生物一样垮坠在身上，似乎只需要轻轻一碰，就会脱离。整个场面看起来十分可怖。

修脚师知道自己闯了祸，留下来一定活不成，就慌张逃了。后来他听说那些犯人死了一多半。有关这件事的始末，被洋人大肆吵闹，西洋各大小报馆连篇累牍地报道。倒是中国报纸对此只字未提。监狱长被投进了班房，罪名是虐待犯人。他花光了所有的钱，三个月就出了狱，人倒是没遭什么罪，就是瘦得不成个样子。监狱长出狱后就到处找修脚师。修脚师觉得自己必须得找个靠山，才可能不被监狱长祸害。但作为修脚师，一个除老茧、剜鸡眼的，又哪里可能找得到什么像样的靠山？同样是作为一个和行脚者打过无数交道的除老茧、剜鸡眼的修脚师，当需要一个靠山时，又怎么能不首选黑脚帮呢？

　　一来二去地交谈，结果这修脚师竟然是唐慎微后人，这还有什么好讲的呢？年轻的修脚师也笑着，点着头，是啊，还有什么好讲的呢？那么现在就请老帮头吩咐吧，看我能做点什么呢？

第十四章　人民台

1

安玉惠是怎么从睢水关走脱的,没有文字记载,也没有人在回忆中说及这事。安昌河认为,他是被安辰极送出睢水关的。爆炸时,安玉惠刚走到大戏楼背后的一条小径上,他要往卧佛寺去,因为袁四喜跟他说安辰极在那里等他,有要紧的事跟他说。爆炸之后,整个睢水关就成了炮火连天的战场。那些踩桥的人们开始仓皇地往睢水关野外逃跑,不少人被踩伤,还有人跌落沟坎或被挤下河。

安玉惠吓得躲在一个灌木丛中,不敢乱动。他知道是安辰极搞出的动静,但不知道现在是谁占了上风。往睢水关里跑的人说外头横尸遍野,从睢水关往外头跑的人说街上的死人堆积如山。他们跑着,哭着,惊恐万状。安玉惠已不觉得害怕了,他只感到罪孽深重,而这深重的灾难和罪恶里,也有自己的份儿。他痛苦地闭上眼睛,念起了阿弥陀佛。

纷飞的炮火和破碎的尸体、遍地的鲜血,一方面滋养着恐惧,一方面也刺激出了嗜血的兽性。不只亡命之徒,就连那些看起来老实巴交的庄稼汉，也都开始了趁火打劫。

安玉惠就被两个不知是从哪里过来的年轻人逮住了，他们就像撞了大运一样兴奋，因为一看安玉惠的穿着打扮，就晓得他是个有钱老爷。如果不是两个战士追过来，安玉惠肯定活不成。其中一个战士认得安玉惠，把他护送到安辰极跟前。父子相见，却都觉得无话可说。安辰极派人把安玉惠送出了睢水关，送到竹城地界上。安玉惠没敢回爱城，他躲在了成都。行脚者带去了李铁脚板的话，说安辰极一时半会儿还死不了，叫他短期内别回土镇，因为太多人想要见他。

想见到安玉惠的可不止柯鼎臣、蒋礼、林聪，还有中共四川省委派来的秘密联络人。秘密联络人前往安府，但见大门紧闭，里外都不见个人影。他不敢拍门求见，在短暂停留后，见土镇越来越多士兵、警察和暗哨，赶忙撤退。

蒋礼带了大队人马想要闯入安府，田水带着一院子的老小持枪拿刀站在门口，她挡在最前，穿了一身红，一手提着一把连发子，摆出一副不要命的样子。

这是共匪头子安辰极的老窝子，不知道里头窝藏了多少匪徒呢，不踏平这里，只怕土镇永无安宁之日！蒋礼命令他的士兵做好冲锋射杀的准备。

就在双方剑拔弩张的时候，黑脚帮一百多号行脚者拿着扁担、抬棍和刀刀矛矛赶到，横在田水和蒋礼他们中间。接着柯鼎臣的大队人马也赶到了，将枪口子对准蒋礼，要他退兵，并且保证安府的安全，蒋礼气得七窍冒烟。

清明节这天，李铁脚板替安玉惠做出了以下决定：出资五万大洋，抚恤在暴动中死难的国民革命军士兵和爱城警察保安队的军警以及各民团团丁；出资五万大洋，架设爱城至土镇军用电话线；出资两千大洋，将位于十字口的"土镇公所"房舍改扩建为国民党土镇党部、国民革命军第十七军第三师联络处和爱城警察保安队土镇大队部；出资购买马可尼无线电报机三台，赠予林聪、柯鼎臣和蒋礼，以供他们通信联络使用。这些决定只是交易的一部分，还有一部分是在暗中进行的，比如将花荄五百亩坝田赠予给蒋礼，将柯鼎臣老家枣园坝周围一千多亩山林和五百多亩水田、三百多亩旱地赠予柯鼎臣，林聪在成都某某街购买了一处宅子还差了五千大洋的缺口……

柯鼎臣一个劲地催促，要把那事儿抓紧办了。咋办呀？李铁脚板一摊双手，蒋礼把着门，谁都不让去见。我听说伙食不行，想吃碗老米粉都不让，每天还都要恶言相向，拳脚相加，这哪行呀？办那事不光得有个好身子，还得有个好心情呀！

恐怕有些难啊。柯鼎臣说，他死那么多兄弟伙，自己也性命不保，怎么会有好心情？至于蒋礼不让人见他，那是我们都同意的。这阵子共产党猖獗得很，这睢水关春暴的事刚平息，长江上游的宜宾又闹起来了，还有大巴山也闹得凶。而据蒋礼的侦察，这大河两岸可来了不少共产党，一面收罗安辰极的旧部，一面准备重新举事，而且，有可靠消息说，他们还准备劫狱呢！

咦，有这样的事儿？李铁脚板很吃惊的样子。

这安辰极，现在已经是他们的大英雄了！要是再一死，就成了他们的烈士了！那会儿他的作用和影响只怕会大得惊人呀！柯鼎臣感叹道，百年之后，如果人们还记得我柯鼎臣和他蒋礼，只会是个骂名。而安辰极这个名字，会在这大河两岸闪着金光！

2

四月二十日，南京国民政府特派员许宗文带着刚刚从上海迁至南京的《中央日报》和上海《新闻报》的记者来到土镇。作为《中央日报》评论员，许宗文亲自采访了安辰极。

许宗文说，蒋介石个人对共产党人是素有好感的，深知共产党青年"最能奋斗"。不过站在革命立场，蒋先生早就怀疑中国之革命是否需要有两个革命党，怀疑阶级斗争的主张在现在和以后是否必要。国共两党最大的区别在于它们所代表的阶级不同。他曾在国民党二届二中全会闭幕会上的演讲中明确提出了，共产党主张阶级斗争，国民党自不必反对。但是阶级斗争以不妨碍国民革命为限！而今天的国民革命之所以不需要共产党而需要国民党，根本就在于共产党只代表工农大多数，国民党是代表各阶级的。更何况当前的国民革命是各个阶级共同的革命，而不是狭隘的工农两个阶级的革命！讲到这里，许宗文笑笑说，我是熟读共产党理论学说的，也深谙你们那套政治。共产党的革命主张过于偏激狭隘，是救不了中国的。救中国的，只有国民党！

安辰极只是微笑着看着他，等他将话说完。

我在南京就听说了你的事，我是深为你的领导才能和胆识所佩服啊！你还这么年轻，未来不可限量啊！许宗文言辞恳切，字字句句都像是出自肺腑。如果你愿意，我可以当面向蒋先生恳请，因革命形势紧张，我党人才严重缺乏，想必他是会给你机会的，让你投身真正的救国家和民族于危难的革命事业中！

安辰极笑笑，向许宗文的好意表示感谢。如果我能活着走出这个牢门，我仍会毫不犹豫地将双脚迈入我的共产主义阵营，并将以更大的更坚决的姿态与国民党反动派及一切反动势力展开更加激烈的斗争！我虽然参加共产党的时间很短，但信仰坚定。你虽然了解共产主义的理论多，却没有去真正地理解。国共合作的目的就是为了推动中国革命，一九二四年一月，国民党在共产党的秘密协助下，召开了历史上第一次全国代表大会。会后，国民党进入高速发展时期，迅速在全国范围内建立省、市、县各党部，大量发展党员。而我们共产党呢，一直竭力支持着国民党的工作，这种以牺牲自身发展为代价，求得国民党发展的无私行为的结果是什么呢？日益壮大的国民党内部党争不断，派系林立，分裂活动一刻也没有停息，并将各种矛盾推诿到共产党身上。许宗文先生是国民党机关报的主笔，肯定也是位资深的国民党老党员吧。那么你应该记得蒋介石曾经讲过这样的话吧——"本党不改组，苏俄同志不来指导我们革命的方法，恐怕国民革命军至今还不能发生。我们今天能够消灭叛逆，到达这个目的，大半可以说是苏俄同志以其革命的使命，民族的精神，至诚与本党合作！"他在一九二五年十二月的《陆军军官学校第三期同学录序》中更是讲得透彻明白，对国共两党官兵能够在自己率领下共同效命沙场，前赴后继而感慨万端。事例太多了，他是饱尝了国共合作的好处的。但是这位曾经许下"吾愿与党内死者诸同志，同穴安眠于地下，吾愿本党后死诸同志，不分畛域，不生裂痕，始终生死，本我亲爱精诚之校训，团结精神，继续我先死者之事业，以完成我国民革命之责任，直接以实行我总理之三民主义，间接以实行国际之共产主义也"的蒋先生，又怎么会在大权在握之后，先是限制共产党，进而排斥共产党直至刀兵相向，凶残屠杀呢？首先这个蒋先生就是个投机分子，就是个首鼠两端的家伙。其次，就是他的骨子里并不是一个有着纯粹三民主义信仰的国民党党徒，他满脑子的专制和独裁。所以先是排斥共产党，分裂国民党，力主所谓的"革命应由一党来专政和专制"，其目的就是要拥有绝对的独裁专制权，硬生生地将自己背叛成为中国之最大独裁者，最大之反动派！蒋介石先生说了那么多话，只有一句还是正确的，那就是"今日最能奋斗之青年，皆为共产党"。但不全面。今日最能奋斗者，为我共产党；今日最能牺牲者，为我共产党；今日最至诚革命者，为我共产党！中国之希望，在我共产党！

许宗文和安辰极谈了很久，但是最后见报也就百十个字。《新闻报》的内容要长些，还配了张照片。照片上，"匪首"安辰极手铐脚镣，微笑坦荡，"毫无悔意"。

离别土镇前夜，许宗文将柯鼎臣等人召集在一起，向他们传达了国民党在南京召开的第三次全国代表大会精神，并将蒋介石发表的《敬告全体党员诸同志书》进行了宣读学习。许宗文明确地告诉大家，下一步党的重要工作就是解决党内意见分歧和思想复杂的病根，解决地方割据，中央法令不行的问题。这次大会通过宣言，称"今后之生路，亦即在于努力实施三民主义之建设。而在建设实施之先，则首当保持革命势力之统一，巩固革命所得之政权，并一国民政府之命令，绥靖各地之土匪，以安社会之人心；裁减全国淆杂之军队，以苏军民之喘息；其有悍将暴民，不从此旨者，本党当督责政府执法制裁……"

在如何判处安辰极的问题上，许宗文是很赞同柯鼎臣、林聪和蒋礼他们的计划。许宗文说，尽管现在各地党争派斗不断，一阵是桂系，一阵又是冯系……但这些蒋介石先生都并不觉得是太大的麻烦，都是党内的事，是革命政府内部的矛盾，是中央实现全国军政大统一过程中在所难免的误会纷争。作为这个大家庭的家长，蒋介石先生是非常有信心将大家的思想和行动都统一到建设上来的。谁破坏家庭建设，谁就是罪人，谁破坏家庭团结，大家就一起去打倒它！所以，通俗地讲，不管是桂系、晋系还是冯系，他们都是党国之骨肉，家庭之成员，谁要不听话、不懂事、不守规矩，作为家长，蒋介石先生都有权利也有那个能力伸出巴掌和拳头去教育他，谁要听话懂事守规矩，对这个家庭贡献大，自然，这个家庭就会重用他，给他最好的用度。

蒋介石先生最担心的是什么呢？是共产党！许宗文说，尽管自一九二七年"四一二"起，在全国范围内发起大规模的"清党"运动，并动员群众举报，严厉打击，无情肃清，甚至采取了滥施杀戮来寒共党之胆的极端做法，其效力又怎么样呢？一九二七年五月底，中共在上海的江苏省委及上海总工会等机关一时被捣毁殆尽，但两个月后，中共就恢复了在上海的组织活动。九月，中共杭州市委被破获，中共浙江省各县及特支近五十人被捕杀，但不到新年，中共不仅恢复了在浙江的工作，而且还发动了一连串的武装暴动……

时至今日，情况究竟怎么样呢？我们很多党内同志一直在宣称，"本党内部的敌人已经肃清"，而且"苏、浙、粤、桂、皖、晋、蜀诸省之共党分子，皆一律肃清"，结果呢？许宗文苦笑道，这里共党起事，那里共党暴动，就连着偏远的川西小镇，都爆发了如此令人惊骇的动乱，怎么不叫人担心呢？

清党，就是要消灭中国共产党，目的简单，任务明确。但在实际过程中又都是怎么做的呢？许宗文流露出难过的悲哀的神情。前一时期滥捕滥杀，只要是和共产党有过接触，包括国民党左派，一概清剿。一些地方的豪强势力趁机东山再起，甚至摇身一变成为国民党党员；一些地方帮会势力因为剿共清共有功，重新为所欲为，还有一些打着反共旗号排挤打压，无所不用其极。更有些地方军政要员，放任特务政工恶意横行，滥捕滥杀，无法无天，制造血案，造成社会持续不安。就像胡汉民同志所言，清党，清党，许多罪恶，借之而生。土豪劣绅，弹冠相庆，攘臂大呼曰，清党。清党把许多健全忠实的少年同志一网而尽。有鉴于此，蒋介石先生才要求开展第二期清党，全面规范各地行为。就是要在已经打倒了共产党之后，求根本消弭之法。但这第二期"清党"工作效果并不如预期。有上海市民控诉，上海市清党委员以清党为名，行残民之实，恃无上之威权，草菅人命，借军警之势力，陷害无辜，偏听偏信，囚良民于囹圄，逼招勒供滥用毒刑，公报私仇，全无证据，"……甚至指名逼招，希图诬陷，未得确证，擅行判决……"讲到这里，许宗文用意味深长的目光看了蒋礼一眼，停顿片刻，又接着讲道，上海特别军法处和特务处一样，终因杀戮过甚，而被蒋先生裁撤处理，但其残暴名声却成为我党和政府挥之不去的阴影，并遭中外媒体之诟病。《大公报》对此评论说，政治刑事犯而付军法，且特立机关，执行杀戮，此种制度为任何文明国家所不许，亦古来专制政体下所从无有之。更有名宿耆老上书蒋先生，对"坏法乱纪之共党，应宣布罪状，明正典刑，惩其一以儆其首，此先哲所谓生道杀民，虽死不怨也"。党内同志也希望"逮捕和杀戮是在可能的范围以内，由正式法院去执行，不要滥用私刑，免得落下残暴、枉杀甚至是'有枪阶级'的口实和徽号，作为他们的宣传资料，也免得民众因不平和同情的缘故，发生共产主义的感染"。

我回去会专门向有关方面报告你们这方面的工作，希望你们能把它做好。许宗文看着林聪，你是我党老同志了，要把好关，多提建议，相关材料要及时报送到南京，我们要从中汲取有经验有价值的东西，在全党全国进行推广。许宗文轻叹一声，颇多感慨的样子，他说，正如蒋介石先生所担心的那样，今后与共党的纷争，只怕已经成为持久的战斗，如何更有效地开展战斗，将是一个严峻的问题啊！

在上车的时候，许宗文又和柯鼎臣站在路边耳语了一阵。许宗文告诉柯鼎臣，在蒋桂战起一事上，刘湘虽然一直在采取各种手段抵触南京势力入川，但还是以积极态度发表通电，声明讨桂，站在蒋介石蒋先生一边。而且川系很多将军也都通过各种渠道,向南京,向蒋介石先生表示了忠诚。所以,党国必然越来越强大,社会越来越进步,柯师长是做大事的人,目光可得要高远一些!许宗文和柯鼎臣握握手,再拍拍他的肩,登车而去。

3

在柯鼎臣、林聪和蒋礼的合谋中,他们需要利用"公开审判"的这段时间,除了完成李铁脚板代为做主的几笔大交易,还要尽最大限度地实现对安玉惠的挤压榨取。

"这段时间"是多长呢?年轻的修脚师说,皮肉上的事虽然比不得伤筋动骨,但要想做到圆满,再怎么也得七七四十九天以上!李铁脚板咬咬牙,行,我尽量给你攒!

当初柯鼎臣问李铁脚板这个传宗接代的过程大概要多长的时间,李铁脚板伸出三根指头,说三个月。柯鼎臣并没觉得有太大难度,百来十天嘛,只要蒋礼这头不乱出牌,眨巴眼皮也就过去了。和柯鼎臣一样,林聪原来也担心蒋礼会乱出牌,因为在他的感觉中,这家伙年轻气盛,喜欢出风头,所以一直担心他会愚蠢到跟钱过不去,更不懂得识时务者为俊杰。现在看来,这家伙还是有脑子的。对于蒋礼提出的"公开审判"和"公开处决",林聪和柯鼎臣都认为是绝妙的主意,既争取到了合适的时间,也让一切看起来是那么合法合理,光明正大。

近百年来,大河两岸搞出这样大规模的逆反之事,死这么多人,影响之恶劣,还是头一桩。所以,为以一儆百,为惩戒后人,当然也为公平起见,更为扑灭共党这股谋逆妖风,这场公开审判可真是少不得的!因此,柯鼎臣在十字口挂出了"国民革命军第十七军第三师联络处"的牌子,在这块牌子旁边,林聪挂上了"国民党土镇党部"的牌子。就像故意似的,蒋礼的那块"爱城警察保安队土镇大队部"的牌子最大。他们三个代表军、党、政,决定在此三方会审。并且联合挂出了第四个牌子,"戊辰土镇反政府反革命内乱案审判委员会"。

在公布的"委员会"委员名单中,除了柯鼎臣、林聪和蒋礼三人,还有二十好几个人,有死难者家属,有绅粮大户……李铁脚板和安玉惠也名列其中,似乎这样一来,光是看名单,就能感觉到公正。"委员会"主任由柯鼎臣亲任,副主任兼执行委员由蒋礼担任,林聪担任第二副主任兼监督委员。"委员会"下设"特别法庭"。法庭庭长由谁来担任最为合适呢?蒋礼自告奋勇说由他来,似乎也只能是他了,谁来也不合适。

蒋礼要当这个法庭庭长,是有他的谋划的。一切看在钱的分上,他可以忍辱吞声把这笔生意做了,让他安家留一线香火。但秋后的账还是要算的,安辰极不可能就那么轻轻松松赴死,他这个特别法庭庭长会在公开的场合里,下令将自己早就设想好的刑讯之法逐一在安辰极身上过上一遍,他要看看这天命在身之人究竟能扛过几场。他要叫他痛哭流涕,要叫他哀号告饶,要叫他像条癞皮狗一样瘫在自己面前磕头作揖以求速死!只要一想到那个场面,蒋礼的心头就会奔涌起一股极度畅快的眩晕感。

蒋礼开始了紧锣密鼓的安排布置。他在"委员会"前面空阔的坝子上倚墙搭建起了一座结实的木台子，墙面刷白，上用朱漆写上"审判台"三个字，后来又觉得红色不好，铲了，改用黑漆。而且他还听从了林聪的建议，在"审判台"前头加上了"人民"二字。"人民审判台"。这样一来，似乎更能表明安辰极之人民公敌的罪不可赦，也更能表明他们所代表的立场和公正。柯鼎臣觉得字多，太小，不显眼，思考再三，就去掉了"审判"二字，重新书写"人民台"，而且要求越大越好。

蒋礼还从成都买回一台油柴两用发电机，布上电线，在"人民台"上挂了一颗透亮的"茄儿灯"，试灯那天晚上，大半个土镇都是白花花亮堂堂的。一群孩子扒拉着眼皮儿和电灯对视，比赛谁"瞪"得最久。与发电机一起买回来的，还有一套米格扬声器和一台留声机。为了维护和使用这些设备，蒋礼专门从成都请到一位技师，也姓蒋，无锡人。

蒋礼在他的"特别法庭"之下，还设立了"秘书处""招待处""保卫处""勤务处"。

柯鼎臣说"委员会"基本上就是一个空壳子，建议将蒋礼的法庭这一套人马机构照搬进"委员会"，两块牌子一套人马，对外既好看又好听，对内既办事高效，又节省开销。蒋礼觉得这样也没什么不妥，人是他的人，戏在人民台上唱。

很快两张榜文就张贴到了人民台和益和楼。一张是由"戊辰土镇反政府反革命内乱案审判委员会特别法庭"发布的，"兹定于五月四日公开审判戊辰土镇反政府反革命内乱案共匪首犯安辰极"，签署人是"特别法庭主审法官蒋礼"。一张是由"戊辰土镇反政府反革命内乱案审判委员会"发布的"告观察者书"。首先是对来自各地的观察者和新闻记者表示欢迎,虽然"大股共匪已然清剿,但恐余孽未尽",所以出于"保全考虑",要求观察者和新闻记者"持相关身份之证明"前往"委员会秘书处"登记,并由"招待处"统一安排餐食住宿以及相关行程,不可擅自行事,否则不予安全保障,如有破坏审判顺利进行之行为,重者严查追究,轻者无情驱逐之。

4

大概是从四月一日起,就不断有人前来土镇。最开始来的都是附近看热闹的。渐渐地来人越来越多,也越来越杂。柯鼎臣说,虽是大路朝天,来去自由,但土镇现今是非常时期。为了搞清楚这都是些什么人,各有什么来头,柯鼎臣抽掉了百十号人马增加到"保卫处",并在上场口、下场口和码头等各处设立检查关口,对往来人员进行盘查登记,但凡讲不清"来自何方,去往哪里,有何公干"之人,一律不准进入土镇,如有形迹可疑者,一律抓捕,严加审讯。

除了设关设卡,街头还有巡查,逮着瞧不顺眼的就把枪比在人家脑门上,推进墙角一通搜查,稍不如意就一顿拳头坨子。没几天,就把这蜂拥而至的人基本搞清楚了。四乡八邻来看热闹的是一多半,还有一些是借这热闹之机想做点儿买卖的。只要不是想浑水摸鱼借乱生财,"审判委员会"都觉得没什么。最不让他们感到轻松的,是那些"观察者"和

"新闻记者"。

在没有登记和盘查之前,这些"观察者"都隐匿在暗处,冷眼热语观察打探。这一亮明了身份,还真叫柯鼎臣他们觉得大气都不敢出。哪一个都不是等闲之辈,都有着不容小觑的背景后台。几乎四川一大半军阀团阀都派了人来,还有爱城周边的一些堂口、公口、行帮、协会、警察局、保安队、民防团、团练局……一些绅粮大户也都来了人。他们来这里的目的,往台面上说是观摩学习柯鼎臣他们怎么清剿共产党,怎么搞审判,私底下就是想要看看他们怎么胡搞瞎整,怎么和安玉惠搞交易,做买卖,怎么将安辰极从大家的眼皮子底下放脱。

前来的"新闻记者"有四川《国民公报》、北京《华北日报》、汉口《镜报》、上海《新闻报》、南京《中央日报》……此外还有一些作家和编剧,他们准备将这事儿写成书编成剧来卖,而且大都已经有书店和剧社预支了费用。

来者都非等闲之辈,柯鼎臣认为这可是个广交朋友的机会,于是隔三岔五就在自家老宅大办酒宴,请吃请喝,希望他们在土镇的日子过得滋润愉快。吃人的嘴短,拿人的手短,一时间四处八方都在称颂他。倒是"法官"蒋礼,从早到晚忙得风车斗转,脚不沾地,但却总是不落半句好,就像只误入风箱的耗子。

5

自接受了李铁脚板提出的交易,蒋礼就一直催促,让尽快把事情给办了。不就配个种么?把那女人弄来,半个时辰就完事了。蒋礼见柯鼎臣皱着眉头,怎么了?还准备让那女人在这住下来?锦被玉床,给他们搞一套洞房出来?

柯鼎臣说,你也是知书识礼的,说话怎么这么难听呢?

你指望我能对杀父仇人有什么好话?他今天完成了配种,我明天就想剁他的脑袋!蒋礼愤恨道,能做到这样,已经破了我的底线了!要我仁慈,叫我装好人,我做不到!

林聪在一旁帮腔,柯师长,我们也要理解蒋礼的心情啊!

人家花那么大本钱,就是指望落个体面和妥帖嘛!柯鼎臣拿指头重重地敲了敲桌子,语重心长地说,大家现今都是头面人物了,要想吃相好看,首先就得学会书气和雅致!

听说安辰极一连好几天不吃不喝,一动不动,都急了,这可是一坨行走的金子呢,他要闭了气,钱也就凉了。

你想死是不是?

蒋礼打量着安辰极,一脸的轻蔑,你不是共产党么?共产党什么时候懦弱到想要自杀了?你的斗争精神呢?与其懦弱得像条悲伤的狗一样绝食而亡,为什么不吃饱肚皮,振作精神,像我见过的共产党人那样做不怕死的斗争?你就不想在挨刀的时候高呼几句你们的革命口号?

行!安辰极马上抓过来一杯水,喝了一口,润了喉咙,声气大了许多,不管你有什么阴谋诡计、凶残手段,只管冲我使出来好了!你想我跟你斗争?就别那么无能,表现好点儿,我会让你看看真正的共产党人是什么样子!

我如果无能的话,你的那些同志是怎么落在我手上的?又是怎么在我手上掉的脑袋?你又是怎么在刚才端起水杯,大大喝掉一口的？蒋礼见柯鼎臣和林聪都用赞赏的目光看着他，而安辰极也在刚刚和他的交锋中明显落败，不由得一阵得意，他放慢了语句，让声气透出一股威风。安辰极，不是我激将你，有种的话你就打起精神来，好好和我一斗，让我看看你比我之前遇到的那些共产党人都厉害多少！我不妨给你透个底，也不是恫吓你，你们共产党是魔，我就是道！你们共产党是豆腐，我就是卤！你安辰极真是钢铁真金，我蒋礼也会像块磨石，让你的骨头和血肉连同你的魂魄，都被削磨成灰，烟消云散！

我不认为你这是狠话，像你这样凶残狠毒的家伙还有什么是做不出来的呢？安辰极的样子就像刚刚受到了鼓励一般，就像听到了冲锋的号角，更像是看穿了蒋礼的底牌，不无骄傲地以轻蔑的眼神看着他，满怀期待和自信地说，我乐于一试！随着轻蔑眼神从蒋礼脸上扫过，安辰极还发出了一声嘲笑，仿佛蒋礼的败局早定，而他已然目睹了蒋礼气急败坏和一筹莫展的样子。

这让蒋礼大受刺激，他迫不及待地要和安辰极展开斗争，这个囚徒，这个死到眼皮上还嘴巴硬的家伙，竟然这般狂妄。他的骄傲和自信从何而来？难不成他没有意识到自己将遭遇的是什么吗？

让他赶紧去兑现了交易，完成交配！然后，我将让这个狂妄的家伙好好尝尝这个世上还有很多远比死亡更可怕的东西！我将消灭他的意志，吹灭他的希望，溶解他的自信和骄傲，往他的信仰里搅和一堆狗屎进去！所有这些，都比残碎他的皮肉和肢体更能伤害到他，没有了希望，意志和信仰，他的骄傲和自信就失去了依附。他就像一堆没有了骨头的腐肉，他就像一条癞皮狗一样令人恶心，到那时候，死与不死都不重要了。当然，他是必须死去的，作为一桩事件的结束，形式大于意义。从此，一切皆为过去，一切都是历史。他，安辰极，完成了悲哀的一生，而我，蒋礼，将以他这个强悍对手的被摧毁开始新的启航，大河两岸传唱的将从此是我蒋礼的篇章！

为了在这场斗争中取得绝对的胜利，蒋礼开始了紧张而忙碌的准备。他专门从绵城和成都请了几位资深的狱卒和刽子手，彻夜向他们请教刑讯拷打之事。老狱卒和刽子手对蒋礼的来头已有所耳闻，都说他过于谦虚了，你一天杀的人强过我一辈子啊！蒋礼说刽子手在讥讽他，刽子手说不是，是真心佩服和羡慕。蒋礼叫他讲明白。刽子手说，我砍杀的那些人，在牢里还能梗着脖子吃喝两嗓子二十年后又是一条好汉，刚说要押赴刑场，人就完全孬了，屎尿流一裤裆，臭烘烘得真叫人恶心。死的人窝囊，动刀的人更窝囊。我就像个精良手艺在一身的木匠师，却总是遇上些朽木烂材，每回上法场，我都盼着能遇上个像模像样的人，让我们相互配合，相互尊重，完成一桩漂亮的活儿！可结果呢？总是叫人叹气。讲到这里，你总明白我为啥对你佩服和羡慕吧？刽子手说，你遇的那些人，哪一个不是昂首挺胸赴死的？你看他们的死，笔直挺拔，干净利落，轰然有声，那才是真正的向死而生呢！那可是对刽子手最高的尊重和赞扬，那才能让一个刽子手实现他最优秀最崇高的境界，因为你不是简单地结束掉一个人的性命，而是帮助他完成生的圆满，了断是非，明了黑白，打通生死之间的壁垒。所以，在面对刽子手时，无畏的将死之人是会用期待的鼓励的感激的眼神和他相视的，有时候他们还会说，来吧，利落点儿，漂亮点。而一个真正的活儿漂亮的刽子手，一刀下去，血光飞溅之时，眼前浮现的会是满天朝霞，仿佛太阳正喷薄而出！因为他看见和感觉到的，和那刚刚人头落地的人一样，不是死亡，而是生长！每当此时，刽子手会因为目睹了生的伟大而肉身颤抖，而激动，而敬畏，而灵魂哆嗦。所以呀，当我说听说你一口气斩杀了那么多人还能继续手持利刃，又怎能不佩服呢？

刽子手说其他的他还真是帮不上什么忙，不过他倒是很愿意在息手多年之后，再次拿起自己那柄祖传的虎头大刀为安辰极送行。如果蒋礼肯给他这样的机会，那么将是他这辈子最至高无上的荣耀。蒋礼断然拒绝了他。其实刽子手自己也很清楚，那不过是他的非分之想。蒋礼做梦都想要安辰极的性命，怎么可能将这样梦寐以求的事拱手相让呢。

狱卒显然有些瞧不起蒋礼，像他这样滥杀之人，年岁轻轻就被称为"屠夫"的家伙，又怎么可能遵循和尊重"刑罚之道"呢？刑讯是一门寻求真相的艺术，掌握这门艺术的大师能以最简单的手法将真相从隐瞒者的骨头缝里一丝一丝地抽取出来。惩罚是一种公平之道，也是一种因果报偿，精于此道的刑罚者不论是过程还是结果，既不会缺斤短两，更不会坐地起价，肆意妄为。"以其人之道还治其人之身"，话好讲，难就难在精准，精准是一种原则，是一道规矩，和这个世间大多数事物一样，它也是通过痛苦、残缺，甚至是毁灭来维持善恶是非并实现这个人世间的正常有序。因为它是上天给人的最后一个维护正义良善的机会和弥补过错的手段，所以，刑罚之人要本着替天行道的公心，不可怀有丝毫私念，否则就失了精准。失去了精准的刑罚，不管打着怎样好听的旗号，都是没有意义的，都是邪恶的，有罪的。

林聪晓得了蒋礼的忙碌，专门向他引荐了位刑罚研究的老专家。老专家很健谈，讲了在刑部为官的经历，在欧洲考察学习的见闻，还将自己撰写的《欧洲刑法考》和他的老师沈家本著作的《历代刑法考》赠送给了蒋礼。拂去蒙灰，彻夜翻阅，蒋礼在《刑法分考》《刑具考》篇章上流连忘返，真是如获至宝，喜不自禁。无论古今，无论中西，刑法和刑具大抵都是相通的。只是这样的刑法和刑具落到安辰极身上，他受得了几样，又受得了几时呢？难道就没有一样可以让他周而复始地生死不如的刑法刑具么？

有。在《欧洲刑法考》里，那位老专家介绍了一种伴随文明而来的"电刑"。难以形容的痛苦会随着电流，输送到受刑人全身，心肝脾肺肾，手脚头臀，甚至是指甲盖和头发丝都不会落下，都能感受到痛苦。这可与别的刑法太不同了。别的刑法，打屁股只是屁股疼，剁个指头只是手指痛，而电刑能让痛苦抵达全身各处，无一遗漏，除了可以让受刑人一直保持痛苦，还可以随着电流的增减控制痛苦的大小强弱，强大到可以直接要掉受刑人的性命，弱小到毫无感觉。最为完美的是就算在遭遇电刑极刑之后，受刑人的躯体还能完好无损，表面看起来真是文明，其实完好无损的躯体之内，所有的脏器都在漫长的受刑期间被电能蒸煮熟了，血脉也都被烧干涸了，再硬的骨头，也都被那威力无比的电能分子击打酥碎了。

蒋礼找到蒋技师，面对开出的高价，蒋技师很激动，吹嘘自己什么都会，只要是使电的，他看一眼就明白是怎么回事。蒋礼将《欧洲刑法考》中"电刑"那一段文字指给他看。蒋技师立即就明白是怎么回事了，画了张草图，说"电刑具"应该就是这么个样子。蒋礼说，好，你就赶紧制造出来。

所有工作似乎都已经就绪了，秘书处也早就把那部一九二八年三月颁布的专程从南京送过来的《中华民国刑法》翻阅透彻了，也从中找到了适用于安辰极的罪名条款，比如"内乱罪""外患罪""杀人罪"，而且进行了周详的推演，看起来都已是板上钉钉的事，这些罪名和事实累加，安辰极有再多理由和借口也难堪重负，必然跌落万劫不复的深渊。

尽管如此，蒋礼却还是感到忐忑难安。法庭是个讲理的地方，就像大河两岸的那句老话，"吃不进去就死，说得出来就赢"。法庭指控安辰极犯罪，他必然会申辩。从之前遇到的对那些共产党的审讯中就知道没一个是好对付，安辰极作为罪大恶极的首犯，策动和领导了这么大的暴动，对付起他来恐怕最不易。自己是不是太轻敌了呢？

林聪觉得也有必要跟蒋礼提个醒，直接拿《中华民国刑法》里头的"内乱罪"治他，千万别跟他讲什么"党争"，讲什么"政治"，说什么道理。林聪叹息说，自一九二四年国民党和共产党合作，国民党的宣传工作就是共产党主办的。而且相比国民党，共产党特别注重宣传理论，几乎每一个共产党都练就了一张厉害的嘴皮子，不然，他们又怎么可能有那么强大的煽动能力呢？我们不仅不能去和他理论政治或道理，还得制止他借这个机会宣扬他的共产主义。林聪见蒋礼对此似乎并不在意，提醒说，你可别小瞧他们这些共产党人，《共产党宣言》说共产主义是幽灵，其实更像是瘟疫，你不要以为他们那一套一般人听不懂，是的，当时听了好像并没有什么，好多人还会嘲笑。事实上不管是念书的学生，还是耕田种地的佃农和砍柴人，只要是听过，那瘟毒就一定会潜伏在心里。一旦时机到了，发起病来，个个都是抛家舍命，疯狂得骇人听闻。

6

"审判委员会"和"特别法庭"还像模像样地分别给安玉惠和安辰极开了个"开庭通知书"，将安辰极所犯何罪，造成了多大多严重的危害和开庭审理的时间，以书面的形式，送达了他们。

送达给安玉惠的那份"通知"原件，至今还保存在土镇革命纪念馆里。

安玉惠回到家中，就一直害病，中医西医，年迈的老郎中，金发的洋医生，或滑竿或轿子或骑自行车或坐小轿车络绎不绝地进入到安府。据说安玉惠的病极恼火，家里家外的事都交给了田水照管经办。田水要将他送往成都洋人办的大医院住院治疗，安玉惠不肯，表示死也要死在土镇，哪里都不去。

蒋礼以《中华民国刑法》第一百零五条的罪名起诉安玉惠，因为他有为安辰极及其队伍"供给军械、弹药、钱粮，或其他行为帮助之犯罪"，但遭到了柯鼎臣的反对。柯鼎臣说，照这样，你不是也要把我抓起来啰，因为我也给了安辰极不少枪支弹药呢。

事实上大河两岸的人们非但没有迁怪安玉惠,反而觉得他非常值得同情,那么大的家业,那么多的生意往来,如今独苗儿子身陷囹圄,还将必死无疑,而自己身患重病,生死难料。众人都认为这于他应该是个劫数,纷纷地默默地向上天起愿,指望上天保佑,让他平安渡劫,早日有后。

尽管在病中,尽管家里遭遇如此大的变故,安玉惠也没停止他的善行,还加大了善举。像龙隐寺、飞鸣禅院、三清观等在大河两岸稍微有点影响的寺院和道观,都收到了安玉惠捐赠的银钱,请求他们为在暴动中死难的各方人士做法事,超度往生,祈愿大河两岸从此太平,风调雨顺。他还拿了一大笔钱出来,抚恤在暴动中死难者的家属。有人提醒他说已经出钱抚恤过了,他说那是蒋礼他们代表的官家的意思,而这是他的赎罪,希望能得到死难者家属的宽宥,也指望死难者在天之灵能恕免安辰极和他的罪孽。

一时间,成群结队的讨口子敲打着连箫,唱着莲花落,感谢安玉惠的恩德。唱着唱着,那些唱词里头竟然有了安辰极的内容,说他本是九五之尊的皇帝命,本想学刘邦和朱元璋成就一番帝业,只是身边出了奸臣。

这些唱词传到了蒋礼的耳朵里,让他十分恼火,叫人将叫花头子唤来一顿训斥。叫花头子唯唯诺诺,吩咐下去,不准乱唱。结果一个对时没有管到,叫花子们又原词原句唱了起来。蒋礼就叫巡逻队驱赶,阻止,这一下就搞成了抓猫猫的游戏,而且唱词里头安辰极的形象不停变换,还多了蒋礼的身影。说安辰极本是帝王将星,要救百姓于水火,救天下于危难，要兴一个没有欺压、百姓安居乐业，人人平等的新国家，结果是身边出了奸臣，中了前世宿敌的奸计。不过这也是命中该有的一劫一难，他很快就会转世重生。到了那时，奸臣、奸党和奸人，都将在他的红马利剑之下灰飞烟灭。到了那时，在他开创的新国家里人人平等，家家欢笑，有着吃不尽的酒肉和粮食。

蒋礼正恼怒着，一群老人突然来到他刚刚修建好的人民台前的坝子里，头上顶着香炉，齐刷刷地跪着。这是一个古老的风俗，大都用于鸣冤请愿。他们呼喊着柯鼎臣和蒋礼的名讳，在前头冠以"青天大老爷"或者"大慈大悲"，求乞他们看在安玉惠老爷多年来行善乡里，造福乡梓的分上，不要让他白发人送黑发人，求乞他们看在安辰极本无恶意，不过是因为年轻不懂事受坏人指使的分上，放他一马，饶他一命，还跟蒋礼特别地语重心长地劝慰道，冤冤相报何时了，得饶人处且饶人！

蒋礼没有理由不认为这是安玉惠的暗中指使。李铁脚板也为此忧心忡忡。五月三日，也就是蒋礼将开庭审判安辰极的头一天，午后，他乘坐抬辇，在人们的前呼后拥之下前往安府，和老朋友见了一面。

知道李铁脚板要来，安玉惠在田水的服侍下从床上起来，换了身待客的衣服，然后躺卧在堂屋的太师椅里。尽管外头好些人都已经穿上了短褂，一身棉衣的安玉惠还是感到寒冷，田水让赶紧烧了火盆来，又往太师椅底下搁了个烘笼。

你还是回到床上躺着吧！李铁脚板看着田水，你让他起来干什么呢？他都坐不稳当了。

田水揩了把眼泪,不说话。

我不打紧,一时半会儿还死不了。安玉惠说。

不能死!李铁脚板叹着气,你看我,我都准备好咽气了,又活了过来,事儿没办完,怎么能死呢?

安玉惠告诉李铁脚板,那些老人不是他指使的,他不会愚蠢到用一帮老人的哭哭啼啼叫蒋礼他们心肠软下来。

千万要沉住气!李铁脚板说,我是有安排的!

这是事发后安玉惠和李铁脚板的第一次会面,之前都是相互捎话。每次李铁脚板都叫安玉惠别质疑,不要自作主张,要像过去那样对他保持坚定的信任。安玉惠一直希望当面见一见他,虽然听了他的话心头安定了许多,却总不如见上一面更让人感觉踏实。李铁脚板说见面容易叫人想到合谋,会让各方都警觉,叫他放宽心思,能做到两耳不闻窗外事最好!李铁脚板没想到安玉惠这么沉不住气,看他的样子都绝望了。

我想叫他活下来,就算倾家荡产,一毛不剩也可以。安玉惠淌着老泪,哽咽说,我们可以举家迁离这里,到别处隐姓埋名去生活。

李铁脚板沉默不语,许久,叹息说,他是必须死的啊!

安玉惠眼巴巴地看着李铁脚板,你不是说过么,你活着,他就不会死,他既拜了你,你们就是一条命了呀!

是啊。李铁脚板说,我是本来都已经去死了,听说他被擒住了,我就又挣扎着起来,跟天地鬼神求祈许愿,不惜坠入地狱,不惜六道轮回,恳请可以借些时间,让我有机会在这事儿上头周旋。虽然我不能保他不死,但我可以为他,为你安家留下一脉香火!

安玉惠伸手入怀，摸索了一阵，摸出一个银制小盒子，哆嗦着两手，好一阵才打开它。盒子里是一团丝帕。他搁下盒子，摊开丝帕，是那七粒鱼皮花生。他把那一粒一粒的捏起来塞进嘴里，费力地咀嚼着，眼泪扑簌簌直往下掉。

从安府回来，李铁脚板去看了安辰极。蒋礼正犹豫要不要李铁脚板见安辰极，有人过来凑近蒋礼耳边报告，说刚刚从土镇码头下了很多木头，黑乎乎的，如今那些木头正往这头搬，说是他警察大队定的。

木头？我啥时候定木头了？蒋礼如丈二和尚摸不着头脑，你问清楚，看是不是师部他们定的。

蒋礼陪着李铁脚板，见着了安辰极。安辰极拎着手铐，拖着脚镣，走到李铁脚板跟前，深深三鞠躬，干爹啊，按规矩是要跟你磕头请安的，只是这玩意儿绊脚，请你见谅了。

你我还有一面，到那时你再好好跪一跪，磕磕头吧。李铁脚板说。

那时是什么时候？安辰极问。

我过来就是说这个事的。李铁脚板说，我本来都要准备死了，你搞出这么大的事来，害得我也没办法专心致志地去死，只好挣起身子，看能不能为你做点什么。

真是太感谢干爹了，可是你能为我做什么呢？安辰极苦笑一声，你看我都成这个样子了，你还能为我做什么呢？

干爹能做什么，旁人不知道，你还不知道么？李铁脚板笑了，笑容在脸上慢慢凝固，他微微探起身，直视安辰极，严肃地问道，我儿，你想不想活下去，活着从这里走出去？

一听这话，蒋礼一下子紧张起来。

安辰极认真地思考了片刻,摇摇头。

我儿,你要想好了呀!李铁脚板颤抖着声音,再次问道,你就真不想活下去么?人的性命就此一条,只此一回,没了,可啥都没了啊!

我想好了。安辰极言辞肯定地说,从我知道什么是共产主义,什么是共产党人那一刻我就想好了。人的性命只有一次,它比这世上所有的东西都要宝贵,但我愿意将它献给更宝贵的事业——共产主义革命。我早就预知过自己的死亡,在枪林弹雨中被打死,被反革命暗杀,被逮捕严刑拷打致死,被当众羞辱后枪决或者砍去头颅。只要是为革命而死,哪一样我都是欢迎的,都是无憾的!

我儿啊,你就不怕死么?李铁脚板揩了把老泪。

我是有着坚定信仰的共产主义者,我的生命就是用来当作武器打倒阻碍革命的反动派,推翻军阀割据、独裁专制的腐朽统治的。为着它而死亡,我非但不感到害怕,反而觉得是一种荣耀,一种骄傲!别说有机会从这里出去,哪怕一息尚存,我都会战斗不止!

安辰极感到蒋礼站在那里身子都有些哆嗦了,他轻松一笑之后,深呼吸一口气,又缓缓吁出,两眼看着李铁脚板,捡起沉重的手铐铁链,放入怀中兜着,轻唤了一声,干爹。李铁脚板如梦惊醒般,应一声,看着安辰极,你说,我的儿。

他们在这里把我关押得很紧,我听不到外头半点动静,但是我能想象到你和我父亲的着急。我知道自己很伤你们的心,让你们失望,我也知道无法阻拦你们为我正在做的和准备要做的事。但是,我必须要明白地告诉你们,你们所有的努力都是徒劳的，无用的！安辰极低下头，抬起手，揩掉溢出的眼泪，刚刚缓和的声气立即又激昂和坚定起来，我不会背叛我的信仰，我不会放弃我的战斗，更不屑于他们的宽恕和容忍。我不会认可你们和他们达成的任何协议与交易，我会以必然的死亡来反对自己作为你们交易中的一部分！我会以义无反顾的牺牲来捍卫我和战友们的尊严，来保卫我们革命斗争的神圣！

如果这世上的事就只是"生死"二字，那一切又都是多容易啊！一口痰上来，李铁脚板咳嗽了大半天，陪侍在身边的人又是捶背，又是抚胸，他才缓过气来。

你看，刚刚那口气要是上不来，我就这样走了。死对像我这样的老人来说是件太平常简单的事了，对像你这样的年轻人来说，如果不用来造就一件轰轰烈烈的天大的事，就真是个亏本生意。谁年轻的时候没有幻想过血溅五丈，以命搏天？我儿啊，我尊重你的死！你想死得轰轰烈烈，我就让你死得轰轰烈烈。你的信仰我也尊重，我从来不认为共产主义是啥坏东西，我劝你的时候是说过那东西在咱们这个地方不适合，或者过几十年头可能就适合了呢？我还尊重你的那些死难的兄弟，你的战友。没人告诉你，我就跟你讲，我把他们都收殓了。他们并没有暴尸，也没有被野狗啃毛狗咬，我把他们就像窖红苕一样殓在一个坑里，虽然不太像样子，可没办法呀，死人太多。生前他们在一起，好歹也让他们死后一个窝吧！殓他们的时候，我就想过，依你的脾性，你是不会舍弃下他们不管的，我把他们整整齐齐殓葬在一起，就是方便你好重招旧部啊！

安辰极早已听得泪流满面，挣扎着起身，先弯腰捡开铁链，慢慢跪下，双手撑地，给李铁脚板磕起了响头，知我者，干爹呀！李铁脚板伸手抚摸脚下那颗低伏的头颅，撩起衣袍，为安辰极揩去满脸的泪水泪痕。安辰极艰难地起了身，回到椅子里，重新将那黑油油铁链子兜回到怀里抱着。

让我活到现在，花了多少？安辰极突然问道。

你咋不问为啥让你活到现在呢？难道随着你一死，你安家世代积攒的家业就全都烟消云散么？李铁脚板叹着气。

安辰极点点头，他知道是怎么回事了，他别过脸去，看着别处。他知道蒋礼迫不及待地想要弄死他，他也知道柯鼎臣会借此要挟父亲安玉惠，他们还一定会在干爹李铁脚板的斡旋下进行秘密交易。他只是怎么也没想到，他们让自己活到现在竟然是为了这么个目的。

他一时有些回不过神来。

这时候有人又过来凑在蒋礼耳朵边耳语着，两人的目光都落在了李铁脚板的脸上。

是给你准备的，木头是天底下最好的木头，地下埋藏了万年的金丝楠；工匠是天底下最好的工匠，世代都只领受皇家的活儿。干爹当年算定你七星痣在身，有九五之尊，也可能是泄露了天机，害你成了这样，千怪万怪怪在干爹，千罪万罪罪在干爹。我儿啊，你虽在生前没有享受九五之尊，这死后，干爹无论如何也要送你享受这帝王的规格和待遇。

大家明白了，李铁脚板是要给安辰极打制一口阴沉木宝棺。阴沉木历来都是古代帝王建筑宫殿和打制棺木的首选之材。这大河两岸，再显赫有钱的人家，再德高望重声名显耀的人，死后能摊上一口百年老柏木大棺就算不错了，几时听说谁死后入殓进了阴沉木棺材，更何况是这样的金丝楠宝棺？

蒋礼当即就觉得不对，这安辰极什么东西？他不过一内乱分子，不过一全国讨伐追捕的共党分子，罪大恶极，凭什么享有这样的宝棺？生前荣耀，死后才能风光，他不被碎尸万段，狗啃猪拖就不错了，还给他这样的宝棺入殓厚葬，这是将他堂堂警察大队长所代表的正义放到哪里去了？不是嘲弄讥讽么？不是对内乱分子，对共产党人，对暴动，对杀伐行为的鼓励奖赏么？

他都以死赔罪了，两讫了，你还要咋样呢？还要抓着他的尸体出气么？莫不是要食其肉？寝其皮？这就是你们讲的文明？李铁脚板只觉得好笑。

眼下事情烦杂纷乱，明日又要开庭，蒋礼真是没有精力在这样的事情上与李铁脚板扯那些筋筋绊绊，只是眼下最当紧的事是赶紧将那些木头从这里搬走！

为啥呢？李铁脚板说，你们这地方宽敞，看热闹的人又多，正好叫大家看看，凡是敢学安辰极这样暴动起事的，都没个好下场。到时候你们处死他了，顺手就将他殓进去，多省事呀！

安辰极看着李铁脚板跟蒋礼认真理论的样子，感觉到他并不是如其所言的都准备死了又挣扎着活过来的人，而是一直精神饱满，体力充沛。而且老早都在酝酿，而今正是火候，所有一切都在按他设定的情节往下演。这是一场大戏，他安辰极，那被急躁得鬼火乱冒的蒋礼，还有这偌大的土镇以及往来的各色人等，都不过是他场子里的人物。

第十五章　血与骨

1

有关五月四日的那场审判，不管是南京、武汉国民党的报纸，还是成都、重庆等地的民间小报，都做了大篇幅的报道。

国民党的报纸自然是讲审判多么公正，内乱首犯分子安辰极在正义的审判下，先是怎样地狡辩诡辩，又是怎样的词穷理亏，在面对死难者家属们的痛斥和血淋淋的举证下，终于无言以对。参加公审的人民群众对首犯的血腥罪行感到愤怒，以至于群情激昂，怒喊讨伐，要他血债血偿。最后首犯安辰极低下了罪恶的头颅，面色苍白，自知死罪难逃，但悔之已晚。这当然是鬼扯。但国民党和他们的报纸要的就是这样的宣传效果。作为蒋礼和柯鼎臣他们也欢迎这样的效果，他们肯定为此没少花银钱和酒水。在报道中，还有来自各地和各界的"观察团"和"学习团"代表的发声，都赞扬这样的公审是公正的，是正义的，是大快人心的，这样的先进做法让他们深受启发，回去后将进行大力推广，严惩内乱分子，教育民众，为天下太平，为共建美好而伟大的民国共同努力。

那些民间小报，如果也这样通篇都是官样和堂皇，自然是没人肯为之花钱购买。他们的内容多了很多胡编乱造和荒诞不经，真可谓严严肃肃地自以为是和正正经经地胡说八道。整版整版的报道里头，对于审判的场面和内容少之又少，多之又多的则是他们的道听途说和臆想。在那样的社会背景和政治环境之下，他们当然不可能对安辰极的英勇机智进行正面的积极的表达，虽有两句赞美，也是以戏谑和嘲讽的口吻。倒是他们在一些一看就是荒诞不经的事情上表现了太多的一本正经的关注和情致。他们说，土镇坊间都在流传那安辰极身有七星痣，生有帝王相，皆因他的干爹黑脚帮帮头李铁脚板过于招摇，泄露天机，以至于遭了天谴。天命不可违，但天意也流露着遗憾和悲怜。开庭前，各处各色人等聚集在人民台，却突然狂风大作，黑云翻滚，有如漫天巨石，似乎要将土镇碾碎摧毁，人们张皇失措，因为从未见如此恐怖之天相。也不知是何人，迷离双眼，竟从滚滚黑云间看见了龙尾，于是惊呼。笔者努力张目，似乎真是看见了那在翻滚黑云中跃飞的龙幡，恍惚幻觉，但又如此真切，揉眼再看，已然不见。而观众惊呼声声，有人见了龙头，有人见了龙尾，有人见黑云中竟探出利爪如取某物，甚是骇人。不及细观，不及细想，忽闻有声轰轰自天边来，至头顶，轰然炸响，通天彻地，仿佛就要天崩和地裂。因大地颤抖，人之站立不稳，于是更加惶恐。不知何人，说此乃上天惊闻安辰极受审受难，震怒至极，要降灾于土镇。为求免遭厄运，于是纷纷倒头跪拜，磕头作揖，祷告求祈，冤有头债有主，切莫枉害无辜。

数声惊雷之后，暴雨倾盆。

那么，天气如此恶劣，接下来的审判又将如何进行呢？有一家报纸是这样讲的："押解安犯辰极至门口已多时，以为暴雨俄且会停，却不料雨越下越大，平地起水。押解人得令，要将安犯辰极暂送回牢中。且慢着！安犯辰极张望天空，细嗅空气，面露喜悦之色。道，久坐狱中，目之所及不过秃然四壁，鼻息之气混浊难闻，今日大雨狂风，荡尽恶秽，所有之物清新如新生，不可多得，不可慢待。言罢，提起酒杯粗细之铁镣，径直出外。哐啷之铁镣声有如赦令，风骤歇，雨骤停。当安犯辰极站立于人民台之中，乌云散尽，天空澄净，阳关洒落，一身囚衣的安犯辰极，竟如金袍着身……"

真实的情形是怎么回事呢？那天的确是响了雷，极细，极弱。当然引起了人们的议论。那样的日子，那样的情形，人们惯会捕风捉影和牵强附会。都说早过了立夏，按理早该春雷响起，为何来得如此之晚呢？说法一大堆，皆荒诞不经。

雨是从早上开始飘落的，如牛毛，极细，极轻。雨在早饭后就停了。人们踩着湿凉的路，从各方往土镇十字街口的人民台去，老远处三三两两，近了便是熙熙攘攘，更近了就是水泄不通，而气氛也渐渐肃穆，个个都冷静着一张面孔，鸦雀无声。这真实情形的描述，来自于肖良进。

2

肖良进是绵城人，父亲是个裁缝，开了家布店，日子过得还算殷实。一九二八年，肖良进刚过十八岁生日。这一年春节，他才惹下一桩祸事。因为家境不错，他自小就觉得自己和那些天天混在一起的有权有钱人家的孩子一样，属于"公子哥儿"，可以为所欲为。加上他父亲中年得子，对他溺爱惜疼，百依百顺，更加让他自命不凡，无法无天。

大年初一这天，肖良进在街头耍鞭炮，怎么耍都觉得无聊，为寻求刺激，竟然将一挂鞭炮塞进了一个小乞丐的衣领里。小乞丐怕冷，一件破棉袄的腰身，拿绳子缠了又缠。他被炸得满地滚，死扣的绳子怎么也解不开。等到终于解开，那小乞丐在一团浓烈的硝烟里头，早已昏死了过去。

这哪里是欺侮人，分明是残害人命，乞丐也是人，讨口子的命也是命。满城的乞丐不干了，烧了肖良进家的布店，拥进他家的宅子，闹腾了大半月，事儿才算平息。肖良进家因此付出了惨痛的代价，赔乞丐，被军警各方讹诈勒索……大半个家业就出去了。

肖良进的父亲气得住进了医院，左邻右舍更是视肖良进为恶魔。

肖良进稍微消停了没几天，又故态萌发，竟然受几个公子哥的怂恿，比谁的胆子大，去摸一个姑娘的脸蛋。这一下惹起众怒，大家都跑到他家门口，各种难听的话咒骂，才出医院的父亲一口气不来，差点一命呜呼。从来都对他和善慈爱的老母亲诅咒他为何不去死了干净？一气之下，肖良进就出了家门。

哪里去呢？肖良进听说土镇正在杀一个大共产党，就跟着看热闹的人来了。才上土镇码头，肖良进就被一伙不知道哪里钻出来的二流子暴揍一顿，被剥了个光胴胴，还被踹进河水里。上岸来浑身一丝不挂，被冻得全身青紫，因为害臊，就躲进桥洞里。半夜爬出来指望找条遮羞布，又遇到巡逻的警察，一顿暴揍之后，再次被踹进河水里。如果不是好心人搭手相救，肖良进必死无疑。救肖良进出水的是乞丐。这让肖良进既觉得是种讽刺，更认为是种缘分。在接过递来的衣衫和吃食后，缓过一口气来的肖良进内心充满了难以言诉的感叹。

那些天里，就像是天下的乞丐全都拥到了土镇。乞丐都是跟着好心人走的，人多，也意味着好心人多。在这众多的乞丐中，有耍蛇的，有戏耗子的，有唱莲花闹的，还有借行乞之机顺手牵羊的，照乞丐行帮的话说，这都是靠本事吃饭。另有一帮乞丐，靠的是卖苦哭惨，断肢瞎眼，老弱病残。有乞丐问肖良进，你看你该属于哪一类呢？肖良进只觉得茫然。乞丐把他当成个才入行的乞丐，认为得赶紧有个选择。因为现在土镇的乞丐多，帮派杂，不要以为当乞丐只是个手板心向上的活儿，底下钩心斗角，你死我活的事儿比那些表面光鲜的人一点儿也不少，如果被人晓得了他是个没帮没派耍单路子的乞丐，很容易遭到栽赃陷害。

实在不行，你就跟我一起吧！

肖良进被打招呼的人吓了一跳，因为他就是那个被自己使鞭炮差点炸死的小乞丐。只要小乞丐一声吆喝，他立即就会被拳打脚踢而死。见了乞丐，你可以不给吃喝，但别吐人家口水，别辱骂，那会招恨。像拿鞭炮炸乞丐这样的欺侮，那是最讨嫌的。如今他落得这样的地步，谁又不会冲上来发泄解恨呢？痛打落水狗，这是无聊乞丐们最乐意的事。

小乞丐抓了把泥，抹在肖良进脸上，这样别人就不会记得你了。小乞丐说他并不是那么恨肖良进，跟肖良进的恶比，乞丐里头有些人对他造成的伤害要大得多。以前那些乞丐头子并不是很待见他，但因为他而获得了一大笔钱后，对他多少和善了些。

小乞丐以为正是那件事情，使得肖良进走投无路也做了乞丐，这也算报应吧。肖良进没敢讲实话，开口闭口只说对不起，他是真心感到后悔了，尤其是当小乞丐在遭遇他那般欺侮后，还如此待他，更觉良心过意不去，眼泪直流。

你要真想悔改，以后就好好待我吧，我伤还没好利落，也需要人照顾。小乞丐说。

自此，肖良进和小乞丐搭成了伴，一路讨口告化，一起挨揍挨打。虽然很难混上顿饱饭，总是饥肠辘辘，饿得彻夜难眠，但却听闻不少稀罕事，古怪事……渐渐地，他竟然有些喜欢上了做乞丐的感觉。

小乞丐跟肖良进说，明天开审判大会，我们得找个地方好好睡一觉，早点起来，去看那个安辰极。他那样家大业大，天天山珍海味也吃得起，为啥还闹事呢？真是好日子过腻了么？我就想晓得这个！

夜里刮风又下雨，他们先是在渡口边的桥洞子里睡，太冷，地上又潮，垫草被人硬抢了去，没办法，只好起来挪窝。挪到半边街，偎在一家茶铺子的烟囱底下，尽管风雨无遮无拦，但背心温热，这一夜似乎还挨得过去。可巡逻队赶来了，一顿棍棒，只得又跑。终于在火神庙的大门窝子边，有人发善心，挪了个地方给他们。虽然饥寒交加，但扛不住又困又乏，昏沉沉睡了过去。

天刚亮，小乞丐就捅醒了肖良进，你听——

肖良进侧身听了听，他听见了雷声，很遥远的样子。咋个会响这么晚？咋个又是在今日响起？小乞丐这样一说，让肖良进也觉得今日与往日相比将不同寻常，再看眼前事物，似乎真是与往日大有区别，就连那饥饿也来得格外分明，昨夜留在身上的新疼与往日的旧痛，也显得层次清楚。湿漉漉的泥地，虽不至于冰冷刺骨，但叫人的一颗心揪得紧紧的，仿佛也要拧出冰水来。

3

赤脚走在湿滑的泥路上，凉风冷雨，加上饥饿和疼痛……肖良进在回忆中说，他和小乞丐相互搀扶，都缩紧了身子，尽管紧咬牙关，浑身还是哆嗦不停，那凄风冷雨的情形，真是叫人感到人生悲凉，毫无希望。

有一口热茶热汤也好哇！肖良进呻唤道。

那个本来可以天天吃猪头肉喝烧酒的人，今天可能就要被拉去砍头呢，嗯，也不一定，他的宝棺还没打好呢！小乞丐说。

肖良进望望灰蒙蒙的天雨，下雨呢，今天审得成么？

又响起了几声雷，仿佛在土镇的河对岸。

你看，老天爷都在怜悯他，认为他划不着。小乞丐说。

肖良进回忆说，当他们赶到人民台的时候，场面上还没有多少人，但阵仗已经摆起了。除了蒋礼的警察保安队，柯鼎臣还拉了他的正规军来。街角上用沙包堆码起了工事，架设了机枪，几处高的建筑上站着瞭望的岗哨，一群一群的巡逻队在大街小巷横行无忌，见谁不对眼就揪边上盘问搜身，有些兵痞坏种趁机将银的铜的往自家口袋里揣，或者去捡那些长相好看的女孩子上下其手，稍有反抗就拳脚相加。

人民台前的坝子周围，摆了一圈木栅栏，松柏木，才新做的，一摸，就是一手的松油脂。每一段木栅栏跟前都站着一个荷枪实弹的士兵，谁敢不听招呼靠近，就把枪一端，黑洞洞的枪口对着。

凶锤子，凶！有人往边上啐口唾沫，哧笑说，袁天王防备的还不牢靠么？还不是被炸了个底朝天！

九点的样子，雨停了。九点半的光景，太阳出来了。这时候街上的人多了起来，都在往人民台这里拥，米粉挑子、汤圆挑也都跑到这里大声叫卖。还有人拎了西洋保温瓶和搪瓷盆，肩头搭着新毛巾，大声吆喝，"洗脸嘞，洗一把滚烫的热水脸哎，洋水瓶洋瓷盆和洋毛巾呢！"几个人从屋子里往人民台上抬桌子，搬椅子，那个蒋技师也带着人往台子上搬传声器，安置留声机，布置电线，叫唤这个别碰着了，吆喝那个把线踩着了。

突然有人竖起了耳朵，你听！

大家听见了轰鸣声，是在发电！都把脑袋仰向天空。人民台上空，一根细长的木杆上头挑着一只颇为硕大的茄儿灯。人们已经见过它的光亮，那天试灯的时候，大半个土镇都是光洒洒的，有人说头发丝都看得清，有人说它比太阳还亮，一群娃儿站在灯下比着看谁瞪那灯不眨眼的时间最久。而今，它也是亮着的,但在东升的阳光之下,它只变成了一点儿白。

有人说这不是自己打自己耳光么?

旁人不解。

那人说青天白日点灯,你说这世道有多黑暗嘛!

旁人明白了,感叹,他们都觉得这世道暗淡无光,需要白日举烛,我们这些平头老百姓又咋个存活哟!

正说着话,扬声器响了,咦咦呀呀,是歌声,尖细,但响亮,估摸整个土镇的人,包括河道里的行船人也都是能听见的。这还真是个稀罕事,怕不止土镇人,那些远道而来的也是第一次见识吧。有人用很肯定的话说,这歌叫《毛毛雨》,唱歌的是上海洋场最红的女人,听她在夜总会唱个曲子,没有十个光洋是不行的……

毛毛雨,下个不停。

微微风,吹个不停。

微风细雨柳青青。

哎哟哟,柳青青。

小亲亲不要你的金,

小亲亲不要你的银,

奴奴呀,只要你的心……

听的人不禁咋舌,哟,光听着唱个曲子都得十个大洋,要是暖个床,那还不得一千头水牯牛?

闹锤子,好生听。

是的呢,听到了,就等于捡钱了!

人开始进场了。首先进去的当然是住在益和楼的观察员们和新闻记者们,然后是大河两岸的头面人物,是远道而来的有身份的人，是光鲜体面的人。场子里很快都挤满了人。栅栏外人山人海，涌一波，又退一波。后面的不安好心，使劲将人往前推，前头的人害怕撞上枪口，使劲往后退，一边退，还一边叫骂。后头的也骂，说他们乌龟脑壳抻得太长，就像要挨刀子，搞得后头都看不见。来了巡逻队，将那些在后头起哄的人拖出去一顿棍棒枪托，这一下就都安生了，规规矩矩站着。

肖良进终于得以缓过来口气。他和小乞丐站在最靠前。身上冷倒是不冷了，但是饿。饥饿让他浑身都冒起了虚汗。后头的人使劲将他们往前搡，他们将身子拼命往后仰，赤脚抵在地上，努力和栅栏保持着距离，因为面前那一脸恶相的士兵举着枪托，早已做好砸向他们的姿势。这时过来了个人，跟领头的那个士兵说，你选几个讨口子告化儿进去。那个士兵以为听错了，愣愣地看着他。要照相！那人说。照相？照讨口子告化儿？他们有啥好看的？那个士兵觉得好笑。代表各界人士呀！那人摸出一盒纸烟来，自己叼了一支，给那个士兵取了一支，说，这是政治！那个士兵点燃烟，吸了两口，仿佛明白了，开始挑选乞丐。他首先就挑中了肖良进，又选中了两个年纪大的。小乞丐想被挑中，但那个士兵看都不看他一眼，他将小小的身子往前凑，被那个士兵一耳光扇到了一边。

统共挑了五个乞丐。

肖良进他们被领着，竟然站到了前排。这时过来了个人跟他们讲，等会儿要照相，需要他们举拳头跟着人吆喝。肖良进正想着为什么要这样做，那人摸出一把铜钱，一人发了五个。要听话,要守规矩!那人叮嘱道。这简直是天上掉下来的好事,都高兴得不行。手上有了钱,肖良进觉得肚皮不那么饿了,心头也不那么慌张了,脚杆也有了气力,站得稳稳的,四周的声音也听得清清楚楚。

扬声器里唱歌的声音被突然掐断了,场里场外一下子静下来,鸦雀无声。

法官们上场了,五个人。领头的当然是蒋礼,跟在他身后的是林聪,然后是柯鼎臣的一个副官。其余两位,一个是土镇的镇长,姓赵,原来是土镇小学堂的校长,才加入国民党,既当选了国民党土镇党部的主任,又当选了土镇镇长。他看起来还没有适应这新的身份,上台的步态摇摇晃晃,坐下来的样子也是局局促促,身子老是扭来扭去,好像屁股下头坐着个炸弹,紧张的脸上挂满了豆粒大的汗珠。另一位是桑镇镇长,舵把子吴世宗,安辰极就是落在他手上的。他倒是沉稳多了,一副历经岁月很有经见的样子,手上托着把宜兴紫砂壶,掀起长衫,屁股落座那一刻,还趁势将茶壶嘴儿递到嘴边啜了一口茶水。

蒋礼刚一落座,就皱起了眉头,他发现了问题,忙招手叫人过来。那人恍然大悟般,慌忙下去。接着,几个人七手八脚抬着一个大囚笼上了台。囚笼是新鲜圆木才做的,看起来非常沉重,因为渗着油脂,所以还滑溜。落地的时候,有个人的脚被压着了,疼得龇牙咧嘴直蹦跶,台下传出一阵哄笑,但马上就安静了下来。

蒋技师将送话器拿到蒋礼跟前,自己先凑上嘴巴喂了两声,声音经过扬声器出来,有如雷声滚滚。他又拿出一支送话器来，放到囚笼跟前，又要凑上嘴巴喂几声，蒋礼不耐烦地摆摆手，他就慌慌张张下去了。

此时日头高照，时候已不早了。

蒋礼抓过送话器，开始讲话。他先问了众乡亲的安，请了各路观察团和各界人士的好，然后提议全体起立，为在内乱分子、共党首犯安辰极制造的屠杀行径中死难的军民百姓致哀。都不知道这哀咋个致，肖良进以为是要举拳头呼口号，却见蒋礼垂下头在胸口，就学着做。

全场的人都学着做，有的人刚学会，脑袋刚垂下，就听见扬声器里传出蒋礼的声音，致哀毕！各位请坐下。有人嘀咕，坐下？怎么坐呢？因为场里场外，除了台上五位法官和台前那几十位观察团的人屁股下有板凳椅子，其余都是站着的。坐着就是一种特权，一种身份。而站着的人里头，有不少人觉得凭自己的身份，是应该坐着的。所以难免不抱怨和嘀咕。

蒋礼开始讲安辰极的罪行。他的话很长，讲安辰极欺瞒师长，哄骗父母，勾结地痞流氓，招纳坏蛋恶棍，秘密发展共产主义反动势力，终于在民国十七年农历二月二十八，阴谋策动并引发了反动武装动乱，并不顾老父也在场的情况下，悍然引爆炸弹，当场炸死炸伤近百人。而后不顾老弱妇孺，机枪扫射，大刀砍杀，短短一个对时不到，就制造了大河两岸自古未有之大屠杀，制造近千亡魂冤魂，让无数父亲永远失去了儿子，让无数妻子永远失去了丈夫，让无数孩童永远失去了父亲，无数家庭从此不再圆满，从此坠入痛苦和苦难……

安辰极，土镇内乱首要分子，大河两岸最卑劣恶毒的共产党首匪，灭绝人伦，毫无人性，千死难恕其罪，万杀不解其恨！本着国民之法治精神，罪恶滔天也应公平公开审判，并以此痛陈其罪其恶行径，厘清罪恶根由渊薮，给他最后一次承认罪行，恳请宽恕的机会，并彰显民国司法律令之圭臬，教育百姓，警醒世人。因此，报请相关各方批准，成立戊辰土镇反政府反革命内乱案审判委员会和特别法庭，依照《中华民国刑法》第三条、第五条和第六条、第七条之法例，依照第一百零三条和第一百零四条之内乱罪，对其进行公开审判。

一声惊堂木的巨大击响，大家都被惊了一跳。蒋礼深叹一口气，用沉缓而响亮的声音喝道，将罪大恶极的戊辰土镇反政府、反革命内乱首犯、共匪分子安辰极押庭候审！

场里场外，寂静无声。

有铁链碰击的叮当声，像从遥远的地方传来。

4

肖良进看见了安辰极。安辰极左手抱着手铐上的粗大如同猪屎的铁链，右手提着脚镣上那跟猪屎一般黑油油的铁链。他的左右肩膀分别被两个警察紧紧把着，所以看起来他就像是被推搡着前行的。那两个警察的另一只手，捏着腰间的短枪，做出十分机警的样子。这两个警察肯定是蒋礼特地百里挑一选出来的，浓眉大眼，高大威猛，要故意将安辰极映衬出矮小和委顿。

肖良进说他最开始并没有被安辰极吸引，注意力全在那手上和脚上的镣铐上，他终于明白人们为什么要将那拷人的铁链子叫猪屎链子了。他觉得那手铐脚镣加起来应该有百十斤重，这让安辰极的步子走得极缓，起脚落步很用力，像是将双脚从地上拔起来，又锲子一样砸进去。他还说，蒋礼他们想用两个高大威严的警察故意映衬出安辰极的矮小和委顿的想法落空了。和那两个警察相比，安辰极的确矮小，还被那沉重的镣铐坠弯了腰，但他浑身上下透露着一股英勇之气，仿佛他是一只鹞鹰，一条蛟龙，只要他愿意，轻轻一扇翅膀，一跺脚，那两个已做好随时拔枪开枪的警察就会被拍得远远的，猪屎链子立即寸断，而他呢，身形一晃，上天入海，只在眨眼之间。他看见安辰极面含微笑，不像是前来受审，倒像去后院看花，那神态表情，根本就没把这法庭和蒋礼他们放在眼里。

肖良进还看见了安辰极嘴角上的血渍。在将他塞进囚笼的时候，他往地上啐了一口。肖良进说他看得很清楚，那是血。在随后安辰极讲话时，肖良进看见他牙齿都是红的。他们肯定没少揍他，而就在押他上场之前，他们一定还狠狠地揍过他。肖良进的判断很肯定。

但是安辰极的脸上始终挂着平静的微笑。肖良进感受到了那平静的微笑里的坦荡和自信，他看见安辰极微笑着用那平静温和的目光扫过场里场外之后，这才慢慢调转身子，面对他的审判者。两个警察立即扣上囚笼上的板子，还上了把牛头大的铁锁。被剥了皮的白森森的粗大的柏木圆木做的囚笼上头，露着一颗小小的黑色的头颅，在别人看来，场景或许有些滑稽,但在肖良进此时的心中却感到格外难受。

肖良进在回忆录中这样说道,不知为什么,我感觉安辰极微笑着用那温和平静的目光望过场内场外之后,在收回目光之时,特别地在我身上"照耀"了一下。只是那个时候我突然感到慌乱,没有胆量和这位伟大的英烈对视。但这足够了!当我从慌乱中平静下来,心头突然升起一种异样的奇妙感觉,我隐约觉得自己和囚笼里那个即将被处决的叫安辰极的罪大恶极的共党分子,已经产生了某种必然的联系。而且我还隐约感觉到,安辰极不会死去!因为台上审判者和台下的警察士兵,没有一个有那个能力和权力杀死他!这样的感觉无比强烈,我都想跳跃起来,大声吆喝,向所有人宣告,没有人可以杀死他!

奇妙的感觉还在蔓延。肖良进说,他突然对身处的环境,对眼前的一切都异常熟悉,就像是曾经经历过一回,而后还必将再经历一次。

警察将送话器递到安辰极嘴边。蒋礼用威严的声音问完话,就需要安辰极回答。但安辰极分明是出了声,却没有被扬声器送出来。蒋技师小跑上来,摆弄了一阵,才传出声音——

安辰极,中国共产党土镇工农革命军总指挥……

籍贯?

土镇。

年龄?

二十三。

你可知自己所犯何罪?

不知。

你是装傻么？你既不知自己身犯何罪，总该明白自己为什么被关在囚笼里吧？

因为革命！因为我们的革命要消灭你们这些反动派的特权和势力，在遭到你们残酷的镇压后，我承认我失败了。但我否认我的革命是有罪的，你们也休想将你们罗织的罪名扣到我头上！不管你们的声音有多高，阵仗摆多大，要掉我的性命可以，但要我向你们认罪，客气一点说，恕难从命！不客气地说，痴心妄想！

安辰极的话语斩钉截铁，通过扬声器出来，还有种金属的声响。他还在继续往下说，声音断了。场外的人们还以为安辰极就说到这里，但马上就明白了，是那个蒋技师掐断了扬声器，是蒋礼指使他这么干的。他在做手势，戴着白手套的左手举起来，安辰极的声音就断了，他们肯定为此还演练过。

安辰极还在往下说，但一下子就被扬声器里蒋礼的声音盖过去了——

安辰极，本法官问你，你的暴动计划是什么时候开始的？

因为靠得近，肖良进听见了。

从你们国民党和反动派将屠刀举向我们那一刻，我们就决定以武装暴动推翻你们的独裁统治！

但扬声器没出声。

蒋礼和安辰极几乎面对面，距离比肖良进他们还近，不可能没听见。但作为形式上的需要，是应该将声音通过扬声器放大出来，使得全场都听见。蒋礼不满地扭脸往身后看了一眼,埋头在那里控制设备的蒋技师一阵慌乱,然后举起了手。

好啦,你可以说话了。蒋礼说。

安辰极哧笑一声,为蒋礼他们的做法感到可笑。在停顿片刻后,他还是决定配合一下他们这所谓的公平审判,将刚刚说过的话重新又说了一遍。

你能清楚地说一下时间么?

从一九二七年四月十二日,国民党反动派和帝国主义帮凶爪牙对我手无寸铁之共产党人和进步之人民群众实施大屠杀那一刻,再早是从一九二七年三月三十一日四川军阀阳奉革命,阴着异心,与正谋公开叛变之蒋介石勾结,在重庆市民举行抗议英美帝国主义炮轰南京之暴行时,借端发难,镇压革命,制造了恐怖的"三三一"惨案那一刻!

安辰极还在往下说,扬声器再次被掐断了。而蒋礼已是有些忍无可忍了,他拍响了惊堂木,本法官问的是你组织的土镇的暴动!然后手一挥,让蒋技师恢复扬声器出声。

我们中国共产党土镇工农革命军指挥部做出发动土镇春荒暴动的决定是在一九二八年三月二十二日。但我们决定以革命暴动的形式来推翻独裁统治,来打破这社会的不公,来消灭残酷的剥削,来解放劳苦大众,那是从很早就开始准备了。

从什么时候?

从你们和帝国主义相勾结的时候,从你们横征暴敛的时候,从你们鱼肉百姓、欺压乡邻的时候,从你们的衙门向南开有理无钱莫进来的时候,从你们的高利贷逼迫得穷苦百姓卖儿鬻女走投无路的时候!

蒋礼气愤地一举手,扬声器再次被中断了。

法庭上是讲依据、摆事实的地方,你不要这样漫无边际地胡说八道!安辰极,请你据实回答本法官的问话,就凭你的那点人,就凭你们那点枪,怎么敢反抗政府?中国国民政府在国民党的领导下,革命斗争如火如荼,各方都取得了胜利,眼下就要实现全国性的实质的统一,难道你对此视而不见吗?所谓天下之势,浩浩荡荡,顺势者昌,逆势者亡。中国国民党正领导全国人民举全国之力实现中华民族之复兴昌盛,无数革命之烈士以青春热血图谋中华民国之统一,你非但不为之所感动,非但不为之出一丝气力,而是反其道而行之,鸡蛋碰石头,蜉蝣撼大树,狂犬吠日,怂恿蛊惑那么多的本乡子弟为了你那幼稚可笑的政治主张,为了实现你仇恨国家,仇视社会的狼子野心而送死,你就不觉得对不起众乡亲么?你就没有点儿罪恶感么?你就没有半点悔意么?

蒋礼这一番演讲十分流畅,情绪饱满,声音敞亮,应该是早写在那里背念了好些遍,他看来对此是十分满意的,脸上露着得意之色。但安辰极并不接茬。他产生了错觉,以为这一番话说到安辰极的软肋上去了,让他感到理亏词穷,哑口无言了。只是,照形式,安辰极是需要做出回应的,于是他催促道,安辰极,请你回答。

安辰极只是站着,不吭声。

场子里有人以为是没给安辰极开扬声器,蒋技师也不自信,以为是送话器出了问题,矮着身子跑过去,拿嘴巴吹吹送话器,扬声器里传出"噗噗"声。

安辰极，请你回答！蒋礼提高了声音。

如果你真有那个胆子让我讲话，而不是做公平的假样子，就请不要掐断我的声音！你搞这么大的阵仗，搞这么先进的扬声器，不就是为了让更多的人听见你公正的审判都审出了什么吗？安辰极发出一声哧笑，如果你做不到的话，那就请将我押回牢里，或者送上刑场吧！

场外有人吆喝起来，让他讲话，天塌不下来！

蒋礼没有正面回答安辰极的要求，而是以更加威严的声气喝道，安辰极，请你回答！

安辰极往地上吐了口带血的唾沫，只是站着，不理会，也不吭气。

场外的吆喝声更响亮了，场里也有人喊叫起来，要求让安辰极说话，不要掐断他的声音。蒋礼气愤地拍起了惊堂木，喝道，肃静！蒋礼左右看看，像是在征询几位陪审法官的意见，除了吴世宗将紫砂壶嘬得呲溜响，其他一个个都没表情。

都说了，让他说话，天塌不下来！吴世宗放下紫砂壶，说道。

你说！蒋礼一拍惊堂木，据实回答！

安辰极客气地说道，谢谢你的勇敢！

不要废话！蒋礼又拍了一下惊堂木。

辛亥革命终结了大清王朝的封建统治，孙中山先生带领革命志士进行艰苦卓绝的斗争，无数先烈为此牺牲，中华民国终获诞生！孙中山先生为了推动中国革命，为了反帝革命，为了加强民国建设，早日实现国家统一人民富强，决定进行国共合作。在共产党的帮助下，国民党实现了空前的发展，中国革命也取得了空前的胜利。但就在这样大好的形势下，国民党内部却不断出现党争和意见分歧，继而出现权力争夺和独裁主义。为了国家和民族的前途危亡，中国共产党忍辱负重，以兄弟间的情怀和坦诚，建议和敦促国民党纠正错误，却不料国民党独裁者们和帝国主义相勾结，为了实现独裁的目的，为了所代表的资产阶级利益，煽动各方反动势力，向共产党人举起了屠刀。上海屠杀、重庆惨案，让我们共产党人清醒地认识到，民国已非孙中山昔日之建设和愿望之民国，国民党也非昔日孙中山先生率领争取民族独立、国家统一之国民党。国民党已沦为独裁者之国民党，中华民国已沦为独裁者和他们的利益集团升官发财，捞金抓银，攫取私利的厅堂后院、钱柜子、粮袋子！他们早已将中华民国窃取到了自己的腰包里，中华民国之国民早已沦为他们的奴隶！试问那些从大清王朝过来的百姓，今日之中华民国生活与昔日清王朝之生活，其苦其难，其受欺压受凌辱受剥削之状况又有什么分别呢？

蒋礼的手好几次都快要举起来了，但最终还是放了下来。他左右看看，他的陪审法官一个个都面无表情，好像安辰极的那些话都没有往他们的耳朵里去。倒是场里场外的反应很是热烈，不少人频频点头，尤其是安辰极最后那一番话，更是激起了大家的一致认同，觉得那真是说到心坎上去了。肖良进记得很清楚，他旁边那位年长的乞丐都掉出了眼泪，哆嗦着嘴唇说，还不如以前的时候呢。没剪辫子那阵，我家里还有五亩地一头水牯牛。祸害就是从剪辫子那年开始的，抓了我爹去当夫役，又抢了我姐，后来地也没了……

肖良进忍不住问他，那头水牯牛呢？

被一群烂兵炖着吃了。

前头坐着的一个老爷转过身来，拿起手中的文明棍往老乞丐身上一戳，瞪着眼讲，乱说啥子呢？

老爷，可不是么？老乞丐扯着哭腔。像是突然意识到在这样的场子里是不能有抱怨的，忙将就要出口的话吞咽进喉咙，将手中的铜钱揣进怀里，身子往后挪挪，让肖良进突出在前。

中华民国是国民党无数先烈用武装革命推翻封建王朝建立起来的，革命是伟大的，是值得称颂的。如今中华民国沦为独裁者之王国，国民党沦为反动派、反革命，我中国共产党为什么就不能通过武装革命打倒国民党这个反动的落后的腐朽的党？为什么不能通过武装革命推翻中华民国这个不仅不能给中国人民带来福祉反而带来无数苦难的没落的政体国体？我中国共产党为什么就不能号召全国人民和带领全国人民通过武装革命打倒一切反动派，重新建立一个人人有田种，人人有衣穿，人人有饭吃的共产主义之国家呢？

林聪有些坐不住了，他脸青面黑，侧过身子，问蒋礼，你还要让他继续胡说八道下去么？

眼看蒋礼就要举手号令掐断他的扬声器了，安辰极话头一转，你问我为什么不觉得对不起众乡亲，为什么不感到罪恶，为什么没有半点悔意，好，我回答你！

安辰极停顿片刻。这片刻的停顿，叫肖良进感觉四下里奇静无比，仿佛时间都凝固了。

他们，我的那些战友们，不止本乡本土的子弟，还有远道而来的。他们每一个人在参加革命的时候都抱定了必死的决心，都存下了必死的牺牲精神，从来没有谁预先想好要从一场斗争中完身而退。就像你在围剿和追击中所看见的，我的战友，我的同志，有哪一个是贪生怕死的？又有哪一个不是舍生忘死前赴后继的？在我们的眼中没有金银，没有权势，没有个人荣辱和安危，只有革命，只有共产主义！从参加革命那一刻起，我们就放弃了安逸享乐，放弃了升官发财，甚至是放弃了家庭。我的战友和同志们在没有参加革命之前，有的是种田耕田的，有的是打鱼砍柴的，还有木匠石匠，也有乞丐小偷。他们都是极平凡极普通极微小之人，而参加革命之行为，就等于是将自己极普通极微小之人生，投放到了极伟大极光荣之革命浪涛洪流中，变成了无畏的革命斗士。我们以改变国家和民族之命运为己任，以解放劳苦大众实现人人平等为己任，无惧生死，不怕牺牲！在和反动派的斗争中我们的确付出了惨重的代价，有的失去了儿子，有的失去了丈夫，作为革命者的家属，清乡围剿中还有不少被你们残忍地杀害，土地被你们侵占，财产被你们掠夺，活下来的人被你们赶出家园。但是，我们动摇了你们的统治，让你们知道这个世界不是你们说了算，不能任由你们为所欲为！让你们明白，哪里有独裁，哪里有压迫和剥削，哪里就有反抗和革命！所以，我回答你的是，我们不仅没有罪恶感，不仅没有丝毫的悔意，我反而为我英勇的同志们而骄傲，而自豪！我相信，不光是土镇，也不止大河两岸，整个国家的人民，也会为中国共产党土镇工农革命军牺牲的同志，为他们的革命精神而骄傲和自豪！

蒋礼早就挥手了,但蒋技师却迟迟没能掐断扬声器,以至于安辰极的声音还继续像子弹一样,倾洒在法官席上,倾洒在场内那些头面人物身上。他们都很惊恐,也很愤怒。

蒋礼将惊堂木拍得山响,林聪愤然离席,以示对蒋礼的不满。

扬声器终于掐断了。但安辰极洪亮的声音仍然在场子上空响起——

要不了多久,一个新的政权——共产主义政权必然建立!按照你们目前这样腐朽和反动的程度下去,这个过程会很快,三十年?二十年?不,顶多十年,你们就必然会被打倒,会被推翻!

蒋礼从他的法官席上跳起来,抓过一个士兵的长枪,冲到安辰极跟前,抡起枪托,照准他的脑袋上就是一下。安辰极的声音消失了,一片静寂。所有人都被蒋礼那粗暴野蛮的行动惊住了。收起枪,蒋礼才意识到刚刚的行为似有不妥,他嘀咕了句什么,将枪递给士兵,悻悻地回到席位上。

肖良进记得那一枪托砸下去的时候,自己惊呼了一声。他被吓住了。他见安辰极的脑袋吊在囚车上,身子软软的。他看见殷红的血像珠子一样在囚笼里滴落。

还站着干什么,上去看看!柯鼎臣的副官探起身子来,冲警察吆喝道。警察忙上前去,探探安辰极的鼻息,又扶了扶他,冲副官报告道,没死!副官松了口气,一屁股坐在椅子里,狠狠地瞪了蒋礼一眼。

安辰极挣起身子,鲜血从额头上的创口涌出,滴在囚笼上,沿着惨白的圆木淌下……

肖良进看得惊心动魄。

审讯就要收场了，还有一个重要的环节没有进行，照相。照相师傅们摆好了架势，有人过来也给肖良进他们再次进行了训导，说等一会儿看台上，台上怎么吆喝，他们就跟着怎么吆喝，该举拳头举着，该放下就放下。带领着举拳头呼口号的是蒋礼，不消说，这个场景也是他想出来的。他举起拳头，带头吆喝，打倒内乱分子安辰极！消灭共党首犯安辰极！对制造睢水关惨案的罪大恶极的首犯安辰极严惩不贷！

肖良进跟着举了一遍拳头，呼了一次口号，就不肯再干了。也就这一次，让肖良进后悔了一辈子。他以为他们会夺走给他的那几个铜钱，以为他们会揍他，他们没有，他们根本就顾不上他。

当摄影师说行了的时候，场面一下子就乱了。有一群老人哭着喊着往场子里冲，还有人大声吆喝，要求释放安辰极。这时不知哪里突然响起了枪声，使得场子里的人惊恐万状。也不知是谁吆喝有炸弹，场里的人开始无头苍蝇一样逃窜。突然传出了歌唱声，很响亮，盖过了一切喧嚣。是那首《毛毛雨》——

小亲亲不要你的金，

小亲亲不要你的银，

奴奴呀，只要你的心……

骚动的惊恐的四处逃散的人们慢慢地安静了下来，捡回鞋子，拢拢凌乱的头发，放下掖在腰间的长衫，喘息着，一个个恢复到方才体面的样子。被军警打翻在地上的那些个老人还在哭，边哭边拍着泥地，为安辰极呼冤，哀求老天开眼。

肖良进记不清楚场面都混乱到了什么程度,他一直站在那里,痴痴傻傻得像是丢了魂魄,目光落在那巨大的囚笼上,怎么也收不回来。小乞丐找到他,扯扯他的手。你咋个了?咋瓜了么?小乞丐感觉到他在发抖,而且面色通红,手心滚烫。

不,我没事。肖良进说,我从来都没这样好过,就像我妈妈才把我生下来一样!

5

午时的阳光是那样的明亮,那样的温暖,肖良进感觉自己飘行在阳光里,脚下轻飘飘的,似乎只消一蹬脚,一用力,就能飞到半空中去。他的耳畔是安辰极的声音在回响,安辰极的每一句话都带着鲜红的血,都闪耀着血红的光。他们来到一家米粉摊子前,他掏出铜钱,一人要了两碗米粉。不知为什么,他竟然感觉不到饥饿,手里的筷子扒扒停停。

你咋个了?小乞丐风卷残云一般,已经吃下了一碗米粉,捧起第二碗,见他的样子,难免不担心。

我明白我为啥活在这个世上了。

小乞丐伸手摸摸他的额头,着火了一样滚烫,不由得倒吸口凉气。

我是为了革命才活到这个世上的!肖良进喃喃自语道,革命,我是为了革命……

这个讨口子在讲啥?革命?几个士兵过来要米粉吃,不仅一个子儿不给,还让老板多加肥肠和笋子,还要红重,他们听见了肖良进的嘀咕声,放下碗筷,凑过来。

他在发烧,你看,都烧糊涂了。小乞丐忙扯了肖良进走开。没走几步,肖良进就瘫倒了。他害病了,高烧不退。小乞丐用他剩下的两个铜板求黑脚帮的人往绵城肖良进家带信,说肖良进就要死了。

当肖良进的父母赶到,肖良进的烧已经退了。他想继续留在土镇,他还想再听见安辰极的声音。但他的父亲不准许,要他必须即刻和他们一起回家,否则他们将不再管他。肖良进犹豫了一阵,想到安辰极讲的那些话,想到革命是个漫长的过程,而自己还小,还需要学习和成长,想到自己以后是要为革命牺牲的,而现在正是和父母好好相处的时候,如果再不好好听话,再不好好孝敬他们,那么以后就没有希望了,那就真是太对不起他们了。于是他提出个要求,这个要求让他的父母感到十分诧异,还真以为他是被吓坏了脑子,但他们还是同意了。

在回家的那天早晨,肖良进在父母的陪同下,前往万人坑,为死难的革命前辈烧了纸钱,磕了头,许了愿。肖良进的话让他的父母大惊失色,一个恶少,再干上共产党,也不知道将坏到哪里去,更不知道会将他们这个家堕入怎样万劫不复的深渊……

肖良进说,各位革命前辈,我肖良进在你们的亡灵前起誓,从今天起,我就是一个共产党了,我将继续你们没有完成的革命斗争,打倒国民党,消灭反动派,将自己的身家性命全部奉献给伟大的共产主义事业!在磕了几个头后,肖良进说,请你们在天之灵保佑!

多年以后，肖良进还能清楚地记得他当时许愿时的情形，还能一字不差地背诵出他的誓愿。能说出那样的话其实并不奇怪，肖良进说他不知道那日参加审判会的有多少人会记住安辰极讲的那些话。但安辰极的那些话却像火红的烙铁一样在他心上留下了深深的印痕，就像种子一样在他心里发了芽，生了根，就像血液一样进入了他的皮肉和骨髓，成了他身体和生命的一部分。而且从此以后，不管是后来的求学，参加地下活动，正式加入共产党，动员群众，给同志们做报告，还是发起革命暴动，在枪林弹雨中，在死亡的门槛上挣扎，接受审查，与癌症做斗争……每时每刻，何时何地，安辰极的那番话，那些带血的字，闪光的词，那些磅礴无畏，激情澎湃的声音，都像阳光一样照耀着他，激励着他。不管置身在何等险恶的环境，他从未丧失革命斗志和共产主义信仰！

肖良进是一九三二年秋天加入的共产党，他将他家的布店变成了党组织的活动地点，他的父亲因为担惊受怕在冬天就去世了。这两年来，肖良进简直是里里外外变了个人，他爱看书，讲礼貌，富有同情心，干什么都认真，而且还总能做出让人称赞的成就来。谁见了都会惊呼，都会赞赏，都会向他父母表示祝福，说士别三日当刮目相看啊，说浪子回头金不换啊。他的父母都十分清楚，这是"革命"的力量，是革命将一个令人憎恶的恶少改变成了一个优秀青年。但是他们无法接受这种改变，无法理解这是多么美好的值得骄傲的事。他们只是觉得恐惧。他们想起了肖良进那日清晨在万人坑前的誓愿，知道他这一切都是掩饰，知道他都在酝酿什么，计划什么，准备什么。

肖良进的父亲死后不久，他的母亲也离开了他。他的母亲说，我去找个庙子吃斋念佛，求那些菩萨保佑你吧。

既如此，也好吧。肖良进将家业也卖了，钱全部交给组织做了革命经费。

一九三四年初，肖良进前往川陕革命根据地并且受到了徐向前的接见，聆听了他的革命教导。六个月后的金秋时节，肖良进秘密前往茶川，腊月发动茶川暴动，年三十夜，暴动队突袭桑镇，打死吴世宗，全歼桑镇反动武装。一九三五年正月初五，柯鼎臣兵分三路，竟欲包围暴动队。肖良进及时率部撤离，携带大量物资上了千佛山，并正式将队伍确名为中国工农红军千佛山纵队，肖良进任政委。红四方面军进入北县大峡谷后，肖良进率部与之会合，千佛山纵队编入红四方面军三十一军九十一师二七一团，肖良进任三营营长。抗日战争全面爆发，肖良进担任一二九师七七一团政委。解放战争爆发，肖良进担任中国人民解放军第二野战军第四兵团第十三军政治部主任……

自一九三二年参加革命，到一九六五年病逝，革命三十三年，不管经历了怎样的艰难险阻，遭遇了怎样的迫害和苦难，哪怕是死亡迫在眼前，肖良进说他的共产主义信念和革命信仰从来都没有丝毫的改变和动摇。之所以如此坚定，是因为受到了一个人的影响，这个人就是安辰极。

而他之所以走上革命道路，就是因为一九二八年五月四日那次奇妙的人生经历，在人民台上的安辰极，在面临那所谓的"祸国殃民""罪大恶极"的指控时，竟然巧妙地在一位懵懂的少年心里种下了一颗革命的种子，点燃了一个叛逆少年共产主义信仰的火苗。

在我这短暂的一生中,我始终对安辰极充满了感激和敬仰,我认为他是最伟大的革命者!这是肖良进临终的遗言。

6

肖安躺在病床上,看情况很不好,她似乎就要结束苦难的一生了。想起她的命运,又怎么能不叫人唏嘘感叹呢。她上头有两个哥哥一个姐姐,他们都在那场浩劫中死去了。她的丈夫死于一九七一年九月十三日那场著名的空难,此后她没有再婚,一直在绵城从事特殊教育,就是教那些看起来永远也不可能识字写文章的孩童识字写文章。

所有的活着都是一场漫长的战斗,别人看你毫无胜算,除了战斗者,又有谁知道死亡才是他最伟大的胜利呢!肖安说,我知道你已经被压迫得透不过气来了,如果你想知道答案,我现在以我和我父亲的名义告诉你,他从未离开过土镇!

7

安昌河建议先开启李铁脚板的棺材。我有些不客气地告诉他,这不是一道选择题。我态度的突然转变让他感到吃惊。钟小兰建议,开启现场应该做好人数和人的控制,是不是还应该先开个会,打打招呼,讲讲规矩,说说纪律。过去含糊的说辞在这一刻是到了必须要明确的时候了,遮遮掩掩的做法只会让情况变得更糟。——看得出来,他们都是这样的态度。

我坚持不用控制现场的人数，也不用管控人员，至于什么秘密开启，那就更是个笑话了。

安昌黎同志，刚才那不是建议，而是我们经过调查和研究，集体决策做出的决定。钟小兰说，这个决定，也是报经爱城市委，经市委主要同志研究同意的。从钟小兰的神情看，这是一件很为难的事。似乎她已经预估到可能对我造成的可怕的伤害而又无法避免，她抱歉地冲我笑了一下，但马上就意识到这样不合适，因为这是件十分严肃也十分严重的事。她立即恢复了公事公办一丝不苟的神态，刚刚还残留在神情里的尴尬和不安荡然无存，她摸出一叠打印稿来，以板正声调照本宣科——

安辰极在我们大河两岸革命斗争历史上的地位是已经被公认的，是不可否认的，他所领导的土镇春荒暴动虽然最后失败了，但严厉地打击了国民党反动派，对大河两岸后来的革命产生了非常积极和深远的影响。安辰极的革命精神和光荣事迹，激励了一代又一代人，他是我们的革命先驱，也是我们当代学习的革命榜样。安辰极已然成为我们爱河流域红色文化最重要的内容和最有影响力的代表，学习安辰极坚定不移的革命信仰，发扬安辰极战斗不息的革命精神，一直是我们大河两岸各级党组织的要求，也是广大党员干部和人民群众的自觉行为。在复杂多变的新形势下，我们要坚定不移地讲好安辰极的革命故事，坚定不移地学习安辰极的革命精神。作为大河两岸最重要的红色文化遗产，我们要以坚定不移的态度将安辰极这面旗帜打下去，让他鲜红地光彩地继续在大河两岸上空高高飘扬！因此，作为大河两岸甚至是中国革命的精神象征，安辰极的形象绝不允许任何形式上的破坏，污损和质疑。以前，革命先烈不惜鲜血和生命为我们打天下，如今，我们也将以坚定的政治立场和坚决的态度捍卫革命烈士的荣光，坚决不允许以任何形式解构革命烈士，将英模人物拉下民族英雄高地。传承先烈遗志，捍卫英烈忠魂，是我们每一个人应尽的义务和责任！

因此，在安辰极烈士墓开启这件事情上，经调查研究，并报请上级同意，特别做出以下决定：

一、实行现场警戒。在距离安辰极烈士墓一百米周围，拉警戒线，在十米周围，用塑料布幔或者竹席等遮挡物隔离。这样做是为了人民的健康安全，也是出于对烈士的尊重和风俗习惯的考虑。

钟小兰抬头看了我一眼，又飞快地埋头于那叠打印稿上。

二、参加活动的同志必须是政治过关、思想过硬的共产党员，而且人数要尽量控制。宁愿时间进行长点儿，也不要人员多点儿。根据实际需要，负责开启棺墓的同志四名，从土镇消防大队选派；收殓的同志四名，从土镇殡仪馆选派；其他工作人员五名，从土镇机关选派。由我担任现场副总指挥。

三、现场准许安昌黎同志一人作为安辰极烈士后人参加活动……

我实在忍不住打断她的话，我说"安昌黎同志作为安辰极烈士的后人"的这个"作为"是什么意思呢？我笑起来，因为这确实让我感到可笑。只是我的笑让他们都感到不自在。

是不是你们也认为里头埋葬的并不是真正的安辰极,是不是也认可了安辰极在李铁脚板的谋划下已逃出生天的说法?

我们已经跟你的小姑田静谈了,她告诉了我们一切。钟小兰说。

如果田静所言是真的,那么安辰极烈士墓里躺着的就不是安辰极烈士,而我们也不是安辰极烈士之后。或者更直截了当地说,安辰极并没有成为烈士!看样子你们是认可田静的说法的,是信以为真的。不然的话,又怎么会是安排我"作为"安辰极烈士的后人呢?

我们接受这样的事实也一样很难,心里也都很难受。但是我们也必须接受这样的事实,而且不能改变现实,必须想方设法来维护现状。钟小兰看了看在场的各位,所以我们才要先在一起统一思想!

甚至不惜封锁消息,隐瞒真相?这话不啻一颗炸弹,它一出口,就表明了我们不可调和的对立态度。我说,我是没有必要来"作为"安辰极烈士后人的!如果安辰极逃出生天,那么烈士墓里埋葬的又是谁?真的如安昌河所调查的,如田静所讲的,里头埋葬的是李马吗?那么我们呢?我们是李马的后人吗?

钟小兰部长轻叹一口气。

如果这是事实,我们为什么不尊重这个事实呢?尊重历史,尊重事实,实事求是,这不是我们一直标榜和追求的真理么?这不是我们党,我们这个国家和民族最宝贵的行为和品质么?

安昌黎同志,你这究竟是个什么意见呢?钟小兰就像是再也沉不住气了似的，面露不悦。

我的态度很明确，尊重历史，尊重事实，实事求是！首先是还原当年的真相，李马作为安辰极的顶替者被国民党反动派杀害，真正的安辰极早在李铁脚板的谋划下出逃土镇。让真相告诉历史，这么多年我们崇敬和追思的安辰极烈士其实并没死亡，也可能现在还隐姓埋名活在人世。至于我们，一直被当作安辰极的后人，一直被蒙骗着生活在谎言之中，头顶着烈士之后的荣光，身上流淌的却并不是烈士之血脉……

这个消息一出来，会掀起多大的风浪啊，将会是一场可怕的灾难！钟小兰牙疼似的呻唤道，难道你不知道现在历史虚无主义有多猖獗么？有多少别有用心的人在想方设法摧毁我们的信仰，混乱我们的价值。我们怎么能自毁英雄呢？怎么能给他们口实呢？灾难！这样搞绝对是一场可怕的灾难！我首先表示反对！

你呢？我看着安昌河。

安昌河始终都没说话，也没准备要说话，他看起来局促不安，就像是参加宴会，端端正正在席桌前坐好了，却突然发现自己走错了场子。

我很感谢大家对我的信任。他说。

这话还真不假，让安昌河参加这样重要的内容需要绝对保密的会议，的确表示出了组织者对他的信任。但是，这一切又不都是因他而起的么？

我此刻的心情很复杂。他继续说。

一直以来，土镇甚至是爱城方面，都对安昌河十分警惕，而他也对他们处处挑剔,有时候甚至是敌视。这样的对立关系,在那日他从梧桐园十五号离开那一刻就消融瓦解了,因为他开始对我不信任,感觉到我并没认识到事情的严重和形势的严峻程度,觉得我处理事情可能会太草率,或者说没有经验,能力不足,等等。所以,他主动找到钟小兰和有关领导,向他们开诚布公地讲了自己的调查和研究,以及他的担忧。他出示了证据,表明这一切并非危言耸听。他直接向土镇方面建议,请他们出面和田静谈谈,当年的事实真相,田水已将其作为最隐秘的遗产,交到了她的手上。

处理不好这件事,它将成为一枚威力可怕的炸弹!他这样跟钟小兰表示着自己的忧虑。谢谢你啊!钟小兰开始并不敢对他表示信任,直到看见他眼中的泪光。没人能理解我对安辰极的情感,我只想丰满他,但我从未想到过杀死他啊!安昌河说。钟小兰表示理解。的确是有一股暗流存在的,这是一股有着复杂背景的势力,他们仇视现实,与当前所倡导的社会主义主流价值持对立态度,他们利用网络,解构革命烈士,污化英雄,如果这件事情落到他们手上,我是能想象出后果的。安昌河身子慢慢坐直,挺起了腰背,他说,我们是需要信仰的,我们是需要英雄的!他的目光和我对视了一下,流露着诚恳的目光。这么多年来,从我第一次接触到安辰极的故事,我不知道自己随他生了多少回,又随他死了多少回,我对他的情感是诚挚热烈的。我还是那句话,他值得我们尊敬和颂扬,我们唯一能做的事就是丰富他精神的事,而不是杀死他!

我再次忍不住笑起来。随着我的笑声,我也流露出了强烈的嘲讽。这让安昌河感到愠怒，也让钟小兰他们觉得难以忍受。你不了解安辰极！我指着安昌河，你也杀不死他！谁也不可能！永远！休想！

我看着钟小兰他们，哀叹一声，我是真的感到心痛，碎裂的疼痛。和你们一样，我也犯了错误。我的父亲安重根他也不可避免地犯了和我们同样的错误。这么多年来，因为一些人所谓的"发现"和"研究"，让我们不由自主地掉入圈套，也开始对一些事情质疑。我们虽然没有像他们表现出那样的直接露骨，但怀疑的种子一旦落在心里，必然就会生长出自以为是的根，如果放任下去，这颗心上就会长满恶毒的荆棘！质疑本来是人类最宝贵的品质和最勇敢的行为，但有些东西是不能去质疑的，那就是这个世间的真善美，是流淌的鲜血和拿生命去捍卫的真理和信仰！

什么是事实真相呢？是我们亲眼看见了吗？是我们亲耳听见的还是我们亲身经历的？事实真相就是流淌的鲜血和拿生命去捍卫的信仰！我们既然能相信田静的话，相信田水的隐秘事，相信安昌河的推定，为什么不去相信安辰极呢？我们一直在表达我们是多么崇敬他，是多么感动于他的英勇事迹，是多么珍视他的精神，多么感慨他的伟大……只是，我们究竟真正地相信过他没有？又相信了多少呢？

我忍不住淌出了眼泪，眼前一切变得模糊不清。我哽咽道，当我们质疑安辰极的时候，我们在质疑什么呢？当我们在采取这所谓的保卫行动时，我们又在保卫什么呢？

大家都陷入了沉默中。

许久，钟小兰站起来，举起手，犹如宣誓，我相信安辰极同志!

我也相信!不断地有同志站起来,举手表决。

安昌河没有起身,也没有举手。

不光要开启安辰极的棺墓,还应该再开启一个坟墓。不管安辰极的棺材里躺着几个人,但有一个绝对是安辰极!而验证他是不是安辰极,就必须要开启安玉惠的坟墓。这是我们为我们的质疑必须付出的代价。

我认为啊,李铁脚板的棺木,同样有开启的必要。安昌河幽幽地说。

8

李铁脚板这一回真正地预感到不行了,牛头马面一前一后紧随着他,一个拽,一个推,再不入地狱是说不过去的了。西洋的人参,东洋的灵丹妙药,全都失去了奇效。李铁脚板有些慌张。如果他叹息一声,听任死亡安排,不再挣扎,认命服命,那他就不是李铁脚板了。

李铁脚板是谁?他是一粒锤不烂煮不熟的铜豌豆,是一个不到黄河心不死,撞了南墙也不回头的"犟人"。他一辈子都在教育身边的人要"认理服命",但自己却从来都是"我命由我不由天"的德行。他人情练达,世事洞明,善于谋略,工于心计。他无数次地被打倒,又无数次地爬起来,他一次次地输得血本无归,却又一次次成功翻盘。他以身犯险,他身陷绝境,他命悬一线……但是,他总能奇迹般地绝处逢生,还总能盆满钵满,大获全胜。

他就是个传奇，这么多年来，他一直活在大河两岸人们的传说和敬畏中，他说风是风，说雨是雨，他通天彻地，无所不能。

他怎么可能就此认命呢？既然死是不能逃避的，既然死亡的日期已无法再往后拖延，那为什么不让该发生的事情提早一点发生？为什么不把该办了的事情提前办了？很多老人很想过完新年再死，因为那会在阳寿上大一岁，而且可以避免死在腊月轮回为猪的危险。很多老人想吃一口新米再死，或者期待孙子出生，好歹也落个几世同堂的说法……事实上他们总是很难如愿，牛头马面手持拿命索，他们才不讲人情呢，大步而来，擒了便走，留下死人尘缘未了，梦想破灭的一声沉重叹息。但这样的事情在李铁脚板这里绝不会发生。他想吃上一口新米就一定能吃上，他会想方设法哪怕是违背天理也要叫稻谷早熟；他想吃一口红果子就一定会吃上，他有的是能力让青涩的果子在一夜之间红彤彤地熟透。

在牛头马面的拖拽下，步步紧逼的死亡让李铁脚板已无法出行了。他给柯鼎臣捎去话，说找他有重要的事情讲。

柯鼎臣如约而至。

我就要死了。

柯鼎臣自然不信。

真是要死了。莫奈何了，莫法再往后拖了，好多事情得提前办了。

柯鼎臣还是有些不信。

你不是一直都盼着我早点死么？你咋不高兴呢？

你活着的时候，我盼你死，死了就没有人碍事绊脚了。

可你真就要死了，我还是有点舍不得的啊！柯鼎臣讲的是真心话，盯着李铁脚板看，他也看出来了，这一回，他是真的快要死了。

我死的时候要带上安辰极，我不想他活在你们手里遭罪。

你要我怎么做，你只管讲，我尽全力也会办到。但是，你也要答应我一个条件，你死之后，就让黑脚帮散了吧！柯鼎臣说。

李铁脚板叹口气，知道自己也没有选择的余地，只好点点头。

现在整个大河两岸，柯鼎臣实现了真正的一言九鼎，他刚刚升任为军长，防区也不再只是大河两岸，而是扩大到北县上头的松茂地区和爱河下游的梓州地区。南京国民政府也鲜明地表达了对他的欣赏，用专机将一批进口的枪械送到他手上。蒋礼已经被收拾得服服帖帖，林聪也顺理成章成了他的应声虫……

有关那场审判，从国民党南京的大报到成都重庆的小报小刊，所登载的内容都是极精彩的，说安辰极受到了怎样公正的审判，嚣张的气焰受到了怎样的打压，其罪恶又受到了怎样声势浩大的声讨。这当然都是纸面上的说法。只是这样的说法叫蒋礼既感到欣喜，又觉得吃惊。这不就是自己细致安排，周到排演想要的结果吗？可事实上他准备得有多充分，输得就有多惨重。

从场上下来，蒋礼就遭到了林聪的严厉批评，你他妈的纯粹是在给安辰极搭炮架子！这哪里是在审判他，分明是在审判我们！

有几个头面人物冷嘲热讽地说蒋礼故意那样搞，肯定是得了安辰极天大的好处，以至于忘了世仇旧恨，专门搭了台子配合安辰极宣讲他的共产主义。没准安辰极已经许诺了蒋礼在共产党里要个显要的职位呢，就等两人将那双簧唱够，然后就好齐头并进，双双高飞呢！

这可将蒋礼气得够呛。愤怒过后，蒋礼也不得不冷静地反思自己在这场审判中的表现，也不得不承认自己和安辰极的距离。的确，就像林聪讲的那样，"鞭子在自己手上，还是被安辰极当猴子耍了"。林聪还警告他，不要再想着公开审判的事了，论耍嘴皮子的本事，别说他蒋礼，就算是国民党里头那些自称为理论家的人，随便弄个共产党人来，都不是人家的对手！

在看到那些报纸后，蒋礼沮丧的心情突然明媚起来。在这所有的报道里头，安辰极都是落败的，而他蒋礼不光获胜，还胜得十分漂亮精彩。这难免不叫蒋礼产生了错觉。正义在我这里，看来那些报纸都是听招呼，懂规矩的嘛！他有些洋洋自得。

正义是在你这里，但柯鼎臣师长却是为它花了大价钱的！林聪说。

蒋礼不明白。

林聪叹着气告诉他，对于那天的结果，柯鼎臣是早有预料的。一散场他就将所有的新闻记者，包括那些编写逸闻趣事的文人、笔杆子全都请到枣园坝，好酒好菜款待，又挨个送大烟发银圆，然后将编印好的文稿发放给大家，请他们照着这统一的稿子发新闻。

蒋礼不由得对柯鼎臣心怀感激,没想到他考虑事情如此周到细密,为自己过去处处对他充满敌意感到后悔。为表示歉意,也是为了表示感激,蒋礼亲自前往柯公馆,向他请教接下来又怎么做。柯鼎臣待他有如长辈般宽厚和善,并不为他过去的冒犯感到不快。你年轻嘛,哪个年轻人不气盛呢?柯鼎臣的谆谆教诲让蒋礼更是对他充满感激,而且自觉受益良多。柯鼎臣对蒋礼急于报杀父之仇表示理解,所谓极仇恨之事,莫过于杀父夺妻。但是作为主事一方的人,如果被仇恨蒙蔽心眼而忽略大局,那就未免太没出息了。

我和你父亲是老熟人,因为交道不多,加之世事纷乱,人和人之间难免不相互猜忌,所以我和你父亲也是有些误会的,但这并不妨碍我对他的欣赏。他就是个有大智慧,有大谋略,有大格局的人,不然,他又怎么能在那样的纷乱中,开创出那样不错的事业呢?又怎么可能赢得大家的尊重和爱戴呢?柯鼎臣为蒋礼父亲蒋敬的死亡真是感到惋惜,还流出了哀伤的眼泪。他告诉蒋礼,小不忍则乱大谋,一定要克制冲动,要有大局思想,多学习,多思考,早日成就大业,成为国之栋梁,民族之中流砥柱。但有需要,只管跟他讲,他是很愿意帮忙的,不说看在他这么优秀的分上,也念在和他父亲的老情谊上。

这差不多要将蒋礼感动得磕头作揖了。

如蒙不嫌弃,我愿与你结成李铁脚板和安辰极那样的情谊,生命相托,生死相依!

蒋礼脑子一热,膝盖一软,就跪下了,就叫起了干爹。

如果金店老板收干儿子,送给干儿子的见面礼肯定会是金银器。作为掌军的柯鼎臣，送给干儿子的见面礼自然就是枪械和兵马。对待这个干儿子，柯鼎臣可是慷慨多了，直接就送了一个连建制的人马和装备充实到蒋礼的警察保安队里，而且还撑头将他的警察保安队直接升级为"警察保安团"，全面负责爱城、花荄、土镇等各处的社会治安事务。

对于下一步的计划，柯鼎臣也给蒋礼指明了方向。

把安辰极留着，是我们和李铁脚板的买卖，这笔买卖我们可没少赚啊！但我们还可以搂草打兔子，再顺便干点什么呀！你提出的搞公审，可是个好点子，虽然不那么完美，但总体上来讲还是不错，为我们赢得了不少政治资本，经报纸一讲，起码南京方面觉得我们是在认真对待共产党嘛！最关键的是通过这个办法，我找到了将安辰极暂时保留活口的理由呀！这么好的理由，怎么能因为出了点小问题就放弃呢？咱们还得继续审他！

但蒋礼已经失去了和安辰极斗争的信心了，想起那日的点点滴滴，他就觉得窝囊、闹心、怄气。

你文审审不过他，可以武审嘛！柯鼎臣打着哈哈说。

蒋礼不明白，看着他。

故意装瓜了不是！柯鼎臣笑道，你怎么收拾安辰极的，我可全知道。只要你不弄死他，不伤了他的命根子，我是可以睁只眼闭只眼的！

蒋礼不好意思地笑着说，我还以为你不晓得呢。

我不是不晓得，我是不在乎。柯鼎臣叮嘱说，要让一人受尽磨难苦痛并不一定是直奔他的性命去。另外，下手注意点，得让他好好留着那命根子，那可是咱们买卖的主要部分。

第十六章　苦刑记

1

戊辰土镇反政府反革命内乱案审判委员会和特别法庭张贴了布告，将对安辰极进行第二轮审判，因为涉及机密，审判不公开，但欢迎观察团和新闻记者列席旁观。布告特别提出，因为案情调查需要，会对安辰极采取"特别的手段"。

这个"特别的手段"就是刑讯。蒋礼想要通过刑讯，逼迫安辰极交代出他的上级和联系人，都什么名字，都住在何处……

这怎么可能呢？这不是天方夜谭么？蒋礼很清楚他是绝不可能从安辰极口中撬出点什么来的。对于他来说，能不能撬出点什么来，完全无所谓，他要的是施刑这个借口，他要的就是以这个借口将自己搜罗的刑罚都在安辰极身上好好地过上一遍。你不招，行，换下一个。不招，好，说明这刑罚力道不够，再加强一点……这就等于是将安辰极置于了轮盘赌。作为警察保安队队长，蒋礼当然听说过这种流行于俄罗斯流氓中的比胆量也是比愚蠢的赌博术。只是在这场赌博中，枪口永远都只抵在安辰极一个人的脑门上。终止赌博只有一种方法，安辰极认输，老实交代，否则他就得继续扣动扳机，直到被越来越残酷的刑罚折磨至死。

　　获取真相的快捷手段，当然是严刑拷打！受刑者不交代，那是施刑者没有选对刑罚或者措施不当，要晓得一把钥匙开一把锁！像安辰极这样的关键人物，只要能打开那把锁，就等于是打开了一个藏满了明枪暗箭和邪恶阴险的地狱。然后未雨绸缪，消堵打压，就可以基本消灭潜在的共产党的威胁，就可以给大河两岸带来起码十年的太平。这是一件多么重要的事啊！这也是一场斗争，这是我和安辰极之间的斗争！我有没有能力通过审讯得到我要的情报，让他举手投降，认罪伏法。他是不是能扛住我的审讯，继续冥顽不化，负隅顽抗，死扛到底！这也是两个世界的斗争！他胜利了就意味着他的共产主义世界将来会胜利，到时候，我们这些被他们认为的敌人、反动派，将会被消灭。如果在这场斗争中我胜利了，那也表明他们的共产主义并不是那样顽强和坚不可摧，能让他安辰极举手投降，我们就能扫清整个大河两岸的共产党余孽残渣，就可以让共产主义土崩瓦解、灰飞烟灭……那么，就看我们怎么来打败安辰极，怎么来摧毁他们的共产主义信仰和事业吧！

　　蒋礼十分清楚自己将会让观察团和新闻记者看见什么，也知道那将会引起怎样的反响。所以他对进入刑房的观察团和记者们进行了认真的甄别和挑选。

　　我搞警察和保安工作已经有些年头了，为了对付一些特别的坏人，有时候不得不亲自上手。平常呢，我们对付的大都是些杀人、抢劫和强奸犯,这些家伙倒也好对付,有时候轮不到上刑,只是将动静声响稍弄大一些,他们马上就招了。还有那些江洋大盗,开始还嘴硬,什么二十年后又是一个英雄好汉,什么杀人不过头点地,但只要一见你动真家伙了,也都不会硬撑。所以把一些普通的刑罚用好用活,也就足够应付这个世上大多数罪犯了。但我们现在面对的可是安辰极,这就是件要动点儿心思的事了。

蒋礼介绍说,最近这些年,他有过几回对付共产党人的经验。和那些江洋大盗、强盗匪徒相比,这些共产党人可太不一样了,他们有信仰。从古至今,信徒教士以死殉道、殉教的可不少。共产党可不是一般的信徒和教徒,他们的意志就像他们的心肠一样硬,他们甚至可以将意志从肉体上剥离开。我曾收拾一个共产党,他劝我不要枉费气力,他说他根本就不在乎肉体的疼痛,他肉体的痛终是他个人的,他的精神意志是为了整个劳苦大众的解放,受难的痛苦让他觉得是种光荣,越疼痛,越幸福。是的呢,他始终都是这样认为的呢,他死的时候嘴巴都是咧着的,像是个笑容。蒋礼扮出了个夸张的笑脸,众人都笑起来。通过这个例子,你们就可以看出要打败一个共产党有多难了。我专门请教过林聪先生,他是资深的国民党人,和共产党交道了好些年。我说,林聪先生,你说斗嘴我们斗不过共产党,这点我也没办法否认,因为事实都摆在那里了,如果不是各位记者包涵,只怕我的丑名早就扬遍全国了。

众人又笑,笑着点头,因为这是事实。

我说,你能不能给我出个主意,看怎么消灭共产党的信仰！蒋礼看着大家，笑而不语，好像他故意要吸引大家的注意力，要让大家都思考一样。自从有了柯鼎臣的关照，自从与柯鼎臣相交甚好之后，他变得越来越自信了。自信也总是表现在幽默上。而最美妙的幽默，莫过于巧妙的嘲讽——

林聪先生叹着气跟我说，如果我能找到消灭共产党信仰的办法，我早就是国民政府一把手了！

众人大笑，有人向蒋礼竖起大拇指。

难道就真没办法了么？我倒不觉得。蒋礼自问自答道，我要通过打击他的肉体，来消灭他的信仰，如果他的信仰是一座大山，我就用愚公移山的办法，如果他的信仰是一片大海，我就用精卫填海的办法，一点一点打击他的肉体，一点一点地消磨他的意志，我看他能支撑多久！

众人都鼓起了掌，叫起了好。

所有被带进刑房的犯人都很清楚他们将遭到什么，也都会根据自己所犯的罪来预测自己将遭到的刑罚，是挨板子呢还是受夹棍呢，有时候他们比我们这些掌刑的人还要清楚。那么，安辰极清楚么？蒋礼指着刑房角落里堆着的一大堆刑具，好多都是奇奇怪怪的，谁也没见过。

他不清楚！这一点我敢断定！蒋礼说，因为在没遇到他之前，这些东西我也没见过。

都以为会开多大的眼界，但第一场刑罚就让大家失望了，倒是安辰极在那刑场上的表现，让大家感到震惊和不可思议。

蒋礼拔掉了安辰极两只脚上的指甲。整个过程安辰极虽然疼得大汗淋漓，面色灰白，浑身哆嗦，但始终没有号叫，没有哀告，他紧咬牙关，顶多只是在鼻子里呻唤，在胸膛里咆哮。双脚鲜血长流,却没掉一滴眼泪。他血红的双眼一直逼视着在一旁指挥的蒋礼。蒋礼开始还镇定自若,像个战场经验丰富的指挥官一样叫手下这样弄,那样整,渐渐地他就有些慌了。他应该从来没见过安辰极这样的受刑人,默默承受,一声不吭。他的两个手下显得更没出息。安辰极见十个脚指甲盖就像鱼鳞一样工工整整摆在面前的盘子里,非但没有流露出一丝惋惜,反而是大大方方地发问,够不够?我手上还有十个指甲盖儿呢!这突然的发问,将其中那个拿铁钳的吓得一个哆嗦,钳子哐当掉在地上,另一个竟然惊呼起来。安辰极哈哈大笑,就像刚刚成功地做了个恶作剧。他挑衅地看着蒋礼,怎么啦?这样就算完啦?不再往上头撒点儿盐?

蒋礼还真有些气急败坏了,他指着安辰极叫嚷道,这可是你要的啊,好,就给你撒盐!要辣椒面儿么?我再给你点儿辣椒面儿!

安辰极哈哈大笑,笑声虽然有些喑哑,有点疲惫,显得中气不足,但却洋溢着豪气,就像经历苦战,最终获胜。

盐巴拿来了。

安辰极的笑声戛然而止,他必须紧咬牙关,将全身的气力蓄积起来,去抵挡那肆虐而来的巨大痛楚。不过,他马上就觉得自己高估了这份疼痛,它来得虽然凌厉,但却并没那么庞大。他知道,这一波敌人马上就会被击溃,不由得又大笑起来。他的笑声在这一刻成了武器,显示着他的强大和威严。他从受刑人变成了施刑人,在这无畏的带着嘲讽意味的笑声里,蒋礼的脸色也变得煞白,也流出了冷汗。而那些参观团的和记者们,就像鞭笞触及了灵魂般战栗。

短暂的沮丧之后，蒋礼重新振作，鞭子在自己手上，猴子被牢牢地束缚在那里，他要做一个成功的耍猴人。钥匙有那么一大堆，而锁只有那一把，他要做的只是耐下性子，从容不迫。他感到自己渐渐地就掌握到了节奏，只要不慌不乱，只要指头摁对地方，虽然章法乱点儿，还是能够弹奏出美妙的音乐的，还是可以给自己带来愉悦的。

　　他喜欢听安辰极的关节和骨头在老虎凳上，在夹棍之下那濒临破碎的咔咔声，他喜欢听红彤彤的烙铁在安辰极的肩膀和胸膛上烧灼出的嗤啦声，还有那焦煳的味儿，也合他的欢喜……你自己闻着呢？他问安辰极。

　　他终于可以做到和安辰极的目光长时间对视了，他也捕捉住了安辰极在目睹新刑具时眼中闪过的那一丝惊慌和恐惧，他还望见了他眼底被疼痛搅得一塌糊涂的绝望。也能清楚分辨出他喉咙间和鼻腔里的呻吟声也越来越大，声调正在往哀号上走，他的胸膛起伏越来越剧烈，似乎也没想象中的坚实，就快要崩溃了……在一场水刑之后，他还意外地看见安辰极在意识到自己屎尿失禁后，在被痛苦撕扯的扭曲变形的脸上掠过了一丝羞愧。

　　只是在这一场场别开生面、推陈出新的刑罚之后，蒋礼越来越觉得不那么尽兴，因为他非但没敢将那些刑罚和刑具使用到极致，让它们发挥出它们本就具有的完全的效力，也不敢去尝试那些威力更加巨大的刑具和刑罚。虽然安辰极是共产党，的确具有超乎寻常的抗痛能力和顽强的钢铁般的意志力，但命都是命，寄生于肉体的那条命，好像硬得像石头，大得像海洋，其实又弱又细，就是一口气。因为没少杀人，也没少尝试各种杀人之法，蒋礼还是很清楚安辰极那条命的河里有多少水，那条命的绳子能被抻多长，那盏命的灯经得住怎样的风吹……留住他的一条命当然不是件太难的事，切掉他的四肢、敲掉他的牙齿、割掉他的耳朵，把他变成古书中的人彘，也可以叫他鼻子里的那口活气儿存上三年呢，但最麻烦的是，还得叫他完成那笔买卖呀！这可是柯鼎臣千叮咛万嘱咐的事啊。

你尽管放马过来，还有什么没使，只管使出来，我们共产党人是没有那么容易被打败的！安辰极吆喝道。

我倒是想呀！蒋礼叹息道，只是那样的话，你安家就真的绝种了啊！

你竟然想着这样的事？你是害怕那些金银钱粮和土地飞了吧？安辰极又哈哈大笑起来，就凭你们这贪得无厌的鬼样子，你有什么资格和我斗争？又怎么可能胜利？我原来说共产主义赢得这个世界需要多少年来着？十年？我看呀，五年就差不多了！

别痴心妄想啦，蒋礼说，我让你尝个新玩意儿！我也累了，烦了，想趁机好好休息几天。

蒋技师将留声机和扬声器搬进刑房，然后开始放曲子。

小亲亲不要你的金，

小亲亲不要你的银，

奴奴呀，只要你的心……

大半天过后，蒋礼问蒋技师，咋样？蒋技师说那些歌声就像洪水猛兽，扬声器都快震破了。蒋礼说你要加紧试验，把电刑给我搞抻展，不要一搞上去就给我烧得乌烟火冒，几下就烧成焦炭瓦块了，我要的是时间，是慢慢受痛，知道么？吩咐完毕，蒋礼躺回身子，点燃一支纸烟，闭上眼睛，长长地吸一口，轻轻吁出青烟，难得这午后时光，耳边传来那上海歌手悠扬的歌声。

今天咋这么悠闲呢？林聪走过来，也摸出一支烟来，还听着音乐呢？他突然搞清楚了声音的来源，有些吃惊，你也让他听着呢？蒋礼翻眼看着他，颇为得意地说，这是一种新的刑具，叫音乐刑，也不晓得是不是我的发明，反正《欧洲刑法考》里头是没有记载的。林聪好奇，跑去看了，出来忧心忡忡地跟蒋礼说，怕是有点凶险呀，比钝刀子杀人还要可怕哟！

这样不好么？蒋礼兴奋地说，我觉得可以请观察团和记者们去看看，之前的刑具，他们都是看见别人流血受痛，今天可以带他们进屋，切身体会一下！

我害怕他扛不住这个，会死人的哟！林聪说。

死不了，又不伤筋动骨。蒋礼说。

观察团和记者进入刑房没一阵子，就有人大叫难受，跑了出去。有个年轻气盛的记者想真正地切身感受一阵，也不过一支烟工夫，就呕吐起来。他的真实身份并不是记者，他之所以出现在记者的队伍中并能通过蒋礼的甄别和挑选，是因为他手持的是刘湘的名帖。他能有刘湘的名帖，是因为他的老师是刘瑜。

傍晚，安辰极昏迷了过去，耳朵出血，口鼻也来血，再次屎尿失禁。终于苏醒，但却站不住，坐不稳，只能躺着。那美妙的歌声被蒋礼放大千百倍，变成了千钧铁锤，将安辰极研磨成了齑粉,击打成了面团儿。

2

有人说四川之所以乱,乱在刘家的叔伯子弟。不管这一家子在四川的烂仗打得多么惨烈,也不管是马蹄死牛,还是牛顶死马,这所有的人都对一个人表示服帖,也肯听他的劝告,这个人就是他们的本家子弟刘瑜。一直以来,刘瑜都和刘湘、刘文辉他们保持着距离,既不接受他们的官职,也不肯要他们的金银。他躲在深深巷子里,过着清贫干净的日子,做着学问,写着文章,看似与世无争,却密切地关注着时局和苍生。

在刘氏家族中,刘瑜无疑是最有傲骨最有才华的人,自然会受到所有人的敬重。

自见安辰极第一面,他就给刘瑜留下了极深刻的印象。在从报纸上得知安辰极的消息后,刘瑜就时刻挂念着他。周澜和严伯农前来找到刘瑜,希望他可以出面帮忙营救安辰极。刘瑜没有答应,也没有拒绝。刘瑜认为周澜和严伯农错误地估计了形势,要想营救安辰极,那是绝无可能的事。但这事总是牵挂在心头,知道救不下他,但也不忍就这样远远观望着。于是就找了张刘湘的名帖,叫了个学生,让他去土镇看看究竟是怎么回事。

还在土镇,那个年轻人就完成了他的稿子。拿回成都,刘瑜看后,只字未改,就给了一家小报。小报老板读完,说字太多,报纸装不下,干脆印成小册子。不几天,小册子上市，立即被抢一空，很快就传遍了成都的大街小巷。随着加印，又不几天，大半个中国都流传着这个小册子。

小册子的名字叫《苦刑记》。这本小册子在当时所引起的轰动，从它的售卖价格就可以看出来。刚刚面世的时候，就被炒到了两个银角子一本，后来被查禁了，竟炒到一个大洋一本。有些穷苦读书人以誊抄售卖这个小册子作为营生，竟也可以维持大半年。为了吸引人，他们在誊抄过程中不惜添油加醋，大肆渲染，以至于越到后来刑罚越多，古里古怪，闻所未闻。而作为主角的受刑人安辰极，更是神乎其神，搞得他差不多像是受困太上老君炼丹炉中的孙大圣了，打翻炉子出来后，竟也有了金刚不坏之身和辨鬼识妖的火眼金睛。

曹德山从重庆刚回到成都就读到了那本小册子，他以为是人瞎编的，但里头的安辰极却又是真名实姓，那些刑具刑罚自己也曾经听闻经见，而且看描写，看细节，又不像是假的。尽管长途劳顿，身上不爽，还是差人赶紧找来刘瑜落实真假。

是真的。

我们不能坐视不理啊！

听我的学生讲，这一切，其实更像是安辰极想要的。

我知道，他在把自己当成盗火的普罗米修斯。

我觉得他更像是那位被钉在十字架上的，他当然不是为了替众生赎罪，而是用这样的斗争方式，锻炼自己的意志，升华自己的精神……

你的学生的这本小册子已经帮他达到了目的嘛，帮他实现了从人向神的转变。

这可没有半点夸张啊！这可是真实的描述，没有谁在读到它时不为之感到震撼！

是啊，我第一次见到他，就觉得他的不凡！

只是这样一来，就更不可能营救出他了。

他可能从来都没指望被营救！他就是愿意做这个受难者、殉道者，就是要让他们，让这个世界知道什么是共产主义，共产党人是什么样子，骨头有多硬，意志有多坚强，信仰是怎样的坚不可摧！你能不能亲自去一趟？转告我的问候，告诉我们的这位盗火英雄可以从高加索山上下来了。

见到刘瑜，柯鼎臣显得十分兴奋，要以最高礼遇接待他。但被刘瑜婉拒了，刘瑜提出要见安辰极，希望柯鼎臣能给他们稍微充裕的时间。

这当然是没问题，柯鼎臣扬扬手中的电文，但请先给我一点时间，我得把我那干儿子好好教育一下，咳，太由他性子了，这下可倒好，就像南京的电报说的，一通审讯，把自己审成了凶残恶毒的禽兽，把双手沾满鲜血的共产党暴徒塑造成了顶天立地的英雄！

柯鼎臣将电文递给蒋礼，要他好生琢磨琢磨上头的文字。蒋礼早被林聪臭骂了一顿，林聪将那本《苦刑记》甩在蒋礼跟前，看见没有，你现在不再是屠夫了，你现在是禽兽了，你成功地将安辰极变成了受苦受难的菩萨，变成了三昧真火都奈何不了的齐天大圣了！

蒋礼努力做出不在乎的样子，说自己并没有做错什么，都是居心叵测的人在瞎写。

好啊，益和楼李铁脚板那头来了几十个人在门口讨说法呢,你去和他们理论去,告诉他们没那回事,都是人家瞎编的!还有几十个老人在火神庙用针扎着小纸人儿咒我们祸害好人不得好死呢,你去,也跟他们讲讲!

柯鼎臣打断林聪的话,这些都是小事,现在大事来了。成都要求我们将安辰极送到他们那里去,或者干脆将安辰极公开枪决。南京方面也是这个意思,要么公开枪决或砍头示众,要么由他们来人把安辰极换个地方审理。还有大河两岸的各界人士,包括观察团的,纷纷指责我们借公审之名,滥施私刑,已激起了公愤。而且外国人也在指责我们不人道,在搞政治迫害。还有呢,成渝两地庙堂江湖的黑白大爷们,也都在以各种方式各种渠道来给我打招呼,问我管不管得了这事儿,如果我觉得难,他们就来!

他们来做什么?蒋礼有些慌张。

柯鼎臣没有直接回答,轻叹口气,四川军政界几个大脑壳也是这个意思,刘湘还亲自来了个人呢。

蒋礼啊,你是该懂事听话了!林聪说。

不能再由性子了!柯鼎臣叹气说,别看我现在光景似乎还不错,其实就我这点儿小本钱,四川庙堂江湖里的那些个当家大爷,四川军界的那几个大脑壳,哪一个在我面前放个响屁都是惊天动地,都能把我冲到爪哇国里去!柯鼎臣拍拍蒋礼的肩膀,真到那时候,就由不得我了啊!

柯鼎臣从蒋礼手里夺过电文纸出去了,留下他在那里发愣。他什么意思啊?他问林聪。什么意思?意思很明白了,他不动手,别人就来动手!林聪直勾勾地看着他,问,你总该知道动手什么意思吧?不知道?林聪伸出手做成枪的样子,指着蒋礼比了比，摇摇头，出去了。

蒋礼只觉得头皮发麻，既愤怒，又害怕，而且越想这事儿越觉得不对。他干的这一切不是柯鼎臣明明白白指使的么？现在出了事，他倒好，全装作不知道不说，还一缸子全扣在自己头上！蒋礼此刻才分明感觉到，柯鼎臣这是在耍他。他突然觉得应该拿出些时间去搞明白一些事情了。父亲蒋敬在和柯鼎臣的交谈中究竟发生了什么冲突？在父亲和胡乙的密谋中，明明是胜算在握的行动，怎么就突然失败了呢？而且种种迹象表明，相比于和父亲蒋敬，胡乙跟柯鼎臣的关系要更密切一些。为什么他一直想通过对胡乙的盘问，以掌握安辰极更多的情况，这样有利于调查和审讯的事情，却屡次遭到柯鼎臣的劝阻？

蒋礼悄悄前往北县，找到了在北县当保安队长的胡乙。胡乙说他最开始投奔的就是柯鼎臣，但柯鼎臣希望他能去找蒋敬，说蒋敬会很喜欢你去找他！柯鼎臣还特地叮嘱胡乙，为了蒋敬更高兴，对你更慷慨，你不能告诉他你和我有任何联系！

如柯鼎臣所料，蒋敬对胡乙来投奔他真是高兴极了，给了胡乙诸多真金白银，还给他划下了一个由蒋敬、袁天王和他胡乙三分大河两岸的格局。依照蒋敬的谋划，要不了多长时间，这大河两岸就会落到他们手上。可是相比于柯鼎臣的谋划，蒋敬的计划所需时间要更长一些，而且格局也小得多。最为关键的是，胡乙更相信柯鼎臣一些，因为在他的感觉中，柯鼎臣比蒋敬更加阴险，手段也更加狠毒。

我说的没错吧？胡乙皮笑肉不笑地看着蒋礼。蒋礼只觉得浑身透凉,无话可说。

规规矩矩跟着他吧,莫要打什么歪主意,他脑袋后面都长得是眼睛,千万莫要混到跟范绍元一样的下场啊!

回到土镇,蒋礼就仿佛变了个人,整日阴郁着张面孔,黑脸乌嘴,沉默寡言,只有在柯鼎臣面前,他才会扬起眉毛,咧开嘴角,做出一点鲜活的样子。

3

安辰极的桌子上摆满了单单片片,听到了动静,抬头看是柯鼎臣,又埋头抄写起来。柯鼎臣站在一旁,静静地看着他。在与蒋礼的斗争中,柯鼎臣总是担心安辰极撑不住,被整趴下就彻底趴下了,却没想到他马上又站起来,就像刀子,"越磨越亮,越磨越锋利"。只是蒋礼被喝令下了场,失去了继续打磨他这把尖刀的权力。柯鼎臣统管了这里的一切,他严禁蒋礼靠近安辰极,不仅解除了安辰极的脚镣和手铐,还给了他宽大舒适的床和明亮的烛光。安府送来的饮食除了照例要查验是否有毒,也不再有人偷吃,一些好心人采摘来的新鲜果子和亲手制作的糕点,也都能顺利送到他手上。

刘瑜希望安辰极能著书立说。安辰极最想写的是自己关于革命的一些思考,以及此次春荒暴动的经历和总结。但是柯鼎臣说不行。斟酌再三,安辰极跟柯鼎臣提出个要求,他想要将梁英收集到的有关大河两岸的血吸虫病的调查资料整理出来。这倒是件利国利民的大好事啊。柯鼎臣表示大力支持,并亲自前往安府取梁英存放的资料。

在和梁英一起的日子里,安辰极可没少听她讲关于血吸虫的事,也算对这种可怕的烈性传染病有所了解,但要将这一堆杂乱的材料和数据整理成有点学术价值的文章,其难度也可想而知。但安辰极很享受做这样的事情。他认真地读那些福斯特博士留给梁英的有关血吸虫病的研究文章,就仿佛梁英也在和自己一起读它。他仔细地比对梁英采集到的数据和资料,就仿佛是跟着梁英的脚步重新将当日的调查之路走了一遍。遇到实在搞不明白的地方,他就喃喃自语,反复念叨那些问题和可能的方法,有如是在和梁英进行讨论。实在困惑不解了,他就叫上一碗米粉,学着梁英的样子去吃掉它,纤纤细指拿筷子的样子,挑起热气腾腾的米粉,用轻轻的啧啧声去赞美它的美味,喝掉汤汁儿,拿手背一揩嘴唇,那满足的快乐的神情……

柯鼎臣看着安辰极在纸片中俯首帖耳的样子,突然生出感慨,这多像是个唯唯诺诺的教书先生啊,你看他温和的眼神,那渐渐佝偻的腰身,那在柔和烛光里缓慢蠕动的身影,那绣花般的仿佛生怕将字吓跑了的谨慎的动作……他哪里像是个革命者呢,分明就是个儿孙满堂的饱学老儒嘛。

怎么了?安辰极放下手中的笔,抬起头,看着柯鼎臣。

你近来怎样?柯鼎臣抓起茶壶,给他斟满茶杯。

一直都很好。安辰极说。

那方面呢?能行吧?柯鼎臣问。

安辰极笑了。

你干爹这回怕是真的要死了。柯鼎臣先是流露出伤感的样子,接着眉毛一扬,说,当然,听他讲,你的妻子田水现在正是最合适的时候。安辰极点点头。这么长时间，不就在等这最合适的一刻么？这一刻似乎也来得正是时候，只消半个时辰，他就可以完成这部名叫《爱河地区血吸虫病调查》的书稿了。当然如果能再多出一天，将它细细校对一遍就更好了。柯鼎臣一直在一旁等着，也不坐，就那么站着，身子微微躬着。现在整个大河两岸的人都知道他意气风发，踌躇满志，仿佛年轻了二十岁。据说他已经成功地让一个成都大学生怀上了孕，正筹备将她娶回家，变成他的七姨太。他那么躬身站着，在安辰极面前，更像是为了表示敬意。他间或也跟安辰极闲扯一句，就仿佛是为了证明自己站在这里的目的。

本来是想宴请你的，估计你也不肯赏脸。

安辰极没有理他，举着笔，在斟酌某个字词。

我最后恐怕还是只能把你交给蒋礼，他到底还是特别法庭的法官，由他来宣判和执行，更显得合情合理。

安辰极想好了那个字词，落下了笔。没有用上半个时辰，安辰极就完成了那部书稿。他在书稿结尾处落下年月日，又翻到前头，在书题下署上"梁英"，本想是落上自己名字的，想了想，他搁下了笔。

安辰极捧着书稿，闭上眼睛，他在想一个场景——

他和梁英行进在田野里，窄窄的田埂，宽阔的水面，水面上游来游去的鸭子……下起了小雨，梁英撑起了伞，他取下背上的斗笠。他们就那么走着，水田里秧苗嫩绿，接着拔节抽穗，谷穗沉甸甸的，庄稼人用宽大的双手捧起金黄的稻谷，脸上尽是喜悦。他们就那么走着，在窄窄的田埂上，一前一后的影子倒映在水田中,从春天到秋天,从青年到暮年……

4

在等待死亡临近的日子里,田水在她的儿子安重根面前讲了那日的情形。尽管已过去那么多年,但岁月还是没能擦去那留在她心里的羞辱。

当知道自己要为安家留下一脉香火时,她就觉得难以接受。睢水关的枪声传回到土镇的时候,她就知道,不管安辰极的革命成功还是失败,这个人已经和自己没有关系了,他不再属于自己,他属于他的革命,他属于他的革命伴侣梁英。那时候她既感到绝望,又似乎没有绝望的必要,更多的只是茫然。她不知道自己以后该怎么办,没有了安辰极,她也就没有了继续留下的必要。

她长时间地站在镜子跟前,仿佛如此更能看清楚自己的处境。落得这样的下场,她又怎么能不愤怒呢?她忍不住在心里暗暗诅咒安辰极死去,让一颗子弹悄悄击中他,如果这样的话,自己的下场是不是就明朗了呢?最起码她可以是安辰极名正言顺的寡妇。当得知安辰极被捕,她竟忍不住一阵窃喜。心想这下好了,不管他坐多少年的牢,自己都可以等他,等他在班房里用漫长刑期将革命斗志消息干净,他那颗垂垂老去的心,总该服服帖帖回到她身边了吧。

但他们说他必须死。而且在他临死之前,还必须完成一件事,和自己一起,完成他安姓人家的香火传递。

这不就是你的责任么?李铁脚板这样跟她讲,他对她的态度感到有些鬼火冒,安玉惠那么好的人,怎么能让他绝种呢?安辰极是必须死,但首先是必须先将血脉续上,而这件事,必须是由你完成!不然呢?你觉得呢?看李铁脚板那忧烦的样子,好像那是一件多难的事。其实会有多难呢?不就是留个后么?其实又为什么非得是自己呢?随便找个女人不也行?只有你才能够,你生是安辰极的人,死是安辰极的鬼,你能带大安辰极的孩子,也能看住他的家!李铁脚板指着她的脑门,长生吃吃地叫唤道,这是你的命啊!

如果这真是命,那就认了吧!可是,她却发现那不是她的命,也不是安辰极的命。那天公审安辰极,她在隐蔽处远观。听着他的慷慨陈词,想起他的出生入死,她不由得为这个心里揣着天下却独独没有他自己的男人感动。当《苦刑记》流传到土镇后,她迫不及待地找来看,真是每读一个字都掉一滴眼泪啊,她是那般心疼,疼到扯心扯肺,难以呼吸,她发现自己从未真正地恨过他,而是一直都在爱着他。她为自己之前的那些想法感到羞愧,觉得太自私。无论如何,她在心底暗暗发誓——无论如何,她也要为安辰极生下个孩子,这不只是让安家庞大家业有人继承的问题,而是应该让心爱的人——那伟大的英雄,那不朽的传奇——让他的血脉永存!她发誓,将竭尽全力哺育好他,让他继续他父亲未竟的事业,让他成为他父亲那样光辉的骄傲的人!

但这美好的伟大的愿望很快就被砸得粉碎。这个残忍的家伙,就是李铁脚板。她从来没有如此地恨他!他口口声声说那是她的命,那是安辰极的命,那是天命不可违的命。但是他呢？他却凌驾天地之上，在企图篡改她和安辰极的命！

他可能认为只有经他篡改的命，才是她和安辰极真正的命。

为什么不能是安辰极？她极度愤怒。

古书中有一种兽类，因为受伤，无法给幼兽抓捕食物，又担心幼兽饿死，会咬舌自尽，将自己变成幼兽的食物。还有一种虫类，雄虫在和雌虫交配后，为了让雌虫有营养，也安心产出后代，会自己咬下脑袋，让雌虫吃下自己。李铁脚板说，所以，这是一桩公平的生意。

她还是悲愤不已，但也只是悲愤，还能怎么样呢？只能接受篡改者的安排。

为了一次就能成功，李铁脚板花重金请了人，购买了名贵药材，为她调理身体，然后选定了最佳时间。我是人，我不是牲口，我没办法清醒地完成这一切。她哭诉着哀求，能不能让我喝些酒，就当是做了场噩梦。是绝对不能沾酒的。李铁脚板说，我会叫人给你调制一种药丸，你一觉醒来，就什么都好了！

黄昏时候，她抱着必死的心肠，迈着羞辱的脚步，跨进了那间由她自己布置的"新房"，大红的锦被，绣着鸳鸯戏水的枕头……所有一切，都出自她的手。她流着眼泪，吞下了那颗药丸，然后躺下，扯上被子，感觉自己正在将自己埋葬。她似乎还做了个梦，她听见有人唤自己，好像是安辰极的声音，她应答着，四处张望。他来到她身边，牵着她的手，笑吟吟地看着她。他们在枯草堆上坐下来。望着夕阳。

回家吧。她说。

不，就在这里。他说，我们要在这里等着天亮。

好吧。她一直都很依从他，她觉得他怎么都是好的，就算在那模糊的梦里，也是一样。

当她醒来，已是三日之后。"安辰极"已死，李铁脚板已亡，她感到那株羞耻的种子正在身子里生长。她也没有一直垂着脑袋，羞耻是件容易的事，难的是活下去并且保守住继续活下去的秘密和真相。

5

现在，六月的最后一天，安辰极在柯鼎臣的亲自护送下，来到了益和楼。我附在父亲安重根的耳朵边，轻声说道。

赞歌递给我把椅子。我坐下，靠近父亲，我要告诉他事实真相，这需要一点时间。

大半个土镇的人都拥到了益和楼前，默默地向安辰极表达着祝福。有的人手里捧着香，有的捻动佛珠……有人实在忍不住，扯着哭腔跟安辰极以开玩笑的口吻表示着鼓舞——

你可要加油呀！

还有人高声传着一次成功的经验，要安辰极放心，说他们已经获得了预兆。安辰极被送到益和楼门口，黑脚帮的人就出来接着了。但柯鼎臣不肯放人，他要一直护送到黑脚帮的法堂才松手。

那天晚上的土镇，渡口和道路全部封锁，街头不时传来巡逻兵整齐的脚步声。被禁闭在家中的土镇的人们感到心头那点仅存的侥幸也破灭了。没人能从土镇逃出去！

人民台灯火通明，蒋礼和他的技师正在做着"电刑"的最后调试。明天早上，随着太阳升起，蒋礼将在此宣布安辰极的罪行，并执行死刑。都以为依着蒋礼那阴险歹毒的心肠，一定会将刑期延长到日落，让安辰极受尽折磨。事实上，他亲自调大电量，前后只用了不到两分钟，而且死后的安辰极，身上没有留下半点创口和伤痕。

从那条隐蔽的甬道，安辰极被钱广带着进入到了李铁脚板的住处，带到李铁脚板跟前——

我只能为你做这么多了。

谢谢你，干爹。

你也做得很好！我没看走眼，你是堂堂正正的大英雄，安辰极已经成为传奇，在这大河两岸，他的名号将永远传下去，算得上前无古人，也可能后无来者吧。我承认这一点，我也乐意！

谢谢干爹的夸赞。

我是你的保爷嘛！李铁脚板的声音里不免有一丝自得。在沉吟片刻后，他说，从明天起，你就把安辰极放下吧，能做到的，作为安辰极的安辰极已经做到了，不能做到的，作为安辰极的安辰极也做到了，是到了该放下的时候了，以后你就轻松了！

就这些么？

远走高飞吧！随便找个修脚师，几泡药水就把痣点了。隐姓埋名，重新做人……就不要再回来了。

就这些么？

还有什么说的呢？

那么……能让我见见他么？

当然，你们还得互换衣服呢。

安辰极见到了李马。李马坐在灯下，手里捏着一支纸烟。安辰极端详着他，他脸上的七星痣，小时候不小心留在额角的小疤痕……安辰极就仿佛是看到了自己。

比着来的，除了这些，还有你在里头受刑留下的。李马拎起衣裳，脱了鞋子，让安辰极看那些伤痕，看没有指甲的脚趾，让安辰极看这一切做得有多像，好叫他放心。你在里头掉一撮毛，我在这里就得掉一撮毛，你在里头被打掉一颗牙，我在这里就得被打掉一颗牙……你被震得双耳听不太见，我也得学。还有这抽烟，你看我这像你抽烟的样子么？

你受苦了。

你知道我为啥叫李马吗？

安辰极摇摇头。

父亲说，宋朝的时候，康王被金兵追杀，一个叫李马的人驮他过了黄河。后来康王当了皇帝，前去寻找报恩，但李马已经死了，为了纪念他，也是为了感谢他，就在黄河边为李马建了个庙祠。这是一种说法。还有个说法。说渡康王的是寺庙神龛上的泥塑马。父亲问我更喜欢哪一个，我说当然是前头那一个。父亲说，他去过黄河，也见到了康王当年建的庙，里头供奉的不是李马，而是泥马，那个庙就叫泥马庙。

安辰极拥抱了李马，这一切都是传说，都是故事，编故事的人根本不在乎是李马还是泥马，他在乎的只是康王，为的是宣扬康王有天命，天不灭他，知道么？

李马说，你晓得我一直都很听你的，因为你讲的总是很有道理。

好！安辰极捶捶李马的胸膛，那你就听我的，你没必要去为我而死，你要活下去，活下去是这天下最美好的事，吃香的喝辣的，看花看水……

那你呢？

我是安辰极，我理所应该地去死，我要用我安辰极的死，去完成我安辰极的圆满！见李马听不懂的样子，安辰极笑起来，讲简单点吧。你赶紧让他们把你当成安辰极送出去，然后隐名埋姓，远走高飞，美美好好地活下去！走吧！安辰极又捶了李马胸口一拳，笑道，别听老家伙那一套，我怎么能让我安辰极的后代身体里流淌的不是我安辰极的血呢？

第二天早上，安辰极也就该上路了，在他身后，将跟随着那具阴沉金丝楠宝棺。

是我一个人躺里头么？安辰极问。

这话叫钱广一愣，他明白是怎么回事了，微笑着冲安辰极竖了一下大拇指，不，里头还有人，修脚师，他将躺在你的身下。

你把他的那一口换给我吧，安辰极说，让我一个人在里头清静，他的就让他带走吧！

也好！钱广说，我来做这个主！

一直以为自己已然成了黑脚帮当家人的钱广，就等着李铁脚板咽气，然后正式继承大统，却怎么也没想到，那竟然是他做的最后一个主。一个时辰后，他就倒地身亡，然后被塞在那口阴沉金丝楠宝棺里，只等他的老帮主李铁脚板咽气，一同下葬。

第十七章 结束

随着代帮主钱广一死,黑脚帮就作鸟兽散了,这是李铁脚板和柯鼎臣所做的最后一笔交易。

父亲,安辰极的棺墓里只有安辰极,烈士安辰极!我忍住泪水,紧握着父亲安重根的手,哽咽着告诉他——

DNA鉴定结果也出来了,我们的身上淌着的是安辰极的血!

我的父亲,孤胆英雄安重根慢慢地睁开了眼睛。我把刚刚讲过的话又重新讲了一遍。他的眼睛越睁越大,越来越明亮。我知道,他心里所有的东西在此刻就像天上的雪,全部落尽了,只剩下了天空,只剩下了明与亮。他慢慢闭上眼睛,两行泪水从他的脸上潸然滑落。

在得知这一消息后,赵响也流出了眼泪,接着停止了呼吸。距离我父亲去世,刚好两个小时。

2020年9月30日草稿于花荄
2020年12月1日一稿于花荄
2021年11月9日二稿于花荄
2021年11月16日定稿于花荄